泠风 著

Money brief

东京疑案

w o m a n & n a m e

上部 woman
name 女人·名字

1911年冬　大连

大连西周时属于辽国，秦始皇统一六国后成立辽国郡，大连是其管辖地之一。这地界儿为什么叫大连，在民间有很多说法，其中最普遍的说法是这片海湾的形状颇似北方人早年出门常用的褡裢，所以闯关东的山东人就把这里叫成褡裢湾。另有一说是因为这片海湾盛产大个头的海蛎子，所以早年人们把这里叫成"大蛎湾"——"蛎"与"连"音相近，渐渐就演变成大连湾。但事实上，这两种说法都不靠谱。

其实，大连之名出自满语——满语中将海称为"达连"，汉人音译过来就成了大连。

大连和旅顺原来合称为"旅大"，曾于1898年遭到沙皇俄国的强行租借，并被命名为"达里泥"，其正是利用"大连"的谐音与套用俄语的"遥远的"一词之意，将其称之为"遥远的海"。1905年2月，日本占领此地期间，命令废除"达里尼"，改称"大连市"，自此大连成为一个真正意义上的城市。

由于与日本岛水相连，清末，数以千计的日本商户漂洋过海来到大连。日本商人掘金的热情带动了这个新兴城市的商业繁荣，著名的天津街在那时就颇具雏形。1911年武昌起义的消息传到东北，距大连185公里的庄河打响了辛亥革命在黑土地上的第一枪，大连成为庄复起义战备物资的供应地。

辛亥革命改变了中国人的命运，也使11岁的大连女孩儿耿维馥第一次对远在千里之外的京城产生了强烈的向往。

1

快到黎明的时候起风了，刮得楼下灶间房檐下吊着的几串干咸鱼噼啪作响。

翻来覆去在暖和和的被窝里转了几次身后，耿家二小姐再也睡不着了，她决定舍弃还带着温和气儿的大炕,掀开被子从炕头抓起棉袄套在身上。穿好棉裤往炕下蹭的时候,耿二小姐小心地瞟了一眼身旁的绿色百折绣幔——绣幔那边睡着她的姐姐,她似乎一点儿没受到刮风的影响,气息均匀睡得正香。

大概是因为家里开药铺的缘故,耿家两姊妹都是以香气命名,大小姐名维馨,二小姐名维馥。从表面看,两个名字的取意自然是指"如兰之馨"和"芬芳馥郁",但往更深一层探寻,则意味着小姐儿俩都是老耿家的心肝儿宝贝。让耿喜原夫妇备感欣慰的是,他们的两个女儿没有徒顶"馨馥"之名,姊妹俩不仅长得如花似玉,而且还都是那类乖巧腼腆可人疼的柔顺性格。

对于不熟悉的人来说,耿家姊妹的最大区别就在两只脚上。大小姐维馨是当时司空见惯的三寸金莲,而二小姐维馥则是一双人见人叹的天足大脚板。此刻,耿维馥怕吵醒姐姐,正悄没声息地移到炕沿边上。她蹁下一条腿小心地勾起一只鞋套在脚上,接着单脚着地拎起另一只鞋。不知为什么,耿维馥在穿第二只鞋的时候愣了一下神,她歪头望着不远处炕沿下两只还没有巴掌长的小脚绣花鞋,又看看整齐码放在炕凳上的那堆裹脚布,轻轻地嘘了一口气。

谢天谢地,她不需要每天像姐姐一样把那堆窄布条一层层缠在脚上,然后再费劲巴拉地把脚硬塞进那双粽子模样的小鞋里。

到目前为止,耿维馥在这个世界上最不忍见到的就是她姐姐的那双脚,五个脚趾被硬生生地压断后像烹过的鸡爪一样斜溜着贴附在脚板上,脚心窝成弓形,脚面却似龟背。她知道,如果没有那些又窄又长的烂布条子一层又一层的支撑,姐姐那双号称钗头莲的小脚根本就无法在地上行走一步。耿维馥很为这个比自己大4岁的姐姐惋惜。姐姐只有15岁,可是已经足足地当了10年小脚女人,且不说因为这两只小脚她牺牲了多少外出玩耍的乐趣,单凭她每天早晚要花费相当多的时间来伺弄这双脚就看着让人心里发紧。

耿维馥不待见小脚,真正的原因是她也尝过裹小脚的苦痛。耿维馥裹过两次小脚,每一次都被她折腾得没有结果。第一次裹小脚时她刚刚5岁,那时候她奶奶还活着,全家人还没从山东蓬莱的乡下迁到东北。为了能让

二孙女在转年春节时和她姐姐一样穿上一双又尖又窄的过年鞋，那年中秋，也就是耿维馥过生日那天，在祭完天地吃完月饼之后，她被奶奶哄到祠堂里，和几个同龄大小的女伴一起在一盆药汤里泡了好长时间的脚，然后就由一个大婶把她的脚用长布条子裹了又裹，最后还细针密线地把那些布条一直缝到她的小腿上。那天晚上，热辣辣的痛让耿维馥睡不着觉，她又哭又闹最后拿起剪子四处乱扎，闹得她娘心疼得跪下直求奶奶："孩子太小，让她再过一年好日子吧。"耿维馥的哭闹和她娘的乞求奏了效，她总算暂时从那堆裹脚的女伴里逃脱了。第二年中秋节那天，耿维馥早早就跑到镇西头的娘娘庙躲起来，可是最后还是被家人找到了。转天下晚，她又像头年那样经历了一回刻骨铭心的惨痛，而且一下子就是 3 天。但是 3 天后耿维馥的奶奶死了，是心口突然疼痛引起的猝死。为了送殡，娘将耿维馥脚上缝的布条子暂时摘下来。

谁也没想到，在埋葬了老奶奶之后，一向蔫不溜秋的耿维馥一头撞在土坟上，她说谁再让她裹小脚她就随着奶奶去死。耿维馥的爹娘当然舍不得女儿死，可老家的习俗又容不得不裹小脚的女人。后来，还是耿维馥在镇上药铺管事儿的爹拿出主意，为了二女儿不再裹小脚，他带着一家老小从胶东迁到隔海相望的大连湾。

大连那地方满族人多，满族女子是不缠足的。在这里，耿维馥再也没有了被人按在炕上往脚上硬缠破布条子压碎骨头造金莲的苦痛，倒是她娘和姐姐的两双小脚在这地界儿成了让人稀罕的街头小景。要知道，耿家迁入大连的时候，日俄战争结束还不到 10 年，有了"大连市"的称谓也不过两年多一点，那阵子，老毛子、日本人在街面上比比皆是，他们对于从关内来的裹脚中国女人的好奇更甚于满人。

推开屋门走到廊子里，耿维馥四下看了看。她哥哥住的那间房门虚掩着，不用问，她知道哥哥一定和爹到药铺里去了。朔风凛凛，打在脸上扎呼呼的，耿维馥赶紧把抓在手里的中长棉袍套在身上。虽然陡然变天，但耿维馥不想改变计划。她昨天和同学赵欣然约好，今天要一起去挖海蛎子。

1911 年，在大连这地界儿能上学堂的孩子本来就少得可怜，更别提女

孩子上学了。巧的是，进入20世纪后，清王朝受西方教育的影响，开始建立新的教育体制，因此在全国各地建立了不少普及类的新学堂。因为父亲耿喜原的宠爱，耿维馥成为新教育体制最早的受益者之一。赵欣然是耿维馥在学校结交的最要好的同学，她们两个年龄相仿，脾气相投。

耿家住的是青泥洼桥附近不大的一幢旧式独居环廊小楼，楼上楼下共有七八个房间。厨房、客厅和她爹娘的卧房都在楼下，楼上的三大间则由他们兄妹4个分享。除了哥和姐姐，耿维馥还有一个小她三四岁的弟弟，他和奶妈乔大娘占据了紧靠楼梯那间东西朝向的大房子。为了不让乔大娘听到自己起早出门又唠唠叨叨，耿维馥蹑手蹑脚地下了楼，从厨房门后取出早就准备好的小桶和铁铲，悄悄推开了当街门。

风似乎比黎明时小了一些，太阳的光芒透过薄云映射在房脊上。

东北天亮得早，街道上只有稀稀拉拉的几个人影。耿维馥很中意这种冷清，她喜欢清晨时站在青泥洼桥上看着红日喷薄而出时的美丽景象。很显然，她来得比约定的时间早了许多，但耿维馥并不着急，她甩打着两只大棉手套在桥上走来走去，时不时还摇晃着脑袋哼几声小曲儿。世界上任何一个人都能看得出来，耿维馥今天很愉快。

一想到学校提前放假，耿维馥兴奋得两眼发光。若不是打小儿家教培养出的矜持压抑住她天生的活泼，她真想放开嗓音对着大海喊上几声。

两个月前，中国发生了一件令世界为之震惊的大变革——远在长江之畔的武昌新军兵变起义，湖北军宣告独立，他们不承认宣统皇帝了。紧接着，随着全国各省份一个又一个宣告独立，清王朝的地位岌岌可危。

湖北军闹独立这件事对大连的冲击并不大，可是，"癸卯学制"（注）被废止了，学堂里早早放了冬假。政局变革带来的后果让耿维馥十分开心，11

【注】癸卯学制：清光绪二十九年（1904年）1月13日清政府颁布了《奏定学堂章程》，规定了各级各类学校的目标、学习年限、入学条件、课程设置等具体事宜，是中国近代在全国范围内推行的第一个系统学制，因光绪二十九年为癸卯年，故又称"癸卯学制"。"癸卯学制"规定：小学九年，中学五年，高等学堂及大学六—七年，该学制1911年辛亥革命后被废止。

岁正是充满幻想又贪玩的年龄,她脑子里装的都是到海边挖海蛎子、拾贝壳,还有王子与人鱼公主的故事。

　　风渐渐小了许多,带着咸味的空气扑打着耿维馥的脸。她的双脚在硬邦邦的地上不断跳跃,眼睛不时扫视着东南方。赵欣然还没出现,耿维馥掩饰住心里的焦急。11岁的小女孩儿身上遗传了她父亲的很多性格,遇事不躁是其中之一。

　　白皙的皮肤,镶嵌在鹅蛋脸上的黑亮眼珠,笑起来嘴角边一对可爱的浅酒窝,耿维馥和她母亲长得很像,可是性格上却与母亲的柔弱温顺迥然不同。在家里,父亲对二女儿的疼爱似乎更多一些,所以耿维馥从小就于潜移默化中接受了一个生意场男人的熏陶,这种身教影响了她的一生。

　　最近,听大人们说起,一个叫孙中山的人从日本回来,似乎是要接替皇上管理国家的事。对于小皇上溥仪,耿维馥心中并无敬意。她还记得9岁那年小皇帝登基时大连城里锣鼓喧天的庆贺场面,可心里就是搞不懂,一个3岁的小屁孩儿能管理什么朝廷大事,她小弟都七八岁了,还每天晚上偎在奶妈怀里啃咂儿咂儿呢。

　　谁当皇上谁管理国家这些事耿维馥并不关心,连她爹都说,皇上离他们这样的小老百姓太远了。

　　11岁时候的耿维馥确实十分幼稚,她不知道历史长河翻起的浪花会创造出很多做梦也想不到的意外。20年后,已经嫁为人妻的她不但结识了中国清末最后一个皇帝溥仪,还和皇后婉容成为可以推心置腹的朋友,而且此后她一辈子的生活轨迹都逃不开溥仪伪满政权留下的痕迹。

2

　　看到赵欣然人影的时候风已经完全停了,耿维馥藏在一棵大树后面趁好朋友不注意时蒙住她的双眼。赵欣然尖叫一声返手抱住耿维馥的腰,伴着清脆的笑声,两个人打闹成一团。她们手牵手朝着海滩跑去,背朝着阳光越跑越快,蜿蜒起伏的海岸线像一根带有魔力的绳子,牵制着这对两小无猜的可爱女孩儿。

正午时分,小桶里已经存下了不少海蛎子。耿维馥和赵欣然两个蹦蹦跳跳地往回走,直到过了青泥洼桥的路口,两人才依依不舍地分手。临分别前,赵欣然邀好朋友下午去她家玩,耿维馥几乎是不假思索地就一口答应了。

厨房里,耿维馥的午饭吃得心不在焉。又添了半碗饭菜后,她索性不由自主地用左手抄起筷子,在菜盆里夹了一筷子白菜粉条。

"馥儿,你怎么又使左手?"还没等她把那筷子菜放到碗里,母亲皱着眉头发话了。

"娘——"耿维馥委屈地叫了一声。她天生是个左撇子,无论操筷用刀还是梳头刷牙都习惯于用左手,可是她娘恪守着不知从哪儿传下来的老礼儿,硬要把她的左撇子生生掰过来。因为用左手,耿维馥从小到大不知挨了多少次呵斥,可是习惯用左手的本性却一直没被扳过来。后来,因为收效甚微,她娘对于女儿切菜梳头这类不在人面前的行为举止用用左手已不再硬扳,但是对于吃饭用筷,却坚持让耿维馥一定要改用右手。

"姑娘家用左手吃饭会被认为没礼貌,将来到了婆家要受委屈。"她娘总是说,因此对于监督着二女儿用哪只手使筷子吃饭这件事一直不敢怠惰。

"那我就不找婆家呗。"小时候,这是母亲在改变耿维馥的用手习惯时她最常说的一句话。因为被逼着用那只不利索的右手使筷子,耿维馥不知顶撞过多少回她娘,也不知道嚷嚷着多少回扔下碗筷跑到没人的地方掉眼泪。不过这许多年过去,她多多少少勉强会用右手使筷子夹一点儿东西了,只不过一到脑子里想事儿或是情急的时候还是不自觉地用起左手。

"娘什么?娘这都是为你好。"耿太太脸子一耷拉,把筷子放在碗上正色说。

"粉条那么滑,不用左手夹得起来么?"耿维馥低声嘟囔着,"还有那几块肉,都跑到姐的碗里去了。"说着话,她夸张地纵纵鼻子斜眼看了她姐姐

的碗里，此刻正把一块手指盖大的肉往嘴里送的耿维馨猛然红了脸。

看到姐姐脸红了，耿维馥心里暗暗得意。她用右手扒拉一口饭，故意掉了几个米粒在饭桌上。她用手指沾着把这几粒米放进嘴里，抬起头小心地看看父亲。根据经验，她知道父亲这时一定会替自己说话。

果然，耿老爷平心静气地开口了："她娘，就别那么拘着孩子了。她哪手拿筷子方便就让她用哪只手吧，让孩子好好吃饭比啥都强。"

"哎，你总是这么惯着她，看丫头长大了有苦吃。"耿太太叹了一口气，伸手从菜盆里夹了一块大点的猪肉放到耿维馥的碗里。

"娘真好，谢谢娘。"耿维馥淘气地冲着她娘做个鬼脸，左手持筷大口大口地吃起饭菜来。

"谢啥谢，以后你大了，到婆婆家因为使左手吃苦头，你心里不记恨娘就是了。"她娘摇摇头。

"那怎么会？"耿维馥天真地叫着，"要不我将来找个也是左撇子的婆婆就是了，她一定不会骂我。"话没落音，耿维馨已经低下头捂着嘴笑个不停。

"想得妙！"耿老爷也笑着说。

"这丫头，口无遮拦。说出去不怕人笑话。"耿太太用手指点点耿维馥的额头，情不自禁地露出了笑容。"都是你宠的，"耿太太似嗔似怪地埋怨着耿老爷，"当初她不想缠脚你就搬家，想上学堂也由着她的性儿，使筷子用左手你也不管。这下好了，闺女连婆家都要自己找，看将来谁能降住这个倔丫头。"

耿老爷哈哈大笑："自己找好呀，兴许我闺女将来能找个学问大的好人家。哎，现在不比皇上在位的时候，不是都兴自由了嘛。像当年你嫁我的时候，都进了洞房还不知道人长得啥模样。"

"打住打住！看你，当着孩子们又乱说。"耿太太掐断丈夫的话头，看着两个女儿。维馥吃得正香好像根本没在意爹娘的对话，大女儿维馨却是面含羞涩，低着头漫不经心地往嘴里送着米粒。

"哎，我说，"耿太太捅捅丈夫低下声来："馨儿的事该紧着点了。要不

和李家老爷商量一下，转年开春就把日子定下来吧。"

"是呀是呀，一下子闺女就大啦！成，过个三两天我就约李老爷。"耿老爷说着，雅致地喝完酒盅里的最后一口。

"爹、娘，我吃完了。"趁着娘转身的功夫，耿维馥插上话，"爹，我同学赵欣然要我下午去她家一起背书，行吗？"

"赵欣然？是不是前街上开绸布店的赵老板家女儿？"耿老爷问。

"爹，就是她。她楷书写得可好呢，学堂先生总让我们向她学习。"

"噢，那就去吧。"耿老爷应道，他与赵老板时有应酬，知道他家里知书识礼讲义气，对维馥过去比较放心。

"谢谢爹，那我先走啦。"耿维馥站起来高兴地说。

"馥儿，去了好好背书，别在人家口无遮拦。早点回来，天冷。"耿太太见丈夫已经应允女儿不好再反对，便一个劲儿地叮嘱。

"知道了，娘。您放心吧，晚饭前我一准儿回来。"说着话，耿维馥已经走到饭厅门口，随即，她抓起挂在衣架上的棉袍子，一溜烟儿出了门。

外面，阳光温柔地洒在古朴的石板路上，远处传来海鸥的叫声。跑出大门，耿维馥深深吸了一口冬日的冷空气，比任何时候都感到惬意。

3

站在两扇镶着黄铜饰角的珠红色大门前，耿维馥没有立即敲门。她抻抻棉袍下摆，又用手指理理额前的零乱碎发，然后端详着大门上的铜狮子吊扣，平息一下因为刚才走得急而引起的喘息。

对于赵家这两扇与众不同的大门，青泥洼附近几条街上的孩子们都不陌生，但是，他们中却很少有人能够洞察到大门里的一切。耿维馥听大人们说，因为赵家是从京都北平迁来的商贾，所以他们家从大门到房屋都带着浓浓的老北平色彩，据说赵家这种大门叫金柱大门，在北平城是有头有脸的人家才能使用的。

直到感觉自己显得足够从容，耿维馥这才举起左手轻轻叩响了黄铜

门吊。

开门的正是赵欣然，她拉着耿维馥的胳膊嗔怪地说："怎么才来呀，我都在门房等你半天了。"说着话儿，她引着耿维馥穿过摆放着坐凳的宽敞大门道进入院子，走进一扇上面画着花鸟仕女的精致木门，又拉着她三拐两拐上了一栋围栏小楼的二层，进入一间舒适的房间。房间里很热乎，一只比耿维馥矮不了多少的大铁炉子上压着一只小巧的铜水壶，快要烧开的热水正在吱吱作响。

脱下棉袍子，耿维馥四下打量。靠窗竖放着一张不大的棕红色长条木桌，两边是两张配着橘红色坐垫的带把手木椅，南墙边是一排从地板直到房顶子的大木柜，也是棕红色的，和窗边的桌椅很配套。让耿维馥感到奇怪的是，这房间里只有一张上面放着小几和靠垫的榻，她不知道晚上赵欣然是不是就睡在这张榻上。

一个梳着盘头的中年妇女走进来，给她们端来一盘子栗子瓜子儿。赵欣然介绍说："妈，这就是耿维馥。"欣然妈妈笑笑："听说你是我家欣然在学堂里最好的伙伴，常来家玩吧。我把水给你们泡上，你们俩说话吧。"她把开水倒进一个白底蓝花细瓷壶里，顿时，屋子里飘散着一股甜美的香草味道。欣然妈妈走了以后，两个女孩子脱鞋上榻，她们把脚塞在毛茸茸的狗皮暖套里，开始唧唧喳喳地唠起来。

过了好一会儿，耿维馥透过窗子向下张望，才看清楚这座带着神秘色彩的院落。现在她搞明白了，这座小楼与街里大多数建筑差不多，只是在楼南面加了一堵好看的砖雕矮墙，外面又盖了一排倒座房。这排房从临街看正好是坐北朝南，被赵家用于绸布店铺。刚才从门房进来时她们走进里院，然后从西南角一个偏门上的楼，现在房间的位置是坐西朝东。院子里有几棵用厚厚稻草包裹起来的不知什么树，她还看到光秃秃的葡萄架下有一组好看的雕花石桌石凳。

"你晚上一个人睡这屋里？"耿维馥问赵欣然。

"才不呢。我不住这屋。"赵欣然咯咯笑着回答。

经过她的解释，耿维馥明白了，原来她们现在待的只是赵欣然读书和

学习女红的房间，她的卧房在隔壁，紧挨着她父母那间坐北朝南方向的大睡房。

"走，带你到我房间看看。"赵欣然说，她把手里没嗑完的瓜子又扔回盘子里，拉着耿维馥往外走。

走进赵欣然卧房的第一眼，耿维馥就为里面的整洁与摆设惊呆了。房间里没有如她家那样与火墙通着的大炕，正中摆放的是一张挂着漂亮围缦的大木床。一只飞腾的镂空雕花凤凰占据了木床正面额枋的全部，使得陌生人一进门就会产生强烈震撼。屋里的家具显得很新，每一件都擦得熠熠发光。最让耿维馥羡慕的是房间里布饰的运用，无论是床缦、窗帘还是桌布、椅垫，甚至上面扎着布花的首饰盒，每一处都弥散着温馨气息和浓烈的跃动质感。

"好美呀！简直像在画儿里一样。"耿维馥由衷地赞叹说。摸着那张渗透着舒适典雅的雕花木床，她难以想象躺在这上面会是一种什么样的梦幻感觉。

"咳，我爹不是做的绸布生意嘛，所以总给我这屋换花样。"赵欣然不经意地说。

"还换？"耿维馥更惊讶了，她实在想不透这么漂亮的布饰为什么还要再换。

"是呀，这是冬天的一套。如果过年或者夏天换季就这还得换。"

耿维馥吐了一下舌头。她一向以为自己家就已经很不错了，对于和姐姐同居一室这么多年也早已习惯。看到赵欣然的房间，她才知道什么叫舒适和温馨。

她随着赵欣然开始细细审视房间里的物件，梳妆台、小圆桌、西洋风格的靠背椅，还有墙上挂的一幅仕女画，最后她的视线定格在五斗柜上。柜子上放着一个精致的橙红色相框，里面嵌着一个模样俊俏的女子照片。让耿维馥羡慕的是，那女子的穿着并非是带有大清时代特色的宽大褂袍，而是一件显出窈窕身材的中袖小衫，下面是一条长及脚面的碎褶长裙。这身装束配上齐耳短发的前额浓密的刘海儿，使得照片里的女子更显妩媚。她

的眼睛于聪慧中显露出一丝顽皮，那装束那气质令耿维馥看呆了。

"这是谁，是你姐姐吗？"看了许久，耿维馥才向赵欣然发问。

"姐姐？"赵欣然一愣，接着就咯咯笑了起来。

望着她脸上显出的一丝狡狯，耿维馥感到有点摸不着头脑了。

"不是你姐是谁？看眼眉和那张小嘴跟你多像，这衣服可真漂亮。"她看看赵欣然又仔细端详着照片，掩饰不住自己对照片里那女子的羡慕。

看到耿维馥的表情，赵欣然笑得更厉害了。她脑袋枕着双手仰在床上，笑得几乎喘不过气来。

"笑什么笑？"耿维馥有点不高兴了，她不知道为什么自己惹得赵欣然如此大笑不止。"她不是你姐难不成还是你哥？"说这话时，她多少有点负气，心想我就是再愚钝也不至于分不清男女呀。

"哎呀维馥你可真聪明。"赵欣然一个鲤鱼打挺从床上蹦起来，搂着耿维馥的肩膀笑眯眯地问："你是怎么猜着的？"

"猜着什么？"耿维馥疑惑了。

"他是我哥呀！"

"什么……什么？"耿维馥吃惊得倒退了好几步，"你是说，这个人真的是你哥？"她指着照片的手指有些哆嗦。

"嗯！"赵欣然点点头，"这是我哥，他在顺天府（注）呢，读京师高等学堂。"

赵欣然的眼神让耿维馥不能不相信她的话，但她还是犹豫着问道："那……他为什么要穿成这样？"

"咳，这是演文明戏呀。"赵欣然回答，"我哥这叫剧照。他演的这个人……对了，好像叫秋瑾。"

"秋瑾……"耿维馥重复着，她是第一次听到这个名字。"真好听！"

对于戏曲，耿维馥多少知道一点，因为他爹、娘都喜欢听八角鼓和太平歌。在她家的客厅墙上，就有一幅《同光十三绝》的仿品，听他爹讲那

【注】顺天府是北京在清代时的正式名称。辛亥革命后顺天府改名为京师，北洋政府期间又改为北京；北伐战争胜利后国民政府迁都南京，方于1928年改北京为北平。

两个扮旦角的梅巧玲、余紫云就都是男人。可是，《同光十三绝》里头的旦角都是古装扮相，比起来，还是眼前这个"秋瑾"更让她喜欢。

"没想到，这男人扮起女装来还能比真正的女人还好看。"耿维馥思量着，又对着照片端详起来。她越看越钦佩欣然的哥哥，长得英俊帅气不说，还会讲洋文、会演戏，欣然有这么一个哥哥真让人心里有点妒忌呢。

"你哥叫啥名字？"耿维馥问。

"赵欣白。"欣然回答。她突然推着耿维馥的肩膀往外走，边走边趴在她耳边说："走，带你去看看我哥的房间，你就彻底相信他真是我哥了。"

她们从正房前的楼廊绕过，进了与赵欣然房间相对的一扇门。这是一个里外间相连的套房，里面洁净得一尘不染，一点看不出平时根本没有人住的迹象。

外间的墙上挂着几幅书法墨宝，书桌上摆放着笔架和一个大大的砚台，旁边是一摞整齐的线装书。耿维馥注意到，多宝柜的中间摆放着一张不大的小相片，内中是一个身着长袍梳着长辫儿戴着一顶无檐儿瓜皮帽的十来岁男孩儿。照片的背景是一座古朴的大石桥，石桥两侧的栏杆上全是各式各样的石狮子。"这是我哥小时候在老家照的。"赵欣然指点着给她介绍，"我们家原来住在顺天府，这座桥叫卢沟桥，建得比皇上住的紫禁城还早200多年呢。"赵家和耿家一样，迁到大连不过三五年，孩子们对老家还有很深的印象。

眼前这个俊秀的男孩子同刚才在欣然屋里见到的那张女子照片居然是同一个人？耿维馥心中对欣然的哥哥愈发好奇，她其实很想听听他说话的声音，以确认他的男性身份。

"你哥经常回来吗？"她问赵欣然。

"也不经常，我也挺想他的。"赵欣然顿了一下，"不过，他春节会回来，快了。"

欣然最初的回答让耿维馥有点失望，但听完下句笑容又挂在她脸上。"那，他回来时我还上你们家玩行吗？"她小心地问。

"当然啦。我要把你郑重介绍给我哥，还让他给咱们唱戏听。"

"真的？那太好了！"耿维馥拉着赵欣然在屋里转了一个圈，两个女孩子都流露出对渴望的兴奋。

夕阳西下的时候，耿维馥从赵家告辞。一路上，她都在若有所思，此时在她的心里已经多了一份由好奇引起的牵挂——她想看看顺天府，看看卢沟桥，也牢牢地记住了赵欣白这个名字。经过青泥洼桥的时候，耿维馥把手从厚厚的棉巴掌中抽了出来，掰着手指头开始掐算，从现在离腊月二十三还有多少天。

当天晚上，耿维馥做了一个梦。不知不觉中，她在心底为一个从未谋面的京都男人留下了位置。

1912 年　京师

1912年，在中国历史上的地位举足轻重，那一年的中国国都成为国际上的聚焦点。恰恰是元旦那天，中华民国宣布成立，孙中山在南京就任临时大总统，中国2000多年的封建帝制就此结束。2月12日，清朝隆裕皇太后签署了宣统皇帝的退位诏书，宣告了清王朝的灭亡。次日，在南京的孙中山将大总统之位让给原在清朝统管北洋六镇的实力派人物袁世凯，而袁世凯坚持固守北平，从而使得这座有着500多年历史的京都古城一天也没失去她的最高统治地位。1912年4月，中华民国临时参议院决定建都于北京，称其为京师，所在地为顺天府。这年8月，由孙中山在日本建立的同盟会改组为国民党，开启了中国近代政党的先河。10月，袁世凯在京师正式就任大总统，将原明清两代的皇城西苑中南海定为总统府，从此，书写了中国历史上军阀混战的混沌一页。

改朝换代并没有影响人们的生活进程，混沌中，一段乱世情缘悄然萌发。

4

没等到过年，沈家里里外外就热闹起来，客来客往提盒送礼的人流不断。沈家在宣武门外几条街是妇孺皆知的大户，这几天，清帝逊位和孙中山让位这些接二连三的政局变化似乎丝毫也没影响到他家一点点，那两扇由广亮大门改建的如意门前依然是车水马龙。

沈家这番熙熙攘攘是因为三宗喜事连在一起，按他家老爷的说法，必须风风火火地大庆大贺。说来也巧，再过两天的腊月二十六是沈家老爷的66岁大寿，而这一天恰好又是他的头一个重孙子过满月。贺寿、庆生，二宗喜事连在一起，换成谁家也没有不操办的道理。其实，让沈老爷心里最

高兴的还是那第三宗喜事——明天，他那位在日本学西洋画的七姨太沈灵绣要回来了。

沈老爷出自苏州附近一个望族，他的老家正是有着2000多年刺绣历史的苏绣发源地吴县。明清两朝，沈家世代都干着为宫里征购绣品的营生。沈老爷这许多年来也算是朝里一个保管戏衣服饰的正五品官员，他一直干到光绪皇帝驾崩那年才卸任回家。虽是在朝廷为官，但沈家世世代代对于苏绣的研习却从未间断，说起来，光绪年间那位创造了"仿真绣"的苏绣艺术大家沈玉芝还是他本家的一个姐妹。沈玉芝擅长将西洋画的神似融于中国刺绣之中，她绣出的花鸟山水无不透射着质感，这是让沈老爷最为服气的地方。

熟悉的人都知道，沈老爷一生有三大爱好：一是爱苏绣，二是爱美女，三是爱舞文弄墨填词吟诗。

沈老爷很聪明，他把爱苏绣和爱美女结合起来，让自家的妻妾各掌握一门刺绣针法、色彩配线、图案绘制的特长，专攻一类供达官贵人欣赏的"画绣"，两个店铺的生意做得红红火火。时不时，他会让妻妾们在绚丽的绣品上配两句自己填词的墨迹，摇头晃脑地诠释说这既是于五光十色的花线之间体味笔墨韵味，又是于靓丽俊俏的美人之中感受苏绣艺术。

正是因为有此三爱，所以北平城有三处沈老爷经常去逛的地方。一是前门外卖戏服的老店，二是西珠市口一带的八大胡同，三是琉璃厂。沈老爷说他去这些地方是"淘货"，事实上，他家的七姨太就是被他"淘"来的。

逛卖戏服的老店，沈老爷的着眼点是戏服上那些绣品。大清王朝300年，因为皇室贵族对绣品的喜爱，引得江浙一带名手竞秀，流派繁衍，苏绣的发展成为有史以来的鼎盛时期。尤其是清朝晚期，由于咸丰、同治、光绪三代皇帝和慈禧太后都特别爱看戏，戏服就成了展示刺绣技艺的无形大舞台。精细的绣工、多样的针法、雅典的配色和五彩缤纷的图案无不出现在各式各样的戏服里。这就无怪乎对绣品研习成瘾的沈老爷必须经常逛店，而且常常会花上不少银子换回一件色彩绚丽的刺绣戏服。

沈老爷逛琉璃厂，不用说，自是去淘换些字画墨宝；可是他逛八大胡

同，就不单单是为享受男欢女爱了。

八大胡同与琉璃厂只有一街之隔，沈老爷随口就能道出百顺胡同、胭脂胡同、韩家潭胡同、陕西巷、石头胡同、王广福斜街、朱家胡同、李纱帽胡同这些耳熟能详的地名。这些胡同里的门脸房大多数属于烟花行当，但只有位居青楼之首的"清吟小班"（注）才可以在这里落户。

说真格的，八大胡同也确实诱人。胡同里的一座座青楼别院不仅装饰得幽静典雅，一个个出自南班的烟花女子也都是秋波明媚翠笑迷人。这里的女子大都擅长吹拉弹唱，更有文采出众的除了精于琴棋书画还能吟诗作对。正是因为名妓荟萃且尽染儒雅，所以八大胡同不仅引得当朝名流士绅权贵富商趋之若鹜，而且成为前门外风化场所的代名词。

寻根溯源，其实八大胡同烟花业的发达不过只有百多年历史，据说还是由当年乾隆皇帝举行80寿辰庆典而引起。那一次，从南边过来好多戏曲艺人，当时四大徽班中的四喜、春和进京后就分别住宿在韩家潭和百顺胡同。从那以后，相继进京的戏班子大都落脚在附近的陕西巷、李铁拐斜街几条胡同，图的一是进宫近便，二是前门这一带戏园子多，有利于接台口创名号。因为乾隆年间戏班子的眷顾，八大胡同才渐负声名。"人不辞路，虎不辞山，唱戏的不离百顺、韩家潭"，老顺天府这句俗语指的就是乾隆末年这里的境况。

戏班的到来，引得风尘女子齐聚，这片风月场的雏形就此形成。嘉庆、道光两代之后，随着风月堂室争相聚集，八大胡同很快即成为京都最有名的青楼之地。

因为曾经的历史，在八大胡同的青楼之中总能寻觅到前朝各类精致绣品。香包、扇袋、枕套、靠垫这些自不必说，在有些达官贵人常去留宿的幽院楼阁，见到些堪称刺绣上品的服饰、戏衣也不为怪。因此，八大胡同于沈家老爷，非但只是寻花问柳之地，同时也是他淘换前朝绣品佳作的一

【注】所谓"清吟小班"是指旧时头等妓院。这里的风尘女子年龄大约在13到20岁，其不仅相貌出众而且精通琴棋书画，她们所接纳的客人多为有权有势之人，但依个人意愿，可以卖艺不卖身。

个固定场所。这几条胡同几乎没人不知道这个为了绣品出手阔绰的退职前五品文官，她们也清楚他收藏绣品的档次，常把一些从客人那里讨来的精湛刺绣留给他，换取更实惠的白花花银子。

沈老爷和他的七姨太就是因为一件苏绣佳作结的缘。

8年前，大概是慈禧太后过完圣寿节不久，沈老爷在韩家潭胡同的庆元春小班第一次见到了刚刚来到北平的七姨太，她当时艺名叫小月仙，年龄只有20岁。初见小月仙，吸引沈老爷的不仅仅是这个容貌清秀女子的忧郁悲戚表情，还有她衣服上那一圈色彩绚丽的苏绣芙蓉花饰。精于此道的沈老爷一眼就看出那种纵横交叉、分层重叠的绣法十分新颖，几朵靓丽的粉红芙蓉在淡青水波的衬托下显得栩栩如鲜。那天，守着绿竹环绕青砖漫地的雅静茶亭，沈老爷在上好的毛尖香薰中和小月仙聊了一下午。他没想到，小月仙居然是自己的江苏老乡。

小月仙是离苏州不远的宿迁人，父亲是一个评弹弦师，母亲是远近闻名的绣娘高手，一家七口人的生活虽不是有多富足，但可以用"衣食无忧，其乐融融"8个字来形容。导致小月仙堕入青楼的是一场瘟疫，她娘、两个妹妹和一个弟弟相继在半年时间里全都染病身亡。4个亲人的相继病逝让这个本不富足的水乡人家顿时变得一贫如洗，为了给家里留下一点血脉，小月仙瞒着父亲走进南班。她把跳进火坑换来的一点点钱给了爹和弟弟做了盘缠，让他们离开家乡远走南洋。

听了小月仙一席话，沈老爷颇有感慨。待到他了解到这女子不但能书会画而且擅长慢针刺绣，一瞬间就在心里拿定主意。

当日，沈老爷不惜重金替小月仙赎了身，随即把她安排在江苏会馆暂住。

又过了不几天，沈家门前张灯结彩，58岁的沈老爷娶了小月仙作为自己第七房姨太太。按照妻随夫姓的社会传统和以"绣"字排行的家规，他为这个比自己儿女还小十来岁的年轻宠妾取名为沈灵绣。

对于娶七姨太，沈老爷一直认为是自己的明智之举。这个水乡女子不仅性情温柔，而且聪慧勤勉，加之她擅画能绣，对于沈家赖以为业的绣坊

生意起了不小的作用。这些年,她带有浓郁水乡风情的画品受到不少洋人的青睐,沈家刺绣班子以七姨太绘画作品为底稿的刺绣佳作也卖价一路飙升。沈老爷高兴呀,他万没想到自己的青楼救美之举会引来财源滚滚,当年给七姨太赎身的钱早就回来了,而且这些年他家店铺的赢利是翻着番儿地往上涨,令沈家大小都不得不对她刮目相看。还有,七姨太这几年读书识字长进不少,在吟诗作对上常有不凡表现,再加上她相貌俊美,举止端庄,禁不得沈老爷不对她特别宠爱。

19世纪末期,苏绣艺术开始为洋人所赞赏,西学东流的大潮也催动着大清朝的变化。为了让自家绣品不断创新,去年在意大利的都灵开完万国博览会后,观念开放的沈老爷亲自把七姨太送到日本去学习画技。沈老爷计划在七姨太回来后把绣品店再扩大一倍,为此他已经盘下了西珠市口天主教堂附近的一家铺面,还从江南招了几十个心灵手巧的绣娘回来。

七姨太要回来了,沈老爷的生意要更火爆了。他丝毫不担心政局改变会影响到自家生意,兴许民国与外国人的交往多了他还能把绣品店开到日本去呢。那个叫孙中山的临时大总统不也是从日本留学回来的么?

想到这里,沈老爷更加振奋。他让管家和那个演文明戏的班子再联络一下,嘱咐他们后天一定早到。

5

过了初六,封箱的戏班子陆续回来了,前门外一带的戏园子又热闹起来。但是,一向酷爱京剧的沈家七姨太沈灵绣再也没登过这些戏园子一步——自打回国后看了一场沈老爷为她接风的文明戏之后,她对那些古装老戏失去了兴趣。如今,那些有分幕、分场的改良新戏已经牢牢牵住了她的心。

这些日子,沈灵绣经常穿梭于虎坊桥一带的会馆之间,她几乎是场场不落地给那些以京师学堂的学生为主力的文明戏班子捧场。这些文明戏让她或多或少找回了在东京时的那种心头豁然一亮的感觉,因此每次给赏钱时她都出手不俗。在这些文明戏中,沈灵绣最喜欢看的是《秋瑾》,在日本时她

就听说过这位性情豪爽志向不凡的华夏女侠。

不可否认，出国这一年沈灵绣变化不小。她的变化不仅表现在装束、谈吐和画技的提高上，更多的还是别人无法洞穿的思想波动。她曾经读过秋瑾的《致告中国二万万女同胞》和《警告我同胞》两篇文章，对于文中所提倡男女平权深为赞同。

然而，回到中国的沈灵绣却无缘享受男女平权，因为她的真正身份只是一个妾。虽然在沈家她最为老爷宠爱，但身为姨太太的她充其量也不过是一只有生命的花瓶，平日里只能按照地位卑尊俯首帖耳。正是因为心灵无所慰藉，以往的沈灵绣便将所有的心思都融入绘画与刺绣之中，惟有在那片艺术小天地里，她才能真正感受到"平权"的意义。

《秋瑾》打破了沈灵绣生活中的平静。有很多次，她曾在夜半醒来遥望弯月思索着自己的人生。她今年正好30虚岁，恰是与秋瑾慷慨赴义时同样的年龄。秋瑾的30年生命是那样丰富多彩，而自己，难道该在这个深宅大院终了一生？现在老爷子活着还算好，可如果他一旦没了，自己连个至亲骨肉都没有，如何又能为大太太和那几个人尖子似的姨太太所容？"本是瑶台第一枝，谪来尘世具芳姿。如何不遇林和靖？漂泊天涯更水涯。"无数次，沈灵绣低声吟读着秋瑾的咏梅诗句，脑海里抑制不住地闪现出一个影子。

撩动沈灵绣心扉的那个人是文明戏中秋瑾的扮演者，他叫赵欣白，是京师高等学堂的学生。

天上纷纷扬扬下起了小雪，月色中的北平城更显得静谧素雅。七姨太沈灵绣从湖广会馆出来，蹬上自家那辆装饰华贵的人力车。

影影绰绰的灯笼红光下，目送她远去的照例是文明戏班子中的几个学生演员，其中那个脸庞白白净净透着一丝腼腆的俊俏小哥儿就是赵欣白。自从沈家七姨太成了文明戏的常客以来，每每散戏后犒劳这几个学生演员成了一条不成文的规矩。通常，她让会馆准备一桌丰盛的饭菜让学生哥们尽情朵颐，自己只捧着一碗香茶在主位就座。茶饭之间，学生们和七姨太

谈天论地，其中以赵欣白的谈吐最为令她心仪。

22岁的学生坤角演员赵欣白和30岁的沈家七姨太沈灵绣就在这种气氛中熟悉起来，他们的话题从秋瑾开始渐渐变得无拘无束。赵欣白相貌英俊，学识丰博，沈灵绣举止优雅，见多识广，两个人话到投机时都暗感相见恨晚。

今天，七姨太沈灵绣是脸上挂着一股淡淡的忧郁表情离开会馆的，送别她的时候，赵欣白心里也浮起一丝惆怅。

坐在人力车里，沈灵绣一声不吭陷入沉思，完全不似往日看戏归来的样子。刚才，她得到一个消息，过了正月十五京师大学堂要开课，由学生们主演的文明戏从明天起就要停牌。

她左手支着下颚，修长的小指无意识地在脸上轻弹，心里乱乎乎的任凭脑海中各种回忆信马由缰地来回碰撞。直到车子停在沈宅的大门口，听到车夫招呼"七太太，该下车了"，她才回过神来。

"老爷睡了吗？"走进西院月洞门的时候沈灵绣低声问一直等在门口接她的女佣郑妈。沈老爷的房间在隔壁院子，她回国后这十来天，他临睡前总是要到西院来和她下盘棋或是说说话儿。

"老爷去四太太房里了，说是要商量六少爷读书的事。嘱咐七太太您回来早点休息。"郑妈悄声回答。

"噢……"沈灵绣似应非应。

一进屋，暖气扑面而来，地上的两只炭盆烧得正红。沈灵绣脱下银狐皮大衣甩给郑妈，走进东里间靠在自己最喜欢的长榻上。

这是西院中的一个小跨院，里面只有带着小耳房的三间正房。当初，因为沈老爷为培养沈灵绣主攻绘画，特意找了这么一个雅静的小院给她居住。正房三间都不很大，除了进屋的客厅，西面是沈灵绣的卧室，东面是她的画室兼书房，耳房则由女佣郑妈居住。

现在沈灵绣就在自己的画室里。这间屋的四壁挂满了工笔中国画，有花鸟，有鱼虫，但更多的还是仕女。这些画都出自沈灵绣之手，绝大部分是她出国前的作品。从日本回来这些天，过年、应酬、看戏占据了沈灵绣时间的大半，偶有闲暇她也不过是看看书报或者弹几支曲子，对于那张黄

花梨的雕花画案，她已是有日子没亲近了。

心中虽然不悦，但沈灵绣却不失灵感。她突然有了想画画儿的强烈愿望，随即一跃而起走到画案前。她抓起笔，几乎是不假思索地在纸上勾勒，每一次落笔、每一个线条，似乎都显得无比熟悉。很快，一幅身着清服的束发女子画像跃然纸上，画中人正是沈灵绣这些日子百看不厌的文明戏女主角秋瑾。

"七太太画得真好，可不就是跟戏里演秋瑾的那个俊小子一模一样。"直到沈灵绣把笔扔到画案上，郑妈才由衷地赞叹说。

郑妈的话令沈灵绣一激灵，她一下子从意境中回到现实世界。退后几步仔细打量着自己的新作，沈灵绣不得不承认，这个"秋瑾"完全是赵欣白的真实写照。事到如今她无法再欺骗自己：那个温文尔雅的英俊少年已经潜藏在她的心底，搞得她整个人都是沉甸甸的。

沈灵绣有过婚姻，但却从未体验过爱情。她不知道这种总惦记对方的感觉是不是那些新派小说中所讲究的"爱"，但是她知道自己的心里藏着那个叫赵欣白的年轻人。

一瞬间，沈灵绣又为自己的"无耻"感到脸红。她知道，在这个一夫多妻、由沈老爷主宰一切的家里绝对容不得任何妻妾红杏出墙，哪怕是有一丝一毫的念想也不行。沈家的五姨太就是因为在吟诗作赋中流露出对婚姻自由的向往，结果被沈老爷一顿暴打之后软禁起来。五姨太擅长填词，原来也是颇受沈老爷宠爱的儒妾，但是经过这五六年的与人隔绝生活她已经精神失常。

凭心而论，沈灵绣不想走五姨太的老路，再说以她目前在沈家的地位，根本没必要为了一个比自己小七八岁的青年男子放弃眼前的富足生活。可是在秋瑾的感染下，她对自己所嫁的男人和这院子里的一切开始产生愈来愈强烈的厌恶，她想念在东京学习的日子，想念和文明戏班子一干人的每一次聚会，更无法摆脱对那个叫赵欣白的年轻人的牵肠挂肚。

"怎么办，怎么办，我到底该怎么办？"沈灵绣几乎是绝望地从心里发出哀鸣。不知不觉中，她把那张"秋瑾"画像在手中攥成一团，这让刚刚

端着一壶热茶走进屋的郑妈惊讶不已。

一片白雪，一缕茶香，又勾起了七姨太沈灵绣的一些遐想。她站起来走到窗边，掀开窗帘盯住黑夜中即将变圆的明月，仿佛要从那片皎洁的月光中找到能让自己心绪平和的处方。

6

过了元宵节之后，七姨太沈灵绣不再出门了。她终日把自己关在画室里，伴着纸墨笔砚和香茶瓜子过日子。郑妈看得很清楚，她连梳妆穿戴也变得随意起来，每天像应付差事似的打发日子。

从春天到夏天，七姨太沈灵绣除了画画儿就是喝茶吃瓜子愣神儿。沈老爷说她这是进入创作状态了，嘱咐家里人都不得随意打扰。这几个月，七姨太画的绣品走得格外好，沈家从上到下都小心翼翼地伴奉着这个女财神，只有郑妈心里暗暗为七太太揪心。

直到芒种之后，沈灵绣才渐渐从那种与生活游离的状态中恢复过来，她开始和沈老爷聊聊天，也和院子里的几房姨太太走动走动，偶尔还到绣房看看，高兴时还拿过花绷子给绣娘做个演示——对于自己的画稿，沈灵绣更知道用何种针法才能得到最上乘的体现。

终于有一天，七姨太沈灵绣提出要到前门外的店里去看看，这让沈老爷高兴得不得了。早饭后打扮了一小会儿，沈灵绣带上郑妈一起出了门。她今天换了一件葱绿色带金花的中袖宽袍，一条墨绿色镶窄窄金边的盖脚长裙，黑黑的长发盘在头顶，显得气质典雅高贵。

天瓦蓝瓦蓝的，道边的树叶早已连成一片。阳光洒在青灰色的石板路上，坐在挂着半透明纱幔的人力车里，看着路两边连成一排的铺面，沈灵绣的心情渐渐好起来。爱逛街是女人的天性，逛街能医治女人心头的伤痛，所以她今天要可着劲儿逛一把，毕竟是有日子没出来了。

经过虎坊桥的时候，不知是有意还是累了要歇歇脚，车夫的速度放慢下来。沈灵绣伸手将车幔掀开一道缝儿，不由得把目光移向湖广会馆的后

山墙。锁也锁不住的记忆，她眼前又晃动起"秋瑾"的影子。

车夫清了一下嗓子又开始碎步小跑，湖广会馆的建筑渐渐隐去。她按捺住自己的情感，轻轻叹了一口气。

车到东珠市口的时候，在一个挂着黑底金字牌匾的商铺前面停下来。红遍京城的沈家绣坊"般游乐"到了。沈老爷为这店铺取名的出处来自张衡《归田赋》中"极般游之至乐，虽日夕而忘劬"两句。这是他退籍经商后给新店取的雅号，其间可见他对苏绣的着迷程度。

走进店门，沈灵绣没有理会管事先生的殷勤招呼，自顾自走到里边一间铺面，细细仰看墙上挂着的那些画作原稿。这里面有一半都是她这几个月的作品，其中就有一幅真人大小的秋瑾东渡图。在这幅图里，凝聚了她绘画技艺的精髓，内中蕴涵着一种他人无法洞穿的羡慕与思念。她羡慕秋瑾敢于冲破旧家庭的禁锢，思念那个曾经饰演过秋瑾的青年男子。

"咦，七太太！"正当她脑海里浮现出许多冬日旧景的时候，幽思被一声透着禁不住惊喜的低唤打断。她偏头一看，竟似进入梦境般怔住了。她没有看错，眼前这个身着青绸长衫的年轻人，正是几个月来在自己心头挥之不去的赵欣白。

"你……"亦惊亦喜中，沈灵绣无法理顺思绪，她一时不知该说些什么好了。

"真的是你呀，七太太，我还怕是自己看错人了呢。"赵欣白急切地说，一张英俊的脸上满是笑意。

"你怎么会在这里？"顿了一下，她才轻轻发问。

"噢，是为这个……"赵欣白指指墙上那幅《秋瑾东渡》。

"为这个？"沈灵绣有点奇怪了。这幅画是她清明之后画完的，而后送去裱制，挂在这里的日子充其量也不过十几天。

"是这样，"跟在赵欣白身后的管事赶紧向七姨太沈灵绣解释，"赵先生是我们店的老主顾了，从打春节过后他就常来。那天这幅《秋瑾东渡》刚挂出来，赵先生就慧眼识珠非要收藏。可是这幅画是您的非卖品，我跟赵先生说几次了他还是坚持……这不，他连订金都搁下了，我怎么劝他先收

着他都不依。"

"哦!"沈灵绣轻轻应了一声,看了赵欣白一眼。从他的眼睛中她看出冬日在两湖会馆戏台上秋瑾骋怀的场景。

眼见七姨太与买画的主顾认识,管事的赶紧张罗伙计快点把茶端来,又连连夸赞赵先生虽然年轻却学识渊博,对画技和苏绣艺术也品评不俗。

"那就请赵先生到后面茶室小坐,请对拙作多多指教。"此时沈灵绣心态已经平和,话语中恢复了以往的矜持风度。说完她转身朝店铺里面走去。

款步中,一对长长的翡翠耳坠在七姨太腮旁轻轻荡漾,衬出她细腻的长长脖颈和那张白皙却不失粉娇的尖尖脸庞。一排乌黑的刘海儿瀑布般从前额散下,使一双深嵌于颧骨之上的丹凤眼显得更为妩媚。穿过回廊的时候,七姨太抬起玉臂用手中的绢扇遮挡了一下迎面射来的阳光,那姿势美极了。走在她的身旁,赵欣白竟有些看呆了。

茶室里,郑妈早已预备好了七姨太沈灵绣最欢喜的六安瓜片,一进屋,芬芳的茶香就令人心旷神怡。这才是真正适合叙旧的地方。临窗,摆着一张雕工精细的老榆木茶桌和两张明南式官帽椅,沈灵绣和赵欣白相对而坐,四目相对之间传递出不少心里想说的话。

"你瘦了……"静默了几分钟之后,他们几乎是同时说出这句话,而后二人相怜一笑,又静静地对坐。

人就是这样,有时候沟通并不需要过多的语言,一个眼神、一句关注就能够让对方读懂你的心。

呷了一口茶,沈灵绣把眼神移向窗外的几株已经落花的玉兰。"我真的以为再也见不到你了……"过了良久,她幽幽地说。

"我总到你们店里,就是希望有一天能遇上你。"赵欣白的声音也似悄悄耳语,"可是一直没能如愿。我甚至以为你原来和我的交往就是逢场作戏,直到前几天看到那幅《秋瑾东渡》,才知道你心里和我想的一样。"赵欣白告诉沈灵绣,那天他把口袋里所有的钱都交了订金,回去后就四处筹钱。没想到管事的一口咬定这幅画不能卖,这让他的心有一种说不出的滋味。

"我一定要留住这幅画绣,看到她,我受伤的心才会有所慰藉。"他说

这话的时候，紧紧盯着她的双眸，似乎要从那里面搜寻到自己想要的答案。

"相见恨晚呀……"沈灵绣又幽幽吐出几个字。她的眼眶中闪现出几点晶莹，但很快她就掩饰住了自己的心态。

"不晚。"赵欣白很干脆地说了两个字，随即他用渗着细汗的十指捂住了沈灵绣放在桌上的一对玉手。

"啊……"沈灵绣轻轻叫了一声，转头看看坐在外屋埋头刺绣的郑妈。待她感到郑妈似乎根本没注意到屋里的谈话，才渐渐定下心来。

接下来，气氛变得无比轻松。他们一直四手相环小声地说笑着，直到郑妈在屋外喊了一声："七太太，再给您换一泡茶吧。"

郑妈提着茶壶进来，把两杯早已没了热气的绿茶倒掉，然后换上一套红里透亮的紫砂茶具，这回她沏的是乌龙。茶沏好，郑妈俯在七姨太头边耳语几句。七姨太沈灵绣一下子脸颊粉红，她抬起头看着郑妈，目光中满是感激。

"时间太久了，我得回去。"沈灵绣轻轻地说，声音中露着一股无奈。

"那，我们还能见面吗？"赵欣白急切地问，他已经顾不得郑妈就在旁边。

沈灵绣又朝郑妈看看，郑妈不动声色，但却是很坚定地点点头。

"可以。"沈灵绣回答，"但是不能在这儿。"

没等赵欣白再次发问，她已经很干脆地下了指令："郑妈，请你告诉管事，把那幅《秋瑾东渡》让给赵先生收藏。对了，除了订金不要再收钱了，算我向赵先生讨教学问的一点谢意。"

郑妈走了之后，沈灵绣走到书桌旁边。她抽出一支白翎羽毛笔，轻蘸墨汁后在纸上写了一行娟秀的小字，然后把纸条塞在赵欣白手里。"六月初五，不见不散。"她说这几个字的时候脸上表情十分复杂，既有痛苦，也有期待。

赵欣白刚刚把字条收好，管事的出现在茶室门口。他手里拿着一个裱工精制的长长画盒儿，里面装的正是秋瑾东渡图。

管事的送赵欣白出去的时候，七姨太沈灵绣面对着墙上一幅郑板桥的字画没有回身，直到听见郑妈招呼该上车了她才缓过神来。

7

天气渐渐热起来，还有两天就是小暑了。一天，趁沈老爷来到七姨太院子谈诗论画的间隙，郑妈小心翼翼地提出自己娘家妈最近身体不好，希望能准几天假回去看看。

"准假么……"沈老爷拖着长声说，这通常表示他对要议的事情犹豫不决，"你走了谁照顾七太太的起居呀？她这几个月可是够累的，身边没人万万不行。"

"哎，我还真是累了。"七姨太嗲嗲地说，"老爷您要是允许，我都想到乡下去透透气，换换心境。"话没说完她已把沈老爷的水烟锅儿点好，从两片薄薄嘴唇里吐出的声音娇柔得让人不忍拒绝。

"哎呀，七太太您想换个心境到我们那儿正好呀。"没等沈老爷发话，郑妈兴奋地插嘴说，"我们村儿离着卢沟桥忒近，我敢说，桥桩子上那些小狮子到了您笔下肯定是活灵活现。"

"喔——"听郑妈这么一说，沈老爷动了一下身子，他不动声色地又吸了一口水烟。

"要真能去看看卢沟桥那敢情好，"七姨太一抿嘴说，"可惜我是空听了多少年的卢沟晓月，要想见一眼真景致却不知得等到猴年马月喽。"

她声音里透着一股委屈，这让沈老爷觉得有些内疚。当年他在庆元春小班第一次见到七姨太的时候就曾侃侃而谈卢沟桥，还应允得机会带她去看卢沟晓月。娶了七姨太这许多年他渐渐把这事都忘了，没承想今天却让她拾起了话茬儿。

"要想去也不是不可能，"沈老爷吐了一个漂亮的烟圈慢悠悠地说，"只是我最近一大堆的事缠身，恐怕是陪不了你看月亮了。"

"老爷，您真有心让我去？"七姨太一脸的惊喜，"其实有郑妈和大力两个跟着我就行。这样我的起居也有人照顾，郑妈也能捎带脚回家看看，岂不是一举两得？保不齐呀，这卢沟桥还真能给我带点新灵感呢。"

说着，她款款走到沈老爷身后，伸出纤纤十指在他肩头上揉搓起来。

接下来一切都顺理成章，沈老爷不但答应七姨太可以和郑妈一起到乡下住几天，而且特别赏了郑妈一块大洋，让她回家时给老妈买个点心匣子。

过了一天，晨曦刚刚射向城楼，两匹健马拉着一辆素雅却不失奢华的棚车出了广安门，车上坐的正是沈家的七姨太沈灵绣，当然还有郑妈。

宛平城说是一座城，其实只有一条不宽的青石板路，抬腿从城东走到城西也不过抽袋烟的功夫。但是自打乾隆皇帝给卢沟桥题辞赋诗以后，小城却添置了几个十分讲究的客栈，春去秋来，住在这里的全是来踏青逛景的京城达官贵人。

沈灵绣住在城西路北的一家客栈里，占据着一个面积不大但却十分雅致的小院。午睡后，她推开两扇洒满树影的纸窗，目光落在几株随风摇曳的青藤上。虽然这里的天气凉爽宜人，可她还是觉得心里有些燥燥的。

夕阳渐渐离去的时候，沈灵绣终于见到了匆匆赶来的赵欣白。见到他那一刻，她的眼睛里闪现的不仅是欣喜和爱恋，而且还有一种好似母爱的柔情。她目不转睛地望着眼前的年轻人，抽出手绢为他拭去脸上的汗水，而后轻轻地说："累了吧，咱进屋。"听她那语调，好似站在身边的是一个需要让人照顾的大孩子。

赵欣白似乎并没注意到沈灵绣充满关切和爱怜的语调，一进屋，他就顺势把她揽进怀里。"想死我了……"他只来得及说出这4个字，随即将两片炽热的嘴唇紧紧贴在她的面庞上。

沈灵绣没有推却，任凭这个比自己弟弟还小的男人尽情爱抚，这是一种至高无上的情感享受，在她30年的生命轨迹中还是第一次。

很久很久以前，当她踏进青楼的时候就以为自己的心已经死去，这辈子都不会再爱上男人。可是真没有想到，为了这个稚气未脱的大男孩儿，她居然敢大胆地抛弃了妇德。她不知道这爱对自己是意味着幸福还

是再次沦落，但至少在此时此刻她不想放弃。轻轻地，她依偎在大男孩儿的臂弯里，闭上眼睛想让自己的大脑休息一下，但思绪却拒不听从意志的指挥，脑海里闪过的景象纷乱而清晰。不知不觉中，几滴泪珠汩汩流下，一股咸涩侵袭了她的甜蜜。

"你怎么了，沈太太？"赵欣白捧着沈灵绣的面颊惊愕地问，以他的年龄和阅历实在想不透她为什么会在这种时刻掉泪。

"没什么。"她用手帕擦擦眼角，过了一两分钟才缓缓地说。为了掩饰情绪，她转身到红木书桌旁倒了两杯茶。

"对了，咱俩在一起不要叫我沈太太，我不喜欢。"她把茶递给他的时候淡淡地说，"什么太太不太太的，不过是人家的姨太太罢了。"她捧起茶杯并没有送到嘴边，口吻里满是自嘲。

赵欣白端起茶刚喝了一口，听到她的话忙放下茶杯。"那我叫你名字好了。"他想了想认真地说，"沈灵绣，你的名字挺好听的。灵绣……"他叫了一声，孩子般地笑了。

"那不是我的名字，我不姓沈。"她垂下眼帘幽幽地说。这一刻，她显得格外伤感。

"你……"赵欣白脸上一副困惑的表情，"那我应该叫你什么？"

"不知道。"她摇摇头，"我原来没有正式名字。只记得小时候父母叫我阿囡，一叫就是十几年。后来……她们按照班子里的排序，给我取个艺名叫小月仙，沈灵绣这名字是老爷给我赎身时起的。"

听她说完，赵欣白吃了一惊。这么一个清秀可人知书识礼的女子竟然会没有自己的名字，这是他和她相识这些日子从未想到的。但很快，他就带着男人的自信对她说："没关系，我们就取一个属于你的名字。"

"真的？"她兴奋起来，"那太好了，麻烦你现在就取吧。"

"那，你知道自己姓什么？"

"我娘家姓王，在我们那里是个大姓。"

"喔，姓王……"他沉思了片刻，用手轻轻敲着桌子。"有了！"他欢快地叫起来："你就叫碧琰吧。王碧琰，这名字怎么样？"

"王碧琰——"她轻轻地重复着，"很好听，什么意思？"

"这名字表示咱俩永远相爱。"赵欣白说着用手指蘸着茶水在桌上写下了一个大大的"碧"字。"你看哇，'碧'字上面一边是你的姓——王；一边是我的名——白；王家阿囡与欣白相爱，海枯石烂不变心，这不就是碧吗！琰呢，是王字旁加两个火，代表我们两颗火热的心连在一起。哎，你觉得怎么样？"赵欣白兴奋起来，他踱着步子右手食指在空中比来划去，写的都是"碧琰"两个字。

"碧琰，王碧琰……嗯，确实不错，我喜欢。"她若有所思地点点头，然后冲着赵欣白回眸一笑："我有自己的名字了，真的太好了。谢谢你——"她起身用双臂环住赵欣白，情不自禁地在他脖颈上吻了一下，这是她有生以来第一次主动亲吻一个男人。

3天时间很快过去，七姨太沈灵绣——不，我们应该叫她王碧琰，必须回城了，她和赵欣白不得不分开。

"碧琰，跟我一起走吧，我们离开京师。"那天清早，赵欣白站在红木书桌前望着墙上挂着的商朝甲骨良久，终于说出一句话。说这话的时候他没敢回头。

"走——到哪儿去？"王碧琰坐在椅子上轻轻地问，声音里透着无限忧伤。

"我准备去天津，读法律。"赵欣白说。他急促地转过身拉起王碧琰，"跟我一起走，开始我们的新生活。"这时的他显得十分坚定，在王碧琰眼里他一下子就从大男孩儿长成了大男人。

"让我好好想想……"她略为犹豫了一下说。

"为什么？"此时的赵欣白咄咄逼人，"你后悔了？你害怕了？你舍不得离开现在的养尊处优生活？不错，你是嫁了人，但这并不意味着你不能拥有真正的爱情。那个老头子能给你什么？那样的环境难道也叫家？"随着语速的加快，他把王碧琰的手拉得更紧，她感到有点痛了。

"一下子发生了这么多的事情，给我点时间。"王碧琰抽回了手，"让我好好考虑考虑。"

"还要考虑什么？我们马上离开这座城市。世界这么大，一定会有属于我们的一席之地。"赵欣白急迫地说，

王碧琰摇摇头："你以为事情那么简单？沈家会放过我？"

沉思片刻，她整理一下薄纱披肩，又一次张开口，"欣白。我不会忘记你！"她鼓足勇气说完这句话，径直走向门外。

客栈外，青石板路上响起清脆的马蹄声。随着笼罩宛平城的薄雾渐渐散去，那声音越来越远。

8

整整一周，王碧琰都在思考赵欣白向她提出的问题。出国一年，她的观念发生了很多变化，而回国这半年多来，现实生活又在督促着她实践自己的新观念。她已经逐渐意识到，沈家这种表面安定的生活并非是自己所需要的，更重要的是，她在这个院子里无法找到真正家的感觉。不错，她在沈家衣食无忧，而且能做些自己感兴趣的事情，但无论"自由度"有多大，她在这个家充其量也就是个姨太太，而且是个排行第七的姨太太。这种身份固然在京城的豪门显贵家庭中并没有多么显得另类，但却让她在现代社会的人际交往中大失尊严，使得她自己越来越不能容忍。毕竟，如今已是民国时代，社会婚俗正在发生着潜移默化的转变，王碧琰平时也喜欢读报刊上的社会新闻，她真的很羡慕那些敢于决定自己婚姻的新派女子，比如说像秋瑾那样敢作敢为的女人。

毫无疑问，王碧琰知道自己很爱赵欣白，她现在确认他的爱也是认真的。但正因为如此，她才不想让他们之间的爱情变得偷偷摸摸有失尊严，更不想让任何不安因素注入他们以后的生活。对于以后的日子，她现在必须独立做出决定，而且这个决定必须要考虑到如何维护自己的尊严和长久幸福。王碧琰早就清楚地知道，自己在沈家的幸福和安定都只是暂时的，是沈老爷的健康在维系着她目前看似平静的生活，有朝一日，一旦沈老爷有个三长两短，等待自己的将不知道会是什么命运。

　　她曾经想到过离婚，就像秋瑾那样，可是这种方式在沈家肯定行不通。她完全能够想像得到，只要吐出"离婚"这两个字，自己不仅会整天伴着沈家上上下下的唾沫星子过日子，而且恐怕连走出院子的自由也没有了。或许，遇上哪天沈老爷耳根子一软，她还会再被卖回到青楼也说不准——沈家的大太太和二姨太、三姨太不是早就放出风，只要老爷子一不管家，那她的命运就得由她们说了算吗？这是她最不能容忍的事，如果重回青楼，她宁肯去死。

　　眼前的一切让王碧琰不再犹豫。她把自己对新生活的希望寄托在那个叫赵欣白的年轻人身上，只是，她需要用一种聪明的方式走到他的身边，既能真正解放自己，又能让沈家从此不再找麻烦。

　　王碧琰很清楚，以自己现在的身份，如果和赵欣白走到一起，将很难得到他家里的承认，或许赵欣白的经济来源还会就此被切断。虽然这些年她在绘画上小有名气，但那都是以"沈灵绣"之名打下的基础，而那个名字只要她走出沈家便将被永远埋葬。所以，为了能让赵欣白顺利完成学业，也为了让他们日后的生活有个基本保障，她需要仔细清理一下自己所能支配的财产。

　　打开卧室里的雕花大柜，首先冲入王碧琰眼帘的是几个红木首饰盒。庆幸的是，这些年沈老爷花在她身上的银子不少，无论是绫罗细软还是玉器首饰，只要他觉得般配或是七姨太多看两眼的，就统统往家里的小院儿搬。所以现在属于王碧琰的个人饰品足足装满了几个大首饰盒，她还有那些挂在墙上从未示人的工笔仕女画，每一件都独一无二，这些无疑都是一笔可观的财富。

　　接下去一周，王碧琰照例足不出户，但她经常差遣郑妈上街去买些小东西，每次郑妈也总是夹带着一些衣物送到不同的当铺或是直接给到打小鼓的手里。王碧琰利用当铺存储了一部分值钱的器皿和衣服，同时也积下了相当数量的银票，这正是她的聪明之处。

　　卖东西的事郑妈做得小心翼翼，她尽量让别人相信自己只是为了贪点小利而从主人家私拿了这些财物，这样那些收买东西的主儿就会替她保密。

过完中秋节，郑妈辞工回乡下去了，据说是她的老妈病得很厉害。沈老爷为他的七姨太又买了一个名叫翠翠的十五六岁的小丫环，她手脚勤快但凡事从不过脑子，忠实按照主人的指示去做是她最大的特点。王碧琰好像对新来的翠翠还算满意，她依旧是深居简出，日日读书作画品茗弹琴打发时光。

然而内心里，王碧琰一直在考虑自己的计划是否周密，每每想到生活中即将掀开的新一页，就使她无比兴奋，有时，想到未来的不安定性，她又感到很惆怅。

但无论如何，要想获得新生活就必须承受风险，她必须迈好走出沈家的第一步。

9

进入阴历九月，京城发生一件大事，袁世凯在皇城西苑中南海正式就任大总统，闹得京城有点人心惶惶。沈老爷这些日子总喜欢出去和前清一帮子遗老遗少们聚会谈论政局，常常是夜半三更才回到家里。到底是年事已高，沈老爷回家后基本是倒头就睡，他告诉管家，如今只有健康与性命为大，家里出了天大的事儿也得等第二天他睡醒了再禀报。沈老爷的变化被王碧琰看在眼里，她知道自己的机会来了。

霜降过后一个阳光明媚的秋日下午，王碧琰告诉沈老爷说要去西便门附近的白云观烧灶香，随后就带着小丫环翠翠出了门。这天她打扮得十分华贵，织锦缎的夹里旗袍上套着一件狐狸皮小坎肩，脖子上戴着一串晶莹的珍珠项链，颗颗珍珠都有拇指盖大小。她把一头浓发盘成日本式发髻，上面插了两支精致的翡翠玉钗，据说这对玉钗是打皇宫中流出的珍宝，当年隆裕太后大婚的时候曾经戴过。王碧琰出去的时候坐的是从街上雇来的黄包车，她把沈家的人力车留给了下午准备去泡茶馆侃时政的沈老爷。

上灯以后又过了一个时辰，小丫环翠翠一个人忙里慌张地跑回来了，她进门就上气不接下气地问："七姨太回来没有？"得知七姨太一直没回

来，翠翠一下子跌坐在在门坎儿上，眼泪哗哗往下淌。"糟了，我把七姨太给丢了。"她哽咽着害怕地说。

据翠翠说，她陪着七姨太到白云观，走一个殿堂就烧一回香，这么一路走着、烧着就到了东路的雷公殿。当时看到七姨太一直在看碑文，她就去小解，没想到回来七姨太便不见了。后来她找遍了观里观外，也没见到七姨太的影子，眼瞅着天黑了，白云观也关门了，她只得一个人回来。

七姨太的失踪成了沈家的一个谜。因为怕丢脸面，沈家没有大张旗鼓地找寻，但四下里却派出了不少人手。

立冬那天，北平的报纸上登出一条不起眼的小消息：沈家七姨太投河自尽，因为在安定门护城河边上发现了她出走时穿的鞋。令人疑惑的是，七姨太的尸首却一直没有捞上来……

转年正月，京城的人们早已忘了沈家溺水而亡的七姨太。在天津，海河边一幢小楼住进了一对年轻夫妇。新房客是十分恩爱的小两口儿，男的叫赵欣白，在北洋大学堂里读书；女的叫赵王碧琰，终日料理家务，她手边总有一只漂亮的刺绣绷子。

1921年 大连

一个幽灵，共产主义的幽灵，经历了73年的时空穿梭，1921年从遥远的欧洲游荡到古老的中国。盛夏，随着13个有志之士聚集在上海一个普通弄堂的普通院子里，一个新的政党——中国共产党诞生了。这一年，成为中国近代历史上一个最值得纪念的年份。

同样在1921年，在中国东北，日本财团开通了从长崎通往海港城市大连的海底电报线，大连与日本的联络变得十分便捷。

1921年，大连姑娘耿维馥从来没听说过"共产党"这个词汇，更不知晓陈独秀、李大钊这些从日本接受了马克思主义并且投身于拯救中国的一代人杰，仅仅出于对爱情的想往，她选择了远嫁日本。

10

早上7点多钟，耿维馥掀开被子下床。她穿着睡衣走到楼下厨房，正在忙活着早饭的母亲嘱咐她说："馥儿，今天你早点准备一下，一会儿我们到老虎滩走走。"

"我不想去。"耿维馥硬生生地回了一句，她心里太知道"走走"的意思，这是母亲为了让她相亲想出的一个策略。已经到了7月，这时候的大连天高气爽，可是一听母亲提到相亲的事，耿维馥就感到心里一阵燥热。

"那怎么行？"耿太太眉毛一立叫了起来："你孙大娘约好了人在那儿等我们呢。唉，你还当着现在是前几年哪——"话一出口，耿太太自觉失言，马上低下声来哄着女儿说："好闺女，你也不小了，还想让娘为你着急到什么时候？看看你那些小伙伴，现在哪个不是儿女绕膝满地跑，唯你这个倔性子。再说，你今年在公学堂的书也读完了，还能总在家里待着？"耿太太说着叹了一口气，这让耿维馥心中又产生一丝歉意。

　　过了中秋，她就满21岁了。21岁的姑娘，在民国之初早就算得上是大龄未婚女子，加之识文断字且属于凡事有主见的新派女子，使得作为母亲的耿太太连做梦都在为二女儿的终身大事操心。实际上，耿维馥并非不想嫁人，她的内心早已感到寂寞，因寂寞产生的一些烦躁情绪也早已从一些日常举止中渗透出来，最常见的是她偶尔会莫名地对母亲发上一通脾气。

　　这一刻，她突然觉得有点对不起母亲，便不再出言顶撞，只管低下头一把一把地从盆里往自己脸上撩水。

　　过了16岁生日，耿维馥就有了相亲的经历，但这两年给她提亲的人却是少了许多。耿维馥不是抱定独身主义的标新立异女子，看着女伴们一个个嫁人生子，她心里也常常产生不自觉的羡慕，期待着有一天自己踏入婚姻的殿堂。不过，毕竟是民国时代了，耿维馥又是多读了几年书的新派女性，所以她在婚姻大事上一直有自己的主见。耿维馥并非圈定了什么硬框框要找一个特别符合标准的丈夫，只是现实经历中，她总是不自觉地把那些相亲对象和早年见过的一个人细细比较。正是因为有了一些既缥缈又很切实的衡量尺度——京片子口音、谈吐幽默、能画会唱、洋文说得好又有大学问，以及人还要帅气潇洒倜傥，这些年耿维馥对那些走马灯似的从身边经过的相亲对象一个也看不上眼。渐渐地，左邻右舍都知道耿家二姑娘的眼眶子极高，所以很少有人再来给她当月下佬，就连那些专爱做媒的巧嘴婆娘也因为三番五次挨过撅，登耿家大门的次数越来越少。

　　随着年龄的增长，耿维馥变得实际起来。领到大连公学堂毕业证书那天，她就替自己盘算好了未来：过了这个暑假到北京去寻觅一份工作，然后在适当时候去日本留学。大连的日本人多，这几年她学了日语，出去应付日常交际没有问题。不过耿维馥并没有把自己的打算告诉家人，为了不受到阻碍，她准备在临行前再向父母透露风声。

　　"馥儿，我们去走走吧。"耿太太还在低眉细气地劝导女儿，"天气这么好，就当你陪娘出去散散步好了。"

　　"好吧……"耿维馥抬起头慢慢吐出两个字，说话时她看着墙上的老镜

子，然后拿着毛巾轻轻拍打着脸上的水珠。耿维馥之所以答应"走走"是不想太伤了母亲，至少在自己离家前这段时间她想努力做一个让母亲高兴的乖女儿。

"真的！"听到女儿答应去相亲，耿太太的声音一下子提高八度，耿维馥从镜子里看到她娘脸上的笑靥好似一朵桃花。

"听你孙大娘说这回的小公子人相当不错，是在北京的国立清华大学读书，还会美国人讲的洋文呢。要不你孙大娘也不会给咱馥儿介绍是不？噢，他家里是在旅顺开厂子的，听说有个叔叔在大连吃官家饭……"耿太太终于敢用原腔原调在二女儿面前说话了，她高兴地把自己知道的点点滴滴都告诉女儿，好似那个没见过面的大学生已经成了自家的准女婿。

"那他是不是还要回北京呀？"耿维馥似乎漫不经心地问了一句，依旧在用毛巾轻轻拍打着耳根。

"当然了。人家还要继续念书呢。听说在北京念完了还要去美国念呢。"

"噢……"耿维馥举着毛巾的手一下停住了，她猛地转身面向母亲，心里突然忐忑不安。

耿太太没有注意到女儿的表情，她在围裙上擦擦手，转身把一盘海螺炒鸡蛋放在饭桌上。

就在这一瞬间，耿维馥已经决定争取让这次相亲有个好的结局——她渴望婚姻成为命运的转折点，她需要见大世面。

随母亲走出大门的时候，耿维馥的靓丽吸引了街边很多目光。她穿着一件素花小袖旗袍，纤细的腰身婀娜轻盈。平日里搭在肩后的两条蓬松大辫子如今被她在脑后交叉盘出一个花环形状，配上前额卷曲自然的刘海儿更显出清纯之美。耿维馥属于娇小玲珑的那类东方女子，她用一双系着蝴蝶结的白色坡跟鞋弥补了自己身高的不足。

坡跟鞋在石板铺就的街道上发出清脆的响声。耿维馥觉得这响声好似音乐的节拍，她正在音乐的伴奏下，带着一脸灿烂的笑容去迎接自己转折性的人生。

11

阳光下，大海的颜色就像是晴天碧日里蓝蓝的云彩，两条长长的身影投在海边的沙滩上。耿维馥斜靠在一块大大的礁石上，躲避着越来越高的太阳。她任石头的凉气沿着裸露的臂膀传遍全身，感觉十分惬意。

让耿维馥惬意的还有站在对面的那个青年男子，他大约二十三四岁年纪，身高在175厘米左右。清秀、白皙、举止大方和说话彬彬有礼构成了青年男子留给她的第一印象，尤其是他那一口悦耳的纯正京腔，已经很大程度上获得了她的好感。她很喜欢听他说话，这个年轻人在清华大学读的是工科，但是他的文史知识显然十分丰富，说起话来总能恰如其分地使用一些成语和历史典故，这让耿维馥于不自觉中已经对他有所佩服。确实，无论从家世、学识和外在条件来看，他都是一个理想的结婚人选。虽然她对他的性格还没有更多的了解，但仅仅从谈吐来看，这绝不是一个书呆子型的人物，他的开朗与幽默一点也不比6年来一直藏在她心底的那个人逊色。

耿维馥对这次相亲的满意从她眼神中流露出来。同意这门亲事首先是对面的这个男人与她心目中白马王子的条件几无二致，同时还意味着她可以实现去北京的第一个目标——而且会是风风光光地嫁到北京，这样至少可以省掉她独自出走和父母摊牌时的那些麻烦。

显然，青年男子对耿维馥也有着十二分的好感，否则他不会在媒人孙大娘同耿太太离去后提出到海边的建议。7月的海风吹在身上令人感到爽润，这里正是谈情说爱最好的地方。两个一见面就互有好感的青年男女正在慢慢渗透对方的心田，海浪的涛声让他们丝毫不用掩饰此时此刻的愉悦。

或许，这就是一见钟情？耿维馥心里想。她的眼睛里闪动着某种以前相亲时从未有过的光彩，那光彩正在渐渐溶化掉她与对面青年之间的心理距离。

大约半个多时辰之后，耿维馥对她相亲对象的陌生感已经淡漠得了无痕迹，现在他们两个并肩坐在大礁石下面的一块平整石头上。橙红色的太

阳斜挂在海平线上方，光线既不灼人，也不昏暗，伴着淳厚海风送来的一道道白色浪花，光和影造就出一幅变幻莫测的绚丽画卷。

这是一个最容易引人产生梦幻的时刻，面对一望无际的大海，任何情侣都无法抑制憧憬未来。

消除了初次见面时的拘谨，耿维馥又恢复了她平日活泼机灵的本色。"讲点你在北京看到的又新鲜又有意思的事吧。"她一只手托着下颚对着男青年说，听口吻就像是见到一个久别重逢的朋友。耿维馥现在希望更多地了解北京，了解那座古老都城的风土人情。因为自打11岁那年在好朋友赵欣然家里见过那幅男扮女装的秋瑾照片之后，她就渴望听到更多关于北京的事情，更何况现在北京于她又有了一层很可能是婚后迁居地的关系——虽然这关系现在只是朦朦胧胧，但并不会影响到此刻她充满渴望的好心情。

"好哇！"她的相亲对象亲切地说，他很高兴这个漂亮的聪慧女孩能这样快地摆脱陌生感而向他提出要求。"上个月，北京成为特别市了，可是当市长的还是袁世凯任命的老官吏……"

"这事儿没意思。"耿维馥撇撇嘴有些不屑，"报纸上早就登过了，既不新鲜也没趣儿。"

"那……"他愣了一下，马上又接口说："北京现在正在大街上铺轨道，很快就会通那种车顶上带辫子的叮叮车了。"

"哈哈……"耿维馥笑了起来，"你真是少小离家老大归。有轨电车那也叫新鲜事儿？咱大连早好几年就有了，难不成你还没坐过？"

"可也是。我这可真是班门弄斧砸到自己脚上了。"他说完这话做了一个很滑稽的手势，两个人都开怀大笑。

"接着说。"耿维馥不依不饶。

"嗯……"他歪着脑袋想了一下，猛然一拍大腿，"这是件又新鲜又有趣的事儿，保证你没听说过。"

"那就请讲。"

"前些日子，北京一张报纸上登出一则征婚启事……"

"不会是你偷偷登的吧？"耿维馥说完，捂着嘴窃笑。

"不是不是，怎么会是我呢？是一个留日的家伙登的，他妻子死了想续弦，想找个读过中学堂的女学生。"

"那也不是什么新鲜事。早好多年章太炎不是就在报上登过征婚启事，要找有文化、不缠脚的女子结为秦晋之好。"

"你别急嘛，这新鲜有趣的事儿在后边呢。"

"那你说。"

"因为那家伙的征婚启事写得挺有意思，我们有个同学想和他逗逗文采，就起了假名叫谢毓秀，装成女性口吻给他回了一封信。"说到这里，他故意停顿下来，等待耿维馥的反应。

"那家伙居然没识破？"耿维馥饶有兴致地问。

"你算猜对了。那个征婚的家伙就是没看出来。"

"真的？后来呢？"

"后来？后来就更可笑了。他居然给我们那个男生回了一封信，要求两人见面叙叙爱情呢。"

"哈哈……哈哈……"耿维馥忍不住大笑起来，"有意思，真有意思。这个倒霉的家伙……"

"还有更有意思的呢。那人居然在信里大谈自己对亡妻的感情，连他死去的妻子爱穿洋装这样的事也交代得清清楚楚，我们猜想他大概是想让'谢小姐'穿洋装和他会面吧。"

"看来大谈感情也是假的。他要真和原来妻子感情那么好，为什么人刚一死就征婚？"耿维馥的话十分犀利。

"是啊，我们也这样想。不过那位仁兄还算老实，据他说自己留学本来就是因为妻子的资助，亡妻最大的期望就是他留学能拿到博士学位，可是妻子一死，他因为悲伤过度却无心读书。后来仔细想想这么下去也不是个事，不但自己情绪不佳，还枉费了死去妻子的一番心意。所以他就想娶个续弦陪自己到日本把学位拿下来，只有这样才算对得起死去的妻子。再说，没准他还肩负着传宗接代的家庭使命呢。"他调侃了一句。

"这人也真够痴情。"她慨叹着，深深地吸了一口气，"可是明知他心里

装着别人，谁又会心甘情愿嫁给他当活陪衬呢？"说完，她把目光转向无垠的大海。

她脑海里又浮现出一个6年前见过的身影，那是她的偶像，是她相亲时衡量对方的标尺。她的偶像早已在6年前携妻东渡，如果不出意外，他们应该早就生儿育女当上了父母。

看到自己讲的这件事引起了耿维馥的兴趣，她的相亲对象还想多说几句，以便让他们的谈话继续下去。

"说实话，那家伙的资质不算差，在日本读着学位，还在大学兼职教课，是个很有学识的人。哎……"说到这里他突然想起什么："那家伙好像也是大连人，他说家里只有一个妹妹。"

"什么？"耿维馥身上一下子冰凉，她回过身目不转睛地盯着他，足足一两分钟后她才轻轻地吐出几个字："他叫什么？"

"姓赵，我记得是叫赵欣白。"

一瞬间，耿维馥的血管仿佛凝住了，她的脸变得煞白，身体向后仰着似乎马上就要晕倒。她怎么也不能相信，自己的偶像已经回国，而自己浑然不知还兴高采烈地在这里相亲。

"你怎么了？没事吧？"他的问话似乎从很远的天边传来，依旧是一口纯正的京腔，但在耿维馥听来已经没有了丝毫悦耳。

她慢慢地站起来，心不在焉地用手抚平旗袍上的碎褶。

"对不起，我要回去了。"她轻轻地说，然后头也不回地离开海滩。

刚才还在侃侃而谈的相亲对象被彻底搞蒙了，他站在礁石旁茫然地望着耿维馥渐行渐远的身影。初时，她的步子显得无比沉重，但随着身影的远去，那步履逐渐变得轻快起来，到了最后，她居然不顾身着旗袍的不便，脱下鞋子跑了起来。

海滩上，只留下深浅不一的两行脚印。

12

在靠近内墙的一张桌子旁坐定后，赵欣然要了一壶上好的蓝山咖啡。耿维馥两只眼睛不住地打量着大连城里这家最有名的咖啡馆，以此来掩饰心里的惶惶不安。此时离上午相亲的时间不过只有几个小时，她已经从头到脚完全变换了装束。现在，她把一头黑发从头顶编下来，又在发根处折成吊鬓，再用两个银色小星星发卡拢住两鬓的几缕碎头发。这发型配上一件淡蓝色小花的泡泡纱半袖连衣裙和偏带儿高跟鞋，使耿维馥于妩媚中尽显时尚。连衣裙是两年前她让裁缝仿着好朋友赵欣然结婚时她哥哥送的一件衣服做的，由于把领口和袖口的蕾丝换成了夹金丝线牙边，这件衣服比赵欣然那件从东洋捎来的真货少了几分奢华却多了几分雅致。

一小口一小口地品着杯中的咖啡，耿维馥表面上在听赵欣然喋喋叙道她在医学院的琐事，心里却完全让赵欣白的名字所占据。她不由得回想起第一次见到赵欣白的情景——事实上从看到他的第一眼起，她就对这个风度翩翩的青年男子产生了依恋。不过赵欣白已经有了妻子，而且任何人都能看得出他们夫妇的感情很深。

1915年清明过后，耿维馥第一次见到赵欣白，那时她还不到15岁。那次她是陪着赵欣然偷偷去看他，当时他住在两间租来的楼房里。后来耿维馥才知道，因为娶了一个青楼出身的旧官吏人家姨太太，而且那女子还比赵欣白大了整整8岁，结果他被赵老爷从家里轰了出来。当时赵老爷发了一句狠话："你小子若不离开这个女人再明媒正娶一个好人家女儿，就别想再踏进这个家门。"

赵欣白被赶出来后倒也没所谓，他从一个日本人手里租了两间房子，一边在大连学习绘画，一边联系商家店铺出售他妻子的一些绣品。

日本楼房前面有一个不大的花园，耿维馥她们拐过街角的时候，见到一个穿着西装的年轻人坐在那里画画。"看，那就是我哥哥。"赵欣然拉了一下她的胳膊兴奋地说。即刻，她松开好朋友跑到自己哥哥面前。耿维馥

靠在花园围栏上望着这对长得并不特别相像的兄妹，在脑子里努力将自己看到过的秋瑾剧照和眼前这个男子重合在一起。

大概是听说妹妹带来了朋友，耿维馥看到赵欣白的眼睛移向自己。他放下画笔站起来，用两个指头捏出手帕使劲擦了擦沾在手上的颜色，然后朝着耿维馥走过来。"欢迎你，可爱的小妹妹。"他用悦耳的京腔像唱歌一样说，随即向她伸出了右手。耿维馥连忙从围栏边挺直身体，她慌乱地伸出两手不知所措。赵欣白轻轻抓住她的右手摇了摇："你好，很高兴我妹妹有这样一个漂亮的好朋友。"他的口吻里透着亲切，这让刚刚经历了有生以来第一次和男人握手的耿维馥渐渐消除了不安。

"你会演戏还会唱京剧？"当他拿起画板准备带她们回屋的时候，耿维馥鼓起勇气对他说出第一句话。

"那些只是我的业余爱好。"他微微一笑平淡地说，"我现在主攻美术。"他拍了拍画板，耿维馥这才注意到画板上的景色正是她们所在的地方，花园右边的小洋楼前面还有一个身着洋装的贵夫人。

"真美。"她不由得发出赞叹。

"呵，这是我的夫人，一会就可以见到她。"赵欣白很骄傲地说。"对了，以后如果有时间你来当模特，我给你画一幅。"他转过头对耿维馥说，嘴角还是挂着笑意。

"真的？"她兴奋地问。

"绝无虚言。"

"我一定来！"耿维馥高兴得紧紧拉住赵欣然，她真的从心里好喜欢这个大哥哥。

他们走到楼房前面的时候，一个皮肤白皙的少妇出来开门。她穿着一身很合身的家居便装，头发梳理得一丝不苟。她的发型既不是民国时流行的中式发髻，也不是在大连司空见惯的日本妇人盘头，而是从头顶向两边一缕一缕地添加头发编成的两条发辫，然后交叉在脑后。这样，好像她头上整圈盘着一条没有辫梢的辫子，人显得精神利落又充满生气。

耿维馥怎么也没办法把眼前这个女人同"青楼女子"和"前清小妾"这

样的词汇重合起来。她举手投足带着毫不做作的优雅，说起话来圆润细柔，那双不断闪动着的大眼睛中流露出的是自信与随和。她就是老人们常说的那种"南班烟花"？但在耿维馥看来，她更像是一个时刻护卫着自己孩子的贤惠母亲，无论从她对待两个女孩子的态度还是在对待赵欣白的神情上，都时时流露出母爱的痕迹。

那天，王碧琰做的几个京味炒菜和日本小点心让耿维馥吃得肚子好撑好撑，饭后她们聚在餐桌边翻看赵欣白夫妇的相册。没过多长时间，耿维馥就消除了与王碧琰之间的拘束感，她觉得和这个女人交谈使自己能长不少见识。赵欣然没有像通常人家那样叫她哥哥的妻子"嫂子"，耿维馥随她一起叫，称呼赵欣白的妻子为碧琰姐。

几周以后，耿维馥和赵欣然又去过一次她哥哥家，但是赵欣白不在，家中只有碧琰姐一个人在花园里绣花。她家住的小洋楼前面已经是绿荫一片，她穿着连衣裙坐在被嫩绿叶子覆盖的大树下，像是画中人一样美丽。

又过些日子，耿维馥特意路过花园时又见过几次碧琰姐，不过她再没有绣花，而是每次都在树荫下的石桌旁教日本人讲汉语。那些日本人都是大连城里有名的大商人，耿维馥认得其中一个叫本庄繁，她见过他与她父亲在药店里谈生意。

耿维馥一直惦记着要给赵欣白当模特的事，可是总找不到恰当机会。暑假里，她选了一个阳光明媚的早晨约赵欣然去她哥哥家，可是已经晚了。赵欣白和妻子在夏天去了日本，从此再没有回国。他只在每年春节时给赵欣然寄上一张明信片，报告平安消息。唯一的例外是在听说赵欣然要结婚的那一年，他们寄回了一个包裹，用的是"哥哥和碧琰姐"的名义。

那座洋楼前的小花园后来成了耿维馥闲暇时最喜欢去的地方，因为她心里第一次留下了一个男人的影子。

当赵欣白刚刚推开咖啡馆大门的时候，耿维馥就发现了。她很惊讶6年的时光竟然没在他身上留下烙印，除了西服的颜色，他与她第一次见到时的模样几乎毫无变化。

　　赵欣白环视一下四周，迈着自信的步子朝这边走来，还没走到桌子旁他就做出一个拥抱的姿势："你好，我妹妹的漂亮好朋友——"话一出口，他竟愣住了，这女孩子身上怎么处处显露出妻子的影子？那发型，是碧琰生前经常梳的；那衣服，是碧琰生前喜欢的样式；就连她的举手投足也处处带着碧琰的痕迹，只是脸庞上缺少碧琰的成熟，多了一些清纯。

　　看到赵欣白有些发痴地望着自己，耿维馥心里一热。就在这一瞬间，她知道眼前的男人便是自己的终身归宿。

　　"哥哥，你都不认识维馥了吧？"赵欣然把她哥哥拉到座位上说。

　　"6年了，出落成大姑娘了——"赵欣白摇摇头，轻轻品了一口冒着热气的咖啡。那股熟悉的醇香味道使他立刻恢复了常态。

　　"为什么还没嫁人？看看欣然都当妈妈了。"寒暄几句之后，他很自然地把话题扯到耿维馥的婚姻上，事实上他是在试探。

　　"想找的人没出现，不想找的人一大堆。"耿维馥放下杯子，用手帕沾沾嘴角微笑着说。

　　"哈哈——"赵欣白拍手笑道："几年不见，耿小妹也变得幽默了。"

　　"那你想找什么样的？"紧接着，他提出关键问题。

　　"赵大哥……"耿维馥嗔怪地叫着。她长这么大还从来没有被男人这样盯着看过，她感到不好意思了。

　　"快说呀……"他不依不饶，死死盯着她的眼睛追问。

　　"哥，你别问了。"一直坐在旁边的赵欣然笑着说："人家维馥不是已经说了嘛。"

　　"我说什么了？"耿维馥有点奇怪。

　　"我哥问你想找什么样的，你的回答是'赵大哥'……"赵欣然拿腔拿调地说，耿维馥的脸立时通红。

　　"你怎么这样……"她有些气急败坏地推了赵欣然一把，羞涩地把头埋在桌子上。

　　刚才还在急不可待的赵欣白突然变得气定神闲。他摘下眼镜，掏出一块柔软的鹿皮仔细擦了半天，然后双手把眼镜推到耳根上。

"这样有什么不可以？我看很好。"他慢条斯理地说。在他看来，眼前这个小女子就是上帝派丘比特送来的一份厚礼，只有娶了她，亡妻王碧琰的灵魂在天堂才能安稳。

听到这话，耿维馥慢慢地抬起头，她看到赵欣白脸上的表情煞是认真。

"你没嫁，赵大哥现在也是单身一人，我看这件事可以提上议事日程。"赵欣白好像在谈论别人的事，脸上一本正经，声音中没有任何感情色彩。

"我同意。"赵欣然率先举起双手，"维馥，你愿意当我嫂子吗？"她推着耿维馥的肩头急切地问。

耿维馥闭上眼睛一声不吭，须臾，她郑重地点点头。一分钟后，当她睁开眼睛的时候，眼眶里满是泪水。

"太好了……"赵欣然嗖地站起来，"你们俩接着聊，"说着，她转向赵欣白："我要去告诉咱爹娘做准备了。"

只剩下耿维馥一个人面对赵欣白的时候，她的心跳怦怦加快。她一次一次地端起咖啡杯小口抿着，等待赵欣白像刚才一样侃侃而谈。然而，赵欣白似乎也在用喝咖啡消磨时间，偶尔，他把目光凝聚在耿维馥的脸上，眼神中布满温情。但每当耿维馥充满期待的目光与他对视的时候，他又立刻将眼睛转向别处，似乎在尽力隐藏着什么。

他的这种表现让耿维馥感到很奇怪。

沉默了十几分钟之后，还是赵欣白先开了口。

"耿小姐，你确认是想嫁给我吗？嫁给一个死了妻子的鳏夫？"耿维馥注意到，这次他没有像以往那样称呼她"耿小妹"或者"小妹妹"，而是改用了通常的社交称呼，这让她心里多少有一些不安。他为什么还要特意提到自己是一个娶过妻子的人？也许是因为她自己的未嫁身份？

依旧是点点头，但耿维馥这次表现得更为坚定。"是的。"她补充说，"我愿意——"凭心而论，她根本没考虑他是再婚，在她心目中，他就是从前世姻缘转化来的白马王子。

笑容重新出现在赵欣白脸上，这时他的目光又变得神采奕奕。

"那好，我有三个条件想先告诉耿小姐。如果你不愿意遵从这些条件，那我们还可以继续维持现在的关系——只做朋友，不谈嫁娶。"

"说吧。"她只轻轻吐出两个字。

"第一个条件，结婚以后……"说到这里他顿了一下，抬眼看看她的眼睛，"结婚以后，无论发生什么事情，我们都不能离婚。"

她长长地舒了一口气。这正是她所期望的，有什么不能答应呢！

"我会的，"她说，"无论发生什么事情都不离婚。"重复他这句话的时候，她像是在宣誓。

"那好。第二个条件，结婚以后，你要和我一起到日本去。我必须完成学业，你也要尽可能地多学习一点东西。"

她笑了。这算是什么条件，去日本学习正是她原本计划的一部分，和他结婚，可以让自己的理想尽快成为现实。就冲这条件她相信自己不会嫁错，更不会嫁给一个坏人。

"我会一点儿日语，想进女子大学。"她告诉他，希望他不要再把自己当成6年前那个无知的小妹妹。

"很好。那我们谈谈——第三个条件。"

耿维馥感觉到，说这句话的时候赵欣白有些犹豫。但这时的她心中已经彻底消除了不安，因此反而很平静地望着他说："说吧，我想我能接受。"

赵欣白很诧异地看了她一眼，还是没有做声。

"赵先生，请提出您的第三个条件，小女子洗耳恭听。"耿维馥带着俏皮的语调催促一句，她的欢快仿佛帮助赵欣白下定决心。

"第三个条件是您必须改名字。"

改名字？这倒是耿维馥从来没想过的。不过中国女人历代都是以夫家姓氏冠名，清朝以前的汉族女子大多是以婆家姓＋娘家姓＋氏字为婚后的大名，像她母亲在户籍上的名字就是"耿祝氏"。

俗话说"嫁鸡随鸡，嫁狗随狗"，虽说"五四"以后新派女性都主张保留自己娘家姓名，但是婚后在娘家名字前冠以夫姓的情况十分常见。耿维

馥虽然是民国后读了十几年书的新派女子，但为了自己所钟情的婚姻，当然可以包容这种夫姓冠妻名的传统婚俗。

"我知道，叫赵耿维馥行了吧？"她依旧是俏皮的口吻。

"不，要叫赵王碧琰。"他很严厉地说，然后深深吐了一口气。

耿维馥怔住了。她的心似乎不再跳动，喉咙也干涩得无法吐字。此时此刻，她身体的颤动就是最有力的反抗动作，但嘴上却一句话也说不出来。

赵欣白看着她，脸上毫无表情。

"为什么？"过了很久她才发出一声叫喊。她的语调中交织着气愤与委屈，连远远站在一旁的咖啡馆服务生都能感觉到这女孩子声音中的颤抖。一束束陌生的目光聚焦到她的身上，耿维馥却浑然不觉。

"为了纪念，也为了承诺。"他一字一字地说出这句话，而后避开她的目光转头盯着墙上的一幅油画。

"影子人……"耿维馥脑子里突然跳出这个字眼儿，那好像是她在一篇外国小说里读过的故事。无论少女时代对碧琰姐有多欣赏，她都无法想像自己可能成为另一个女人的替代品。没有人愿意生活在别人的影子里，更何况那个女人还有着一段不堪的过去。她想站起来拔腿跑掉，但是两条腿软软地托不起自己的身子。

"你不愿意，我也能够理解。"恍惚中，赵欣白的声音传进耿维馥的耳朵里，"我曾经在她面前发誓，此生此世非赵王碧琰不娶。"这声音似乎不是出自眼前男人的口中，而是从远远的天边飞来。她努力掐了一下自己，觉得心里沉甸甸的。

"我这样做也是为了你好，"迟疑了一下他接着说："如果我娶了另一个女人，却时常在梦中叫着碧琰的名字，那将对我的新夫人是极大的伤害。"沉默片刻，他又说出一句话："我不愿意因此伤害你。"

这次声音离得很近，她从嘴形中确认声音出自赵欣白口中，他那种独具磁性的悦耳京腔是别人学不来的。

"我应该叫赵耿碧琰。"耿维馥吞咽了一下，努力撕开干涩的嗓子。似

乎是在挣扎着说服自己，她的语调很低沉，声音中还带着一些沙哑。

他端详着她，脸色依旧十分凝重。

她在期待他的回答，紧张毫无掩饰地显露在脸庞上。

她感觉过了很长时间，才看到他摇摇头，嘴里轻轻吐出两个字："不行。"

耿维馥的眼睛瞪大了，她不明白为什么还是不行。他难道看不出，为了得到这份爱情，这桩婚姻，她不但扔掉了女孩子的矜持，而且正在悄悄收敛着自尊。说实话，如果不是因为潜藏在自己心底6年的那份情感在今天出其不意地全部涌出来，她根本不可能做出舍掉用了21年名字的这份让步。

又过了几分钟，她几乎是用尽全力地喊了一声："那就叫赵碧琰好了。"话出口，她把头埋在双手里，眼睛死死盯着桌布上的花纹。

赵欣白轻轻嘘出一口气。"耿小姐，我不勉强你，但我也不想修改自己的条件。"虽然他的话语轻轻，但透露出的却是无比坚定。

"让我们还做好朋友。"说这话的时候，他掰开她扣在脸上的双手，然后把她两只手全握在自己的手心里。

一瞬间，耿维馥感到自己被融化了，那种猛然流进心田的异样感觉让她完全失去了再次抗争的能力。她的心怦怦跳动，饱含忧郁的眼神透露出她的渴望。毫无疑问，现在她需要做出自己人生中最富于转折的一次选择：是做出更多的放弃从而更长更久地维系这份幸福，还是与眼前这个男人擦肩而过？

泪水顺着她的脸颊淌下来，她拼命遏制住自己不要哭出声音。赵欣白怜惜地看着耿维馥，站起身走到她面前。

他掏出手帕为她擦擦泪水。"不哭了，没有人能够强迫你。你还是耿维馥。"他平静地说。

听到他的劝慰，她几乎不假思索地冒出一句话："都依你，这回行了吧？"说完，她俯在他的肩头哽咽痛哭，全然忘记了自己是在咖啡馆里。

赵欣白愣住了，但他马上就明白自己成了胜利者。在众人诧异的注

视下，他轻柔地平抚着耿维馥的后背，哭声渐渐平息下来。

黄昏的时候，赵欣白和耿维馥肩并肩坐在海滩边的一块大礁石上。他们两个一直都没有说话，只是各自叉着手远远地看着渐渐抹红了天际的落日余晖。海浪中，橘红色的太阳在海天交际处慢慢隐没，海风吹拂起耿维馥连衣裙的一角。

"为什么会同意？"赵欣白突然发问，只有耿维馥能理解这没头没脑的话。

"不知道。"她坦然说。脑子里想的是6年前他在花园里的笑容。

"你回去怎么对家里说？"

她没有答话，还是远远地看着大海。

"你早就答应给我画一幅像的……"过了很久，她才幽幽地说，表情中已经看不到一丝委屈。

13

直到吃完晚饭的时候，喜悦还笼罩着耿家小院。

听说二女儿同意嫁人，而且要嫁的还是一个东洋留学生，耿老爷高兴得合不拢嘴，他特意让伙计到街上的山东菜馆叫了几个菜，又搬出一坛子好几年舍不得喝的北京柳泉居黄酒，说是要好好地庆贺一番。

眼见着一块石头落了地，耿太太心里也很高兴，但是一想到女儿出嫁后要远走东瀛，她的眼睛又时不时湿润润的。

"好事……这是好事，你流的哪门子眼泪嘛。"饭桌上耿老爷不住地劝着老婆，又一个劲地往耿维馥的碗里夹菜，两杯小酒下肚后他还立马儿拿出笔纸列起给女儿的嫁妆。

"八铺八盖是少不了的。她娘，这事儿交给你，要找个婆家娘家都是三代全合人的婆娘做针线，要给人家包个大点的红包。哦，对了……"他突然想起一件事，"被面被里可千万别去赵家商号买，那样赵老爷会不收钱的。"

"那能去哪里买？大连最好的布匹店就属老赵家。"耿太太用手背揉着有点发红的眼睛问。

"嗯，也是啊——"耿老爷想了一下吩咐大儿子："维立，你明天准备准备，跑沈阳一趟，给你老妹子多置办些嫁妆。东西尽好的买，别怕花钱。咱家老姑娘是读过公办学堂的，出嫁可不能让短了排场。"

"爹——"耿维馥甜甜地叫了一声，"不用办那么多嫁妆，反正我也拿不走。只要您和我娘两位老人家高高兴兴地把女儿嫁过去就行了。"

"高兴。我怎么能不高兴呢！"耿老爷痛快地说，他端起酒盅，一仰头把酒全倒进喉咙里。

外面淅淅沥沥下起了小雨，耿老爷酒兴大发，用筷子敲着碗边唱起了小曲儿。

耿老爷的高兴没能持续到一个时辰，吃完饭，当听说二女儿嫁过去后要改用赵欣白前妻的名字后，他的愤慨全面爆发了。虽然耿维馥跪在地上求她爹娘，耿老爷还是一肚子怒火大骂不止。

"……乖乖，你居然要顶个小娼妇的名字活在世上，还要丢掉祖宗的姓氏改姓王。姓王？我看你是要当活王八。"他指着耿维馥的鼻子忿忿不平地叫着，"这么多年，老耿家供你吃供你穿，还供你成了第一个读到公学堂的女学生。你爹这样是为了啥？不就是为了让你长出息懂事理给咱老耿家壮门面吗？可是你看看你这是长的啥出息学的啥事理，居然连自己的祖宗爹娘都不认了。说实话，俺长这么一把岁数，还没见过嫁人要顶着死人名姓过日子的，丢人哇……造孽哇……老耿家前世得罪了哪个小鬼，让我那识文断字的闺女变得活现世呀……"耿老爷说着骂着，眼角里滚出两行长泪。

眼见着她爹气得死去活来，耿维馥心里像刀绞一样。但她坚决不改嘴，不放弃自己改姓换名嫁给赵欣白的念头，只是一味地求爹放自己一码，或是全当没生这个女儿。

耿维馥的话对于耿老爷来说不啻于火上浇油，借着酒劲儿，他抡圆

巴掌扇了二女儿一个大嘴巴。

"没生你？养条小狗它还知道冲主人甩甩尾巴呢。你个小丫头，为了嫁人就可以不认爹娘？我问你，上半晌你孙大娘说的那个北京学生差了哪儿去？人家长得俊有学问，家世好好还没娶过亲。那个姓赵的假洋鬼子又哪儿好？告诉你，那小子心里装的全是自个儿的死婆娘，根本就没盛你的一点缝儿，你为什么还要一个劲儿地往上靠？"

"爹，娘，他是个重情义的人，他会对我好的，你们相信他。"耿维馥哭着乞求，但是耿老爷一点儿也听不进去。

"相信他？连自己养了20多年的女儿说把祖宗扔掉就扔掉了，俺还能相信谁！"耿老爷怒吼着，对着女儿下了最后通牒："想当我耿家的女儿，就老老实实待着，明天让孙大娘去应了那家。"

"爹，你不能这样，我已经和赵先生有婚约了，不可以反悔的。爹，你就同意了吧……"耿维馥跑着上前两步，抱住她爹的腿哭着哀求。

看到女儿如此痴迷，耿老爷更是怒得七窍生烟，他抄起桌上的一只蓝花茶碗朝耿维馥摔过去："想嫁他你就滚，滚……我耿家没有你这样的女儿，你也再没有爹娘——"他说着用力抬腿踢向女儿，耿维馥一个趔趄向后倒在地上。她的手被碎碗碴扎出一道口子，几滴殷红的血洒在青砖地上。

"不许扶她！"耿老爷一声大吼止住了屋里所有人的脚步，耿太太心疼地看着女儿大声喊："馥儿，快听你爹的话！"

慢慢地，耿维馥从地上爬起来。任凭手上的伤口鲜血直流，她一步一步地退到房门口。突然，她一步迈过门槛，而后咕咚一声跪倒在地，一连气地磕了三个响头。"爹，娘，不孝女儿走了，您二老多保重。"哽咽着说完这两句话，耿维馥转身朝大门外跑去。

"馥儿……"堂屋里传出耿太太撕心裂肺的一声惊叫，接着是耿老爷怒不可遏的声音："让她走……"

天上响起一串闷雷，几道连贯的闪电扫过，耿家小楼披着光亮的轮廓深深映印在耿维馥的脑海里。

"我为爱可以付出一切，我不会因为付出的这一切后悔。"站在雨中的

大街上，她对着苍穹大声叫喊。夜色中，哗啦啦的雨声吞噬掉这细微却坚定的呐喊。

那天夜里，雨下了一宿，耿家小院里的哭声、骂声和哀求声也交织着闹腾了一宿。

晨曦露光时分，雨停了，清爽的空气令人心旷神怡。赵欣然家的女佣人在门口发现了坐在门洞里望着天空遐想的耿维馥，她浑身上下透湿，脸上却挂着一丝让人莫名其妙的微笑。

两天之后，同样是在太阳刚刚升起的时候，赵欣白与他的第二任妻子在大连西岗子的一个小教堂举行了婚礼。婚礼极为简朴，除了神父、证婚人与赵欣白的父母、妹妹和几个亲属再无其他人参加。当新娘出现在教堂门口时，所有的人都转过头去屏住呼吸，一刹那，教堂里安静得好似空无一人。

没有父亲，没有兄长，也没有任何其他亲人陪伴在她身边。她穿着一袭白色的婚纱，独自一步一步走过长长的甬道来到圣坛的前面，步履轻盈而不失坚韧。没有人比她更清楚，就在这双脚款款交错之中，那个叫耿维馥的女孩儿正在夏日潮湿的空气中一点点消失，随之变幻而来的，是一个今后没有娘家可以倾诉哀肠的赵家媳妇。

圣坛前，新娘把自己交给了那个风度翩翩的年轻男人，他穿着一身藏青色西服，与6年前她第一次见到他时的样子并无区别。当她挽住他的手臂之时，就彻底完成了从耿维馥到赵王碧琰的脱胎换骨，现在她必须记住自己新的名字以适应新的身份。

1923年　东京

在中国著名的《后汉书》中，日本被称为"倭国"。这个由北海道、本州、四国、九州以及琉球群岛、小笠原群岛和北方四岛等组成的岛国直到公元五世纪才得到统一，初时国名大和。根据《新唐书》记载，公元七世纪中叶，倭国已经更名为日本，取意为"太阳升起的地方"。因为西隔东海、黄海与中国相望且引进西方文化较早，明治维新以后，到日本接受欧美式教育的中国人日益增多，中国历史上著名的孙中山、黄兴、蔡锷、秋瑾等一大批革命家和诸多文学家、艺术家莫不留学于此，因此日本对于中国改朝换代起到过至关重要的作用，虽然它的国土面积仅仅是中国的1/26。

日本首都东京原来是关东平原南端的内陆河流入海处，最早的地名叫江户。直至1457年，才刚刚建起一座不大的江户城。100多年后，由于德川家康倡导填海造田，这里才渐渐演变成大都市。1868年，明治政府将京都迁至江户，因为此地位于西部京都的东边，故改名为东京。从此东京就成为日本经济文化中心，明治维新以后又成为亚洲最具亮点的新兴城市。东京现有1100万人口，是世界人口最多的城市之一。

1923年一场7.9级的大地震使东京遭到历史上第一次重创，许多江户时代的建筑遭到破坏，地震引发了大火和泥石流等次生灾害，导致死亡、失踪的人数合计超过10万人，其中有2000多名中国人。

生死攸关，在大地震中逃过一劫的赵王碧琰对男人的依赖达到顶点。

14

下午3点，弥散着红晕的阳光从蔚蓝色的天空直泻而下，透过带着海洋潮湿气息的暖风，均匀地洒在巷子尽头一幢被绿树掩映的两层白色小洋

房上。洋房外面有一道矮矮的青砖围墙,墙头上摇荡着绿叶满枝的白果树枝条。这所房子是明治大学讲师赵欣白的私人宅邸,位于东京小石川区一条静谧的街上。

房子是赵欣白在他第二任妻子到东京一年多之后买下的,因为依着一个布满苍劲葱郁老树的小山坡,环境静谧,周边的建筑氛围又很好,赵欣白来看房时一眼就相中了。

赵欣白看中这房子的另一个原因,是这里紧邻东京的都立公园——小石川后乐园,那园子本来就是他和前妻闲暇时最喜欢去的地方。这所建于1629年的老建筑原本是水户德川家族的私家花园,后来成为东京著名的历史名胜景点。据史料记载,水户家在修建这组建筑时启用了中国明朝遗臣朱舜水,因此不仅中国特有的回游式庭园成为园内的主打风格,而且就连取名也源自中国著名文人范仲淹的《岳阳楼记》中的名句:"先天下之忧而忧,后天下之乐而乐。"小石川后乐园对于所有远离故土的中国留日学生都带有一份浓浓的乡情,于赵欣白也不例外。

对于新住所,赵王碧琰——就是从前的耿维馥,当然更没有什么意见,她早就盼着搬家了。事实上,由于刚到东京时住的那套房子留有太多赵欣白第一任妻子的遗痕,让赵王碧琰心里一直感到很不舒服。

不错,她的确是顶着那个女人的名字和身份开始了自己的婚后生活,但她却无法容忍自己生活的空间处处飘散着一个无形的影子。这是真正的"形影不离",甩不掉的影子把她塑造成自己家里的陌生人,她感到孤独。

毋庸置疑,任何一个家庭主妇处于她的地位都会愤慨。女人天生不缺少嫉妒的细胞,她渴望有一个完完全全的自我,可是这可能吗?

在老房子里,所有的摆设都如同前任赵王碧琰在世时一模一样,还为她留有一个专门的房间。平日里,不但赵欣白说话要把自己的前任时时挂在嘴边,就连女佣和车夫也依然照着死去太太的习惯伺候新来的女主人。这让赵王碧琰从心里感到屈辱和难堪,她也曾为了这事儿哭过闹过甚至威胁着要离家出走,但是每次在赵欣白的软硬兼施的哄与吼中,她又不得不接受这种既成事实的烦恼生活。后来她想通了,若是要清除掉前任的痕迹惟有搬家，于是就在枕边一次次地向赵欣白叨念买房子的事儿。还好，当赵欣白同意把小舅子耿维耕接到日本读书后对买房子的事儿开始松口，赵王碧琰趁热打铁找了一大堆卖房信息，然后她每个星期天拉着他转街时都有目的地去看房，终于在3个多月前买下了这座远离喧嚣的大院子。

经过一段时间的装修之后，赵欣白举家搬迁新居，赵王碧琰也摩拳擦掌准备好好做一回赵府真正的女主人。

吃过中饭后小憩了一会儿，赵王碧琰来到二楼自己的书房。临窗望去，午后的巷子空无一人，不规则石板铺成的路面上散落着或深或浅的灰色影子。邻家的房顶上，两只懒洋洋的猫依偎在一起躲在树荫下酣睡，那景致更像一幅印象派笔下的画。

女佣端上一杯温度适中的玫瑰花茶，瞬间，淡淡的香气弥漫了整个房间。赵王碧琰捧起杯子喝了一口，目光随即落在书桌后那幅一米多高的画像上。画像中的她身着中式衣裙，尽管矜持，却无法掩饰洋溢在眉睫之间的幸福。这幅像是刚结婚时赵欣白为她画的，当时花费了他们两人整整一周的时光。在赵王碧琰的记忆里，那是她结婚后的最最幸福的一段时间，丈夫对她的所有恩爱与呵护似乎都蕴藏在画像的每一笔色彩之中。

结婚后，在大连的公婆家中只住了十来天，而后她就随着赵欣白漂洋过海到了东京。她还记得，直到轮船离开码头那一刻，父亲对她改姓换名的嫁人之举仍然没有丝毫的宽恕，雨夜中他暴跳如雷的怒骂，成为留在她脑海中的最后印象。倒是母亲，偷偷让弟弟给她送来一条手编披肩，还转告她路要靠自己走下去，以后一定要照顾好自己，相夫教子事事小心。母亲的话让她心里一热，她便是在泪眼朦胧中离开了自小十分熟悉的那片热土。

他们到达东京的时候是8月下旬，恰好是两年前的这个时间。正是在这块梦境中的世外桃源，赵王碧琰第一次尝到了失落与无依无靠的滋味。

第一个让赵王碧琰感到意外的是那个孩子。到达新家后她才知道，赵欣白与前妻离开大连时收养了一个大户人家女儿的私生子，如今这个叫赵铁生的男孩儿已经6岁。这孩子能用中日双语和人交流，还会写一些

简单的汉字——据说他的前养母生前特别注重对他的中式传统教育，在家里绝不用日语和他说话。赵王碧琰本来也想好好照顾这个孩子，当丈夫白天不在家时有个可以用乡音交流的人——哪怕只是个孩子，也总算可以宽慰她的思乡之情。然而，刚刚上小学的赵铁生似乎并不认可这个顶着他养母名字的女人就可以替代他的养母，他从不叫她，而且明里暗里处处与她作对。"你不能这样，我妈妈不是这样做的"成了这小子的口头禅，他甚至趁赵欣白不在家时，经常搞点把图钉塞在椅垫下面之类的恶作剧让赵王碧琰出丑。但是，每当赵欣白在家的时候，赵铁生则十分乖巧，甚至唯唯诺诺，这使得赵王碧琰私下里对丈夫的哭诉变得苍白无力。

更让赵王碧琰恼火的是，每当赵铁生顶撞她或者恶作剧时，家里的佣人们都在窃窃看她的笑话，而且他们也总是用"这是老爷和大太太习惯"之类的话语来抵触她的命令。有一次，因为女佣坚持在所有的菜肴里都放上她叮嘱了多少遍"不要放"的洋葱，盛怒之下的赵王碧琰立时将她辞退。没想到，赵铁生回来后不见了女佣又哭又闹，赵欣白也因为赵王碧琰擅自辞掉一直伺候前妻的女佣而脸色不爽。那天晚上，赵王碧琰尽心尽力亲自下厨做的一桌饭菜备受冷落，后来她自己躲在卫生间大哭一场。

其实，意外也罢，恼火也罢，都不是最主要的。最主要在于赵王碧琰的寒心——因为赵欣白对她称呼和态度改变而产生的寒心。

刚结婚的时候，赵欣白对赵王碧琰的称呼有两个，一个是"啊那她"，另一个是"卡那"。这两个称呼都是日语，意思为"亲爱的"和"家内"，赵王碧琰很是喜欢。但是，回到东京之后，赵欣白再也没有这样叫过她。自从他们踏进神田区那幢洋房之后，他就开始叫她"老二"。对此，赵王碧琰曾经抗议过，可赵欣白的解释是："你在娘家不是二姑娘吗，叫你老二没什么不对的。"赵王碧琰无话可说，只得讪讪服从。

其实，她和他心里都明白，"老二"的称谓和"二姑娘"根本就不搭界。在赵府里，"老二"指的是第二个太太，更确切点说，应该是第二个"赵王碧琰"。因为赵欣白对她的称呼，赵家的仆人们顺理成章地唤她为"二太太"，那口吻就好似她是赵欣白的姨太太一般。

"影子人""人影子"，这两个词在好一段时间里搞得赵王碧琰直闹心。本来，让一个识文断字的黄花女子顶着一个死人的名姓过着"影子人"的日子就够委屈的了，可是那个死人的影子却还时时刻刻笼罩着这个家庭，这让赵王碧琰的婚后生活不但屈辱而且充满烦恼。痛定思痛，在度过了最初阶段的甜蜜与幸福之后，涉世未深的赵王碧琰才认识到，她其实是和一个自己并不了解也不熟悉的陌生人结了婚。现在她看透了，赵欣白娶她并非是因为爱她，充其量是因为她基本符合他的那些比较苛刻的择偶条件，更重要的是，她与他前妻在相貌上的相似。在生活中，她只是那个与他私奔于他有恩的大女人的替代品，而在心里，他真正的爱却依附在那个已经失去生命的赵王碧琰身上。

嫉妒、羡慕、憎恨和对美好生活的渴望在赵王碧琰身上交织出一股力量。她现在远离故土，远离家人，更不可能跑回娘家依在母亲的怀里诉说委屈，她所能指望的只有自己。

既然木已成舟，就必须想办法让水能载舟。赵王碧琰老二决定要为维护自己在赵家的女主人地位奋力拼搏，这年月，光讲贤惠温柔不是事儿，她要玩点真格的了。

老二就老二吧，过了一段时间，赵王碧琰不再为赵欣白的称呼而郁闷。但她心中有谱：这"二"字赵欣白呼得别人却呼不得。为此，在做了一番周密的准备之后她在家中大闹一场，甚至拔刀割颈以死相逼。这一招着实引得赵家上上下下大惊失色，最后赵欣白不得不立下规矩：阖家上下必须都称呼赵王碧琰为"太太"，如有谁再敢加上"二"字，莫怪太太抽烂他的狗嘴。

第一个回合胜利之后，赵王碧琰继续为巩固自己的太太地位而奋斗。她先是软磨硬泡让赵欣白同意把自己的弟弟接到日本来读书，这样她就有个娘家人可以依靠。虽然她真正的娘家已经不承认这个叛逆女儿，但是他们一定不会阻挡弟弟到东京留学，对这一点她有相当的把握。她了解自己的父母，纵然话说得再狠，当父母的心里也放不下远嫁的女儿。在异国他乡，姐弟俩会随时有个照应，这应该是他们所期盼的。

　　既然弟弟要来日本，原来的住处就显得拥挤，赵王碧琰又撺掇丈夫把原来租的房子退掉，索性自己买一处可心的。她早就知道，赵欣白的经济实力相当不错，在东京的中国留日学生中，有车又雇得起女佣的只有他一个。他之所以一直没有买房，全是因为心里惦着那个"老大"，因为这套房子是他俩一起住了五六年的地方。

　　赵王碧琰想搬家的主要目的并非是仅仅想换一处大点的居所，更重要的，她期望通过搬家抹掉一切"老大"留下的痕迹，重新建设一个完全属于自己的家。还有，赵王碧琰和赵欣白约定，一旦他们夫妻有了自己的亲生孩子，就必须把赵铁生送回中国。她想得很简单：宁可担负抚养费，也不能再让这个时刻念叨着他第一个养母的私生子横插在自己的生活中，只要没有这个"老大"领养的孩子，赵欣白对死去的赵王碧琰的思念肯定就会渐淡渐远。

　　但是，结婚两年了，赵王碧琰却一直没能怀上孩子，这件事最近让她有点寝食不安。

　　手里捧着那杯余香未尽的玫瑰花茶，赵王碧琰打定主意，明天要去一趟医院。

15

　　从图书馆出来的时候太阳已经快沉进东京海湾了，赵欣白找了一圈却没有见到自家的车夫。恍然中，他想起早上老二说今天想去逛逛街，他把车子让她用了。

　　随手招呼了一辆人力车，赵欣白上去后几乎不假思索就说出"神田仲猿乐町"这个地名。而后，他把脑袋靠在后背上，继续想着正在撰写的论文中的一些要点。

　　8月是东京一年中气温最高的季节，但是因为地处海湾，即使是在盛夏也不会热到哪里去。暮色中，晚风带来一阵阵花草的香气，吹拂在身上，让人感到十分惬意。

"先生，您到地方了。"直到人力车夫停住车和他打招呼，赵欣白才从思索中转过神来。就在双脚踏到地上的一刹那，他才意识到自己其实是走错地方，又回到已经搬走的老街区来了。

毫无疑问，赵欣白心里对神田街有着很深的感情，这是他和前妻来到东京后第一个落脚的地方，也是他在东京拓展视野增长知识最多的地方。当年他和前妻千里迢迢来到这座城市时，依照她的建议，他们在神田租了一处房子安下家。他们刚刚住下时，神田从一条普普通通的工匠街变成人气旺盛的学生街不过只有二三十年的功夫，但是因为周边聚集了明治大学、日本大学、共立女子大学、东京牙科大学、东京机电大学等等一些颇具名气的大学，这里的新旧书店却鳞次栉比，成为中国留学生做学问时淘宝的最好去处。

明知自己找错了家门，赵欣白却没有丝毫要急着返回新家的意思。说实话，那个紧邻小石川后乐园的新居确实很奢华，但他却至今还没有找到家的感觉。家具变了，摆设变了，就连住在老房子里的那股温馨舒适也全都荡然无存。他当然清楚，自己感觉不到温馨舒适的最重要原因是这个家的女主人变了，这让他时不时心里感到空落落的。

沿着街边走下去，赵欣白进了一家小饭馆，这里曾经是他和前妻刚刚落脚东京时经常来的地方，饭店的老板娘还是那个胖墩墩的爱说话女人。但是今天赵欣白没心思和老板娘拉家常，简单地打了招呼之后，他要了一瓶清酒、一份鳗鱼茶和两个素小菜，盘腿坐在小桌边自酌自饮起来——虽然在东京生活好几年了，他对日本式的跪坐却依然不习惯，没有外人的时候，他还是喜欢盘腿。

这里似乎天生就是一个怀旧的地方，两杯酒下肚，赵欣白脑海里就涌现出和前妻碧琰一起生活的点点滴滴。她和他沿着学生街的一个个书店寻觅可以代卖画作的柜台；她挽着他的手臂在月色中的上野公园观赏夜樱；她看到他第一次笨拙地跪在踏踏密上时脸上俏皮的笑容；他们一起在这个小酒馆度周末时的那份惬意……那时候，他在东京美术学院主攻雕塑，她则在女子大学油画系进修。虽然从国内带来了一些珠宝首饰，但那时她持家过日子却

很细致，两个人都在上大学，加上孩子的开销，他们不得不处处精打细算。不过还好，妻子的画作和小刺绣制品在学生街的销路不错，他们一家三口的日子过得平平稳稳。等他进了明治大学的法律系之后，读书之余做起两份助教，家里的日子渐渐好了起来。但是他万万没有想到，就在这一年妻子病倒了，住进医院后再没能回家——她在接受妇科手术后的第三天永远离开了他，那其实是一个并不复杂的手术。

这是天意吗？她比他大8岁，他们在一起生活了8年。而这8年又成为他生命中的一个转折点，这也是迄今为止他生命旅程中最美满最幸福的8年。

碧琰死了，死得很突兀，死得让人意外。直到火化工人把白布覆面的她推走的那一刻，他都不相信仅仅就是一个很平常的子宫肌瘤手术怎么就会残忍地夺走一条生命？当她被推进手术室之前不是还告诉他不要让铁生知道妈妈做手术了吗？那时候，她苍白的脸上挂着淡淡的笑，透着病魔无法掩去的美丽。

那天晚上，也是在这家小酒店里，他抱着碧琰的遗像喝了七八瓶清酒，他哭、他骂、他诅咒那个把碧琰送到另一个世界的混账医生，这样草菅人命的刽子手也配穿上白大褂吗？第二天酒醒之后，他做的第一件事就是挥笔写就一份控告那家医院的诉讼状，然后递交到法院。

那几个月，他的生活重心都在这个案子上，没有一点心思去钻研学业。官司打得很辛苦，最后的结局更是让打小从没有说过粗话的他愤怒得击案骂娘，但是却无可奈何。大概就是从那天起，他为自己的博士论文找到了主题，他决定奋笔疾书，以刑法过失论对那场不公正的判决予以抨击。

但是事与愿违。因为失去妻子，在很长一段时间里他的心都静不下来，郁闷与烦躁交织缠绕，有一阵子，他都怀疑自己是不是就要这样颓废下去。后来也是在这家小酒馆里，胖老板娘的一句话让他从混沌中猛醒。那次她敲着他的脑袋说："要是你妻子还在，她希望中的你绝不是这个样子。像个男人一样站起来，重新生活。"

想起来了，妻子对他的最大期望是拿到博士学位，而后回到中国参与立法。"结束了封建时代的中国还没有真正意义上的法律，这应该是你需要

担当的责任。"有一次在东京湾看落日的时候她对他说。

无论大事小事，赵欣白很听前妻的话。在他眼里，这个姐姐般的女子不仅是个贤惠的好妻子，更是一个指导他重新规划人生的良师益友。可以毫不夸张地说，她是他见到的最出色的女人，无论在相貌、思维意识还是在礼仪和处事能力上。她聪明、敏捷、有主见，善于通过社交开拓人际通道。这些年，通过前妻他认识了不少像土肥原贤二、本庄繁、板垣征四郎这样有地位的日本人，社会交往对于他们在东京生活的迅速改变起到至关重要的作用。和那些回家后等着妻子拿拖鞋、放洗澡水还经常要喝三吆四的日本男人不一样，赵欣白不但深爱他的前妻，更重要的是，对她的所有决定言听计从，并且真正从心里敬佩。

又给面前的酒杯倒满，一仰头灌进脖腔，赵欣白托着下颚望着窗外。月亮不知躲到哪里去了，黑色的背景中星光与横跨海湾的城市霓虹灯融成一体。他盯着那片忽明忽暗的星星，痴痴地在里面搜寻，那是碧琰住的地方。

他前妻走的那天也是一个没有月亮的夜晚，黑暗中她让他拉开窗帘看星星。她问他知不知道那些星星都是升入天堂的善良人的化身，声音羸弱却不失乐观。那时候，他突然产生一种不祥的预感，抓着她的手臂不停地来回抚摸。她仿佛在不经意间向他提出三个要求：永远不要让铁生加入日本籍，有一天要把他送回大连。"赵家的后代不能成为日本人。"她谆谆托嘱说；如果有一天她不在了他要再找一个伴侣好好生活；叶落归根，她的最后归宿地必须是在中国。

"不，不，我早就发过誓，今生今世只与碧琰携手人生。"他几乎是带着哭声压抑着喊道，黑暗中他托起她的身躯，让她的头伏到自己胸前。

"那你可以再找个碧琰替代我呀。"她玩笑般地轻轻说，然后就静静地依在他的怀里。他们都不再说话，只有他还在轻轻地抚摸着她的手臂。直到很久很久，他才感觉到那手臂渐渐失去体温，他的心一下变得冰凉。

"不……"他恍然大悟似地大叫一声，房间里飘荡着疯狂和绝望。护士跑进来打开电灯，她们费了好大劲才让他松开搂着她的双手，然后用一张雪白的单子盖住了她苍白而美丽的脸。他流着泪在天空中寻觅，那一刻刚

刚升起的一颗新星星，那就是他的碧瑛。

他后来算过，那天离她38岁生日只差99天，而他们早就计划好要在她生日时去富士山的火山湖中洗浴，据说那样就能消灾免祸。

从那天起，他失去了一睹富士山美景的渴望。在前妻生日那天，他捧着她的骨灰回到中国。

"这是送您的。"胖老板娘端着一碗凉面过来，细细的五色菜码撒在面上，让人很容易产生食欲。她随手把桌上的酒瓶收到托盘里，"不要再喝了，吃一碗面早点回去吧。对了，你的新太太还好吗？"赵欣白从来没带老二来过这个小店，在他心里，这里是属于他和前妻碧瑛的地方。

"唔。"赵欣白敷衍地应答一声，拿起筷子挑起一绺美味可口的日式面条，慢条斯理地吃起来，他的思绪依旧不受控制地来回翻腾。

对于老二，他和她的关系仅限于婚姻。他之所以娶她，也完全是因为要寻找一个前妻的化身。是的，老二和前妻根本无法同日而语，这在他和她结婚的蜜月就已经深刻体会到。不错，老二是个上过十几年学堂的知识女子，身上也还深深积留着中国女子夫唱妇随的传统美德，这两点足以让赵欣白感到面子上的满意。老二年轻漂亮也十分聪明，但她的聪明更多的是表现在如何维护自己在家庭中的地位这方面，而且处处表现得小里小气。且不说在谋略、处事方面老二与前妻有着天壤之别，就是在礼仪、交际方面她也显得远不够分寸。中国有句老话叫作"宁娶大家奴不娶小家女"，对这句话赵欣白现在体会颇深。

相比之下，娶过两任妻子的赵欣白对女人还有另一个体会：年轻和魅力永远无法画等号，它们在爱情中的区别就在于前者只能赏心悦目，而后者却可以产生强大的磁性吸引力，让你舍得为她赴汤蹈火。在赵欣白看来，这个世界上只以年轻漂亮为择偶标准的男子其实都很傻，你就是娶回72个姨太太，她们总有人老珠黄那一天。可是魅力就不同了，魅力会使女人显得神秘莫测而且与众不同，它能够跨越年龄的界限并且以气质风度抵御住时光的流逝。

老二是个典型的小家碧玉型女人，她从小衣食无缺却又没见过大世

面，结婚以前的阅历仅仅局限在从山东到大连、从店铺到学堂这一点点简单的生活轨迹上。赵欣白还记得，刚到东京时每每见到新鲜事务时或者大场面时她怯怯生生继而大喜过望的神色，那让他屡屡情不自禁地把眼前的妻子和前妻进行对比。老二不会跳交际舞不会喝酒也不善于应酬，他最没想到的，在很多日常礼仪和生活常识方面，她居然也一窍不通，比如有一次在社交场合，她用小勺子往嘴里一点一点送咖啡就令他十分尴尬。

或许正是因为这种对比多了，赵欣白对老二渐渐从怜爱到平淡，尤其是老二向他哭诉铁生和佣人们的时候，他时常不自觉地产生一种厌烦。赵欣白讨厌听女人叨唠，更不愿意见到老二那些似乎永远也淌不尽的眼泪。他觉得，除去某些特殊的场合，眼泪代表的只是懦弱和矫情。女人在枕边流眼泪，无非是想得到更多的同情和应付矛盾时的实际援助，这是处事无能与无计可施的表现。碧琰活着的时候，他可从来没见到她为家庭琐事和人际关系掉眼泪，更没见过她在接人待物方面有任何的失礼——虽然碧琰出身卑微，但她毕竟是在京城大户人家中生活过的。

没办法，赵欣白把老二送进了东京一所师范学校的家政科，他渴望她能踏踏实实读完3年，多懂得一点接人待客的礼仪和持家之道。没想到，在师范学校读了一年多，老二就自作主张辍学了，她的理由是搬家了，离学校太远。其实赵欣白知道她的心思，那是因为她弟弟来到东京上学的费用也是由他负担，她不希望丈夫的经济压力太重。这就是老二对爱情的小家碧玉式表露方式，赵欣白虽然不屑，却也有一丝得意，身边有一个爱着自己的人总是一件让人骄傲的事情。

拌面吃得很尽兴，赵欣白现在感觉好多了，他突然产生了要去泡泡室外温泉的欲望。他抬手看看表，已经是午夜2点17分。

"今天过得很愉快。确切地说，是这个午夜过得很愉快，现在已经是1923年9月1日了。"和老板娘道别的时候，赵欣白没忘了调侃一句，这表示他并没喝醉。

后半夜的天气变得闷热起来，天空中，星星也渐渐隐去。跳动的灯光投

影在了无声息的海面上，朦胧中，参差不齐的建筑轮廓若隐若现。陡然间，一道橘红色电光从城市上空扫过，如同一片雨后的火烧云。随即，东京湾的惊涛猛烈拍打着城市的边缘地带，似乎要把整座城市从睡梦中击醒。

"好美丽的景色。"赵欣白自言自语地念叨一句，即景生情地哼起了一支日本民间小曲。他朝着不远处一排红灯笼走去，几分钟之后进了一个庭院深深的和式旅馆。

那里有温泉，也有让人心醉的日本艺妓。

16

11点45分，平日里这是赵家吃午饭的日子。赵欣白家就餐的时间一向十分规律，午饭差一刻12点吃到12点半，晚餐6点一刻至7点。这是好几年前赵欣白前妻定下的，即使现在换了女主人也没有改变。

但是1923年9月1日这天中午，在既定的午餐时间里却没有人动筷子。赵欣白昨晚没有回来，赵王碧琰担心了一晚上。可巧，早上铁生又发烧不能去上学，她让女佣把医生请来打了一针。现在赵铁生睡着了，可是赵欣白呢？

他为什么没回家？昨晚他住在什么地方？是不是出了交通事故？这一连串的问号让赵王碧琰心里乱糟糟的。丈夫不声不语地彻夜未归，这在她婚后两年的生活中还是第一次。赵王碧琰无心吃饭，她站在二楼的窗前，盯着门前那条石板小路的入口，如果赵欣白回来，她可以在第一时间见到他。

十几分钟过去，赵王碧琰果然见到丈夫的身影，她虽然心里释然，但脸上还是显露出十分微妙的变化。她咬咬嘴唇又理理本来就一丝不乱的头发，这意味着她对赵欣白夜不归宿的不满和担忧。

"把菜热一下，老爷马上就回来了。"她站在楼梯中端朝着餐厅里的女佣发布命令，然后故意一步一步慢慢地走下来。高跟鞋在木制楼梯上发出清脆的声音，一下一下传到院子里。当赵王碧琰走到楼下的时候，恰好赵欣白进门。

"还好，只晚了8分钟。"他笑着说，并没有解释昨晚去向的意思。但是她注意到，丈夫的西服上有一些碎褶，衬衫也是昨天穿的那件，上面带有一些淡淡的怪味，是酒和香水混合的味道。这意味着他昨晚肯定去喝酒而且还和女人有交往，让赵王碧琰担忧的正是这一点。

趁赵欣白去洗手的时机，赵王碧琰在餐桌前坐下，她在考虑如何表示自己的不满又不能让丈夫感觉自己是在斤斤计较。事实上，她更渴望他过来时说一声"对不起，让你久等了"，或许这样一句话会让她的心情好上许多。

但赵欣白走到餐桌边时依旧没有提昨晚未归的事，这让她的恼怒升到顶点。"不吃了。"她把餐巾摘下来扔在桌上，站起身时却感到天旋地转。

"哎呀……"她大叫一声，接着就听到一阵阵巨响。一瞬间，房子像一艘在十级台风中行驶的大船一样剧烈摇晃起来，满屋子都是稀里哗啦的声音。餐桌上的菜盘子毫不留情地扣到她身上，她想扶住桌子，可桌子也在摇晃中动荡滑行着，一直把她顶到墙的夹角处。

"地震！地震了，快往外跑！"赵欣白喊道，紧接着，从旁边的房间传出赵铁生恐惧的哭声。听到哭声，赵欣白想冲到房间里去，但剧烈的晃动使他根本迈不开步子……

"完了，大家都要死在这里。"这是赵王碧琰脑海里的惟一念头，这念头令她无比恐惧。她开始四肢发凉，浑身像打摆子一样不住地哆嗦。天花板的吊灯在大幅度地摇晃了若干次之后终于掉了下来，四处乱溅的玻璃碎片又引发出一片歇斯底里的叫声，其中有女人也有男人，每一个声音中都渗透着颤抖，有的还夹杂着哭泣。

这就是世界的末日吗？这种恐惧还要折磨我们多久？这时候赵王碧琰对恐惧的承受已经到了极点，她无意识地捡起一块碎玻璃，随时准备刺向自己的脖颈。

就在这一刹那，天不转了，地平静了，恐惧也一下子随之而去。但是房子外面的一阵阵巨响和喊叫声却更为强烈，这让赵王碧琰心里紧巴巴地抽动，好像小时候冬天腿肚子抽筋的那种感觉。

很奇怪，这时候赵王碧琰并没有想站起来跑到门外去逃生，她突然感到肚子里空荡荡的，一种立时就想吃东西的感觉传遍她的五脏六腑。她顾不得多想，用手指捏起衣服上的菜叶、肉片就狼吞虎咽地往嘴里塞，直到赵欣白喊着把她拉起来的时候，她还从地板上捡了一块牛肉，急匆匆地塞进口。这是从昨晚算起她吃的第一顿饭。

几个小时以后，赵欣白一家已经聚在小石川后乐园的回廊里，他们惊恐未定地望着远处、近处不断蔓延的大火。由地震倾倒的火炉点燃了东京随处可见的木结构房屋，熊熊大火很快连成一片，血红色的火焰中传出一阵阵惨烈的呼救声，灰白色的浓烟笼罩着城市的上空。

东京的大火整整燃烧了3天3夜，赵欣白一家也在回廊中夜不解带地围坐了3天3夜。在这难忘的72小时，赵王碧琰对丈夫的依赖达到了顶点，她在动乱中第一次体会到赵欣白的处事果断和险境下的自信。不管怎么说，果断和自信是一个男人突出的优点，具备这样的素质可以让他在关键时刻做出最务实的决定。

她只是一个普普通通的女人，在关键时刻，需要一个可以把舵的男人随时调整人生航向。72小时的生死相依，赵王碧琰看得明明白白，丈夫可能并不爱她，但却不失一个家庭男主人的责任感，危难时刻，他并不吝惜对她的呵护。

"女人嘛，就是得找个能呵护自己的男人，其他事都不重要。"靠在赵欣白的肩头上，赵王碧琰默默地想。

恼怒、怨恨和对前赵王碧琰的妒忌一瞬间烟消云散。现在，她最大的愿望是给这个男人生个孩子。

1925 年　东京

如果不是日本军国主义膨胀的侵略野心和数年之后那场令中国人刻骨铭心的抗日战争，日本在中国人心目中应该有一个不错的印象。

从发生学的角度看，日本的东京是中国砸碎封建权治桎梏的起源地。这里是中国第一个资产阶级政党——同盟会的诞生地，在这片天空下，孙中山第一次喊出"驱除鞑虏，恢复中华，创立民国，恢复地权"的响亮口号。明治维新对中国社会的发展不无影响，中国有很多著名人物曾在这个岛国上留学，尤其在辛亥革命后，这里更成为中国学生以广阔眼光观察世界、融入世界的桥梁。

实事求是地说，东京这个城市应该是马克思主义在中国大地传播的原始发源地，之所以有这样的认识，是谈到日本时我们不应该忽视两段以往存在的历史。其一在于，正是由于 20 世纪之初留学日本的陈独秀和李大钊从那里接受了马克思主义思想并回到中国后积极发起新文化运动，才使得马克思主义在中国广为流传，从而孕育出毛泽东等一代坚定的中国共产党人，也创造了第一代中国共产党人纷纷涌向欧洲留学的历史。

另一个不可忽视的事实是，东京作为20世纪初中国学生的留学中心，聚集了不少历史上的知名人物，他们中的陈独秀、李大钊、李汉俊、李达和董必武后来都成为中国共产党的创始人。细数出席中共一大的13名代表，仅有4人曾经出国留学，而他们留学的地方都是日本的东京。如此，还不能清楚看出日本在中国革命发展史中所起的促进作用吗？

20世纪30年代，日本对中国的侵略和对中国人民的残害，更是一段每个华夏子孙不可忘却的惨痛历史——除了处于水深火热中而产生的痛恨，一个泱泱大国受到弱小邻国凌辱长达8年之久，这其中应该也有很多值得后辈思索的原因。所幸的是，中国因日本而获得马克思主义，中国也在马克思主义政党的领导下击败日本侵略者，所谓一衣带水，看来还有另一番含义。

17

吃过早饭，赵王碧琰坐在廊子里一张宽大的靠背木椅里，让她没出世的宝宝沐浴一会儿柔和的阳光。自从产前保健科的医生叮嘱要通过日晒增强体内的维生素 D 后，只要是天气晴好的日子，她必然要雷打不动地晒够半小时清晨的阳光。

转眼已经到了 4 月，伴着一阵阵花香，春天笼罩了东京湾。

这是东京一年中最令人心旷神怡的季节，千树万树樱花怒放，把这座年轻的海滨城市装点得十分靓丽。晨曦中，一朵朵绯红的花儿连成一片，在微风的托衬下轻轻荡漾。抬眼望去，天空透彻得像刚刚从水中捞起的一块蓝色锦缎，一朵朵飘逸秀丽的白云营造出锦上添花的悦目效果。东京是个属于海洋性季风气候的城市，到了 5 月，夏季台风就会接踵而来，随之就是 6 月的梅雨天气。

肚子里的胎儿用力踢腾了两脚，这虽然使赵王碧琰很不舒服，但她脸上却浮起一丝淡淡的微笑。这微笑带着女人即将成为母亲时那种独特的骄傲和幸福，从而展露出一番别有风韵的动人妩媚。从这个星期起，赵王碧琰的孕期进入了第 32 周，按照医生嘱托，她今天要从产前保健转入正式待产阶段。

虽然年纪尚轻，但对于赵王碧琰来说能怀上这个孩子确实不易。她从来没想到自己会是子宫后倾，以致于别的已婚女性视为非常容易的怀孕在她这里却成了一件难事。她当然明白，能否生孩子对自己在赵家的地位的影响极大。如果没有一个自己的亲生骨肉，首先她就无法驱逐走与赵家没有任何血缘且处处和她作对的养子赵铁生，这会任由赵欣白前妻的阴魂不散，并且在赵欣白心里和这个家中永远居于统治地位。

还让赵王碧琰感到心悸的是，如果自己一直不能生育，那赵欣白会不会以没有嫡出子女的借口冷落她再去纳妾？几年的共同生活早已使她清楚，在赵欣白心里，自己和真正赵王碧琰的分量大不一样。那个"老大"

不会生育在赵欣白眼里肯定不是什么缺憾或者短处，不用说，他绝对不会因为这个原因再娶一房小，从赵铁生身上，她已经看到了丈夫对于前妻不育的宽容态度。

同样是生不了孩子，赵欣白会对自己什么态度？那就不好说了。

其实，对于赵欣白的用情不专赵王碧琰早就有所感觉，但是关东大地震让她把好多想说的话咽了下去。那场天灾使她意识到嫁给一个有才气而且有财势的男人远比嫁给一个只能奉献出爱情的男人要实惠得多，毕竟生活是现实的，爱情不能替代一日三餐和常人无法企及的物质生活。大地震中，正是他们所享有的那幢坚固洋房挽救了赵家主仆所有人的生命，这也让她体会到为什么有些大户人家的下人会比一般老百姓见多识广而且趾高气扬，那完全为环境所使然——虽然那环境不过是他们赖以生存的工作地点。

懂得了这个道理，从小商人家走出来的赵王碧琰开始为了长久维护自己在家庭中的女主人地位而努力，除了委曲求全之外，她的最大目标是让自己怀孕。只要生下一个赵欣白的至亲骨肉，她相信，纵使丈夫在外面玩得过火，也不会再弄回一两个姨太太和她分平秋色。对于丈夫喜欢孩子这点，赵王碧琰有足够的信心，她从他对赵铁生的态度和平时的言谈话语中已经得到正确判断。

为了让自己的肚子能有个动静，关东大地震后，赵王碧琰把主要精力都放在了寻医问药上。好在赵欣白对此事也不反对，这就让赵王碧琰在大把地往外撒银子时少却了许多后顾之忧。

治疗子宫后位是一件极为辛苦的事。整整一年，赵王碧琰每天早中晚一次不落地坚持侧卧、仰卧、跪起数次轮换，为此，她错过了好多社交与娱乐的机会，也对赵欣白在外面的拈花惹草睁一只眼闭一只眼。

功夫不负有心人。赵王碧琰的辛苦终于得到了回报。当从医生那里得知自己已经受孕那天，她的兴奋无以言表。如果不是怕动了胎气，她恨不得要拉着医生的手在地上多转几个圈才过瘾。

对于老二的怀孕，赵欣白自然也很高兴，毕竟这是他的骨血延续，而他还是三代单传的柏彦庄赵连魁家唯一的儿子。为此，赵欣白特别嘱咐赵铁生不许再和老二作对，而且必须称呼她姑姑。按照以前他对老二的承诺，孩子生下来之后，赵铁生将要正式过继给老二没有儿子的哥哥耿维立。

接下来，保胎养胎成了赵王碧琰的首要任务，也成了赵家上上下下一致的目标。这几个月，是赵王碧琰到日本之后过得最顺心的几个月，她在这个家中的地位因为肚里的胎儿得到了颠覆性的改变。

8点半，送赵欣白到学校去的车夫准时回到赵府。随即，赵王碧琰穿着一件宽大的咖啡色套头夹袍出现在门口。她双手贴在高高隆起的肚子下面，一步一步走得十分缓慢。女佣扶着她，小心翼翼地坐到车上，车夫亦如同拉着一车玻璃玩偶一般轻轻抬起车杠，然后熟练地拉着车子朝银座走去。

河野妇产医院设在街中心一幢漂亮的8层新楼里，这里离大地震后迅速重建起来的银座不远，距离赵欣白家也只隔着3个街区。河野田一郎是东京著名的产科专家，来到这所私人医院生孩子的多是东京社会各界名流，还有一些来自国外的贵妇人。这里的诊费价格不菲，可是赵欣白还是坚持让老二到这里分娩，他不想让自己的孩子在最后关头出现什么意外。

候诊的时候，赵王碧琰一直饶有兴趣地看着周边的一切。这是一间以粉红色为主色调的大厅，淡粉色的墙壁和深粉色的陈设搭配得相得益彰。厅里的候诊椅都是些很宽大的软包扶手椅，这让孕妇们坐下很舒服，站起来也很容易。与这些椅子相匹配的，是一只只动物造型的可爱茶几，上面放着一些对孕妇有用的彩色图书。

因为是预约门诊，候诊厅里人并不多。赵王碧琰还没来得及看一眼刚拿到手的图书，一个身着淡粉色束腰大褂的年轻女护士就从诊室里走出来。

"赵王……"她刚叫了一半又戛然而止，然后使劲儿揉揉眼睛，盯着面前的病历卡。

"是叫我吗？"赵王碧琰很小心地问。

"你叫……"女护士狐疑地问？

"赵王碧琰。"她很爽快地回答。

女护士睁大了眼睛紧紧盯着赵王碧琰，毫不掩饰她眼神中因受到惊吓而产生的恐惧。

"该我进去了吗？"赵王碧琰追问一句。

女护士如梦方醒，"不，不，你等一下……"她说着，像逃命般退回诊室。

"这是怎么的了？"赵王碧琰心想。没等回过味来，她发现诊室的门又被拉开一道缝，门缝中似乎有好几双眼睛盯着她上下审视。

候诊室陡然静了下来，所有的目光都聚焦在赵王碧琰身上。这让她突然感到如坐针毡，她是第一次来到如此豪华的医院，不知道下一步自己应该做什么。

"是她吗？"过了好几分钟，门里有人悄悄地问。

"好像不是，哎……又好像是……"这是另一个声音。

"那……她不是死了吗？怎么会……"

虽然是窃窃私语，但此刻在掉根针都能听到声响的寂静大厅里依然是那么清晰。赵王碧琰的后背一下变得凉飕飕的，她读懂了女护士眼神中的恐惧。

她站起身，准备朝诊室走去。她必须自己去面对比恐惧更令人无法释怀的尴尬。

她的肚子确实太大了，这影响了她迈出步子后的速度。没等她走到诊室门口，一个轻盈的身影飘移般来到她面前。赵王碧琰看得很清楚，这是一个额头出现碎褶的中年女子，一双微微向上翘起的眼角让人感觉她总是在笑。

"您是赵王碧琰女士？"笑眼儿女人很温和地问，说话间脸上露出一对很深的酒窝。

"是的。"赵王碧琰坦然答道，她的声音很大。"请到这边诊室。请——"笑眼儿女人的话很干脆，赵王碧琰随着她的手势挪动了脚步。

令赵王碧琰首先感到惊诧的是这间诊室的面积和里面的布置，其次就是诊疗桌上那块醒目的蓝色标牌，上面写着"河野田一郎"。赵王碧琰虽然准备到河野产科医院分娩，但她并没有挂河野田一郎院长的号，要知道，这位专家昂贵的费用可不是她丈夫赵欣白所能担负得起的。

　　笑眼儿女人为赵王碧琰倒了一杯花茶，她接过来无意识地往嘴里送了一口，竟然忘记对女人说声谢谢。水中有股淡淡的甜气，很爽口，喝了几口之后赵王碧琰的心态平静多了。

　　一个头发花白的男人从里屋走出来，他身材不高而且有些消瘦，戴着一副黑框水晶眼镜，手里拿着一本厚厚的病历。他走到赵王碧琰面前伸出右手："请坐，赵王碧琰女士。"他微微一笑，把病历放在桌子上。

　　"您是——河野医生？"赵王碧琰怯生生地问。

　　"是的。好久不见了。"河野说，脸上还是很绅士的微笑。

　　"我见过您吗？"河野的话让赵王碧琰很奇怪，她的眼睛瞪大了。

　　"其实这也正是我想问的问题。"

　　"为什么？"

　　"请问您的丈夫是叫赵欣白吗？"

　　"是的。"

　　"他在明治大学读法律？"

　　"是的。"

　　"您家住哪里？"

　　"小石川区第六天町五十番地。"

　　"是后搬去的吧？"河野抬起头问。

　　"您怎么知道？"赵王碧琰很是惊愕。

　　"那您原来住在哪里？"河野没有回答，却提出另一个问题。

　　"神田仲猿乐町。有什么不对吗？"赵王碧琰开始疑虑重重，她可是来就诊的，怎么跟到了警察局一样？

　　"您25岁，也叫赵王碧琰？"

　　终于明白了，所有的问题都出在自己用的那个影子人名字上，这让赵王碧琰有点亦气亦恼。

　　"是。我现在是叫赵王碧琰，但那根本不是我的名字，是我丈夫在结婚前提的一个最不尽人情的条件。"她几乎要大声喊起来，泪水在眼眶里直打转转。此时，如果不是行动不便，她真想夺门而出跑出这所医院。但

是她的脚下发软，一步也走不动。

"难怪呢，护士把另一个赵王碧琰的旧病历拿来了，她们搞错了。"河野同情地望着她，然后把头转向笑眼儿女人："给赵王碧琰女士重建一份病历，把这份旧的封起来，不要再搞混了。"

趁他说话的时候，赵王碧琰拭去眼角的泪。河野的话打消了她走的念头。"管他呢，"她想，"我需要的是产前检查。"

"您是第一次怀孕吗？"河野很亲切地问。

终于问到正题上来了，这让赵王碧琰大松一口气。不过她马上想到另一个问题，于是急忙说："河野医生，我没有挂您的号。我只是想在您的医院做产前检查，然后在这里安全生孩子。"

"知道，知道。我当然知道。"河野对她说，"不过我想给您一个特例，费用方面您无须担心。"

"为什么？"她问。

"因为我曾经给赵欣白的夫人看过病，也认识您先生。"

"她也怀过孩子？"赵王碧琰又一次惊愕了。

"不，她来治不孕症，是他丈夫陪着来的。"河野答道，"她子宫里有一个大瘤子，我建议她切除后再正式治疗不孕症。可是后来她没有再来，她死了。"

"她是一个很有魅力的智慧女人，"河野感慨地说，"死得很可惜。哦，你知道护士刚才为什么很吃惊了吧？"他笑笑，"赵欣白先生曾经为了她和医院打了一场官司，因此他在东京的医院里很有点名气。"

这倒有点出乎赵王碧琰的意料。当初她只知道赵欣白的前妻是因为患病而死，没想到里面还有这么多的故事。嫉妒之火又在她心底复燃，此时还多了一番愤恨。她怀孕8个多月了，赵欣白从来没陪着她进过一次医院，可她肚子里到底怀着他的骨肉呀。

"哎……"她不由自主地发出一声长叹。

"好吧，我们开始检查，请到这边来。"河野转身走进检查室，在笑眼儿女人的引导下，赵王碧琰跟了进去。

两个月之后的 6 月 26 日，赵王碧琰在河野妇产医院安全分娩。她生了一个漂亮的男孩子，哭起来声音十分洪亮。

令赵王碧琰遗憾的是，生产那天丈夫依旧没有陪她到医院去。她不知道的是，在得知生了一个儿子的消息后，兴奋的赵欣白回到神田街小酒馆喝了个一醉方休，然后在一个不知名女人的陪伴下度过了那个幸福的夜晚。

18

儿子满月那天，赵欣白放下手中尚未读完的一本参考书，提前从图书馆出来了。

从明治大学到小石川家的路程只有 35 分钟，但是这天赵欣白却足足花了一个半小时才到家。路上他去了一家美国人开的商店，在里面买了不少婴儿食品和漂亮的玩具。他还去了附近的一个花店，买了一大捧箭兰、火鹤和山茶花，这些都是他前妻活着时最喜欢的。

中年得子，赵欣白自然十分高兴。他给新生的儿子取名为宗阳，内含光宗耀祖之意自不待明言。因为有了儿子，这些日子赵欣白心情不错，这也促使他撰写博士论文的进度有所加快。屈指算来，他到日本留学已经整整 10 年，最后能否获得学位就看这篇论文的分量了。赵欣白并不迷信，但他依然认为儿子是自己的吉星，因为这个小生命的存在，原来他在写作中不自觉产生的那种郁愤已经渐渐转化为更理智的分析。从现在的进度看，这篇论文杀青的日子已经指日可待。

人力车到家的时候，太阳还没有落山，一缕柔和的晚霞洒在布满青藤的围墙上。赵欣白小心地捧着手中的花束，迈进洋房宽敞的大厅。

客厅里，已经全然是一片庆贺的场面。彩色气球把偌大的房间装点得喜气洋洋，各色儿童玩具和婴儿衣服、食品摆满了靠东墙的边柜。几位老二请来的女客人坐在沙发上正在叽里咕噜地用日语谈笑，赵欣白进来时，她们不约而同地站起身哈着腰向他问候。

见到这家的男主人抱着一捧漂亮的鲜花，女人们惊叹起来。赵欣白礼貌地向她们笑笑，目光落在身着一袭淡紫色丝绸无袖长裙的老二身上。老二款款地向丈夫走来，脸上洋溢着被羡慕目光环绕下的幸福微笑。

"就等你回来了。"她柔声说着，伸手想接过赵欣白抱着的鲜花。

"我马上就出来。"他也轻声回答，但却把花束倒了一下手，然后扭转身子走向客厅另一边的走廊。

刹那间，老二的脸色变得苍白，她呆呆地站在原地一时有点不知所措。现在她知道那些花束是送给谁的了，这让她的心里连着打了一串冷战。很少有人知道，在这座属于她的家中，一楼客厅边那两间紧锁着的房间却是她永远的禁地。

"我一定要夺回这颗游离的心，无论用什么样的办法。"她暗暗地想。

19

3个小时之后，赵欣白夫妇回到楼上。他们先到婴儿房看看熟睡的儿子，然后一起来到半封闭的露台上。露台左边有两扇一模一样的硬木雕花玻璃门，它们分别通向赵欣白和他妻子的卧室。

仰靠在一张宽大的藤制摇椅上，赵欣白的思绪跃动着不断飘浮，有现实也有想像。五六年前7月的一个晚上，他和前妻曾经出席过一个日本朋友的孩子满月典礼，他前妻很慈爱地俯身看着摇篮里的那个小孩子，目光中流露出能够真正做母亲的渴望。"有个自己的孩子真好。"她从摇篮前直起身时喃喃地说，又恋恋不舍地看了那婴孩一眼。就是从那天起，他发誓要帮助她实现做母亲的愿望，但终于没能成功。"如果碧琰要是看到宗阳"，赵欣白痴情地想。但仅仅几秒钟的时间他就清醒过来，并且为自己的想法感到可笑——有碧琰就不可能有宗阳，因此没有这种"如果"。

可另一种"如果"却有可能实现：如果碧琰看到自己拿到博士学位，她该是多么地高兴。恍惚中，赵欣白感觉到自己正身着黑色的博士服站在明治大学礼堂的大讲台上，他从校长手里接过盖着红色大印的博士学位证书，

然后在令人愉悦的掌声中发表致辞。他捧着证书从台下一个箭步跳下，直奔一个身着雪青色洋装的纤弱女人。"碧琰……"他兴奋地喊道，全然没有意识到自己发出的声音。

"我在这里，欣白。"一个娇柔的声音在他耳边真切地说，他感到一只温乎乎的小手在拍打裸露的小臂。他抓紧那只小手睁开眼睛，看到身边却是老二。她以极其优雅的姿势跪在他的膝边，好像一只温顺的可爱小猫。

"呵，"赵欣白这时完全清醒了。老二刚刚生完孩子的丰腴身体散发出一股淡淡的乳香，圆圆的脸上闪烁着女性被人疼爱时才会产生的特有光泽。在月色的衬映下，她的少妇之美令人陶醉，赵欣白顿时产生出强烈的欲望。

"老二……"他用一只手臂环过她滑润的脖颈，在她的脸颊上轻轻拍打着。这是他在兴奋之时常做的动作，她当然明白这动作的意思。

奇怪的是，老二没有像往常一样遥相呼应，她依旧蜷偎在赵欣白膝下，两只手紧紧搂着环绕自己脖颈的那只粗壮手臂。

"欣白，"她娇嗔着，"你今天有没有给我买礼物哇，你说过的……"

"糟糕，"赵欣白用另一只手拍拍自己的脑袋，"光顾宗阳了，忘了给你的一份。"

"什么光顾宗阳，"老二愤愤地想，"你不是还惦着那个死鬼吗？"她眼前又晃动起那一大束绚丽的鲜花。

"明天一定给你补上。"赵欣白信誓旦旦，他的气息正在变粗，脑子里想的完全是另外一件事。

"那……你给我什么礼物？"她怯生生地问。

"随你啦，想要什么都行。"赵欣白爽快地说。

"真的？"老二表现得将信将疑。

"君子一言，驷马难追。只要我能给得起的就没问题。"赵欣白男子汉的气势被老二的娇柔全部激了起来，他托起她的头，在额角上用力吻了一下。

"不嘛，我现在就要。"老二开始撒娇了，她摇摇赵欣白的手，顺势坐到了他的膝盖上。

"现在？商店都关门了，现在你能要什么？"他奇怪地问。

"我要的礼物不用到商店买。"她俏皮地歪头看着他，热辣辣的眼神带着挑逗的信号。

"不用到商店买？老二会给我省钱了。那我更要满足你的要求啦。"赵欣白哈哈笑着，两手不断在妻子胸前揉搓。自从老二怀孕之后他就没沾过她的身子，他认为老二想要的一定也是他现在正想做的。

"说吧，我的老二想要什么？"他打着哈哈，又搂住妻子狠命地吻了一口。

"我想要——"老二一字一句说得很慢，"改名字。"

"啊……"赵欣白一下愣了，他的两只手触电般地离开了老二的身体。

"这名字是我们结婚的前提条件，当初可是你自愿接受的。"过了一会儿他开口说，语调很郑重。

"不错，当初是我同意的。我当初同意的前提是因为我没有儿子。"老二显然有备而来。

"你生儿子跟改名有什么关系？"

"当然有，而且还关系密切。"看着他，老二干脆利落地说，"我嫁给你，用你赵家的姓赵家的名都理所应当，但是当初你必须让我用你前妻娘家的姓氏，这本来就有点强人所难。可是我爱你呀，没办法，我答应了，因为我那时和你前妻一样还没有给赵家传宗接代，所以我可以像个影子人一样为了婚姻活着。现在不一样了，我给你生了儿子，我不能再顶着别人娘家的姓活在世上，因为我的生活里除了婚姻还有儿子。如果有一天，儿子长大了问我为什么舅舅姓耿我姓王怎么办？如果我告诉儿子原因他替他妈妈感到耻辱怎么办？所以为了儿子，我要改名，我要叫赵耿碧琰。"这一次，老二说得很快，话也很坚决。

赵欣白推开坐在腿上的老二，对着她上下打量，好似第一次见到她。提到儿子，这让他感到语塞，他暗自承认她触到了自己的软肋。

"好吧，从现在起你就叫赵碧琰。"几分钟之后，赵欣白终于甩出一句话，他有些无可奈何。

"谢谢你，欣白。"老二高兴地在赵欣白脸上吻了好几下，她还想借势拉他起来。

赵欣白伸手抹了几下被老二狂吻过的脸,不耐烦地摆摆手。现在他的欲望早已灰飞烟散,只想自己躺着好好静一下。

赵欣白儿子满月的第二天恰好是阴历七月初七,是日本盂兰盆节的第一天。

盂兰盆节是从古代中国传过来的一项祭奠祖先活动,到了日本后不知怎的变得越发隆重起来,最后竟成为仅次于元旦的第二民族大节日。日本的盂兰盆节除了设魂龛、点荷灯之外,最重要的一个节目是要把祖先的灵魂请回家中和活人一起生活4天,最后再用大文字烧的形式把灵魂送回阴间。

和所有中国留学生一样,赵欣白本来对盂兰盆节没有概念,即使是在他前妻去世后也没有搞过什么特别的祭奠。但是今年他改变了习惯,不但在院子里点了好大一盆迎魂火,而且一个人钻进一楼的神秘房间里足不出屋地待了4天。到了送魂灵那天,赵欣白从屋里出来了,他没和任何人打一声招呼就独自走出院子。那天晚上,赵欣白和许多素不相识的日本人一起,在街头围成一圈又唱又跳,把几天来憋在胸中的郁闷一股脑儿全都发泄出去。

1925年的盂兰盆节,对于在东京大地震中失去亲人的日本人很重要,对于允许妻子老二改名的赵欣白更重要。从这一年起,每年的盂兰盆节他都要隆重祭奠前妻赵王碧琰,在他心里,前妻已经被视为恩师和引路者,而他现在的妻子赵碧琰根本无法与恩师相提并论。

20

恰恰是在儿子过百日那天,赵欣白顺利地通过了博士论文答辩,如他所一直期望的那样拿到了明治大学的博士学位,成为中国有史以来在日本获得法学博士第一人。他的《刑法过失论》引起了日本法学界很大的兴趣,东京的报纸为此还对他进行了采访。

拿到博士学位本来是件天大的好事，但此后在赵欣白家里却屡屡发生争执。争执的核心是留下还是回国，在这个问题上赵欣白和妻子有着截然不同的想法。

毫无疑问，赵碧琰主张他们应该留在日本。想想看，他们早已适应了东京的生活，无论在语言上还是习俗上都可以毫无障碍地和这座城市融合在一起。5年的熏陶，早已把赵碧琰从一个不谙世事的女学生培养成了懂得享受的家庭主妇，在这里，他们有自己的房子和舒适的生活，她不希望轻而易举地就此放弃。再则，以赵欣白现在的资历，成为明治大学的教授指日可待，他可以继续做学问或者做律师，无论选择哪种职业，在东京这样的大城市都将收入不菲。说心里话，赵碧琰更希望丈夫是个学者型的男人，像她这种出身小商人家又读过几年书的女子，其实更重视从家庭的知识地位上改变自己的命运。

赵碧琰坚持留在日本的另一个理由是她弟弟的学业未成，当初她费了好大的努力才把弟弟接到东京读书，虽然她弟弟读的只是一个名不见经传的兽医专科，但这在耿家门里已俨然属于一枝独秀的高级知识分子。

寻根溯源，赵碧琰现在对知识改变命运的重要性体会颇深。要知道，耿家世世代代读的都是中国式私塾，惟有到了这一代，她们姐弟才有机会上了公学堂。如果不是因为读过几年书，她怎么会嫁给一个留洋博士？如果不是因为自己的婚姻，弟弟又怎么可能来到日本？有了留洋的资本，就算是弟弟不太聪明，也总能给老耿家壮壮门面，这样她这个被逐出家门的女儿也算尽了一点回报养育之恩的孝心。

想到千里相隔的娘家，赵碧琰不由得叹了一口气。不过让她欣慰的是，这个学期过去，弟弟耿维耕就可拿到毕业证书，因此无论如何她也不同意丈夫回国的打算，她不能让自己这几年的心血付诸东流。

其实，赵碧琰内心深处坚持留在日本的原因是为了儿子。儿子太小，她不知道他能否受得了海上长途航行的颠簸，她更希望儿子从小能在日本受到良好的西方教育。自从明治维新以来，东京已经成为东半球中最

系统实施欧美教育的亚洲城市，能到这个城市来学习的其他亚洲国家学生，大部分都是些殷实人家子弟。儿子生在这座城市，长在这座城市，无疑会在教养与学识方面获益匪浅。可惜的是，赵碧琰的这些真实想法不能透露，因为她知道丈夫赵欣白最重视的就是传统的国粹教育。"让孩子回去学会中国语言"，这是赵欣白坚持要回国的重要理由之一。

"用学到的法律知识为自己的国家服务"、"把铁生送回国交给你哥哥"，虽然赵欣白要回国的几个理由很拿得上台面，但赵碧琰知道，这些都不是他坚持回国的最重要理由，他想回国的根本目的是要从政，这是她从他的谈话中感觉到的。几年的共同生活，她虽然无法在感情上获得赵欣白的青睐，但在所追逐的事业航道上，她对丈夫还是了解颇多。毫不隐讳地说，赵欣白其实是一个有着很大野心的人，为此，她不免有些担心。

21

东京的秋天气候宜人，沿着蜿蜒起伏的海岸线，一片朦朦胧胧的绿色向远方伸展。海水、天空和正在落山的橘红色太阳构成一幅明快的画卷，几只白色海鸥在蓝灰色的水面上翱翔。海风隔挡住城市中无处不在的喧嚣，夜色渐渐来临。

幽暗中，赵欣白走近靠近海湾马蹄形地带的一幢淡灰色的建筑。穿着紫红色制服的门童恭敬地拉开厚重的橡木大门，另一个身着西式裙装的姿客接过他手中的公文包，把他引进一套订好的包间。

离约定的时间还早。赵欣白跷着二郎腿坐在原木扶手椅里仔细打量着这个处处散发着英吉利风格的精致房间。一张棕红色的大桌子占据了房间中心，旁边四张扶手椅靠背各不相同——梅花、方片、红桃、黑桃，恰恰是一副扑克牌的四种花色，而他占据的那张正是黑桃。半米宽的低矮窗台上，摆着两盆开得极为茂盛的天竺葵，雅致的红色恰到好处地调和着房间的气氛。透过纱幔，能看到灯影下的海水粼光，远处海面上，几只不停闪烁光亮的船只披着夜色向港口驶来。

喝了一杯醇香的绿茶，他觉得很爽口，对于即将到来的会面也感到信心十足。这几个月，赵欣白变化很大，他再也不是早几年那个一门只知道泡图书馆写论文的学术青年。现在，他最渴望的是参与到中国的立法项目中去，在清朝终结后的15年，中国的法律建设还是一片空白。他当然清楚，要参与立法就必须有一定的权力。获得博士学位则使他有了更多的信心，也促使他的权力欲望不断膨胀。

土肥原是在他再次向杯子里倒茶的时候进来的，一进门，他就亲热地招呼："赵桑，好久不见，真是很想你呀！"

"有缘千里来相会，我们现在不是又见面了吗。"赵欣白矜持地伸出右手，他的温文尔雅与土肥原的豪放不羁形成鲜明对照。

土肥原的全名叫土肥原贤二，40多岁，身材矮胖却不失灵活。赵欣白和土肥原认识大约有十年了，当初他们在大连时赵王碧琰曾教过他汉语，那时他的身份是日本一家大型投资公司在中国的总代表。但是赵欣白知道，土肥原一直和东北的政界人士来往密切，他的话在某些时候也很起作用。正因为如此，当赵欣白打算回国发展时，第一个想到的人就是土肥原。

桌子上的茶换成了酒，土肥原首先对赵王碧琰的去世再次感到遗憾："她是一位具有出众才华的夫人，失去她是我们大家的损失。"

"谢谢。不过她若能知道我们今天坐在一起叙旧一定会很高兴。"赵欣白巧妙地把话题拉到眼前。

"唔，赵桑，你的决定很正确。我把你的信拿给一位大人物看了，他很感兴趣，决定请你做法律顾问。"土肥原说着举起手中的酒杯，带点诡秘地朝他笑笑。

"他是谁？"赵欣白急急地问。

"他呀，是当今中国政局中的实力派人物，有望成为你们国家的新总统。"土肥原故意不急于回答，他放下酒杯，舒展一下身子，脸上还挂着那副诡秘的微笑。

新总统？这让赵欣白有点狐疑。他虽然离开中国10年，但是一直对国内的政局十分关注。这些年，中国的总统换得比老百姓糊顶棚还勤。孙中山、袁世凯、黎元洪、徐世昌，还有从南到北无不渴望控制中国实权的各

系各派军阀，一年三变的执政机构，闹得他一时也猜测不出土肥原说的是哪一位了。但是能给一个位居总统的大人物做法律顾问还是很有诱惑力的，赵欣白急于想知道答案。

"你没猜着？"土肥原依旧笑着说，他玩弄着手中的高脚酒杯，目光集中在杯里剩得不多的红酒上。

"请土肥原君指教。"

"告诉你吧，是张作霖！"土肥原说完两眼紧紧盯着赵欣白，要看看他有什么反应。

果然，赵欣白的反应大为不屑："张作霖，他也能当总统？"

在东北三省，响马张作霖的名字早就家喻户晓。他在清朝小皇帝还没倒台时被官府收编，后来又成了袁世凯的嫡系。袁世凯死后，张作霖被皖系掌权的北京政府任命为奉天督军兼省长和东三省的巡阅使，一下成为东北奉系的头领人物。

自己一个堂堂法学大博士，给一个大字识不了三斗且绿林出身的兵痞去当顾问，那还不得让人笑掉了大牙？想到这里，赵欣白摇摇头。

"赵，你想错了。"土肥原好像看穿了他心思，他拿起酒瓶给两个人的杯里全都斟上，然后一字一句地说："只有跟着他，你才能在最短时间里达到自己的目标。"

"此话怎讲？"赵欣白做了个碰杯的姿势，把盛着一半红酒的杯子送到嘴边抿了一口。

"张，现在是东北的头面人物，他的后面，有一个雄厚的支持。很快，张的军队就要开进北京了，不信你等着看吧！"土肥原意味深长地说，随即也举起手中的杯子表示一下。

"噢——"用不着土肥原明说，赵欣白就明白他指的"雄厚支持"当然是日本帝国。

"他没有文化，不是正需要有文化的人去点拨吗？自古军师的作用大于统帅，赵，你们中国的《三国演义》写得很好，这个道理你应该明白。"

赵欣白心里豁然一亮，他知道土肥原说的很对，自己确实赶上了一个

千载难逢的好机会。

"那我就谢谢土肥原君的引荐。"他举起了手里的酒杯。

"干……"清脆的玻璃撞击声从灯影下划过,无论是赵欣白还是土肥原贤二,都觉得这声音很美妙。

为了表示自己回国从政而且一定要有所作为的决心,赵欣白为自己名字的最后一个字加了一个"亻",从此,他以赵欣伯的名字介入到中国政坛。

如果不是要等妻弟耿维耕拿到文凭,赵欣伯恐怕多一天也不会在日本停留。但是因为赵碧琰的眼泪,他还是在回国日期上做了一次妥协。

过完1926年元旦,赵欣伯谢绝了明治大学的聘书,紧锣密鼓做起了举家迁回中国的准备。因为没打算再回日本发展,他变卖了小石川的住房,买了一些容易携带的黄金和珠宝。

1926年清明过后,赵欣伯携妻带子登上了开往中国的客轮,和他们一路同行的还有他的妻弟耿维耕和日本管家赛勒。

当他们还在大海上漂泊之时,中国的政局又一次发生变化——4月18日,张作霖领导的奉军长驱入京,执政的段祺瑞政府被赶下台。

1927 年夏——1928 冬　北京

1927 年的北京，依旧是阴霾当空。

清王朝灭亡以后，这个三朝古都中的争权夺势的混战从来就没有停息过。16 年来，北京政府先后换了 9 任元首和大约 50 届内阁，怀着不尽相同野心的各地投机家们，走马灯似的出现在这片政治舞台上。袁世凯死后不到一年，张勋率领的小辫兵进入北京，他闹着要清朝末代小皇帝溥仪重登大室，上演了一出仅仅维持 12 天的复辟丑剧。1919 年，3000 北京学生发起了反对北京政府媚日丧权的五四运动，随即共产主义的星光开始在古老都城上空悄然闪烁。直、皖、奉三大派系的军阀争夺北京统治者的争斗愈演愈烈，3 年里直奉军队两次兵戈扰攘。1924 年秋季，冯玉祥发动北京兵变，把小皇帝溥仪驱出紫禁城，并且请来了孙中山共商国事，然而未料国父病入膏肓，不足百日便驾鹤西去。1926 年，"三一八"惨案促成了皖系段祺端政府的早日垮台，奉军入京，张作霖成为北洋军阀混战中最后一位北京政府的当权者。

奉系军阀的统治，使北京遭受的灾难更加严重。1927 年 4 月 28 日，距南方蒋介石发动政变血洗革命党人不足三七时日，张作霖不顾社会舆论的强烈反对，悍然下令绞杀了李大钊等 20 多位优秀的革命者。血染京城，百姓疾苦，那一年成为北京最荒乱的一个冬天。奉系军阀在北京执政 2 年 1 个月又 17 天后退回关外，6 月 8 日，阎锡山率领的国民党军队进入北京。20 天之后，南京政府下令改北京为北平特别市，此后 21 年，北京失去了国都资格。

22

铜铁厂是后海西岸边上一条极为不起眼的胡同,窄得只能勉强通过一辆小汽车。但它所处的位置在恭王府斜对面,走出胡同就是一片能望见什刹海荷花市场的开阔地。因为紧邻早年涛贝勒府的后身,胡同南边全部是一码儿高高的灰砖后山墙,只有路北边稀稀拉拉地有几个大小不一的院子。

这胡同交通便利而且住户稀少,很合赵欣伯、赵碧琰夫妇的心思,到北京没多久,他们租下了位于胡同最里端的六号院,庭院深深,雅且幽静。

六号院原先住的是什么人家已经无从查考,但从其所处的位置和高台阶上的广亮大门来看,当初的主人必是与清皇室有一定联系的官品人家。否则的话,他不可能与光绪的亲弟弟载涛成为近在咫尺的邻居,也不可能敢在大门檐柱上端描着云绕雀鸣的彩画,要知道,前清时这些檐画就是官品的标志。

赵家现在住的院子共有4进,前院的倒座房除了大门之外还有4间,分别住着赵碧琰哥哥一家和两个仆人。穿过垂花门,是一进三开间的大四合院,正房建在石质的平台上面,房前廊子雕梁画栋,气象宏然。这进院子主要作为待客之用,正房既是赵欣伯的书房,又是他的专属客厅,东厢房是厨房和全家人就餐的地方。二进院东耳房旁边有一条细细的甬道,走过去是一座由正房和东西厢房组成的三合院。

赵碧琰很喜欢这个开阔明朗的后院,院内所有的建筑极为精致,正房和厢房前都带有一米多深的檐廊,碎石铺成的四季花卉图案小径直通各房门前,花池里种着几棵丁香、月季、海棠和葡萄。院子南边,小巧玲珑的假山池塘与院子里的草木花石融为一体,与飞檐翼然的建筑构成一组纤巧而不失富丽的宅园景致。

实际上,这院子后面还有几间质量上乘的后罩房,但那里的钥匙只掌握在赵欣伯手里。对于除他以外的赵家上上下下来说,那是一片带有神秘色彩的禁地。赵欣伯给新居取名为"怀恩庐",不用问,这院子里的上上下下都知道他怀的是前妻赵王碧琰的恩。赵碧琰对"怀恩庐"之名带有深深的敌意,但却无可奈何。还好,赵欣伯并没把"怀恩庐"的大字牌匾悬于

正门房檐之下，这多少让赵碧琰心中有所释然。

同赵碧琰一家住进这院子的人不少，除了日本管家、奶妈、厨娘、车夫外，还有她娘家哥哥耿维立夫妇。按照赵碧琰与丈夫早年达成的条件，他们的儿子出生后赵铁生就算是正式过继给了耿家，他现在改名叫耿继先。但是耿继先直到这次回国时才见到他新的养父母，他们之间还很生疏。为了让耿继先尽早能和新养父母关系融洽，赵碧琰才提出让她娘家哥哥来北京和他培养一段时间感情。

午后的院子清澈而幽静。把儿子哄睡着之后，赵碧琰照例拿起《红楼梦》坐在廊下的躺椅里。看了几页书，她的眼皮渐渐发沉。不知什么时候，她的双眼完全闭上，那本《红楼梦》从胸前滑落到地上。

她做了一个可怕的梦：几个彪形大汉在后面不停地追赶，她跑到一条窄窄的胡同里，脚软软的再也抬不起来，有人抓住了她的衣领……她吓得大叫一声，而后从睡梦中惊醒。

睁开眼睛，赵碧琰喘了一口粗气，她摸自己的额头，细滑的皮肤上渗着冷汗，几缕零乱的刘海儿都潮乎乎的。葡萄架挡住了下午太阳强烈的紫外线，树荫下潮湿的土地正在慢慢吸吮灼人的热气。又打了一个哈欠，赵碧琰从竹躺椅上坐起。

"我怎么会在这里睡着了？"她自嘲地嘟囔一句，俯身捡起地下的《红楼梦》。赵碧琰打算再合上眼眯一小会儿，但从葡萄架缝隙中透过的一束阳光正好移动到她的脸上。她扭了一下身子，睡意却被完全打消，抬手看看表，才只有3点15分。

北京8月的气温达到30多度，而且还总是那种树叶纹丝不动的干热，这气候让多年生活在海滨城市的赵碧琰特别不习惯。

除了夏天的气候，赵碧琰对北京没有什么可挑剔的。这是她少女时代就向往的城市，那一年，如果不是见到偶然回国的赵欣伯，她恐怕早已融入这个城市的滚滚人流了。直到去年迁居到北京，她才对赵欣伯回国从政的选择不再抱怨。她喜欢这个到处散发着浓郁中国传统气息的古老都

城，喜欢只有这座城里才特有的高高城墙和宽大城门，她还喜欢遍及这座城市的红墙琉璃瓦和比肩接踵的四合院。

但是北京的地位又决定了她的另一个特色，这里的政治空气太浓郁了，而且在浓郁中还时常夹杂着血腥。这股血腥味儿让赵碧琰时时感到担心——毕竟她的丈夫也在政界，在她看来，那其实是一个飘忽不定的怪圈子。

去年他们回国之前，一场震惊国人的"三一八"惨遭案发生在段祺瑞执政府的门前，那一次就让200多个青年学生或流血或殒命。奉军掌权之后，血腥味儿似乎更为浓烈，张作霖进京之后不到10天，便下令枪杀了京报主笔邵飘萍。其后，仅仅相隔百余天，另一个叫林白水的新闻报人也在天桥惨遭张宗昌的枪杀。赵碧琰没读过邵飘萍的文章，但对林白水之人却早已知晓。林白水早年留学日本即开始办白话文报纸，在中国留学生中有很高的名气。迁居北京之后，家里订的几份报纸中就有林白水做主笔的《社会日报》。她特别喜欢那些文字犀利的时评，有时虽看得不大懂，读起来却觉得十分有意思。"狗有狗运，猪有猪运，督办亦有督办运，苟运气未到，不怕你有大来头，终难如愿也。"赵碧琰现在还能依稀记得他一篇时评中的句子。

可是林白水被枪毙了，还有另一个也曾经留学日本的北京大学教授李大钊在几个月前也被绞杀了。赵碧琰知道，下令绞杀李大钊的正是她丈夫赵欣伯千里迢迢赶回来投奔的张作霖，这让她心里总隐隐带有一丝不安。赵欣伯和张作霖走得很近，而且正在想方设法通过这个枭雄人物实现自己的政治抱负，这一点她心里很清楚。

转头听了听，儿子还在西屋里香甜地午睡，偌大的后院一派静谧。她翻开《红楼梦》，想用读书排遣掉脑海中不着边际的思绪。

刚看了不到两页，就听见大门外传来急促的敲门声，和敲门声混在一起的，还有一片嘈杂不齐的喊叫声。后院里虽然听不太清楚，但是她依稀能分辨出"赵欣伯"三个字。

顿时，赵碧琰的心揪得紧绷绷的。她不知道街上到底出了什么事，但心里清楚人家之所以能找到家门口和赵欣伯最近紧紧追随张作霖不无关系。

还好，几分钟后门口就恢复了平静。她哥哥耿维立跑到后院报信说，听说赵欣伯不在家那些学生们就走了。

听说来的是学生，赵碧琰脸色大变。从"五四"到"三一八"，这些由学生引发的运动给人的印象太深刻了，她虽然不知道这次学生为什么会把赵欣伯当成目标，但她心里害怕。

"知道了。"她挥挥手让耿维立退下去，起身端起旁边的矮几上的一杯冰花茶。吹了吹漂浮在水上的薰衣草，赵碧琰轻轻地吮了一口。冰凉凉的茶水甜润可口，半杯茶下去，她紧揪着的心渐渐舒展开来。

就在她再一次把杯子送到嘴边的时候，突然听到一串变了调的叫喊："快开门，快来人哪，老爷被人打了……"这次她听得很真切，是车夫老杨的声音。

当啷，赵碧琰手中的杯落在地上。她撒腿就往外跑，丝毫没有理会西屋里儿子的号啕大哭。

门房里，日本管家和耿维立夫妇正围着气喘吁吁的老杨问东问西，赵碧琰跑过来，一把抓住老杨的胳膊大声喊："老爷在哪儿？你快说呀。"

"他……他在龙头井的理发店里，被一帮学生给打了。"

从铜铁厂胡同到龙头井只有几百米的距离，赵碧琰穿的是旗袍，脚下的家居便鞋又有些松懈，因此无论她怎么努力，步子也迈得不大。等她趔趔趄趄跑到龙头井的时候，看到愤怒的学生们已经把赵欣伯拉扯到墙根下，他们争先恐后地斥责着、质询着，拳头像雨点儿一样往墙根下甩落。

这时候，赵碧琰根本看不到丈夫，能见到的仅是两只不断抵挡拳头的粗壮大手。

"打死人啦！"她大叫一声，疯了般一头扎进学生堆里，瞬间，她已经冲到最里层，伸开双臂努力保护住胸前还挂着理发罩布的丈夫。

"你们为什么打他？为什么……"赵碧琰歇斯底里地大叫，嗓音吵哑且带着哭声。

学生们的拳头慢慢停息下来，一个戴眼镜的瘦高学生摆摆双手，喧哗声顿时小了许多。"你是赵欣伯的什么人？"瘦高学生很威严地发问。

"我是他妻子。"赵碧琰一字一句地说："如果你们非要打，就把我们两夫妇一齐打死好了。不过，"她的声音陡然提高，"那样就会留下一个孤儿，他只有两岁。"

刹那间，学生们静了下来。站在前面的几个男生相互对视，几秒钟后，还是戴眼镜的瘦高学生发了话："让他们走。"他简单地说。

赵碧琰转身扶住躲在她身后一直默不作声的赵欣伯，这时她才发现，他的头发只理了一半。

学生们闪开一条路，随即，他们跟在赵碧琰夫妇身后喊起了口号。

"不要给军阀张作霖当走狗！"

"赵欣伯必须悬崖勒马……"

一浪高过一浪的口号声伴着赵碧琰夫妇一直到铜铁厂胡同口，直到她扶着丈夫走进广亮大门，口号声还不绝于耳。

"他们为什么要打你？"直到给丈夫被挠伤的脸上涂好药膏，赵碧琰才轻声地问。

"老二呀，你今天可是救了我了。真没想到你还有如此刚烈的一面，看来我以后真得对你刮目相看喽。"赵欣伯斜靠在床上答非所问。他入神地盯着妻子，拍拍她的脸蛋。

赵碧琰没有再说话，只顾仔细地看着丈夫的脸，眼神中有几分怜悯。他宽大的额头上添了几道细细的血口子，左眼眶下有一片淤血，微微红肿的嘴唇破坏了圆润的线条，一头原本就很稀疏的头发参差不齐。

坐在床沿上，赵碧琰抓住赵欣伯的一只胳膊开始按摩，不轻不重的力度让他觉得很舒服。

他挪了一下屁股，想让自己更舒服一些，然后才清了一下嗓子慢吞吞地说："他们呀，就是不想让我给张作霖干。"

"理由呢？"

"当然很多。张作霖是土匪、军阀，张作霖滥杀名人志士。他们说你一个学法律的大博士，怎么能为这样的人鞍前马后瞎忙活呢？"

"我觉得也是，我也不喜欢你给张作霖干。"

赵欣伯看看妻子，意味深长地摇摇头，"刚夸完你，你就犯昏。你怎么也跟那些毛孩子似的想得那么简单。"他用手指点了一下赵碧琰的额头："告诉你吧老二，我这可不是给他姓张的干，我是在给自己干，我是在给自己的未来铺路子。"

"闹不懂你那些花花肠子，我看你还是找个地方教书好。"赵碧琰停止了按摩，一本正经地望着赵欣伯说："真的，我喜欢你做学问，北京的高等学校这么多，以你的资历，找个教书的差事应该不费劲儿。那样活得多安生惬意。"

"哎呀，老二！说你头发长见识短不是？现在是教书的时候？教书能改变中国政局？我跟你说，人哪，只有最大限度地发挥自己的才能生命才不会浪费。像我这样的，就注定应该在乱世中出类拔萃。"说到这儿，赵欣伯一下来了兴奋点。他又往起挪了挪，用手抚弄一下理了半截的头发："你别光看着眼前这一点点，被这些学生们打了一顿又怎么样？忍辱才能负重，自古成大事的人都是这样。韩信的故事知道吧？当初他要不是能忍得胯下之辱，后来又怎能千古流名？"

"我讨厌那个姓张的动不动就杀人。"

"你以为我喜欢？"赵欣伯眉毛一扬气哼哼地说，"我早就告诉他不能杀李大钊那些人，那样会激起民愤，于巩固政权于事无补，可他也得听得进去呀！"

"那你这个法律顾问又干什么吃的？"赵碧琰有点轻蔑地说，故意纵纵鼻子。

"我……"赵欣伯一时语塞。

"狗有狗运，猪有猪运。"赵碧琰脑子里突然涌上这两句话，她顿了一下："可惜你一个留学日本的大博士放着学问不作，却偏想抢官运。"

"说什么呢你？你敢再说一遍！"赵欣伯恼火了。

赵碧琰不再吭声，起身换了一条凉毛巾敷在他肿胀的手背上。

"算了，不和你说这些，说了你也不懂。"赵欣伯仰身往后一倒，"让你哥快点把理发店老板找来，让他先给我理完发。"

23

　　1928年春天，北京成为蒋介石军队与张作霖奉军争夺的焦点。4月，一直盘踞在南京的国民党军队长驱北上，一场由新军阀讨伐旧军阀的争霸之战就此拉开序幕。季节造就了便利条件，有美英帝国做靠山的国民革命军一路走来势如破竹。5月上旬，国民党军队分三路进入直隶境内，对津、京两大城市形成包抄，张作霖政权的形势不容乐观。

　　这些天，怀仁堂里的争执一直没有间歇，走亦或不走，成为张作霖和他的幕僚们着重讨论的惟一大事，也成为赵欣伯悉心思考的最重要问题。

　　国民政权很快将成为北京的统治者，这一点已经毋容置疑。是留在北京投身于国民党政权，还是陪着张作霖一同退出中原，赵欣伯必须权衡利弊。关键时刻，赵欣伯绞尽脑汁不停地盘算着，看怎样才更适合自己在政界的飞黄腾达。

　　对于蒋介石其人，他在日本就早有关注。这个原日本陆军第十三师团的候补士官，因为在辛亥革命时紧紧追随孙中山而名声大噪，在孙中山去世后还坐上了国民党的第一把交椅。虽然蒋介石也曾经留学日本，但是从现在的路数看，他显然是更依靠美英势力作为自己打拼的资本。扪心自问，赵欣伯对蒋介石还真有点妒忌，别看那家伙是武夫出身，可他脑子活络，对于保证自己政治地位所使的各种手腕远非常人能比。别的且不论，就说去年12月，他和中国最大的资本家家族结为姻亲，此举不但使他陡然之间成为中国"最有钱"和"最有权"的顶尖人物，而且在名分上还成为孙中山的一担儿挑。仅凭这一点，这个姓蒋的在驾驭政权时就轻而易举地获得了四两拨千斤的优势。

　　老蒋太精，这是赵欣伯分析之后的看法。历史上为太精的人当辅佐大都无法浮出水面，这是赵欣伯读史之后的心得。想当初曹操曾经有过八大军师，可是他们哪一个也比不上辅佐刘备和阿斗的诸葛亮出名。是荀彧、荀攸、郭嘉、贾诩、刘晔、蒋济、毛玠、程昱几个人能力都不够？当然不

是，主要是他们的主子曹操太过聪明。在政治的圈子里，你要想受重用早出名，就必须找一个有大背景但又不能太聪明的人当靠山，这是赵欣伯最终得出的结论。

老蒋那里懂法律的人才太多，这是赵欣伯想到的第二点。覃振、史尚宽、梅仲协、谢冠生（注）这些学法律的，哪一个不是国外的著名大学毕业，哪一个又不比自己资格老？还有一点，国民政府中的法律界人士以南方人为多，他们中大多在美、英、德、法这些欧美国家留学，就学术流派和知识结构来说，自己这个留日博士还是处于弱势。

权衡利弊，赵欣伯感到如果留在北京到国民政府中参政，自己不但要一切从头开始，而且不知猴年马月才能出人头地。他是个急于表现自己才华的人，更希望在乱世中尽早出人头地。经过几天的潜心分析，赵欣伯依然把自己官场成功的希望寄托在张作霖身上。

跟着张作霖，他在仕途上可以少走很多弯路。这位，虽然肚子里没有多少墨水，但是从他靠收取保护费起家到被前清政府收编后当统领，再到给袁世凯当师长和一举拿下东三省，怎么的也算上是个位高权重的人物，因此他符合赵欣伯那个"有大背景但又不能太聪明"的条件。更何况，张作霖身边读过洋书的人不多，拿过留洋博士的更是凤毛麟角，如此就给了赵欣伯这类人青云直上的机会，他回国一年来的经历已经证明了这一点。

【注】覃振（1884—1947）早年留日，为最早的同盟会成员。南京国民政府时期任特别委员会宣传部部长，两月后辞职。蒋介石下野后，曾以执行主任委员身份代理执政数月。1931年，被选为立法院副院长、代理院长职务，1932年5月，当选为司法院副院长兼中国国民党中央公务员惩戒委员会委员。后赴英、法、德、意、美诸国考察司法，回国后发起组织中华法学会。

史尚宽（1898—1970）早年留日，后赴德国深入研习法律并转法国研究政治经济，1927年回国后任立法院法制委员会委员长、司法院大法官等要职，是中国历史上第一部民法的重要起草者。

梅仲协（1900—1971）法国巴黎大学法学硕士，1933年回国后教授法律，曾任中央政治学校法律学系主任、重庆东吴大学教授。后到台湾教授研究民法，与谢怀栻、江平同被誉为"中国民法三杰"。

谢冠生（1897—1971）法国巴黎大学法学博士，1926年出任武汉国民政府外交部秘书，旋即任职于南京政府外交部，兼任中央大学法律系主任及法学院代理院长，曾任南京国民政府中央评议委员及主席团主席、司法行政部部长、司法院副院长等要职。

赵欣伯选择追随张作霖还有一个重要理由，奉系军队是由日本人撑腰的，而在这个活动圈子里，无论是文化风俗或者语言交流他都毫无障碍。不过赵欣伯也知道，最近这个张大帅在满蒙和东北铁路修筑的问题上和日本人有分歧，土肥原贤二就曾经给他打过好几次电话，让他得空多给这个蛮汉子洗洗脑子，否则……就不好说了。

紧张空气一直延续了20多天，直到5月30日晚上，张作霖才彻底下定决心，随即他下达了退却东北的命令并且公开宣称第二天启程。可是直到6月1日下午，张作霖还在怀仁堂神态淡定地与外交使团告别，任何人都没看出他有立即离开北京的迹象。赵欣伯第一次感到这个五短三粗的小胡子男人并非处事愚鲁，从他屡改日程且对自己属下都秘而不宣这一点，就能看出他的防犯之心。

既然决定了要随张作霖一起撤回东北，赵欣伯不得不做好准备。他时时留意着新闻动向，不希望因为疏忽而被张大帅甩在北京。直觉告诉他，回到东北他一定会有所作为。

晚上，赵欣伯让妻子给他收拾一些衣物，自己坐在床旁边逗着宗阳玩。他特别喜欢乖巧伶俐的儿子，每天晚上不抱抱他就觉得缺了点什么。宗阳坐在膝头上不住地摇大马，他搂着儿子感到特别开心。

"不用带得太多，我过一阵就得回来。"因为想起再过20多天就是儿子的生日，赵欣伯嘱咐老二说。

赵碧琰拉开柜门却没有往外拿东西，她咬咬嘴唇，下决心说出一句话："你，不走不行吗？"

"你怎么又说这个，我们不是早说好了吗？"他抬起头，冲着她回答。

"我老觉得好像要出事似的，心里特别不踏实。"

"别胡想了，能出什么事？难道还会桥断了车翻了不成？"他拍了拍儿子的小脸蛋，"你妈呀，就是爱瞎胡乱想。"

"真的，"赵碧琰转身坐在他旁边，"我这几天左眼老是乱跳……"

"那你就好好睡一觉。"赵欣伯哈哈一笑，扳过她的头，轻轻在她额头

上拍了几下。

"英子，去哄宗阳睡觉。"赵欣伯朝外面喊。他前几天把舅表妹牛玉英找来帮着带儿子，她读过女子师范，会弹风琴，还写得一笔好字。

儿子被抱走之后，赵欣伯去洗了个澡。当他裹着白色夏布浴衣回到卧室的时候，看到一只鼓鼓的黑色皮箱立在床脚下，妻子双腿蜷曲着坐在大床上正一把接一把地抹眼泪。

"好啦，亲爱的老二，你就别担心了。"赵欣伯用手帕给她擦擦眼泪，然后深情地吻着她的脸。他一向很讨厌女人哭泣，但是这一刻却毫不介意。老二真的是从心里惦记他的安危，他觉得她很可爱。

"欣伯，"赵碧琰依偎在他怀里抬起头，"答应我，不要单独和张作霖处得太近。他那样的，备不住啥时候就会遭到谋杀，他身上血气太重了。"

"我知道。"赵欣伯心不在焉地答道，"我待不了几天就回来接你们，咱们在会贤楼给儿子过生日。"他的手顺着妻子光滑的脖颈上一直往下游动，最后停留在高耸的胸前。他抽出另一只手，将床头柜上的台灯熄灭。

两个小时之后，赵碧琰响起了轻轻的鼾声。赵欣伯小心地把她朝旁边推推，两手交叉放在脑后，在黑暗中眯缝着眼睛。

月光很亮，透过细白的窗户纸散落在对面墙上，一幅郑板桥真迹的竹子被映照得忽隐忽现。窗外，丁香的树影在夏日夜风中自由自在摇曳；远处，忽紧忽慢的蝈蝈叫声划破院落的静寂。

赵欣伯不自觉地又想起了前妻。如果不是她的出现，他充其量只能成为这个古老都城中的一个教书匠或者小生意人。是她把他领进到处充斥着不断追逐的日本，让他潜藏的野心得到最完全的膨胀。正是她不断用"天生我材必有用"的哲理浇灌他青年时代的思想，才使他坚定地认准必须通过仕途展现自己出人头地。

他只是一个从京城出去闯天下的乡绅子弟，既没有显赫的身世，又缺少挥金如土的家财，要想闯进世界级贵族的圈子谈何容易。因此，无论他有多么聪明多么智慧，光靠自己的力量是不够的。"只有借势，才能成事"，这是他又一次从《三国演义》中得到的启示。罗贯中这厮真是太有才

了，这小子要是今生重现，哪能还容得老蒋老张这般人物在中国翻江倒海？

尽管再自命不凡，他现在也不得不勉从虎穴暂栖身。想想自己一个堂堂留洋博士居然寄于一介草莽之篱下，赵欣伯苦笑了一下。可是没办法呀，如果他想让自己的儿孙辈脱离平庸富如王侯，那就只有忍一忍喽。大丈夫能屈能伸，他自信离浮出水面的日子不远了。

更声从东面的钟鼓楼传来，赵欣伯脑子疲惫了，眼睛也在不知不觉中合上。

24

6月2日一早，赵欣伯在报纸上看到了由张作霖签署的"出关通告"，他再一次向老二交代了留守北京的几条事顶，只身带着一个皮箱前往怀仁堂。

他想过了，不管张作霖此时的退出多么令人失望，可东三省毕竟还在他的势力之下，或许，最后的政局会像老家伙在第一次直奉战争失败后退回关外曾经宣布的那样，东三省独立。在赵欣伯看来，东北真的独立未尝不是一件好事，南北对峙的情况在中国古来有之，分久必合，合久必分，这就是局势动荡的真正含义。若果真如此，他赵欣伯一定得牢牢抓住机会。

当然，老二的话也有一定道理，不过他会小心行事，绝不能让自己无端由地成为张老儿的殉葬者。

从中南海东小门进去，经过四道岗的仔细检查，赵欣伯才进到怀仁堂议事厅。看到原本并没被自己夹在眼里的法律顾问要一起撤离，张作霖自然十分高兴。他现在正是用人的时候，对于所有肯同舟共济的附庸之辈都要揉揉脸蛋给上两颗蜜枣。

"赵欣伯呀，你真的决定和我一起走了？"坐在一张紫檀木高靠背大龙椅上的张作霖用右手食指不断抠着毛烘烘的大鼻孔，粗声大气地问。

"是的，大帅。"赵欣伯胁肩谄笑，"欣伯万里迢迢回到故土就是为了辅佐大帅，怎能在关键之时抽身隐退呢？"

"哈哈中，说得真好听，挺对我心思。"张作霖带着浓重的鼻音说。手指还没从鼻孔中抽出来，他的话头却猛然一转："你是本地人吧？你把老婆孩子都留下，是不是还有别的想法呀？"

"回大帅，"赵欣伯嗖地站起来，"因为撤离之事突然，欣伯没来得及携妻领儿。况且，"他微微顿了一下，"犬子最近一直发烧，带着个病儿随军撤退多有不便，而且也显得不太吉利。"

"哦——"张作霖把手指从鼻孔中移开，食指和大拇指环成一圈用力一弹，而后把手指在椅垫上抹了抹。"你家中还有什么人呀？"

"回大帅，欣伯父母妹妹都在东北，前妻坟冢也在东北。东北于欣伯而言就是故乡，欣伯从回国之日就渴望为故乡之昌盛鞠躬尽瘁。"

"好，好！"张作霖翘起大拇指，"坐下呀，坐下说。"他手心向下摆摆。

"谢大帅。"赵欣伯恭维地说。他退后半步，屁股搭在椅子边上，两腿斜曲，腰杆笔直。

"先让他们给你找个住的地方，你就跟在我身边凡事参谋参谋吧。"张作霖说着动了一下身子，砰地，从他屁股下发出一串声响。

"臭屁不响，响屁不臭，哈哈哈——"张作霖耸肩指着他："赵欣伯你是个文化人，不会在意吧？哈哈！"

"不在意，不在意。"赵欣伯强将笑容挂在脸上，亦步亦趋地退出大厅。

刚走出怀仁堂，他就朝路边草地里狠命吐了几口唾沫。

吃过午饭，赵欣伯本想小憩一下，昨晚上他实在没有睡好。还没等他漱完口，张作霖的马弁就在外面呼他。

赵欣伯赶往怀仁堂，看到日本驻北京公使芳泽谦吉坐在会客厅里。他用日语和芳泽打个招呼，匆匆忙忙走进里间。

房间里，勃然大怒的张作霖正对着大门骂不绝口："他妈的，日本人真不够朋友，竟在哥儿们危急时候，掐着脖子要好处。我张作霖最讨厌这种办法！我他妈跟你说明了吧，我是东北人，东北是我的家乡，我祖宗父母的坟地都在那儿，让我在密约上签字，妄想！我是个大粗人，再操蛋也

不能出卖东北。想让子孙后代八辈子都骂我张作霖是卖国贼呀，门儿也没有！我他妈的什么也不怕，老子凭着一副臭皮囊打天下，刀光血影枪林弹雨什么没见过，最多不过是一条命吗！告诉你，老子这辈子吃过喝过享受过，这条命早就活得值了。"

张作霖骂得虽粗，但听起来句句是理儿。陡然间，赵欣伯对这个只穿着挎篮背心的秃顶粗壮男人增添了几分敬佩。

骂够了，张作霖分派赵欣伯："你去，把那个小日本鬼子给我打发走。"

赵欣伯来到会客厅，看到坐立不安的芳泽谦吉额头上全是汗珠。"对不起，让您久等了。"他按着日本礼节双手合十放在胸前，文质彬彬地说。

"张大帅他……"芳泽谦吉顾不得回礼，急忙问，显然他已经隐隐约约听到从里间传来的怒骂声。

"大帅他有点不舒服，不想见客，请您谅解。"赵欣伯说着，做了一个送客的手势。无奈的芳泽谦吉站起来，把茶几上的夹子装进公文包。

从那一刻起，张作霖再也不见任何来客，怀仁堂更加戒备森严。

1928 年 6 月 3 日傍晚，在几辆坦克的开道下，一辆黄色的大型汽车徐徐开出新华门。了解底细的人都知道，这辆张作霖的专驾是在英国订制的超厚钢板防弹汽车，为他驾车的是奉天迫击炮厂的厂长沙顿。在黄色大汽车后面，跟着一长串形态不一的小轿车，其中的一辆坐着赵欣伯。出发前，他和老二通了个电话。

这天晚上 8 点，由 22 节车厢组成的张作霖专列由前门火车站发车。随着一声长鸣，赵欣伯完成了在政治阶梯上攀爬的第一步。

25

得知赵欣伯坐着张作霖专列离开北京的消息后，赵碧琰的左眼皮又不停地跳起来，贴了几块新鲜蒜皮也不管用，她心里七上八下地不住闹腾。

后半夜，赵碧琰开始闹肚子，连着上了两趟卫生间，她浑身无力还一

阵阵地出冷汗。吃了两包小药，在床上翻来覆去地折腾了多半个时辰，直到外面响起二更的钟声，赵碧琰才迷迷糊糊睡着。

一清早，赵碧琰就让儿子宗阳吵醒了。小家伙吵着要去荷花市场吃冰碗儿买苇叶编成的小青蛙，还非要妈妈跟他一起去。

荷花市场是老北京城最著名的长集，赵碧琰第一次逛后门桥时就是因为海子里一片一片的荷花喜欢上了这地方。沿着什刹海南北长堤，半临水面半衔岸的各式茶棚鳞次栉比，坐在里面喝茶观景再点上几份菱角、莲子、老鸡头等等刚离水的河鲜，真是一种再惬意不过的享受。什刹海周边有很多卖小吃的席棚，冰碗儿、豌豆黄儿、扒糕、爱窝窝……每一样儿都精致得让人馋涎欲滴。

自从搬到铜铁厂胡同后，赵碧琰养成了习惯，每天都要带着儿子到什刹海边上逛一圈，她儿子宗阳是从小吃着荷花市场的小吃，听着演戏场的小曲长起来的。

虽然身子还软绵绵的，赵碧琰不愿意扫儿子的兴。她起来洗了一把脸，换上件香云纱旗袍跟在儿子和他的家庭教师牛玉英身后出门了。

6月，正是荷花盛开的季节，前海水域中一朵朵由团团绿叶托衬的淡粉色荷花亭亭玉立，远远就能闻到荷叶的清香。赵碧琰伸手到海子里掐了一柄荷叶给儿子遮挡太阳，小家伙顶着荷叶帽拉着牛玉英的手往前头跑了。

溜溜达达走到北岸的醇亲王府门口，一个卖报的大男孩儿从王府边的夹道窜出来。"号外号外，特大新闻，张作霖的专列在皇姑屯被炸……"男孩儿扯着嗓子高声叫喊。海子边的路人忽拉一下围住了报童，惟有赵碧琰双腿一软出溜着坐在地上。随即，她眼前一黑，失去知觉。

赵碧琰一病不起，整整一个多星期，赵家大院都被浓重的郁闷气氛笼罩着。赵欣伯走后一直没来过电话，虽然报纸上总说在皇姑屯三里洞被炸的只是张作霖专列中两节车厢，而且只有轻伤没有死者，可赵碧琰心里却不踏实。不管怎么说，火车都被炸翻过个儿了，还会一个人不死？更让人焦心的是，6月5日深夜，退返东北的奉军兵车在锦州和榆关之间脱轨倾覆，京奉铁路全线中断。这些天，赵碧琰每天醒来就守着电话，但铃声

一响她又心里发慌不敢伸手去拿话筒。

6月8日，阎锡山的军队开进北京，内城里一片伴着枪栓的山西口音。那些满嘴"呃、呃"的大兵处处耀武扬威，赵家院子的大门天天关得紧紧的，亲戚下人轻易也不走出胡同半步。他们生怕阎锡山的兵知道赵欣伯是张作霖的铁杆幕僚来找碴儿捣乱，每天夜里轮流值更精心听着外面的动静。

没几天，赵碧琰的儿子赵宗阳也病了，他发烧呕吐还伴着头痛。中医把脉看过后说是感冒，给开了几味解表退热的草药。赵家院里成天飘散着浓浓的中药味，但宗阳的病却未见大起色。不过那孩子总是嗜睡，并没给大人添多少劳累。赵碧琰因为丈夫音讯渺茫自己身子骨又弱，便把儿子托付给了牛玉英和自己的嫂子。

又过了几天，赵碧琰听她嫂子说小宗阳有点不对劲儿，连续多天烧退不下不说，身上还出了些深浅不一的红紫色瘀点儿。她赶到宗阳的小床边一看，儿子小脸通红，嘴角和鼻孔边上布满了小水疱。眼见儿子病得不轻，赵碧琰一下子急了，她再也顾不得等待赵欣伯的电话，抱起儿子跌跌撞撞就往外跑。

"老杨，快点，快点，车……"她一边跑一边大叫。

在协和医院住了一个星期，赵宗阳又恢复了往日的活泼。但是有一天他问妈妈，为什么右边眼睛看着是白天左边眼睛看到的却是黑天？赵碧琰心里一惊，连忙叫来了主治医生。

"大夫，我孩子的眼睛不会有什么问题吧？"眼科医生给宗阳会诊的时候，赵碧琰不止一次地问，然而，每一次换来的都是沉默。这，让赵碧琰更加忐忑不安。检查终于结束了，眼科医生在病历上写下一长串蝌蚪般的小字后匆匆离去，赵碧琰没有注意到，他临走时向主治医生做了一个无可奈何的手势。

把宗阳送回病房，赵碧琰一路小跑来到主治医生办公室。"大夫，我儿子的眼睛……"一进门她就慌慌张张地问。

"赵太太，请坐，我们慢慢说。"主治医生拉开他前面的一把木椅，赵

碧琰欠着身子僵直地坐下。

"赵太太，很遗憾，因为发烧时间过长，贵公子的视神经受到严重损害，他的左眼随时可能会失明。"

"不，不可能的！我儿子，他有一双大眼睛。"赵碧琰顿时变得语无伦次。

"赵太太，真的很遗憾，他是个很可爱的孩子。"

赵碧琰一言不发，两眼直愣愣地盯着医生。突然，她双腿一曲跪在地上，"求求你呀，医生，救救我的孩子。他不能没有眼睛，他不能没眼睛……"泪水顺着的她两腮汩汩流下，那样子极令人心痛。

"赵太太，"医生急忙拉她，"请您起来，快起来，有话慢慢说。"

赵碧琰膝下没动，反而伸手抓住医生的手臂，"求求你们了，给我儿子治好眼睛。花多少钱都没关系，他才不到3岁呀，他不能就这样过一辈子……"须臾间，她号啕大哭。

医生摇摇头："来得太晚了。"他惋惜地说，"有钱并不能换回一切，赵太太。不是我说您，你们这些有钱太太平时总喜欢把孩子交给别人带，一旦出了事想补救都来不及。"

赵碧琰止住大哭，两眼茫然在看着医生，似乎是在回味他的话。突然，她从地上爬起来，哭喊着朝外跑，"宗阳，我的儿子，是妈妈对不起你……"

凄厉的声音在走廊中回响，办公室里，医生忍不住拿下眼镜。

6月21日上午，赵碧琰给儿子办了出院手续，回家后她从收音机里听到张作霖的死讯，而且知道张学良已经回到东北就任奉天军务督办。下午2点15分，卧室里的电话响了，赵碧琰拿起话筒，听到那头传来赵欣伯的声音。他告诉她京奉铁路通车了，过几天就要赶回北京给儿子过生日。

对于这个曾经期盼已久的电话，赵碧琰没有一丝兴奋。她淡淡地说了句"好吧"就放下话筒，一双无神的眼睛呆呆地望着窗外。

院子里，两只受到惊吓的鸟儿展翅飞离树梢。

立秋后，在赵碧琰的一再坚持下，赵欣伯带着她和儿子宗阳去日本求医。他们走遍了东京所有的大医院，得到的结论都相当一致。钱花得像流水一样，儿子的视力却越来越差，孟兰盆节过后，他那只原本亮晶晶的左眼永远失去了光明。

看着儿子日益塌陷的小眼窝，赵欣伯心里的内疚越来越重。他发誓，要不择手段创下一份丰厚的家业作为弥补，让失去一只眼睛的儿子在物质生活上永远处于世界富人的行列。但是赵欣伯却不得不离开东京，因为这两年他在国内政界的表现，留日学生早已将他称为赵贼。其实，即使没有他们的议决驱逐，赵欣伯也很难在东京的大学里找到一席职位。

赵欣伯一家在轮船上送走了1928年秋天最后一束曙光，冬天，他们回到北京铜铁厂六号院。

26

北京变成了北平，赵欣伯在这座城市已经没有任何可以依附的关系。给张学良打过电话后他决定举家迁往沈阳，以他在张作霖时代曾经有过的身份，少帅继续留任他为法律顾问，并答应每月拨出1000元大洋作为法学研究的经费。赵欣伯知道张学良这是看在大帅的面子上才给自己一份虚职，但他已经十分满足。这意味着他没有脱离风云变幻的中国政局，他还有机会出人头地。

谁也没有想到，火车即将启动之时，赵欣伯突然带来一个衣着光鲜的年轻女孩。他把她安顿在与赵碧琰相邻的座位上，脸上是一副不容任何人质疑的武断表情。

"小凤。"他简单地向赵碧琰介绍，然后朝着牛玉英一干人说道："你们都叫她大小姐好了，以后她就是赵家的一个新主人。"

面对这个突如其来的女子，赵碧琰脸色陡变，双肩不停地颤抖。这两年赵欣伯常往前门外的八大胡同跑，对此她早就有所耳闻。世界上没有不偷吃鱼

腥的猫，只要赵欣伯不娶姨太太，并且保证她和儿子富足的物质需求，他在外面的拈花惹草她一直是睁只眼闭只眼。可是现在，他居然把一个烟花柳巷中的女人带在身边，不用问也能知道他们俩的关系到了什么程度。

"你好。"小凤对着赵碧琰浅浅一笑，露出两排白白的牙齿，它们晶莹得如同玉脂，镶嵌在薄而红润的两片嘴唇之间。

赵碧琰的心在剧烈震颤，感觉那笑带给自己的是奇耻大辱。她的脑子在一瞬间停止了运动，双手机械地合在胸前慢慢站起。没等小凤收起笑容，赵碧琰出手迅速，一巴掌打在她圆润润的右边脸蛋上，然后无动于衷地坐回原来的姿势。小凤白皙的皮肤立即现出几道绯红的指印，她趔趄一步，无助地盯着赵碧琰，眼睛里充满委屈的泪。

"老二！"赵欣伯怒喝一声。他两只大手钳子般抓住赵碧琰的肩头，猛地把她拎了起来，"要不和平相处，要不你现在下车一个人留在北平。你选择吧。"赵欣伯的声音不高，但字字传出威慑。

丈夫的言行让赵碧琰心里发凉，她膝下一软，无言地跌在座位上。她将不解地看着这一切的瘦小儿子紧紧搂在怀里，两行泪顺着眼角不住往下淌。她当然不可能独自留在这个举目无亲的城市，因此她只有屈服。

她知道，赵欣伯早就摸透了她的心理。

火车开出一两个小时之后，赵碧琰才平静下来。透过穿过车窗的冬日夕阳，她打量着今后势必要和自己在同一房檐下生活的那个女人。

说她是女人，其实不那么准确。从脸上的稚气和天真的眼神来看，小凤更像是一个涉世不深的大女孩儿。她身材纤细，鹅蛋型的脸庞洋溢着青春光泽，两只在长长睫毛下不停闪动的丹凤眼清秀动人。散落在她肩头的长发又黑又亮。一个边上打着蝴蝶结的黄色发卡成为她头上的唯一装饰。她的装束就是在北平城也显得很时髦，做工精良的棉旗袍外面罩着一狐狸皮小坎儿，脚上是一双棕色半高跟羊皮软靴。赵碧琰认得那双靴子，那是前些日子带宗阳去东京看病时她亲自挑的，赵欣伯当时对她说的是"要送给一个朋友的女儿"。

她很美，但是赵碧琰此刻连杀了她的心都有。

　　赵碧琰无法想象，这样一个稚气未脱的女孩子怎么会成为赵欣伯心仪的女人？在她的记忆里，赵欣伯总是喜欢那些有主见的成熟型女子，无论在日本还是中国都是如此。

　　毫无疑问，因为这个女孩儿的存在，赵碧琰今后的生活会出现阴影。她必须要做的，就是尽力保住自己在这个家庭中的女主人地位。有宗阳在，她的地位就在，可是万一眼面前儿这个丫头要再生个一男半女呢？还有，赵欣伯为什么敢公然把她带回家里？一切都说不好，毕竟自己的儿子落下了残疾……

　　在火车轰轰隆隆的震动中，赵碧琰的思绪不断飘浮。"狗有狗运，猪有猪运"，她脑子里不住涌现这两句话。

　　是狗是猪都要闯闯大运，何况她是个有文化见过世面的女人。

　　从现在起，她必须动心术了。

1933年秋 长春

　　长春是位于东北中部最大的中心城市,关于她的名字来源有两个说法。其一曰长春一词是7000多年前肃慎人祈福之语"茶啊冲"的汉译音,这块古老的祈福之地渐渐成为肃慎王国的都城,而后被命名为喜都,汉语又称为长春。第二种说法是,长白山自古即是满族的祭祖圣地,清朝时,乾隆皇帝曾经几次夏季到长白山都发现古喜都不仅气候凉爽,而且风景宜人,于是脱口吟出"长白千载古喜州,春光无限在宽城"的诗句。嘉庆年间,此地成为清朝的一个行政机构所在地,便取乾隆皇帝两句诗中的第一个字命名为"长春"。那时候,这里仅是一座方圆不足5平方公里的小小城垣,在中国版图上并不起眼。

　　长春在国际上真正出名始于1931年"九一八"事变之后。当时日本侵占了中国东北地区,以张景惠、赵欣伯等人为首的汉奸在日本侵华关东军司令本庄繁的主持下召开"东北政务会议",由赵欣伯提出建立"满洲帝国"的议案,并提出将长春定为满洲国的都城,改名为新京。1932年3月,由日本帝国主义扶持的清朝末代皇帝爱新觉罗·溥仪在长春举行"登基大典",从此长春成为日本帝国主义统治东北的政治、军事、经济和文化中心。

　　虽然伪满洲国在历史上只得到23个国家的承认,但这并不妨碍长春在很短的时间内迅速膨胀,既而成为市区人口超过东京的"亚洲第一大城市"。由于具有独特的满、汉、蒙古、回和朝鲜族等多民族聚居,长春在20世纪三四十年代又有"东方小瑞士"的美称。

　　1945年8月16日,在日本宣布投降的第二天,伪满洲国灭亡,长春终于结束了近14年的日本殖民地历史。随之,解放战争使长春在1948年10月18日重新获得解放,她先后作为特别市和中央直辖市度过了新中国成立后的前5年。1954年,长春划归吉林省并成为该省的省会城市,随之她成为中国著名的大型重工业城市。

27

目送传递通知的日本课长走出院门，赵碧琰一甩袖子进了二楼一间宽敞的起居室。

这是赵府里完全属于她的独立空间，临窗摆着一张大榻，榻上的小几上散放着几只长短不一的烟锅。整间房用两个连成一体的黄花梨木多宝格隔成里外间，多宝格里摆放的尽是各式各样的洋酒。

赵碧琰喜欢靠在大榻上吸烟，也习惯了每天晚上自酌自饮喝上几口。这院子很大，屋子也很多，可惟有在这屋里她才能完全找回自我。

自从赵欣伯把小凤领回家后，赵碧琰就烟酒两样都沾上了。开始的时候只是偶尔为之用以解烦，渐渐地，烟和酒成了她生活中不可或缺的爱。现在她抽细细的洋烟卷已经觉得不过瘾，每天非得再抽上几锅关东老烟才觉得有着落。那烟劲道大，抽完了神清气爽，只是嘴里会有一股特难闻的味道。虽然烟抽得凶，她喝酒却很有节制，而且是非上好的洋酒不喝。

灰蒙蒙的烟雾聚在一起又渐渐飘散，赵碧琰半闭着眼睛靠在榻上，仔细回味着刚才谈话时日本人的每一个表情。

对于通知自己带着孩子到东京赵碧琰并不感到多么意外，相反，她还带有几分高兴。两个多月前，当赵欣伯被任命为满洲国特命宪法调查使派往东京之时，她就感觉到丈夫已经不被日本人所器重，他在立法院院长交椅上坐的日子恐怕是到头了。别看她整天打牌逛街哄孩子，可是发生的大小事情都没瞒过她的双眼。她时常和各部的官太太们一起打麻将，那里简直就是一个最快捷的信息交换站。满洲国各个部里的大事小事通过那些爱炫耀的太太们七嘴八舌嘀咕出来，她稍用脑子理理顺，就知道自己的丈夫是处于优势还是劣势。

关于赵欣伯被派往东京的原委，赵碧琰听到的小道消息是他被监察

院的高官所弹劾，罪名据说是贪污公款和浪费公物。按理说，这类证据确凿的官员应该依法惩处，但是日本人考虑到赵欣伯立法院长的身份，似乎并不想把这件事的影响扩大，所以搞了个小伎俩暗中降职削权，把他发配到东京当个有职无权的调查使。

把镶着翡翠嘴儿的长烟杆送进口里吧嗒几下，赵碧琰吐出一口长长的烟气。天花板上光影映出的形状好似一只狂奔的猎狗，她盯着那片若浅若深的暗灰色，陷入了对这几年日子的盘点。

刚从北平撤到关外的时候，他们一家落户于沈阳故宫附近。那时候赵欣伯在故宫办了一个法学研究会，经常发表一些以法律评判时局的文章，他那两年在东北四省渐渐有了点小名气，成了典型的学者派代表人物。

如果不论私生活，赵碧琰其实对丈夫的很多地方还是很钦佩的。他有才华，善交际，有胆识，还有很过硬的容忍能力——后者正是令他在政治上迅速出人头地的无价法宝。他看不起张作霖，但还是鞍前马后地陪着那个老军阀——因为他需要靠张作霖的势力打进政治圈子；他对张学良1930年秋天的拥蒋通电极为不满，但却丝毫不露声色——因为他需要张学良的经费拓展政治名声。当目的一步步达到之后，他就开始动用起人际关系巩固自己的力量。说来让人很不自信，赵欣伯在中国仰仗的主要人脉却是日本人。这几年他牢牢维系着和土肥原贤二的密切关系，成为东北最坚定的亲日派。

毫不夸张地说，"九一八"事件是赵欣伯发迹的标志性起点，从那一刻起，他索性旗帜鲜明地公开了自己的亲日立场。

北大岗枪战发生后，赵欣伯整天忙活得不亦乐乎，那几天他成了报刊上最为瞩目的新闻人物。"九一八"之后，日本人把沈阳改成了奉天，并且把土肥原贤二推上了市长的座椅。一个日本人却非要抢着当中国的市长，自然在全国掀起了抗议浪潮。连赵碧琰也没想到的是，她丈夫赵欣伯居然在此时逆流而上，于"九一八"之后第六天就积极参与了"奉天地方自治维持委员会"的成立，接着他们这伙子人又向日本关东军司令本庄繁递交请愿书，要求日军不要撤退。随后，一份由"奉天地方自治维持委员

会"和"辽宁省地方维持委员会"共同发表的"独立宣言"见诸报端,宣布东北四省脱离张学良政权和南京国民政府,建立"新独立政权"。赵碧琰当然很清楚,她丈夫其实就是那份宣言的主要炮制者,否则日本人不会在土肥原贤二被迫离职后让他接任奉天市长之职(注)。

正是从那时起,赵欣伯声名大噪,他的名字和"汉奸"这个字眼紧紧地联在一起。

赵碧琰还记得,丈夫接任市长的第二天,她收到一份来自北平新闻记者工会的加急电报,对赵欣伯投靠日本人的行径进行了强烈谴责。那些以文字为职业的北平人言辞之犀利尖刻,令她读后深感汗颜。读过的书足以让她能够理解"汉奸"这个词的含义,短短十划的横竖撇那意味着戴上这顶帽子的人所做的事情足以让民族和国家利益受到侵害,他们是汉民族中的败类。那一刻,赵碧琰觉得自己的血管都要爆裂,如果有的选择,她宁肯当一个土匪婆也不想背负汉奸老婆的恶名。

那天,她等到很晚赵欣伯才回家。当她把电报递过去的时候,他瞥了一眼就不屑地丢在一边。"汉奸?"赵欣伯哈哈一笑,"老二呀,你不懂政治就不要瞎掺和,我做的都是大事你懂不懂?告诉你,别管汉奸不汉奸,这个世界上谁能抓着权谁就是既得利益者。"他跷着二郎腿怡然自得地晃动着,点燃叼在嘴里的英式小烟斗。"你也是好歹读过十几年书的人,应该明白自古以来人世间为什么总会产生纷争?那是因为大家站在不同角度的结果。天下合久必分,分久必合,这是古人早就得出的最睿智总结。"他抽了一口烟接着说:"老二,我还告诉你,政治本来就是个风险事业,成者王侯败者贼,现在说什么都为时尚早,为时尚早呀!"

话落音,赵欣伯似乎感慨颇深。他把烟斗翻过来在一个精致的水晶烟碟里轻轻叩了几下,抬头看看一脸彷徨的她若有所思地说:"你一个女人家不要管政治的事情,带好儿子就行了。现在外面兵荒马乱,少出去。"他停顿了一下,盯着她的眼睛说:"老二,你记着,无论如何我不会让你和儿子吃苦。"

【注】伪满皇宫博物馆东北沦陷史陈列馆有详细记载。

赵欣伯最后那句话让赵碧琰很是感动。想想也是，男人是一定要出去做事的，至于做什么事，女人大可不必操心。俗话说"嫁鸡随鸡，嫁狗随狗"，只要衣食无忧就好好地在家里相夫教子吧。

"狗有狗运，猪有猪运"，也许赵欣伯有一天真能成大事呢，赵碧琰想。从此，她不那么在乎赵欣伯的名字和汉奸一词相提并论。

但是他们都没有想到，由于赵欣伯太贪心，他担任奉天市长的时间也没比前任土肥原贤二多几天。发财心切，赵欣伯上任以后就横征暴敛，先后敲诈勒索巨商汲金纯、张仙舫等60万元和大量贵重财宝，从而引得袁金凯、阚朝玺等一干人心生嫉恨。更有甚者，当张作霖的五姨太托人找他帮忙时，他张口就要20万，对方答应事成后给，他居然恼羞成怒跑到日本人面前说那人是为侦探日军机密而来，结果，搞得日本宪兵把那个人打死了事（注1）。后来，因为贩卖鸦片东窗事发（注2），仅仅一个月，赵欣伯被他那帮昔日盟友从奉天市长的宝座上拉了下来。此后，他成了日本人的说客，成功劝降了被软禁的前辽宁省主席臧式毅，使得臧式毅同意就任奉天省省长，并且发表通电不承认锦州以张学良为首的辽宁省政府（注3）。

窗外几只乌鸦的叫声打断了赵碧琰的思绪，她感到有些口渴，抬手按下身旁的电铃。女佣端来一杯加了冰块的花草茶，她呷了一小口，心里凉丝丝的。她用一只长把勺子搅动着杯里的冰块，想起搬到这个城市时的一些往事。这是结婚十年来跨度最大的里程碑式搬迁，从此她真正成为上流社会的雍容贵妇。

促使赵碧琰身份发生根本性改变的依旧是她的丈夫。赵欣伯在锦州和哈尔滨相继沦陷之后同日本人粘得更紧了，春节过后，他参加了在沈阳大和旅馆召开的"东北政务会议"，并且在会上提出建立"满洲国"的建议。

最初得知赵欣伯建立新国家的方案时，赵碧琰根本未加理睬——这些年他提出的这观点那方案太多了，哪一回落在了实处？更何况要重新组织一个机构庞大的新国家。"简直是荒唐"，她当时给他泼冷水说。

【注1】参见溥仪著《我的前半生》。
【注2、3】参见《大汉奸传奇》（团结出版社）中"满洲国产婆赵欣伯"一文。

按赵欣伯的想法，东北四省要脱离南京政府的统治，重新成立一个新满蒙的国家——他为其取名为"满洲国"。他还提议请出清朝逊位的宣统皇帝就任满洲国元首，把长春改成新京作为满洲国的首都（注1）……

在赵碧琰看来，赵欣伯所做的一切都是纸上谈兵。但她万万没有想到，时隔数日满洲帝国的《建国宣言》就在3月1日公开发表了。随之，隐居天津的溥仪皇帝被日本人接到东北，赵欣伯出任了满洲国的立法院院长，他们从热热闹闹的辽宁沈阳搬到隶属于吉林省的长春。

赵碧琰不喜欢这座光秃秃的城市，这里既缺少文化底蕴，也没有繁华闹市，和她住惯的东京与北京根本无法同日而语。但这是一座由日本人扶植起来的新兴政治城市，赵欣伯的政治欲望能够在这座城市里得到延伸，而丈夫在政治上的飞黄腾达对于她则意味着对金钱支配权的不断扩大。

赵碧琰无暇关心政治，可事实上她对金钱并不排斥。这两年，她眼睁睁地看着自家财产成倍增长，光是一笔建国功劳金赵欣伯就拿到了50万（注2），还有赵欣伯从其他途径林林总总敛来的巨款也不亚于这个数目，至于那些珠宝细软更是不计其数。这好像是天上掉下的一个大馅饼，金钱不但让赵碧琰见识了原来想都不敢想的种种奢侈，也使她的社会地位不断攀升。现在，她可以时不时进到新皇宫里去和婉容娘娘聊聊天逗逗牌——这是她从前住在什刹海边上天天望着醇亲王府时从来不敢奢望的。

想到婉容，赵碧琰站了起来。她在屋里踱了几个圈子，然后毫不迟疑地拿起电话——离开新京之前她必须要和婉容见上一面。

28

进宫之前，赵碧琰仔细打扮一番。她穿上一件金丝镶边的葱绿色手绣旗袍，把浓密的头发在脑后盘起高高的发纂。试了七八样首饰，她最后

【注1】 参见百度百科"赵欣伯"词条。
【注2】 参见原伪满洲国国务院总务厅次长王贤炜文《伪满——日本的掌中物》。

选中一串拇指大的深海珍珠项链和一副与之相配的珍珠耳环。这套精心搭配的首饰与她涂脂抹粉后的白皙脸色十分相衬，让她看起来雍容华贵而不失典雅。

这两年，虽然出席过不少高档次的交际场所，但是，在清末贵族出身的婉容面前，赵碧琰依旧会表现出少有的不自信。身为末代皇后的婉容不仅容貌端庄秀美，而且琴棋书画、骑马唱歌无所不通，她虽然没有出过国，却说得一口流利的伦敦腔英语，赵碧琰对她的饱学多才既十分钦佩又有些嫉妒。

在日本侍女的引导下，赵碧琰进入缉熙楼婉容的书房。她有礼貌地向婉容鞠躬请安，抬起头时立刻注意到婉容苍白的面容。她素面朝天，头发很随意地绾在脑后，除了一串耳坠没有佩戴其它首饰，身上的滚边宽松半袖小褂和长及脚面的裙子满面是皱褶。赵碧琰不用问也知道，婉容一定是从旁边房间的红木烟榻上刚刚爬起来，这样一来她自己费尽心思的装扮反倒显得有些做作了。

婉容吸大烟，这已经不是什么秘密。她在天津住的时候就开始利用这玩意儿解心烦，到了东北以后吸得更厉害了。为此，缉熙楼里专门给她设了一间极雅致的吸烟室，她每天只有吸足了烟泡才回到书房里，读书、写字、绘画成为她消磨时光的主要途径。从逊位皇后变成在位的满洲国皇后，婉容的日子过得更加不开心，日本人对她和溥仪都看得很严，赵碧琰是少数几个能获准进到缉熙楼陪她聊天解闷的太太之一。

"赵太太，你来了。"婉容高兴地招呼赵碧琰落座，随即支使日本侍女去准备几样点心。

"娘娘身体最近怎么样？"赵碧琰含笑问。这是她每次进宫的例行问话，即使婉容不张口，她也知道她会如何回答。

"今天怎么会来？听说你儿子前几天把腿摔破了，好点没有？"客套几句后婉容关心地问。

"好多了。都是他淘气。"赵碧琰回答，"娘娘怎么连这事也知道？"足不出宫的婉容居然能知晓宫外孩子爬树摔跌这样的小事，这让她实在

很惊讶。

"我有眼睛呀。她们不仅盯着我,也盯着立法院后面的一举一动。"婉容说着撇撇嘴,她的日本侍女端着一个托盘正从外面进来。

这座楼里到处是日本侍女,她们无时无刻不在监视着婉容,这点赵碧琰早就明白的。她不清楚的是,日本人怎么会对自己院子里发生的事情了如指掌,立法院的警卫队长是她的娘家哥哥,难道在那些中国警卫里面也有日本人的眼线?

想到这里赵碧琰不寒而栗,她一下子忘掉自己来的目的,双手捧着一只黑砂茶杯呆呆地坐着。

婉容亲自夹了一块小点心放在她面前的碟子里。"赵太太,尝尝北京的绿豆糕,早上才从关里带来的。"她悄悄捅了一下赵碧琰的手臂,赵碧琰立刻明白过来。

"呵,是呀,这绿豆糕就是好吃,我在北京的时候也经常去稻香村买的。"她呷了一口杯子里已经冷掉的茶,勉强把一丝假笑挂在脸上。

婉容用小叉子把绿豆糕塞在嘴里,又喝了一口茶。"我们在北京的时候应该住得并不远呢。"她笑着说,"我没进宫的时候一直住在帽儿胡同,小时候常常到什刹海边儿上去看放河灯。"

"真的呀?"赵碧琰叫道,"那我们还真可以攀街坊啦。"

"我是1922年进宫的,皇上在我的照片上画了个圈,我就嫁进去成了皇后。在那之前我从来没有见过他,很好笑吧?"婉容淡淡地一笑,"我出嫁时17岁,在宫里住了两年就被赶到天津去了。"她又叉起一块绿豆糕,但却一直晃在手中玩味着说。

赵碧琰同情地看着婉容,这位曾经国色天香的皇后娘娘还不到30岁,眼角已经出现了细细的鱼尾纹。婉容是在溥仪皇帝到东北两个月之后费尽周折才和他在旅顺相聚的,可惜的是,溥仪在新京登基之后便冷落了这个美人儿。

从婉容身上赵碧琰突然想到自己的命运,和赵欣伯的离别也整整两个月了,此行东京相聚,自己会不会也遭到婉容一样的命运?赵碧琰心里

有些害怕，因为赵欣伯身边有小凤，因为他东渡日本时把小凤带在了身边。只有她心里最清楚，在如今的赵家，她在性方面对赵欣伯的控制权已经消失殆尽。

两个女人的思绪都在随着自己的命运飘移，屋子里静默了几分钟。

"你是多大时出嫁的？"婉容突然问。

"21岁。"赵碧琰回答，"我和你差不多，认识赵欣伯三天就结婚了。"

"真的呀？赵欣伯一定是挺有魅力的，居然能让你顶着他前妻的名字服服帖帖地伴他远走东瀛。"

"嗯，他那时确实一下就牵制了我的心，"赵碧琰有点羞涩地笑着说，"男人呀……"她似乎一言难尽。

婉容大笑起来："你家男人是够可以的，居然敢给皇上送去一个装着手榴弹的水果篮子（注）。说实话，本来皇上没想离开天津，他可实在是让赵欣伯给吓到东北来的。当时，他看到水果篮上插着赵欣伯的名片，吓出一身冷汗。"

"没那么夸张吧。"赵碧琰喃喃搭讪。

"我可不是夸张，你想想，全中国谁不知道赵欣伯和日本人的关系，插着他的名片不就等于代表了日本人的意思？"

"哪里呀……娘娘最近又写了不少好诗吧？"赵碧琰尴尬地笑笑，把话题岔开。她真的不愿意提起日本人利用赵欣伯的名片恐吓溥仪的事儿，"九一八"之后谁不知道赵欣伯跟日本人走得近乎，"赵欣伯"三个字实际上就是汉奸的代名词。

"也没写什么，心不静呢。"婉容长长吁一口气悠悠地说："赵太太，你比我幸福，还有个儿子伴在身边。"

赵碧琰放下手里的茶杯，拢拢一丝不乱的头发。"家家有本难念的经，娘娘是不知道我的心境。"

往事在两个女人头脑中形成连锁反应，她们都曾经被丈夫捧在手心

【注】参见溥仪著《我的前半生》。

里，随着岁月流逝又渐渐受到冷落。同病相怜，使她们不自觉地产生一种亲近感。

两个人又聊了一阵子家长里短的往事，日本侍女第三次过来添茶的时候，赵碧琰思量该把自己要走的消息告诉婉容了。

"娘娘，以后我不能来看你了，今天是来告辞的。"

"你要去哪里？"婉容简单地问，脸上没有一点惊讶。

"东京，可能几年都不回来了。"赵碧琰把声音压得很低。

婉容看着赵碧琰，一双忧虑的大眼睛中满是羡慕。她朝外面屋子看了一眼，突然起身走到房间一角去摆弄留声机。"赵太太，来听戏哟。梅兰芳的《贵妃醉酒》，从北平新带来的唱片呢。"挡住日本侍女的眼光，婉容故意大声招呼。赵碧琰当然懂得这暗示，她知道婉容是有悄悄话要对自己说。

"赵太太，你能帮助我吗？"梅兰芳的唱腔灌满房间，婉容重新落座端起茶杯。

"怎么帮？"赵碧琰用眼神无言发问。

婉容缄口不言。

她们的目光对视了足有几分钟，婉容才轻轻抬起玉指，她蘸了几滴茶水，在桌上写出一个"走"字。

"呀……"赵碧琰掩口止住滑到嘴边的惊呼，她没想到婉容会有这样的念头。

"你是皇后娘娘呀，难道……"虽然知道婉容这两年在宫里过得不快活，赵碧琰还是对她的想法难以理解。逃走意味着从小过惯了锦衣丰食生活的婉容要舍弃眼前优裕富足的生活，这种决心不是一般人所能下的。也许婉容仅仅是冲动，她想。

"娘娘，外面的生活很辛苦，你还是不要再乱想。"

"辛苦？躲在汽车后备箱里闯关东的事我都经过，还怕辛苦？我能千里迢迢从天津逃到东北，就不怕从东北再往外逃。告诉你赵太太，做不做这个挂名的皇后对我不重要，我要的是自由的生活，自由——你懂吗？"婉容脸上满是悲痛之色，紧紧盯着赵碧琰的双眼流露出充满期待的目光。

赵碧琰没有说话，心里却在不住翻腾。同样身为女人，她真的很同情婉容。如此冰清玉洁的一个才华女子，嫁给溥仪以后就介入与14岁的妃子文绣争宠的明争暗斗。好不容易把文绣踏在脚下，溥仪的缺陷又使她失去了生儿育女的机会。本来婉容千里寻夫来到东北是盼着能和溥仪身影相随，没想到在这里不但被夫君冷落，而且一举一动都受到日本人的监视和限制，她甚至不能走出戒备森严的满洲国皇宫一步，这种禁锢对于任何有自尊的人都是一种深深的伤害和耻辱。

房间里梅兰芳的唱腔还在一遍一遍重复，赵碧琰一句也没入耳，她凝视着眼前年轻女人的悲伤面容，自己的眼眶也渐渐湿润。

"这里就是囚室，是一座活地狱。我才28岁，不想就埋葬在这座活地狱里。"婉容紧紧地抓住赵碧琰的双手，"赵太太，你帮帮我，从这座地狱中逃出去好不好？"

凄楚的声音让赵碧琰心里发颤，她心里的防线被悄悄击破。

"那……皇上怎么办？你——也像文绣那样离婚？"赵碧琰不安地问。两年前，文绣找碴儿以散心为名从天津张彪私人花园离家出走，继而拉开了与溥仪皇帝离婚的一幕。面对这场"数千年来皇帝老爷宫中破天荒的一次妃子革命"，报刊沸沸扬扬好一阵不得平息。

赵碧琰不想当第二个文珊（注），更不想让自己的名字与报刊有染。这两三年，因为赵欣伯之故，她从心底抵触和惧怕报刊，已经有很长时间不再摸报纸了。

"你放心，赵太太，我不会把皇上一个人留在日本人的掌心里。只要我能安全到达东京，少则数月，多则一年，一定要帮着皇上也脱离这座活地狱。"婉容信誓旦旦地说。"我绝不会让外人知道是赵太太帮助我的，这件事一定不会影响赵院长的仕途。"婉容的话捅破了赵碧琰最顾虑的心事，她努力控制着自己的感情，考虑最后给出的回答是"Yes"还是"No"。

"好吧！"终于，赵碧琰抿抿嘴唇说出两个字。她已经无法拒绝婉容，

【注】文珊：溥仪妃子文绣的妹妹，曾成功帮助文绣出逃。

也控制不住在眼眶里转了很久的泪水。

"真的要好好谢谢你，赵太太。"婉容抹去眼角的泪痕，拉着赵碧琰的手半天没有松开。突然，她起身从柜子里端出一个盒子，亲自为赵碧琰煮了一壶香气四溢的咖啡。

她们在咖啡香气的熏陶下开始讨论出走的细节。

以婉容的身份，想要偷偷离开皇宫几乎是不可能的，她们必须找到一个合适的接应者扮演文珊的角色。婉容的祖籍就在吉林，郭布罗氏家族在这片土地上有着根深蒂固的实力。婉容说，只要走出皇宫就有离开中国的办法，这一点她有百分之百的把握。

讨论了好一阵，她们最后把救赎者定格在三格格韫颖身上。三格格韫颖既是溥仪的亲妹妹，又是婉容的弟媳妇，她和溥仪与婉容的关系都十分融洽，是婉容可以信任的仅有几个皇亲之一。这几年，三格格陪着婉容的弟弟润麒在日本千叶留学，一年里总要回国两三次。按照婉容和赵碧琰商定的计划，由赵碧琰到日本后先去找三格格韫颖，请她回国后到宫里探望婉容。然后，三格格就留在宫里，婉容冒充三格格出宫。婉容和三格格的身材、脸型都很相似，在冬天的晚上执行出逃计划应该露不出马脚。

一切都商量好了，赵碧琰起身向婉容告辞——这回两个女人是真的告辞了，走的和留下的都带有几分兴奋。

秋天的最后一天，赵碧琰带着儿子和一长串樟木箱子离开新京。她把所有的家具送到沈阳娘家弟弟那里，她哥哥和转收养的那个男孩也留下了。对于曾经让她丈夫赵欣伯在政治仕途上达到巅峰的这座寒冷城市，赵碧琰再也没打算回来。

1933 — 1938 东京

30 年代的东京处于一个急剧发展阶段，东京五大地标之一的涩谷在此期开始活力四射，当今年代人家喻户晓的佳能相机的摇篮"精机光学研究所"也在东京诞生。发展，使东京渐渐打上了时尚城市的标签。

东京是赵欣伯的仕途的发源起点，但这里并非永远属于他的吉祥之地。1934 年秋天，这座留下赵欣伯无限美好记忆的城市无情地转变为格杀他政治仕途的无血刑场。

29

"该死的，这不是欺负人吗？"一声愤怒的喊叫传到赵碧琰耳朵里。她把小书房通往客厅的门打开一道缝，透过屏风的镂空间隙，可以看到赵欣伯正在扭动的后背和他对面正襟危坐的日本军人小野。昨天，小野打来电话要求会面，她没有想到这次会见惹得赵欣伯大发雷霆。

"我绝不辞职。"赵欣伯用拳头敲击着茶几大声吼道。

"这由不得你的意愿。"小野面无表情平静地回答，语气生硬得像一块钢锭。

"如果我不想按照你们的要求做呢？"赵欣伯的问话带有挑衅的味道，他的双肩不停摇晃，这表明他已经气愤到了极点。

"你不会的。"

"哈哈……"赵欣伯发出一阵刺耳的狂笑。躲在小书房偷听的赵碧琰心里一颤，她把双手按在抖动的膝盖上，努力让自己恢复平静。

小野不动声色地任凭赵欣伯发泄，几分钟之后他才再次开口："如果辞职，你会得到一笔优厚的退职金，还可以保留一个顾问的身份，这可以使你每月拿到一份补贴。否则……"说到这里他停顿下来，两道冷酷的目

光直射赵欣伯。

"否则又会怎么样？"

"你不但再也得不到一文钱，而且在东京也无法长住下去。当然，回到战乱中的中国，关东军不会保证你和你家人的安全。"小野意味深长地说完最后一句，端起桌上的茶杯。他没有喝茶，只是从杯中拈起一撮茶叶在手指中不停地捻搓。

小野的举动让赵碧琰感到十分不安，她完全能够读懂他话语和动作中渗透出的意思。

刚刚还凸现高傲狂妄的赵欣伯安静下来，他紧咬嘴唇，两眼死死盯着小野，目光中不乏因被突然抛弃而产生的郁愤。小野不为所动，面无表情地与赵欣伯对视，所有的威胁恐吓透过他的目光传递出来，一股肃杀气氛在屋子里迅速蔓延。

终于，赵欣伯扭转视线，他的目光陡然间转换成伤悲。他默默捧起正在变冷的茶杯，两眼紧紧盯住飘在上面的一根茶梗，似乎要从那杯浊黄的液体中找到答案。

他们都在刻意地保持静默，在这种关口，谁第一个张嘴就意味着屈服。

透过缝隙，赵碧琰仔细打量着小野，回想起第一次见到他的情形。几个月前，她陪着赵欣伯到日本皇宫出席元旦酒会时曾特别晋见过天皇，把他们带进内宫的引导就是小野。那时候，他脸上挂着谦恭的微笑，给她留下的印象是英俊与潇洒。可是现在，从小野线条清晰的面庞上，她看到的只是冷酷和残忍。她抑制不住地猜测，在那具被军服包裹的躯体中，循环流动的是不是冷血？

跳跃的思绪令赵碧琰突然想起被囚禁在深宫中的婉容娘娘，她整天面对一群淌着冷血的日本军人，难怪憋闷得要发疯。赵碧琰一直觉得对不起婉容，因为没能帮助她完成逃离满洲国皇宫的心愿。这次回东京后，赵碧琰做的第一件大事就是去拜访三格格韫颖，她把婉容的意愿原原本本转达给三格格，而三格格当时也没有拒绝。赵碧琰满心以为三格格夫妇会全力帮助婉容，没想到人心难测，三格格把婉容和她都给出卖了。赵碧琰过

了很久才从赵欣伯口中得知，三格格给溥仪写了一封信，把婉容出逃的计划和盘托出。这件事传到日本人耳朵里，婉容的处境进一步恶化，听说她大烟吸得更凶了。同样，因为这事日本人对赵欣伯更加疏远。赵碧琰完全能够想到，丈夫今天遭到免职的下场和她曾经帮助婉容出逃不无关系。

"咳，嗯……"

赵碧琰的思绪被赵欣伯两声干咳打断，她的心几乎提到了喉咙口，支棱起耳朵捕捉着外面的每一点声响。

"那……有多少？"赵欣伯开口了，他的声音里既蕴藏着不安，也渗透着期望。

"30万，大洋。"小野简单地回答。

"太少了。"赵欣伯摇摇头，"你觉得呢，小野先生？"

"这不是我能决定的。"

"30万不行，绝对不行。"赵欣伯急速掰着手指算起来："我们要买房子，要雇人做事，小孩子要上学，还有一大家人的生活……不行，30万实在干不了什么。"他转向小野，脸上挤满笑容："要不，请小野先生再帮助美言几句，总得让我们一家子过日子吧。假设，满洲国的功臣沦落到贫民窟去，传出去关东军的面子恐怕也不好看哟……"赵欣伯拉长声音说完最后一个字，端起快要凉透的茶水喝了一大口。

"赵先生想要多少？说个价。"小野依旧声调平淡，但平淡中流露出一股傲慢。

赵欣伯伸出左手："50万，不能少于我的建国功劳金。"

小野站起来："赵先生，我要用一下你的电话。"得到允许之后，他走到电话机旁拿起话筒简单地说了两句，声音很小，赵碧琰无法听到确切的话语。

"哈依——哈依——"抱着话筒的小野身子笔挺不停地重复着这个词，然后挂断电话回转身。

赵欣伯抬眼看着小野没有说话，他在等着日本人给出的最后结果。

"赵先生，只能这么多，30万。你不接受就视为自动放弃。"小野走

到座位旁拿起军帽，很仔细地用手指在一尘不染的帽子上掸了几下。

赵欣伯脸色大变，他牙根子咬得紧紧的提出最后一个问题："什么时候可以拿到钱？"

"搬出之后。"小野把帽子端端正正扣在头上，"你们不能再住这里的房子。一周时间足够了，不要磨磨蹭蹭。"

目送小野的身影在客厅消失，赵碧琰从小书房里走出来。她走到赵欣伯身边，一言不发地拉住丈夫的两只手，发现他的眼眶里满是泪水。

他们就以这样的姿势度过了10分钟。两个人心里都明白，赵欣伯苦心经营的仕途之路已经走到了死胡同的尽头，接下来，他们必须习惯回归到几年前的平淡生活。

"我已经在皇族公宅住烦了，这里实在是不方便。咱们还是去找一处合适的房子吧，现在就去。"赵碧琰轻轻说。她把目光转向墙上的大号月份牌，这一天是公历1934年10月12日，在日本刚好是康德元年。

"老二……"赵欣伯哽咽着叫了一声。他没想到，这几年一直被自己冷淡的妻子竟然是如此善解人意。

30

看了几处房子，赵碧琰相中了世谷区成城町168番地渡边伯爵的南宅。这座小花园般的院子共有两幢楼房和一排宽敞的平房餐厅，里面家具一应俱全。指挥家里的仆人和随从认真打扫一遍后，赵碧琰牵着儿子走进新居。

赵欣伯如约领到30万大洋的退职金，他把这笔钱用于投资西药生意，周转期之快和利益之大都让他非常得意。

世谷区的教育氛围很好，赵碧琰把儿子送进大和学校女子高等学院的附属小学。过去两年里，她一直让不懂日文的儿子在家里接受教育，现在儿子语言交流已经过关，可以直接插班读四年级了。

儿子在学校住宿，使得赵碧琰在清晨有更多时间躺在床上考虑事情。睁开眼睛后，赵碧琰做的第一件事是点着一支烟叼在嘴里，继而

伸手把床头柜上的烟灰碟放在胸口上。躺在床上抽烟是赵碧琰的一绝，即使对着天花板吞云吐雾，她也不会把一点儿烟灰洒落在睡衣上。

想起刚才的梦，赵碧琰暗自发笑。怪不怪，她居然梦见自己怀孕了，而且怀的是一个女儿。

她梦见自己在一片绿茵茵的草地上，看着儿子远远地放风筝。风筝在半空跑，儿子在地下跑，她想喊儿子不要跑得那么快不要摔跌，没想到自己却腿一软跌倒在草地上。她感到心里发慌，跑到医院去检查，大夫说："恭喜呀，赵太太，你怀孕了……"后来怎么样，她模模糊糊记不清了，再后来，她大喊一声就醒了。

这几年，赵碧琰一直盼着能再次怀孕，可又总是事与愿违。儿子一只眼失明，赵欣伯虽然宠他却又觉得不甚满意，他一心想再要个健全的孩子，这点心思赵碧琰全明白。就因为自己不争气的身子一直没有动静，赵欣伯整天厮混在小凤的房间里也有了借口。提起小凤，赵碧琰就恨得咬牙切齿。她不明白，一个没什么文化的青楼女子，怎么就入了赵欣伯的眼，难道仅仅是因为年轻漂亮？

现在，这个家里让赵碧琰最烦心的就是小凤。很长时间以来，她都担心这个小女人会怀孕，那绝不是一件小事。小凤在赵欣伯面前本来已经十分得宠，如果真生个健康的孩子，肯定会夺走原本属于她和儿子的一切，至少，赵欣伯会分去对儿子一半的爱。每每想到这点，赵碧琰都恨不得小凤立时三刻就从这个世界上消失。因为这个小女人的出现，自己的爱已经被无情夺走，无论如何，她不能让儿子的爱再有缺失。

大概连老天也在怜悯儿子。让赵碧琰感到幸运的是，这几年小凤无论怎么调养补气，也依然没有做妈妈的机会，这或多或少让她心里有些宽慰。

小凤怀不上，赵碧琰自己也不幸运。她这两年没少跑医院，可是随着赵欣伯在她房里留宿的次数少而又少，她几乎失去了可以受孕的最佳机会。

不知不觉，赵碧琰的眼泪流了出来。想到自己为了婚姻付出的代价，想到自己在家中的傀儡般女主人地位，她的心就凉得发抖。这些年，赵欣伯给予她的仅仅是面子上的尊重而没有爱，她对这一点很清楚。结婚

十几年了，无论她再怎么努力，在赵欣伯眼里也仅仅是他爱过的那个女人的替身，只有在酒醉或者睡意朦胧之时，他才会搂着她施以爱抚。她心里特别明白，丈夫睡梦中叫出的"碧琰"其实是在呼唤他的前妻，更多的时候，他和她做爱只是因为不断找回记忆的需要——她躺在床上，作为那个无法消失幽灵的外壳令他惬意享受。

嫁给一个爱自己的人还是自己所爱的人幸福指数更高，十几年的婚姻生活令赵碧琰有了最切身的答案。但是，她已经习惯了选择自己所爱的婚姻，习惯了在这一婚姻笼罩下的财富生活，她宁愿在替身的阴影下走向终老，也从未产生过离开赵欣伯重新开启自己新生活的念头。

让赵碧琰无法忍受的是小凤。

小凤的到来，使得她仅有的替身式爱情也被无情夺走——丈夫和她的亲密接触越来越少，小凤正在取代她成为赵欣伯前妻幽灵的外壳。这让赵碧琰身心都饱受折磨。她才30多岁，在家庭生活中，即使没有情爱也需要性爱的宽慰，是可恶的小凤，把她推进到与丈夫同住一个屋檐下却要守活寡的尴尬地位。赵碧琰记起，和丈夫最近一次同床共枕是在两个月前。那是因为赵欣伯遭到免职，情绪处于最失落时，她的劝慰让他感动。

连着吸了两支烟，赵碧琰突然觉得一阵恶心。隔宿的食品酸味伴着烟气在胃里倒海翻江，她急忙移开胸口的烟灰碟跳下床。跑进浴室，赵碧琰双手撑着马桶水箱大口大口地呕吐，先是没有完全消化的食物，接着就是一口口苦涩的绿水。她吐得五脏六腑都要出来，却感到心里还是火辣辣地难受，身上也在一个劲儿地冒冷汗。

实在吐不出什么了，赵碧琰接过女仆递来的温开水漱漱口，她坐在浴盆前的脚凳上，慢慢让身体一点点恢复生机。头脑清醒过来后，她想起这种撕心裂肺般的呕吐只有在怀儿子宗阳的时候出现过。难不成自己会再次怀孕？赵碧琰决定去医院检查一下。

从医院出来的时候，赵碧琰一双眼睛闪闪发亮。她实在很难掩饰自己心中的喜悦，恨不能立即飞回家把自己再度怀孕的消息告诉赵欣伯。这是

仕途遭贬之后可以最让他开心的消息,她算了一下,预产期大约是在1935年秋天。

春末夏初,赵碧琰回了一趟中国,她带回来两个有经验的女佣和一个手艺不错的裁缝,为迎接自己的第二个孩子做好充分准备。

31

精心修剪完自己的手指,赵碧琰穿着一件十分飘逸的宽松连衣裙走进小客厅,她的肚子已经微微隆起,所以更在意自己的衣着。从沈阳带来的裁缝每星期都会给她新做几套可体的细棉布衣服,这件鹅黄色的碎花套裙是今天早上刚送到她房间里的。

因为怀孕,这几个月赵碧琰重新得到丈夫的关爱。虽然他还是很少到她的房间里过夜,但至少每天都会和她坐在一起聊聊。赵碧琰是个智慧的女人,知道应该怎样利用现有的优势巩固自己的女主人地位。

吃了一两片甜丝丝的雪梨,赵碧琰吩咐女仆把小凤叫来。昨天赵欣伯去了北海道,她可以随心所欲折腾一下这个平时被他捧在手心里的"大小姐"了。

小凤不敢不来,这一点赵碧琰有相当的把握。

虽然可以共享一个男人,但是她们两个在家中的地位却隔着辈分。仅凭这一点,她就可以把小凤呼来唤去地使唤且让她有苦说不出。

自从获得老二再次怀孕的喜讯后,赵欣伯似乎不再关注小凤的告状,他还告诫她千万不要招惹有孕在身的太太生气。然而赵碧琰却不会因为赵欣伯的这点袒护而放松对小凤的特殊警戒,她暗暗发誓,从现在起,不能再让这个小女人有一丁点儿占上风的迹象。

小凤悄没声地走进客厅,一言不发站在沙发旁边。她们之间从最初见面就有很深的敌意,因此她总是尽量避免和赵碧琰交谈。

"坐下吧。"赵碧琰挥挥手。如此不同寻常的举动让小凤吃了一惊,她坐下了,还是默不作声。

赵碧琰又把一片雪梨送进嘴里，歪着头细嚼慢咽。她故意用双手在隆起的腹部上轻轻摸索，这是无言的炫耀，她就是要让小凤心里感到不舒服。

从侧面打量小凤，赵碧琰不得不承认她是一个十分清秀的女人。和7年前相比，小凤的身体明显丰满，她的乳峰高高耸起，白净的脸蛋光润亮泽。她穿着一件墨绿色丝绒无袖旗袍，双手交叉规规矩矩坐在沙发边上，看起来很像墙上画中的仕女。

小凤把黑亮的头发梳成一条条长长的辫子，这是中国未婚女子的标志。但是她从脸庞到身体散发出的都是少妇之美。小凤的靓丽让赵碧琰感到恐惧。以她自己的年龄，即使不曾生育，也难和小凤在姿色上抗衡；如果再生一个孩子，那就更缺乏争风吃醋的条件。

孩子是赵碧琰的砝码，也是在这个家中她可以压制小凤的唯一武器。这个武器绝不能再落到小凤身上，她在这个家的身份最多只能是"大小姐"而休想升格成姨太太，赵碧琰恨恨地想。

仇恨可以使人放弃犹豫，赵碧琰开始实施自己的计划。

"喝点什么？"她笑吟吟地问，口气好像对待朋友。

小凤茫然看着赵碧琰，显然对她这样的问话没有心理准备。

"这是我喜欢喝的蓝莓汁，你不尝尝？"说着，赵碧琰把身边的一只玻璃杯倒满，"怎么样，大小姐，还要我亲自端给你吗？"

"谢谢太太。"小凤怯生生地端起杯子，她被赵碧琰的行为搞得不知所措。

"喝吧，喝完陪我去医院检查。"

"我吗？"小凤更惊讶了。

"不是你还有谁？老爷走时不是吩咐了，让你多照顾我。"赵碧琰故意皱起眉头。

"老爷是这样吩咐过，可是……"

"别可是啦，老爷不在我就支使不动你了？大小姐！"赵碧琰拉长声音说。

小凤不吭声，过了几秒钟才说出两个字："好吧。"她把杯子放在茶几上，里面的蓝莓汁一滴未动。

"先喝了再走，别浪费。"赵碧琰显得很随意。说完，她把自己的半杯蓝莓汁都倒进嘴里。

小凤重新拿起玻璃杯送到嘴边，蓝莓汁十分可口，很快她把一杯全都喝完。

赵碧琰满意地笑了。小凤喝下蓝莓汁，这有益于她下一步计划的实现。她让小凤扶着自己慢慢走出房门，上了早已等候多时的私家汽车。

为了儿子幸福，赵碧琰可以做任何事情，在仇恨的怂恿下，她无暇考虑这些事情是否合乎道义。

32

小凤服毒了，赵家宅邸像炸了窝。

最早发现小凤不对劲儿的是侍女菊子，她去送睡前必服的牛奶，发现小凤人事不省地倒在床上，嘴里还不住吐着白沫沫。

"不得了，大小姐，大小姐出事了……"菊子吓得大喊大叫，跌跌撞撞从楼上跑下来。

这时光，赵欣伯约了朋友正在西餐厅喝酒，听到菊子的叫声，他扔下杯子就往外跑。

一瞬间，赵家主仆都出现在小凤的房间里。冷眼看着赵欣伯手忙脚乱地指挥几个男仆往外抬小凤，赵碧琰心里幸灾乐祸。为了掩饰自己的心态，她轻轻咬着捂住嘴的左手中指，目光跃过晃动的人影试图努力看清小凤。她不相信小凤这样的女子会真的自杀，在她想来，也许这是小凤施展要挟的特别手段。中国人常说好死不如赖活着，何况小凤的物质生活质量并不逊色。

灯光下，小凤失去知觉的脸苍白而憔悴，鼻孔下挂着暗红色的血迹。她显然在服毒自杀前精心梳理打扮过，平日里长长的辫子此刻换成了已婚女人的发式，身上穿的是一件布满金色菊花的大红旗袍，手里还紧紧抓着一个漂亮的布娃娃。

大凡女人都是这样，把结婚生子当成自己的天职。一旦洞悉自己既无望成为妻子也无法成为母亲，某些心理柔弱的小女人就会感到绝望。

看到小凤如此装束，赵碧琰打了一个寒噤。明摆着，小凤是希望通过婚礼改变自己的不伦地位，哪怕是姨太太身份也不在乎。早就听说赵欣伯曾经答应小凤，只要有了孩子就娶她当二房。为了成为名正言顺的姨太太，小凤烧香拜佛一年不知往寺庙里扔进多少银子。她真没想到，这个平日不言不语的丫头性情居然如此刚烈，难道从一个青楼女子变身成为这个家里衣食无忧的大小姐还不能让她满足？想到小凤可能真的会死，赵碧琰不敢在这间弥漫着血腥的房子里多待一分钟，她一步步朝门口退去，而后逃一般仓皇跑回自己的卧室。

她掀开窗帘向院子里张望，看到在赵欣伯的不断催促中小凤被塞进汽车后座。随着汽车远去，院子里的熙熙攘攘渐渐平息，赵碧琰却感到一阵莫名状的恐惧。她总觉得小凤躲在房间的某个角落里，随时随地会冲出来和自己算账。

整整一夜，赵碧琰都忐忑不安。她不住地在房间里来回踱步，嘴里的烟卷一支接一支。当她把小凤带到私人诊所的时候，真的没想到会出现这样的结果。她只是不想让小凤把丈夫的爱全部夺走，只是想保住儿子的地位，作为母亲，她觉得自己没错。可是小凤为什么偏要死钻牛角尖呢？难道这段时间她对她还不够好？

不知因为害怕还是愧疚，赵碧琰一遍遍地祈祷，希望小凤喝下的药水不够多；希望她的目的只是吓吓大家；希望医生能救回小凤的命……如果小凤不死，以后她真的会打心眼儿里好好对待自己这个养女兼情敌，赵碧琰在心里发誓。

天亮的时候，赵欣伯回来了。从大家脸上的表情，赵碧琰就看出了结果。她让女佣热了一杯牛奶，又弄了几片面包夹香肠放在盘子里，亲自把这些东西端到赵欣伯身边。

她等待着，也许赵欣伯会问，小凤为什么要寻死？你究竟对她做过些什么？可是他一句话也没说，默默地喝完牛奶上楼去了。

赵碧琰在丈夫刚离开的沙发上坐下，把他没动过的面包一片片掰碎放进嘴里。她丝毫没有感觉到饿，只是想到要为肚子里的胎儿吃点东西。面包在喉咙中卡住难以下咽，赵碧琰不得不靠着牛奶一口一口地冲才把它们送进胃里。

小凤死后第三天，赵碧琰因为早产被送进医院。胎盘过早脱落引发的大出血差点要了她的命。清醒之后，她知道自己的子宫被全部摘除，早产的女儿因为窒息只活了不到4个小时。

听到这些，赵碧琰没有流一滴眼泪，默默地躺在床上一动不动。平生，她第一次相信因果报应，让早夭的小女儿陪着小凤，她觉得这样还好受些。

33

因为内急，赵碧琰从迷迷瞪瞪的浅睡中醒来，看看墙上的挂钟，刚刚6点多一点。她抓起扔在床边椅上的棉质海蓝色家居袍急速走进洗手间，出来后却再也没有睡意。赵碧琰索性把窗子拉开一道小缝，抱膝坐在窗前的大沙发上呼吸新鲜空气。外面阴蒙蒙的，春日里乍暖还寒，淅淅沥沥的小雨落在屋顶和地面上，清晨的宁静被雨滴营造的有节奏敲击声所打破。

儿子在学校住宿，这幢华丽欧式小楼的二层大多数时候归赵碧琰一个人享用。虽然她丈夫赵欣伯的卧室就在隔壁，但从小凤自杀之后那间房子基本就了无人气。赵欣伯现在越来越多的时候住在楼下他专门为已故前妻所保留的套间里，对于赵碧琰，那里属于永远的禁地。时光流逝了近20年，赵碧琰脑海中早就无法拢起那个曾被她唤为"碧琰姐"的女人的影子，她同样无法窥探到赵欣伯的内心世界，不能理解一表人才的丈夫为什么多少年后还对早亡的前妻释怀不下？

好在妒忌赵碧琰在心中早已变淡，她习惯了楼上的寂寞，也很满意这几年舒适平静的单纯富豪生活。

远离政界后，赵欣伯的名字淡出人们视线，赵碧琰也摆脱了担惊受

怕的不安心境，忘却掉一直环绕在头顶的"汉奸老婆"阴影。这几年，脑瓜儿活络的赵欣伯把精力都放在做西药生意上，他在日本上层的人际关系广泛，通过买进卖出赚了不少钱。赵家的奢侈生活通过十几个男女佣人和专门从中国、俄罗斯请来的中西大厨身上反映出来，光是这些佣人每月开销就是一笔不小的数目。因为没有经济大权，家里进多少出多少赵碧琰一概不知道，她根本也不想操这份心。如今，经常进出银座最高档的服装和珠宝首饰店或者上层社会的沙龙构成了赵碧琰日常生活的主要内容，她喜欢通过不断变换名牌服饰获取沙龙中日本贵妇们惊诧的目光，也喜欢在假日带着儿子乘着私家快艇无忧无虑地在海上狂欢。所有这些，都带给赵碧琰心理上的最大满足，奢侈和儿子就意味着她的整个世界。

按照赵碧琰的意愿，他们一家最好永远留居海外。扪心自问，她有这样的念头完全是从儿子未来的角度着想。这么多年的局势变化，就连她这个不闻世事的平庸女人都看得出日本对中国的险恶用心，赵欣伯曾经是中国最张扬的亲日派，他那顶"汉奸"帽子铁定会像孙悟空的紧箍一样戴在头上。"汉奸"在中国人眼里意味着什么，即使是大字不识的农家妇女心里也明白，赵碧琰不想让儿子的未来和他老子曾经参与的政治有半点瓜葛，而摆脱瓜葛最现实的方法就是侨居国外。

最近一段时间，关东军司令板垣征四郎的妻子屡屡游说赵碧琰加入日本国籍，她很想找个机会和丈夫赵欣伯谈谈。虽然赵碧琰很清楚家里的大事由不得自己做主，但经验表明，只要事关儿子，赵欣伯还是会认真考虑她的建议。

雨不知什么时候停了，东方出现鱼肚白。赵碧琰感到口渴，准备到楼下起居室喝点东西。她走到起居室，直奔一台美国产的华荣牌电冰箱。别看这台冰箱样子笨重，而且不间断地发出烦人的嗡嗡响声，但是在1938年的东京，这家伙绝对属于顶级奢侈品，只有在那些极为富有且讲究生活品质的人家里才会见到这类罕有的电子产品。让赵碧琰为之骄傲的是，如此昂贵的冰箱在家里的中西餐厅和起居室都能见到，这令到过她家的很多日本富豪感到惊讶。

　　打开冰箱，赵碧琰抽出一包袋装果汁。她熟练地插入吸管，一口气喝了小半袋，感到心里舒服多了。这时她才发现，赵欣伯坐在起居室的另一头，他面前的条桌上摊满了翻得乱七八糟的报纸。

　　"老二，你起来了？"赵欣伯抬起头和她打招呼。赵碧琰注意到，他的语调很平和，脸上也透露出一丝自然的笑意。

　　丈夫这种柔和的表情赵碧琰已经很久没见到了，这几个月他变得沉默寡言，即使最喜欢的儿子周末从学校回来，他脸上的笑容也少得可怜。赵碧琰能感觉到，丈夫面对儿子的笑都是刻意挤出来的，而且每一次的刻意都会让他端正的五官变得十分怪异。

　　她端着没喝完的果汁走向条桌，在赵欣伯对面坐下。为了让自己坐得更舒服，她把椅子向前拉了拉。"早起来了？"她目视着那堆报纸问。

　　"是啊。"赵欣伯回答，身子很放松地后仰着靠在椅背上。"我让尤拉多准备些早餐，一起吃吧。"说完，他拉响电铃唤来女仆。

　　他的提议恰合赵碧琰心思。看来丈夫今天心情不错，可以谈谈板垣妻子劝他们入籍的事了。

　　早餐很丰盛，赵欣伯要了燕麦、沙拉和双份的五成熟煎蛋，赵碧琰知道这表明他的心情极好，但是直到此时她并没搞清让一向严峻的丈夫大清早就眉开眼笑的原因。

　　"看起来你今天食欲不错。"她旁敲侧击，并不直接问什么事让他如此开心。

　　"看过今天的报纸了吗？"他答非所问。

　　赵碧琰摇摇头。她看报纸和赵欣伯的侧重点不同，他感兴趣的是要闻，她喜欢看副刊。

　　"你应该多关心时事，好好看看。"赵欣伯说，接着又低下头认真吃盘子里的煎蛋。

　　赵碧琰拉过一张时事版扫了扫大标题，没有找到能让丈夫情绪愉悦的新闻。她抬起头，向对面发出询问的目光。

　　"那边，右下角……"赵欣伯指点着一则不足百字的小新闻，赵碧琰

从中看到了"台儿庄"字样，这对她是一个陌生的地名，但是她知道那个村庄肯定在中国。新闻中只提到"经过半个多月交锋之后，日本军队因为战略原因撤离台儿庄。"可是，她从赵欣伯的眼神中读懂了让他兴奋的内涵，文字背后才潜藏着真正的新闻。然而，这正是她害怕回国的根本所在，无论如何她必须告诉丈夫自己的想法了。

女佣端上两个颜色不同的考究瓷杯，刚磨好的咖啡香气四处飘溢。赵碧琰托着杯子一小口一小口地往嘴里送，几次偷偷地看着赵欣伯脸色，直到一杯咖啡见底，也没想好怎样向丈夫表述正题。

"再要点咖啡吗？或者我们索性喝一杯。"赵欣伯又开口了，赵碧琰从中感受到在他的声音中消失了很久的磁性。

"哦，不……我想，还是喝一杯吧。"赵碧琰有点语无伦次，她站起来走向酒柜，拿出一瓶日本清酒。

"还是喝这个好。"赵欣伯站在她后面说，他指着一瓶1900年的法国白葡萄酒。这瓶酒是晋见日本天皇时得到的回礼，在酒柜中已经放了好几年。

太让人惊讶了，赵碧琰睁着两只大眼睛看着丈夫，"欣伯，你这是……"

"喝吧，我有事想对你说。"赵欣伯恢复了往日的刚愎，语音简短有力。

"其实，我也有话想对你说。"在往两个高脚杯里斟好法国白葡萄酒之后，赵碧琰清清嗓子，望着晃着酒杯欣赏醇香液体的赵欣伯说。

"好哇。那你先说。"赵欣伯很爽快。他抿了一口酒，一只胳膊搭在椅背上的样子十分潇洒。

箭在弦上，不得不发。赵碧琰喝了一大口酒给自己打气，然后一股脑儿把前几天和板垣夫人见面的经过叙述一遍。

"混账……"赵欣伯听完后一拍桌子骂道，但很快他又控制住自己的情绪，"老二，说说你的想法吧，直截了当。"他冷冷地说，声调显得有些别扭。

"我觉得……"赵碧琰犹豫一下，鼓起勇气一口气说下去："留日学生中入籍的人不少，就连皇上的弟弟也入籍了呢。我们家宗阳本来就生在东京，属于落地入籍，至于咱俩要不要入还可以考虑。"

"考虑？"赵欣伯怪声怪调反问一句，抄起杯子一饮而尽。"哈哈……哈哈……"他猛然站起把杯子朝桌上一砸大声狂笑，玻璃杯在重力下断成两截。

本来就坐立不安的赵碧琰顿时惶恐万分，类似的暴发，在她与赵欣伯结婚的18年中仅见过第二次。

突如其来的笑又戛然而止，赵欣伯好似浑身散了架般跌坐在椅子上。"老二呀老二，"他伸出一个手指点着赵碧琰的脑门说："你是糊涂还是想把我一毁到底？入日本籍？亏你想得出！那我就成了死不悔改的大汉奸，真要死无葬身之地喽。"赵欣伯拉长的声调中透着无尽的悲哀。

"我真的没想那么多。"赵碧琰说，"我只是为儿子考虑……"

"为儿子，那就更不能入籍啦。要是他将来娶个日本女人当媳妇，我们老赵家还不算是断子绝孙毁到底了，这比让人刨坟掘墓都打脸。碧琰有远见呀，她早就想到过这点，所以才告诫我'赵家的后代不能成为日本人。'"

又是因为他那个死了多年的前妻，真是阴魂不散呀，赵碧琰恨得牙根子发痒。

过了好一会儿，她才无奈地问："欣伯，那你说该怎么办？"

"我们上楼再谈吧。"想了好一会，赵欣伯回答。这几年的大起大落经历让他性格改变不少，他已经从一个喜欢张扬的政客转型成为事事谨慎的商人。

他们来到楼上赵欣伯的卧室，这间久未住人的房子依旧是窗明几净。他们找了远离窗户的一个房角处，在一组做工精细的藤制桌椅边坐下。两个人都没有立即说话，不同的往事在他们脑海中此起彼伏。由记忆引发的思考冲击着每个人的心田，沉默在继续，决策在酝酿中。

"欣伯，要不我们……"到了不得不开口的时候，赵碧琰突然变得冷静，她想到一个自认为最稳妥的主意。

赵欣伯做了一个打住的手势，制止住妻子的发言。"老二，"他意味深长地叫了一声，紧皱的眉头渐渐舒展。又沉默几秒钟，他盯着赵

碧琰从牙根里挤出两个字："回国。"

"回国？你疯了。"赵碧琰失声叫起来，"你忘了自己在中国……"

"刚才，我本想和你商量这件事的，现在看来没必要了，这是最后的决定。"他又一次打断她的话。

板垣妻子代表谁的意见，赵欣伯心里十分清楚。他当然知道如果入了日本籍对自己和家庭未来生活的好处，可是传统文化观念和潜意识却命令他必须抵制。去年夏季之后，回国的念头在他脑海里不断出现，但是却又顾虑重重。让赵欣伯真正顾虑的，是回国后如何和日本人相处，毕竟他和目前驻华的几个日军高级将领关系不薄，而且从本意来说他并不想得罪他们。

"欣伯，欣伯，我求求你再好好考虑。"赵碧琰拉着丈夫的两只手乞求说，"我们可以到美国或者其他国家去呀，为什么非要回国？"

赵欣伯无奈一笑："你以为像我们这样的人能随便从日本到第三国吗？欧洲的形势现在很不好，到处都是经济危机。即使我们能从日本转道第三国，所有的财产也带不走，那就只能当难民过贫穷日子，你和儿子能承受吗？就是你们能忍耐又有什么意义呢？所以我们不如回国，祖宗八辈都在那块土地上生活，我们为什么不敢回去。"

"那……你不怕回国以后人家追着叫你……"赵碧琰把最后两个字咽了下去，她相信赵欣伯一定听得懂她的意思。

"咳，汉奸也好，走狗也好，人总得叶落归根吧。我是汉奸，可我儿子不是汉奸，中国那么大，还能把咱一家人的生路堵死？再说咱在北京还有房子和财产，回去，也许是最上乘的选择。那样我或许还能有机会给碧琰上上坟。"

丈夫的分析让赵碧琰无言可对，难以集中的思绪令她对赵欣伯的最后一句话不再在意。过难民般的日子，这是她想都不愿想的事情。失去一只眼睛已经够惨的了，她无法容忍十几年来被自己捧在手心里的心肝宝贝儿再陷入贫穷。若是那样，她宁肯死。

"不说话，这该表示你同意了？"赵欣伯轻声问。

她的回答是站起来紧紧抱住他，现在她特别需要一个能够靠着的肩膀。轻轻地拍拍赵碧琰的后背，赵欣伯替她拭去眼角的泪。"也许没有想象的那么严重，北平有美国人办的教会学校，过几年儿子可以通过这个途径再去美国。"

"那，我们这就要走吗？"一想到儿子，赵碧琰就完全没了主意。

"也不用那么着急。还有半个学期，让宗阳在这里把小学上完。我也要乘着这几个月料理一些生意上的事情。就这样说定了。"

赵碧琰机械地点点头。天知道，除了跟着丈夫的思路行动，她还能再做些什么？

34

秋天很快来临，街道两边白果树的叶子由绿变黄。这些天，为了在儿子头脑中留下更多出生城市的印记，赵碧琰带着13岁的儿子宗阳跑遍了东京的大小公园和博物院。天天娱乐的日子让宗阳非常开心，处于无忧无虑中的男孩儿根本没想到这是母亲有意引领他与东京进行告别。

离开东京的前一天，赵碧琰把最后的出行定格在珠光宝气的银座。这里是东京的心脏，一个最繁华、最热闹、最能领略时尚潮流的地方。她领着儿子走进富丽堂皇的和光老店，因为是常客，立即受到店老板的殷勤接待。和光老店专门出售做工考究的名贵服装，最让它闻名于世的是店内成百上千件服装居然没有一件重样，因此，在这个店里购物无疑就是身份和名望的象征。赵碧琰仅仅用了半个小时即选中了十多件质地精良的四季套装，她这种挥金如土的购物状态令看惯了富人挥霍的店老板也暗暗吃惊。

从和光老店出来，赵碧琰又和儿子去了六丁目的大型娱乐场，两个小时后，母子俩的身影出现在八丁目一幢华美时尚的高层建筑里，那里有着银座最高档的西餐厅。

对于不介意价格的富豪而言，这里的氛围很适合歇息。赵碧琰和儿子刚刚落座，餐前水果、开胃饮料和一份当天的报纸就摆在面前。东京最

著名的《读卖新闻》和《朝日新闻》在银座都占有一席之地，点餐赠报在30年代的东京属于新兴商业手段，只有在极少数高档餐饮场所，才能在第一时间见到散发着墨香的当日报纸。

宗阳点了比目鱼沙拉、牛排、牡蛎、烤大虾和两份不同口味的冰激凌，赵碧琰没有像往常那样限制儿子的暴食。看到小家伙开心的样子，她真的不想说一句扫兴的话。儿子只有13岁，他的小脑袋里还无法理解政治、战争与人生这些复杂的名词，他甚至不知道大人们一次次决定迁居究竟是因为什么。能让他感兴趣的，只是通过一只眼睛认识的客观世界，迄今为止，他还不知道"汉奸"的含义和父母可能带给自己的任何不舒服感觉。

因为要保持体形，赵碧琰吃得不多，等待儿子消灭第二份冰激凌的时候，她随手拿起盘子里的报纸。

"我也要看会儿报。"宗阳揉着胀鼓鼓的肚子显露出吃得过多的懒怠，他朝着母亲伸出手。

"好哇。"赵碧琰从手中报纸中抽出一叠递过去，她没注意那几页正是社会新闻版。

儿子读报的神态让赵碧琰感到既好笑又满足，看到他全神贯注投入到文字之中，她低下头接着读副刊中一篇颇有意境的散文。

"妈妈，什么是'命根儿'？"宗阳抬起头认真地问。

赵碧琰一愣，奇怪儿子为什么突然问起这个。"你是说……"

"命根儿。"儿子重复一句，把手里的报纸推到她面前，"看看，就是这儿写的。命根是什么意思？在什么地方？"

赵碧琰顺着儿子手指看去，一则标题映入眼帘："拈花惹草，悍妇剪断壮汉命根"。新闻带有明显的色情内容，她本来想夺过报纸阻止儿子继续读完，但是宗阳纯洁的求知目光让她马上改变了主意。"正好，给儿子普及点生理知识，13岁的男孩儿需要懂得这些。"她想。

"命根儿吗？就是你们的小鸡鸡。"她尽量轻描淡写地解释，等待儿子的反应。

"哦。"宗阳好像懂了，把头又埋在报纸里。

赵碧琰无心再看报纸，她左手托着脸颊注视着坐在对面的儿子，猛然觉得他长大了。他现在身高达到160公分，和穿着高跟鞋的母亲不相上下。因为打小挑食，这孩子一直偏瘦，但是脸庞白皙五官俊秀。来东京后，他那只失明的眼睛装上了假眼球，如果不是近看根本发现不了。因为眼睛的缘故，赵碧琰考虑到让儿子将来学个理科，无论他对什么感兴趣，家里都可以给他建立个实验室。以儿子的身体条件，有了更好的社会地位就可以娶回一个才貌双全的女人，赵碧琰对未来儿媳妇的基本条件是知书识理，相貌可人，另一点是年龄绝不能比宗阳大。她在赵欣伯身上看到了大龄媳妇对男人一生的挟制，儿子绝对不能再走他爹的老路。

埋头读报的宗阳突然大笑，肆无忌惮的笑声把赵碧琰吓了一跳。

"怎么了？"

"真够好玩的……"宗阳仍然是笑个不停，"那个男人没有小鸡鸡你说他怎么尿尿？对了妈，为什么要管那玩意儿叫命根儿？还有，拈花惹草是什么意思？"他一连抛出两三个令人尴尬的问题。这一次，赵碧琰没有理睬儿子，她转头告诉跟班结账，毫不迟疑地拎起挎包站起身。

"妈，我们把这份报纸带回去，让爸爸看。"宗阳叫着，把手中报纸卷起准备带走。

"放下。"赵碧琰厉声喝道，"这样的脏东西也要拿去给你爸爸看，不怕挨骂？"

宗阳扔下报纸跟在他母亲身后往外走，很快，他把报纸上那条新闻抛在脑后。

最后的银座之行在母子俩脑海里烙下深刻印象。赵碧琰无法预见，儿子偶然读到的那则社会新闻在日后的作用。

一顿西餐、一张报纸和一则引得朦胧少年问题连连的社会新闻46年后成为一宗巨额财产回归的重要辅助证据。

1943 北平—东京

1939 年之后，由于蒋介石政权的片面抗战路线和单纯防御战术，加之等待国际间"调停"的幻想，因而使得上一年蓬勃兴起的抗日新气象受到阻塞，中国的华北、东南、华中大片国土相继沦陷。在随之而来的第二次世界大战中，中国成为抗击日本法西斯侵略的主战场。

与此同时，和日本签订了《反共产国际协定》的法西斯德国在希特勒的统治下也迈开侵略铁蹄向波兰发动了闪电战，迫使英法两国对德宣战，第二次世界大战由此拉开序幕。1941 年，由于日本军队继苏德战争爆发之后突袭珍珠港，人类历史上一场涉及 61 国家和地区，卷入人口多达 20 亿的空前规模战争全面爆发。

美军对日军严惩的决定，使日本侵略军遭到重创，1942 年的中途岛海战成为太平洋战区的转捩点，战势迫使日军在 1943 年放弃了所罗门群岛基地。同年 4 月 18 日，在一场名为"复仇"的美军攻击中，日本海军联合舰队司令山本五十六在空中毙命。由于盟军在战略上取得主动权，世界反法西斯战争主要战场的形势发生根本改变，德、意、日三国面临着不可逆转的战败结局。

工于心计并善于审时度势的赵欣伯通过对国际国内战局的分析，看出日本侵略军必然灭亡的命运。夏末秋初，他带着妻子专程前往东京处理财产。

35

在吉祥戏院看完日场电影，回来时赵碧琰在烟袋斜街下了车。她让司机冯子把车停在银锭桥前面的空场上，自己带着使女春兰顺着小街慢慢地逛。烟袋斜街的店主都认识这个花钱从不打颤儿的阔太太，争先恐后地

招呼她到店里坐坐，这让赵碧琰在心理上得到极大满足。摇着鹅毛细扇，她在一家专门卖香脂的老店买了两瓶雪花膏，又在隔壁店老板的恭维下买了两条样式不俗的香云纱旗袍。

这些东西她也就是一时兴起买下来，雪花膏回去不定赏了哪个丫头，旗袍呢，扔在柜子里没准一辈子都想不起来穿。赵碧琰买东西图的是消遣，在没有亲戚又缺少朋友的北平，她的生活圈子小得只有丈夫、儿子和身边一干佣人，听戏、看电影和逛街花钱构成了她日常生活的主要内容。

穿过烟袋斜街，赵碧琰并没着急上车，她倚在银锭桥的栏杆上，被绿柳环绕中的落日迷住。从银锭桥远望，在远山的烘托下夕阳绽露出艳美，阳光洒在什刹海水面上，水波铄金，涟漪戏舟，由远而近的鸽子哨声欢快悦耳。

这是一个特别容易引起回忆的时刻，赵碧琰无法控制住脑海中往事的涌动。

初回北平时她们一家深居简出，最怕的就是接到日本人要来拜访的通报。按照赵欣伯的计划，他回国后即以旅途患病为由住进协和医院，目的是躲避他的老朋友土肥原贤二。那时候，土肥原贤二调任北平不久，正在积极扶植"华北自治"的傀儡政权。他三番五次跑到医院劝说赵欣伯重返政界，还屡屡搬出汪兆铭（注）的艳电为例，大讲特讲识时务者为俊杰的中国古训。

1939年春节之前，一场大雪连着下了两三天，白茫茫的北平城街上人迹稀少。她带了几本书去医院探望赵欣伯，推开病房门一眼就看到一个身着中将军服的日本人。她朝他点点头算是打个招呼，而后坐在里间房门后悄没声地听着两个男人的对话。赵碧琰对圆头圆脑的土肥原贤二印象不深，还是七八年前在奉天的时候匆匆见过一面。但是，她从这个日本人和赵欣伯说话时流露出的北平儿话音，立刻就判断出他的身份。土肥原贤二是日本军队高层将领中少有的中国通，他最早即是跟着赵欣伯前妻学汉

【注】汪兆铭即汪精卫，他于1938年12月29日发出一份致蒋介石的电报式声明，表示支持对日妥协的政策，因29日的韵目代日为"艳"，所以该声明又被称为"艳电"。

语，所以说得一口十分地道的京片子。像他那样把汉语言文化学到极致的人，在日本军队中属于绝无仅有。

"我是三顾协和而恳请。欣伯兄，你不会不给老朋友这个面子吧？"赵碧琰听到土肥原贤二绵里藏针的声音。

"土肥先生差矣。"赵欣伯说，"以您今日一统华北之辉煌，远非当年刘备流落荆州尚且为蔡氏兄弟追杀可比。而欣伯不才，岂敢与诸葛孔明相提并论？如果土肥先生非要自比刘备，那欣伯不过略与襄阳水镜先生相似而已。或许卧龙凤雏早已被土肥先生摄入囊中。"

"哈哈……有趣有趣，看来欣伯兄还是比我更理解中国的文学名著呀。"土肥原贤二沙哑的笑声颇为刺耳，令赵碧琰心生寒战。

"哈哈……见笑了。"赵欣伯也开怀大笑，似乎想用环梁不绝的余音驱散内心对土肥原贤二的慌恐。

赵欣伯与土肥原贤二这段对话赵碧琰当时似懂非懂，她能理解的是丈夫拒绝了土肥要他重新从政的邀请。凭心而论，赵碧琰对丈夫隐居的选择十分满意，她对"政治"两个字已经厌恶之极，根本不关心谁当政、谁革命、谁亲日、谁联共这些足以扭转乾坤的时局要事。她只是一个既没有野心也没有理想的家居妇女，家、丈夫、儿子构成了她生活的主要内容。她盼了好多年，好不容易才在家里取得不为夫嫌不与人争的太太地位，就眼前而言，平和安宁的生活才是她最想要的。

"对了，欣伯兄的公子最近还好吧？听说他前天上课时把女教师气得流了眼泪呢。"谁也没想到，土肥原贤二沉吟片刻突然提起赵宗阳。他话外有音，意图不言而喻，赵碧琰听着心怦怦乱跳。

赵欣伯半天没有做声。三思之后，他答复土肥可以做点小事情，但是又反复强调最近身体不好。最后，赵欣伯与土肥原贤二达成协议，他先出任华北政务委员会的顾问，熟悉一下国内情况，一年以后再作计较。

让赵碧琰庆幸的是，几个月后土肥原贤二被调回满洲国，赵欣伯的顾问也有名无实。他以多病为由从来不去办公地点，每月2000元的顾问费全给她当了零花钱。想想时间过得也快，从东京回来差不多快5年了。这

几年她们一家悠然自得,赵碧琰终于体味到远离政治的生活是多么惬意。

赵碧琰似乎也能读懂一点赵欣伯了。离开纷纭喧嚣的政治舞台,他逐渐适应了衣食无忧的恬静的生活。她还能看得出,在失去小凤之后,儿子成了他生活的轴心,虽然丈夫至今不免拈花惹草,但赵碧琰对此已经毫不在意,因为有儿子,任何人都无法撼动她在这个家的女主人地位。

望着风平浪静的水面,赵碧琰突然想起再过十几天是自己的生日。她盘算着一定邀个班子在会贤堂好好办上一场,如果赵欣伯多给些零用,她一定要请来梅家班。

驱车从银锭桥返回家的路上,赵碧琰心情愉悦,她摇下车窗欣赏着林荫环绕的什刹海秋景,情不自禁地哼起周璇唱红的《四季歌》。

"……夏季到来柳丝长,大姑娘漂泊到长江,江南江北风光好,怎能及青纱起高粱。秋季到来花花香,大姑娘夜夜梦家乡……"看到赵碧琰心情奇好,司机冯子向使女春兰使个眼色,轿车速度明显慢下来。

路过醇亲王府的时候,赵碧琰的声音低了下来,她突然想到本该享受荣华富贵的婉容娘娘。长春一别整整十年,去年有消息传来,说婉容疯了。造化弄人,赵碧琰叹了一口气。她现在越来越觉得"政治"是个大水坑,跳下去就可能把原本舒适宁静的生活搞得起伏动荡。女人被男人牵进"水坑"里,也许从此就被卷入漩涡不复重生,婉容就是例子。

还好,赵欣伯没有沉浸在"大水坑"里,所以她才最终过上安生的日子。想到这里,赵碧琰大为欣慰,脸上的表情又舒展开来。

36

铜铁厂六号院,外表和十几年前没有太大变化,唯一不同的是,最西边的两间倒座房现在成了车房,爬满绿色青藤的砖墙上凸现两扇严丝合缝的大铁门。

珠红色的正门开启着,一个挎着盒子枪的警察坐在门廊的长凳上。当赵碧琰乘坐的小轿车驶到门口的时候,警察从门里走出来,抢上前一步为

她打开车门。

"太太回来了。"他殷勤地招呼。

"唔。"赵碧琰从鼻子里哼了一声，迈开碎步挺胸摇臀走过去。去年冬天，赵家曾发生过一次失窃。小偷夜半毒死了两条看院狗，从隔壁院子翻过来盗走了放在门洞里的两辆自行车。虽然赵欣伯不在乎丢的东西，但是他对小偷能够轻而易举进入大院却心有余悸。他利用华北政务委员会顾问的身份申请了两名持枪警察守护院子，还特别聘请了一个身手不凡的拳师作为保镖。

赵碧琰刚进大门，高妈就从倒座房里跑出来。"太太您可回来了，老爷吩咐您回来后立马儿到他房里去一趟。"赵碧琰白了高妈一眼没吭气，脚下却不由得跟着她朝后院走去。赵碧琰极不喜欢高妈，但这个年近三旬的小妇人却是赵欣伯最信任的贴身女佣，即使是身为太太的她，也无权过问她的事情。高妈专门伺候赵欣伯的吃喝穿戴，是除他之外惟一能自由进入后院的人。表面上，这女人对女主人毕恭毕敬，但赵碧琰早就感觉到在恭敬表相的背后，高妈根本就不把她放在眼里。

她随着高妈穿过回廊，发现自己久未涉足的后院洁静清爽。西厢房前面，枝繁叶茂的山楂树上挂满了微微泛红的果子，树下一张墨绿相间的不规则大石桌一尘不染，在黄昏余晖的映照下更显晶莹剔透。这套石桌石凳曾经是赵碧琰最喜欢的地方，但是前几年回到北平后赵欣伯选择了在后院独居，她几乎再没有机会坐在这里品茗歇息了。

高妈把赵碧琰领到北屋，站在门口做了一个止住的手势。"老爷，太太来了。"她声音朝着屋里说。

赵碧琰没听见屋里有任何回音，但高妈却点头示意她进去。虽然已经是8月天，可是迈进这座青砖漫地的大房子就能感到一股沁心凉意。宽大的房间里，明式红木家具、雕花屏风和墙上的中国字画糅合在一起，营造出浓浓的书香气息。绕过地上装满冰块的青花瓷盆，赵碧琰径直走到屏风后面，"你找我？"她轻轻地问。

"老二，坐。"赵欣伯简单地和她打个招呼，继续擦拭从日本带回的

盒子枪。赵碧琰看到，八仙桌上堆满了划着红道道的报纸，条案上一台老式收音机不停地播报着盟军在第二战场的消息。

一时间，她隐隐觉得有些不安。

直到把擦得油光瓶亮的手枪放回枪套，赵欣伯才抬起头看着赵碧琰。"老二，找你来是有一件很重要的事情。"

她惊诧地看着他，等待下文。赵欣伯起身关上收音机，在房里踱了几个来回，然后坐到她身边。

"我们必须回一趟日本。"他清了一下嗓子说。

"怎么，你打算搬回东京？"她奇怪地问。

赵欣伯摇摇头："绝无可能。我早就告诉过你无论发生什么情况，我们都只能住在这里。"

"那你的意思是——"她忐忑不安地问。

"做好最坏的打算。"赵欣伯打断她的话，"山本五十六死了以后，盟军的气势一直很猛，苏联的抵抗力量也超乎想象。看样子，局势在短期内可能会有变化，日本的败数不可逆转。我们必须去处理东京的财产，那是你和孩子以后生活的保障。"

"你打算把房子卖了？"赵碧琰问。她想到自家在东京的房产，对赵欣伯最后一句话没有完全理解。

"不，不是你想象的那些。"赵欣伯说，"到东京抽时间我会详细告诉你。你做好准备，我们明天动身。"

"那么急？"

"局势很微妙，我们越快越好，晚了也许就去不成了。"他忧心忡忡地说。

"好吧，我准备一下。"赵碧琰答应得很痛快。她对丈夫的判断力一向毫不怀疑，结婚20多年，她已经习惯于服从赵欣伯的决定。

"慢——"赵欣伯摇摇手。他让高妈端来一壶新茶，亲自倒了一杯递给赵碧琰。

赵欣伯的举动让赵碧琰十分意外，她朝他看了一眼。"要不要先给宗

阳请一段假？"她问。

"老二，这次我们不能带儿子。"赵欣伯举起茶碗避开她的眼睛。

"为什么？"赵碧琰叫起来，她眼睛瞪得大大的，不敢相信他的话。

"他还要上学。"赵欣伯说了一个最不是理由的理由。

"宗阳不去，那我也不走，你一个人去卖房子吧。"赵碧琰开始任性了。儿子就是她的命，18年来她从来没和儿子分开过，再说现在战事动荡得这么厉害，她怎么舍得把他一个人留在北平。

"你必须去，宗阳必须留下。这是为了他的安全，也是为了他的将来。"赵欣伯的声音很轻，语调却是斩钉截铁。

赵碧琰相当郁闷，但又无法反抗丈夫的武断。"真需要这样吗？"她眼泪流下来，可怜兮兮地盯着他。

赵欣伯点点头。"你以为我愿意这样？"过了一会儿他幽幽地说，"是个人都清楚，珍珠港事件以后，美国对日本恨得咬牙切齿，日本海一线轰炸不断。世事难以预料，谁知道这一路会出什么事，依我看，还是让宗阳留在北平保险点儿。这里虽然也不平静，可到底没像日本那样。东京人口密度大，一旦出点事就会迅速漫延，你忘了那年的大地震了？"

让赵欣伯一说，赵碧琰内心充满恐慌。此行如果真有意外，她不知一家人是否还能相聚。"不去大概是不可能的？"她试图用这样的话来确认赵欣伯的决心。

"是的。老二，我不得不告诉你，我们在东京的财产不仅仅是两幢楼房一个院子。如果放弃，那将是不堪设想的损失。"

"好吧。"半天，赵碧琰才有气无力地吐出两个字。她已经无心思量赵欣伯为什么非要和她一起返回东京，现在她最想做的是见到儿子。

"你先去收拾东西。把宗阳叫来，我得叮嘱他几句。"赵欣伯拍拍她的肩，"你不用太紧张，我们早去早回。"

把宗阳送到后院，赵碧琰回到屋里让春兰收拾一些行李。她自己坐在窗台下，心神不宁地等待丈夫和儿子结束谈话。她等了半个多小时，才看见赵欣伯父子从后院出来，她急急忙忙迎上去，却差点撞到突然出现的

高妈身上。

那天晚上，赵碧琰一家吃了一顿拖拉时间很长的晚餐，她不住地往儿子碗里夹菜，自己却没吃下多少。墙上挂钟敲了12响，哈欠连天的儿子回房睡了。赵碧琰又在他床前坐了好大一会儿，她轻轻晃动扇子注视着他的睡姿，心里像打翻了五味瓶。

碧蓝色夜空，皎洁的月亮呈现出椭圆形，快到八月十五了。

第二天一早，赵碧琰夫妻一行乘火车离开北平，和他们同行的有日本管家赛勒桑夫妻和使女春兰及两个保镖。

37

再次来到东京，赵碧琰感到从未有过的辛苦。还没从一路颠簸的旅途困乏中歇过脚，她便不得不随着赵欣伯坐在10年前购买的老奔驰里四处奔波，没多久，他们的足迹遍布东京大街小巷。

东京的变化让赵碧琰感到惊喜，迄今为止，这座城市不但没有受到战争多少伤害，反而比5年前更加漂亮。阳光下，滨海大道的现代化建筑鳞次栉比；夜晚的银座，在无数绚丽广告灯箱打造下成为一片千奇百怪的光影天地。一切都洋溢着勃勃生机，与赵欣伯此前在北平的分析大相径庭。赵碧琰实在无法把这座繁华都市和残酷的战争联系在一起，她甚至后悔没有坚持把儿子带来。

可是赵欣伯对这些变化视而不见，无论走到哪里，他的目的只有一个，就是不停地购买土地和房产。一周下来，他看上的地方至少有十几处，大部分都在毗邻闹市的僻静小巷或者城乡交界处。

赵欣伯购买土地房产，好似赵碧琰在北平逛荷花市场——看到的东西只要顺眼就随手拈来，从不在乎价钱的贵贱。让赵碧琰眼晕的是，赵欣伯花钱的速度和他不假思索的购买方式。他不眨眼地抛出一张张填写着令人瞠目结舌数字的巨额支票，仿佛一个在卫生间淘气的孩子毫无节制地撕下

一节节手纸。这些年，在富人圈子打磨过的赵碧琰算得上见多识广，自己寻常购物花销时也堪称一掷千金，但是似赵欣伯这般每天马不停蹄圈地买房的超奢侈消费她还是头一次见到，她实在想不透丈夫如何积累下如此一笔用之不竭的财产，又为什么此时不由分说购买那么多土地和房产。结婚20多年，丈夫总会令她时不时感到意外，赵碧琰不知道，这个男人对她还隐藏着多少秘密。

刚开始买地的时候，赵碧琰还有点新鲜，她会四下打量这片地周围的建筑，有时还换下高跟鞋绕着属于自家的地走上一圈。然而两天一过，因新鲜而带来的兴趣完全消逝，她靠着仅存的顺从跟在赵欣伯身后完成了一块又一块土地的交易。

因为早就对钱失去了概念，赵碧琰每天要做的事情就是在土地成交的文书上签自己的名字并且按上指印，然后拖着疲惫的身体靠在奔驰车后座上打盹儿。半个月过去，她记不清自己签下了多少份交易文书，也无心深探这些签字意味着什么。内心里，赵碧琰不住祈祷这种疲于奔命的生活赶快告一段落，当务之急，她需要好好睡上一觉。

赵碧琰此时并不清楚，仅仅十几天时间，她从一个不管家不理财的甩手太太跻身进入世界级富翁的行列。她更没有想到，若干年后，随着土地的增值，她和她的财产成为人们窥视的目标，一场跨国大案由此而生。

38

自然醒真是很舒服。赵碧琰伸了一个懒腰坐起来，扭头看看床头柜上的双铃马蹄表，长短针相交在11上。这意味着，在最后一笔土地交易完成后她连续睡了15个小时。"天哪！"赵碧琰暗叫一声，嗖地从床上蹦下来。她匆匆忙忙地洗完脸往楼下走去，看到坐在中餐厅的赵欣伯正在读报纸。

离吃午饭还有一段时间，赵碧琰想和赵欣伯聊聊。她有两个问题想问赵欣伯，好几次都没找到合适机会。其实，对于这两个问题赵碧琰有过思索，但她更需要他的答案。

　　她坐在丈夫对面的一张椅子上，开门见山地问："欣伯，我们为什么要突然买那么多土地？"

　　赵欣伯放下报纸看了赵碧琰半分钟，脸上渐渐露出微笑："老二，你终于学会思考了。"

　　"和局势有关系，你怕日元贬值，对吗？"

　　"说得不错。存钱是最不保险的办法。局势不稳，钱就会贬值，要早点为它们找出路。"赵欣伯端起桌上的开胃酒喝了一口，示意她要不要也来一点？

　　赵碧琰摇摇头，现在她最迫切的是想知道他的想法。"那为什么不买珠宝、黄金，或者其它容易带的东西，而非要买成土地？这些我们根本带不走呀！"

　　"我们根本无需带走这些，国内的财产已经够用的了。我买地，因为它们是战争中最无法破坏，战后又最容易升值的不动产。有了这些地，老二，你和孩子以后不管遇到什么情况，生活都会有保障。"

　　这是赵欣伯第二次谈到"她和孩子的生活保障"，赵碧琰的心开始急促跳动，第二个问题随之脱口而出："为什么把这些地都写在我的名下，难道你以后——"她有些害怕，话说一半咽了下去。

　　"老二，"赵欣伯犹豫了一下，"有些事情不是我们能左右的，以后我会和你慢慢说。现在最重要的是把可以预见到的事情做好。"

　　"什么是不能左右的，什么是可以预见的？"赵碧琰追根问底。

　　"不能左右的是人的命运，可以预见的是财产命运。这就是我不把这笔财产带回国内的原因。当然，在目前条件下，日本人也不可能让我们把这些钱统统拿走，我可以做的，是把它们换成既不怕被偷盗，也不会因为时间久远而贬值的商品，因此买地是最好的选择。我们买了地，这些钱还在日本国内，商品也没有出境，所以受到的限制不大。"

　　他的话让赵碧琰似懂非懂，她总觉得在这些抉择的背后，赵欣伯还藏着一些没有说出来的秘密。

　　"那——"她刚想接着问，摆在餐桌旁边小柜上的欧式镀金电话颤动

起来，脆生生的清亮铃声在餐厅里发出回响。

赵欣伯回过身抓起话筒，做了一个安静的手势。

赵碧琰全神贯注地聆听着，话筒里传来一个男人的声音："赵桑，我们约在晚上怎么样？一起吃晚饭好吗？"是日本人，听口吻他似乎和赵欣伯很熟。

"对不起，晚上我还有事情，我们最好明天见面。"赵欣伯用日语回答。

"那就下午，3 点钟行吗？地点在哪里？"

"我想可以，在你的事务所见好了，我有事情要拜托你。"赵欣伯客气地说。挂了电话，赵欣伯转向赵碧琰："我的老同学大吉，明天我们一起去见他。"

这可有点不寻常，以前赵欣伯和同学见面的时候从来不带赵碧琰。

更为不寻常的事发生在那天晚上。

39

暮色渐渐沉浸于黑色之中，晚饭后突然起风了。狂风吹打得院子里的小树左右摇摆，还时时发出一阵哨子般的怪响。伴着狂风，黄豆大的雨点噼噼啪啪落在地面上，溅起一片片错落不齐的水花。雨点很快连成一线，暴风雨来临了。这场暴雨的猛烈程度超出赵碧琰的想象，她拉开窗帘一角朝院子里望去，黑漆漆的夜中，乌云遮住了弯月和星光，只有积在地面上的雨水在电闪雷鸣中反射出不均匀的光亮。

明明知道这时候的北平不一定是雨夜，但赵碧琰脑子里还是不能不一再想象风雨击打着四合院轩窗的景象。她开始想儿子了。宗阳是最怕打雷的，以往在这种雷雨交加的夜晚，都有她陪伴在儿子身边，此时她无法洞悉孤寂的儿子是否感到害怕？平生第一次，赵碧琰有了归心似箭的感觉，这座住了很多年又离别很多年的东京老院子，对于她已经显得陌生。

几声轻轻的叩门声。赵碧琰回转身，看到侍女春兰站在半开门的房间

外面。"有什么事？"她颇不耐烦地问。春兰是赵碧琰的贴身侍女，来到东京后负责照料她们两夫妇的起居琐事，最近这丫头越来越多的时间都在楼下服侍赵欣伯，这让赵碧琰嘴上无法说什么，心里却特别不是滋味。

"太太，老爷请您下去。"春兰小心翼翼地说。14岁的小丫头还没有太多的心眼，从说话的诚惶诚恐中流露出她对女主人的内疚。

赵碧琰做了一个手势，跟在春兰后面款款下楼，宽松薄纱连衣裙后摆拖在楼梯上，使得年过不惑的她看上去依旧风度翩翩。

由于没有像通常那样在客厅见到赵欣伯，赵碧琰露出意外的表情。"老爷在哪儿？"她疑惑地问。

"在后面套房，他说请太太直接过去。"春兰回答。

春兰轻轻的话语让赵碧琰大吃一惊。后面套房？那是赵宅中的禁屋，她在这座楼里住了五六年，却从来没有进过那套神秘的房间。现在，她终于有机会去探究禁屋中的秘密了。不知是因为过度意外还是兴奋，赵碧琰的腿突然像踩在沙滩上，脚下的步子变得迟疑而发软。赵欣伯为什么要在这样的时刻允许她进入禁地？这和他急急忙忙清理财产有什么关系？

外面，风声雨声夹杂着暴雷的轰鸣。一道电光透过窗帘缝隙从房间中闪过，使得禁屋前面一段长长的昏暗走廊充满诡异，看着春兰胆怯的样子，赵碧琰不由得不打了一个寒噤。

走近禁屋，还没等春兰揿门铃，厚重的棕红色雕花木门就悄然敞开。房间里，赵欣伯带着微笑站在木门旁边，他的一只手正握着金灿灿的黄铜门把手。见到赵欣伯含笑表情的一刹那，赵碧琰的恐惧立刻消失——她相信眼前这个男人的非凡智慧，知道等待自己的将会是又一个意想不到。

春兰悄悄送上香茶又悄悄地离去，赵欣伯把一个盖碗推到赵碧琰面前，自己端起一只养得光亮的宜兴紫砂小壶。

"老二，先喝点茶，一会儿我们有重要的事情要做。"说完，他捧起茶壶一小口一小口地往嘴里送，似乎有意给赵碧琰留下审视的时间。

外间房子并不大，摆的都是十分陈旧的老家具，书柜、写字台和一张可以兼作饭桌的大画案把四周塞得满满的，屋中央小圆茶桌和两张不

大的木椅可以随意摆放。房间墙上挂满了镶在小镜框里的西洋画，不用问赵碧琰也知道，这些都是"老大"王碧琰的作品。很显然，这是赵欣伯对王碧琰的特殊纪念方式，这房间展现的应该是他们初到东京的生活状态。

"我和碧琰刚到东京就住在这样的房间里，很寒酸是吧？"赵欣伯说，他依旧捧着茶壶把玩，一只手不住地在茶壶上面抚摸。

赵碧琰点点头表示理解。她奇怪的不是房间的摆设，而是赵欣伯为什么要在一个大雨之夜把自己叫到这里。

"你奇怪我为什么要叫你来，是吧？"赵欣伯像猜中她心思似的说，"进来吧。"他把茶壶放在小圆桌上，推开挤在书柜边上的一扇小门。

赵碧琰走进里屋，看到一张老式双人床、两只摆放在一起的樟木大箱子和一张红木梳妆台。这张梳妆台造型十分独特，主镜两边各有一面可以活动的细长落地镜，只需调整角度就可以照出妆前人脸部和整个后脑。除此之外，屋子里最显眼的就是赵欣伯和王碧琰的一幅大照片。这张照片让赵碧琰感到嫉妒，印象中，她是在儿子3岁以后才第一次和赵欣伯一起照相，当然那是一张全家福。以后他们全家每年都留下一张照片，但是从结婚到现在，赵碧琰从来没有一张和她丈夫的单独合影，不是她不想照，是他不给她这个机会。

"老二，"赵欣伯拍拍她的肩膀，严肃地说："我现在要告诉你的，是我们家最后的秘密。"

他的表情让赵碧琰感到事态的重要性。她低声说："我知道你一定是有非常重要的事，否则不会让我走进这房间。"

赵欣伯点点头。他走到梳妆台左边，把紧贴墙面的边镜推成45度角。赵碧琰看到，露出来的半截木制护墙和旁边的没什么两样，一瞬间，她简直以为赵欣伯是为了考虑如何说出秘密才无意中摆弄这面镜子。

但是两秒钟之后她就知道自己想错了。赵欣伯没有说话，而是不经意般在床头墙面上摸了几下，接着，镜子后面的木制护墙徐徐打开，露出一个一米见方的洞口。洞里面的灯开了，她看到一级级整齐的台阶。

赵碧琰看得目瞪口呆，她用左手掩住嘴巴努力控制住自己不要叫出来。重回东京大量置地已经让她感到丈夫的秘密太多了，但是她万万没想到最后的秘密却在这间房子里。

"来吧。"赵欣伯招呼她，转身带头钻进洞口。赵碧琰跟在他的后面，沿着宽宽的水泥台阶一步一步走下去，转了一个弯才发现里面是一间20坪大小的密室。虽然在地下，但是这间密室的通风设计堪称一流，人在里面感觉不到丝毫的闷气。密室里，水、电、踏踏密、卫生间一应俱全，还有一个装满食品和药品的大铁柜。

赵欣伯揭开踏踏密一角，这里居然是个密室里的密窖，里面放着一只沉重的铸铁箱子。赵欣伯从腰里掏出一对约4寸长的黄铜钥匙，把钥匙分别插进铁箱子左右的两个锁眼，让赵碧琰负责左边的钥匙。

"这是一个看似普通的密码锁，"他告诉赵碧琰，"左边左旋，密码是你的生日；右边右旋，密码是宗阳生日。只有在一分钟内根据密码数左右同时3次转够圈数箱子才能打开，我们现在试试。"他小声喊了一、二、三，两人同时转动钥匙，箱子随即发出"咔哒"一响。

"看着，这里还有一道机关。"赵欣伯说着，将箱子提把旁一个不起眼的按钮指给赵碧琰看，随着他手指的按动，箱子打开了，里面全是金条和珠宝首饰。

这一次，赵碧琰顾不上惊讶。她按照赵欣伯的指导取出一块半尺来长的金条，在灯光下左右晃动，看到上面刻着"赵氏欣伯碧琰共存"8个清晰的蝇头小字。

"这些都是我慢慢攒下来的，每块上面都有不同的编号，在这里——"赵欣伯说着把印有暗记的地方指给她看，然后把箱子里的金条全部取出来。这些金条有两个规格，赵碧琰数了一下，大的8根，小的19根，总数很好记。

赵欣伯开始重新码放金条，用的是泥瓦匠砌砖的方式。他一边码放一边告诉赵碧琰："除了数量，还要记住三点：金条的尺码、上面的暗记编号和码放方式。"

金条整理好了，赵欣伯又把装首饰的盒子打开。里面是一对晶莹剔透的翡翠手镯、一串珠圆玉润的珍珠项链、一只祖母绿扳指儿和七八件不同材质的耳坠、簪子，都是些有年头的老东西。

"这些都是她留下的？"赵碧琰低声问。

"是呀，早年为生活卖了不少，就剩下这点儿了。"

赵碧琰俯身拿起那串珍珠项链一点一点转着看，发现这串珍珠不仅气色正，大小均匀，而且颗颗珠子滚瓜溜圆。因为喜欢首饰，这些年赵碧琰多少对珠宝有所了解，知道滚圆珍珠即为上品。行家说"七分珠，八分宝"，从这串珍珠的个头和品相看，称其为宝恐怕一点也不为过。赵碧琰把这串项链托在掌心上，一时间爱不释手。

"老二，你眼毒。一眼就看中这是好东西。"赵欣伯说着，顺手接过珍珠项链在赵碧琰颈下比量着。"据说这是从宫里流传出的珍珠衫上拆下来的珠子，价值不菲，戴出去没准会惹祸上身呢。"他把项链放回盒子里，取出一只手镯套在赵碧琰左手上，"这东西不招摇，你戴上。能带回一点算一点吧，兴许以后能救个急。"

赵碧琰听出他话语中隐藏的伤感，心里顿时产生隐隐的不祥。顾不得再细看那些光泽晶莹的珠宝，现在，她急切需要解开心里的一个谜团。

"欣伯，你为什么现在要把这些秘密告诉我？还有，为什么我们买的地都写的是我的名字？这些房产，"她用手在空中比划一下，"也全都要改成我的名字？难道你——"她不敢再说下去，两只充满彷徨和惊恐的大眼睛紧紧凝视着赵欣伯。

赵欣伯看着她没有作声。沉默了几分钟，他才平静地说："把这些收拾好，我们到上面谈。"

20分钟之后，他们回到起居室。赵碧琰没动圆桌上的高脚杯，她忐忑不安地等待即将开始的谈话。

"老二，"赵欣伯吸了一口气，终于开口了，"你要做好心理准备。"他尽量使自己的语气显得平和："我不想瞒你。一旦战局发生变化，以我曾经的身份可能会出现不测，到那时这个家就全仗你撑着了。我把所有的财

产都写在你名下，是想让你们将来的生活没有后顾之忧。你一辈子没出去做过事，宗阳的情况又是那样，所以我不想让你们以后受苦。"

"你的意思是日本人会战败？"赵碧琰小心翼翼地问，她对赵欣伯说的"曾经身份"和"不测"心照不宣。

"从发展趋势看很有可能。不过不用担心，你没有做过任何事情，估计没有人会找你的麻烦。"

"欣伯，那，我们把宗阳接出来，全家留居东京不行吗？"赵碧琰犹豫一下，战战兢兢地说。

"当然不是不行，"赵欣伯凄苦一笑，"道理我早就对你说过。回国，终竟不过是遗臭万年；留在日本，将来说不一定有一天会被人掘墓鞭尸。你愿意我选择哪个？"他仰天长叹一声，把高脚杯里的浊红液体一口喝干。"人哪，总是要死的，这是规律。故乡故土故国情，不管怎么样也心里坦然。留在异国，客死他乡，那我赵家之后不出三代就会变成日本人……"赵欣伯把脸转向赵碧琰："老二，你不会希望我死不瞑目吧？"

赵碧琰摇摇头，又点点头，两行泪水顺腮而下。无需再说一个字，一切尽在不言中。她服从了丈夫半辈子，这次同样必须无条件服从。

"喝酒，老二，咱们干一杯。"赵欣伯把自己的杯子斟满，又把对面那只没有动过的杯子递给赵碧琰手上。他把手中的杯子轻轻撞击在另一只杯子上，随即一饮而尽。

"这一杯，算我谢谢你的理解。这一杯……"赵欣伯又把两个杯子斟上酒举起来，"是我对你的托付。"他的表情变得更加温和，与之相配的是一种赵碧琰以前很少见到的慈爱目光。"我们赵家三代单传，到我这代留下个儿子还眼睛有残疾。老二，照顾儿子的事情我就全托付给你了，他是赵家的根儿，万不能有个三长两短。对了，回去尽早给他找个门当户对的人家，早早让他娶妻生子吧。要是我赵欣伯活着能见到孙子出生，也算是了却一桩心事。"

再一次把杯子里的酒喝尽，赵欣伯接着说："老二，我还得嘱咐你。买地和密室藏宝这两件事目前只限我们俩知道，只有在我们中第二个人生

命临终或者情况危急的时候才可以告诉宗阳。"

"那又是为什么？"赵碧琰不太理解。

"为了宗阳好。你也看得出来，咱儿子不太成器，上心的只是提笼架鸟唱京戏这些不成溜的行当。要是他知道家里有几辈子都挥霍不尽的财产，哪还能有读书的心思？我惦记着，明年让他进辅仁大学先读几年学点东西，如果局势稳定，毕业后就把他送到美国去。"

"知道了。"赵碧琰点点头，表示明白丈夫一番苦心。院子里响起一阵欢快的蝉鸣，她突然发现，大雨不知什么时候停了，时间早已过了子夜。

40

大吉的工作地点在位于上野附近的一座大厦里。赵碧琰好奇地打量着这幢装饰考究的前卫建筑，跟在赵欣伯后面走进电梯间。电梯停在七层，他们出来向左拐了两次，就看到前面两扇玻璃大门，上面印着"大吉律师事务所"几个红色大字。

身着西式裙服的女秘书把他们引进一间环墙摆满沙发的大房间，端来两杯花茶。她客气地告诉赵欣伯大吉律师正在接电话，请他们稍等一下。无论用多么挑剔的眼光看待里面的摆设，赵碧琰也不得不承认这房间的确风格特异。透过宽大的落地窗俯瞰，下面就是东京最著名的上野公园。苍劲的松柏、古老的庙堂与挂着红纸灯笼的江户风格馆舍遥相呼应，窗外古典而自然的景色成为这座现代建筑不可或缺的组成部分。

她正想走到窗边好好欣赏一番，门开了，一个戴着黑色细边眼镜的男人走进来。

"赵桑——"他高兴地叫着，张开手臂迎向赵欣伯。

"大吉君。"赵欣伯迎上去，四只手紧紧握在一起。

赵碧琰看着大吉，感觉他比她上次见到时胖了一些。赵碧琰只在5年前见过大吉一次，那是上回离开东京前赵欣伯请几个老同学到家里开了一个Party。因为听赵欣伯说大吉是他在明治大学时的最要好同学，赵碧琰

和他多聊了几句。这个皮肤黝黑的小个子思维敏捷、言语幽默，属于善于调节气氛的智慧型男人，她对他印象好极了。

带着赵欣伯夫妇参观事务所一番之后，大吉把他们请到自己办公室。这是一间椭圆形的房间，窗外风景是掩映在绿树丛中的东京都美术馆。坐在大吉办公室一隅的小会议桌前，他们开始谈正事，此行赵欣伯是要把刚刚买到手的东京地产全部委托给大吉管理。

因为在电话里谈了许多，委托事宜很快进入签订文书的实质阶段，赵欣伯认真审读了委托文件之后小小修改几处，随后他让赵碧琰在指定的地方签上自己的名字。

这些天，赵碧琰记不清自己签署了多少份文件，但是这一份无疑是最重要的，因为这是她名下几十块地产的总和。只要下笔落字，那些价值不菲的土地就会易人管理，同时赵欣伯，不，其实是她赵碧琰，还将为此付出一笔为数不小的委托管理费。大吉值得信任吗？赵碧琰拿着笔的手有点犹豫，她看着眼前散发新鲜墨迹的文件，总感觉那些片假名要从一行行的汉字中爬出来。突然，文件最后一段在赵碧琰眼前清晰起来，她揉揉眼睛，确信自己看到这样几行字：无论何种原因，如果赵欣伯、赵碧琰及所有直系亲属全部罹难，所有托管财产将无条件赠与受托人大吉……

她看看大吉又看看赵欣伯，流露出需要进一步确认这些文字内容无误的神情。前者正若无其事地把注意力集中在手头一份报纸上，后者则与她对视一眼，然后肯定地点点头。过了几秒钟，赵碧琰手中的笔落在纸上，尽管她努力使自己镇静下来，但从笔力上看，写出的字明显有些哆嗦。

等待制作文件复本的时候，赵碧琰把视线转向窗外。还没待仔细看清周边的一切，她的思绪被两个男人的谈话拉了回来。

"赵桑，你确信这个决定不会让你后悔？"大吉低声问。

赵碧琰以为大吉问的是文件中有关赠送财产的条款，但马上她就意识到自己理解错了。她的神经立刻紧张起来。

"当然确信。"赵欣伯说，"我考虑5年了，对于过去的历史行为，我可以负责，否则倒是真要后悔了。"

"你想过可能的后果吗？"

"无非是管制、坐牢，大不了枪毙。反正事已至此，什么样的后果我都必须接受。"

"明知前面可能是死路，还硬挺着要走到底，你难道疯了？别傻了，趁现在还有机会。"

赵欣伯抬头看看窗前的赵碧琰，当确信她的精力都集中在窗外景色上时，才低下头继续和大吉窃窃私语。

"这次来，我没带儿子，就是不想给自己留下半点犹豫的机会。再说了，碧琰葬在那块土地上，我不能把她一个人撇下。放心吧，大吉君。我有所准备，结果不会那么惨……"

支棱着耳朵听到这里，赵碧琰脑袋轰地一响，她终于明白赵欣伯坚持不带儿子重返东京的用意了。瞬间，她感到头晕眼花，抬起双手使劲挤压着自己的太阳穴，再也听不到两个男人的谈话。

从大吉的事务所出来，赵碧琰一句话也不想说。她紧紧挽着赵欣伯的手臂，仿佛要把自己弱小身躯的力量全都注入到他的体内。从这一刻起，她知道必须特别珍惜一家人在一起的每一天。

秋末，就在赵碧琰夫妇踏上返回中国航程之时，中、美、英三方在开罗召开会议，已经开始商谈对日联合作战方略以及战后和平事宜；6天以后，美、英、苏三国首脑在伊朗首都德黑兰会晤，决议中重要的一条即是：苏联要在欧洲战争结束后参与亚洲战场的驱日战争。

15天后，回到北平的赵碧琰在翻阅旧报纸时读到这些消息，她暗暗庆幸赵欣伯提前把日本的财产做了处理，心中对丈夫自是更加佩服。

1946 — 1951 北京

1945年8月9日，百余万苏联红军以排山倒海之势向侵占中国东北领土的关东军发动全面攻击，6天之后，日本宣布无条件投降。伪满洲国皇帝溥仪和60多名伪满洲国军政要员被苏军逮捕押在苏联远东监狱，而被称为"伪满洲国助产婆"的赵欣伯却因为早已离职免除一劫。9月下旬，由戴笠领导的国民党政府军统局开始在全国各大城市逮捕汉奸，继上海的丁默村等汉奸被诱捕之后，戴笠12月5日又在北平的北兵马司一号诱捕了50多名京都汉奸，其中包括王克敏、周作人、刘玉书和与赵欣伯同住一条胡同的街坊王荫泰，这一次，曾任职王克敏政权顾问的赵欣伯又成为漏网之鱼。

直到1946年7月，赵欣伯才以汉奸罪被关进北平第一监狱，但是因为贿赂，他入狱后一直拖延未判，直至1948年共产党军队兵临城下之时获得国民政府保释。1950年7月，苏联政府将溥仪等伪满洲国战犯交给中国抚顺战犯管理所，此后，赵欣伯的名字屡屡出现在审讯记录和战犯们的交代材料之中。1951年7月，赵欣伯在北京被公安局传讯后拘留，当夜死于位于东城区炮局胡同的北京市公安局拘留所。官方说法是赵欣伯知道自己恶贯满盈，因高血压引起脑血栓猝死，但赵家后人一直不认可这个说法。

据赵欣伯的长孙说，按他奶奶赵碧琰和他父母的讲述，他爷爷赵欣伯是服毒自杀，而且早在几年前就做好了毙命的准备。

41

一阵马蹄声把赵碧琰从睡梦中吵醒，她打消了再睡一会儿的念头，披上一件藕荷色丝绸睡袍打开房门。眼面前，笼罩在破晓朦胧光线中的鼓楼露出越来越清晰的轮廓，黎明的新鲜空气带来阵阵丁香花的芳香。

从东京回来不久，赵欣伯买下了铸钟厂附近的几套宅院，赵碧琰选择了位于旧鼓楼大街胡同的小石桥一号用于自家居住。正式搬进这个院子的前一晚，赵欣伯先在精心选中的一间房子里挖了一个大坑，他小心翼翼地埋下一只铁箱子——那里面装的是东京地契，他为老婆孩子留下的最值钱最放心的一笔财产。

从外表看，一号院的如意门在胡同里一点也不起眼，只有走进院子转过中心四盆带着五层檐的精美砖雕影壁，才能看到里面的藏龙卧虎。这是一套经过改造的四合院，里面由一条南北贯通的石子铺花甬道连接起4个半敞开的小院，每座小院都是由正房、一侧厢房和前院两开门的正房组成。这些小院中有一座照例是赵欣伯前妻王碧琰的专属领地，其余3座分别是书房、客厅和客房，房子里的陈设风格各不相同。

甬道尽头，是一条由游廊连接起的方形大院子，这里是赵碧琰一家三口住的地方。这进院子正房高大，东西厢房和倒座房一应俱全，里面既有叠石假山，又有盆景花木，最妙的是院子中央还有一个不规则形状的大鱼池，五颜六色的金鲤穿插于假山中间，使得寂静的院子平添许多生气。

院子里的西厢房两面开门，从西门出去是一片硕大的空地，里面种着各式各样的树木，原来的主人准备在这里盖个园子，但直到赵家搬来时也没大动工。赵欣伯不打算接着盖园子，他让人在空地周围盖了一圈房子，作为佣人房和储物的仓库。

夏日黎明的光移动得特别快，等赵碧琰梳妆洗脸收拾好，天色已经大亮。斜照在屋前结满果实的石榴树上的橘黄色阳光娇柔灿烂，意味着到来的是一个晴朗白天。

透过东厢房的玻璃窗，赵碧琰看到丈夫坐在他平时固定的位置上读报。赵欣伯早上5点准时起床，他到西边院子打一个小时太极拳，6点钟回到餐厅。他每天都是以同样的茶鸡蛋、豆浆和油条作为早餐，一边吃一边读报。

52岁的赵欣伯开始发胖了，鬓角的头发也越来越显稀疏。打从去年夏天日本投降后，他就变得沉默寡言而且绝少出门，报纸成了他和外界沟

通的主要渠道，每天早上不把订的几份报纸读完决不起身。

赵碧琰知道，她丈夫最关心的是远东军事法庭审判的消息。

"八一五"以后，民国政府下令，在全国各地对汉奸实行大逮捕。军统局在南京、上海等地捕获了不少汉奸，就连逃到日本的陈公博也被军统引渡回来押送到南京。北平的情况更是令人回味，戴笠借年底之由设宴邀请政要，在大家开杯畅饮之时拿出一份名单点名抓人，上演了一出瓮中捉鳖的好戏。王克敏被抓了，住在同一条胡同的王荫泰也被抓了，但是不知为什么，一直没人来动赵欣伯。这使得赵碧琰在度过了一段胆战心惊的日子后认为丈夫有可能躲过一劫，尤其是上个月戴笠死于非命之后，她变得更加乐观起来。这阵子，赵碧琰去广济寺上香的次数更勤了，每天，她都要祈求佛祖庇护赵欣伯平安无事。前几天看报上一条消息，说是逮捕汉奸的事情已经告一段落，赵碧琰暗暗心喜，第二天便给广济寺布施了一大笔钱，还特意跑到香山给大卧佛献上一双巨鞋。

看来今天报纸没有什么特别消息，赵碧琰从丈夫的表情上做出判断。她走进东厢房，想陪赵欣伯聊聊给他宽宽心。

听到脚步声，赵欣伯头也不抬地招呼着："老二，今天起得挺早。"

"睡不着了，外面吵得慌。"和铜铁厂六号比起来，这院子紧把胡同口，距离车水马龙的大街很近，这是令赵碧琰惟一不太满意的地方。

"吵点好，有动静免得被动。"赵欣伯说，语气出奇地平静。

"有什么新消息？"她问，顺手拿过桌上一张报纸。"别整天忧心忡忡的了，报上不是说都结束了吗？你没事应该去什刹海溜溜早，多想点开心的事。"赵碧琰尽力劝慰着丈夫。

"开心？老二呀，说你头脑简单你还不信。"赵欣伯把手中的报纸放在桌上摇摇头说，"现在才是最担心的时候呀。"

"真有那么严重？"

"看吧。据我分析，马上就要抗战胜利一周年了，政府总会弄点动响出来，没准还得捞一网。你别忘了，缪斌也是'结束'之后才被抓的。抓得最晚，毙得最早，他能想得到吗？"

赵欣伯说的缪斌赵碧琰略知一二。他是汪精卫政权的立法院副院长，也是抗战胜利后第一个被处死的汉奸，这两三个月赵欣伯一直把缪斌当成自己的风向标。据说，缪斌和国民政府一些头面人物关系相当不错，所以他虽然长期与日本人打得火热，但在抗战胜利后非但没以汉奸之名被捕入狱，反而还在春节前得到一份嘉奖令和8万元的奖金。可是谁也没想到，捧着那笔奖钱刚过完春节，缪斌就被抓起来，不到3个月在苏州监狱就被枪毙了。

"只是个立法院的副院长都被枪毙了，我这个伪满洲国的'助产婆'会没人过问？这事多少有些蹊跷。"

"哎呀，别瞎想了，他的情况和你不一样。你都不问政治十几年了，谁还顾得上找那个麻烦。"

"也倒是呀。"赵欣伯想了想说，"我现在好比一条落水狗，再扑通也掀不起多大浪花，值不得人家费力气。"他调侃一句，脸上的表情舒展多了。

"所以我说呀，你就踏踏实实颐养天年，别老想那些不着边儿的事。谁没事儿像你，整天不往好里惦记。"赵碧琰说完，想着应该再去烧炷香。她抬腿走到厨房，想看看自己的早餐准备得怎么样了。

在小厨房，赵碧琰意外地看到高妈，厨子老冯背着身儿一边干活儿一边和她聊天。高妈手里拿着一截油条正急里忙慌往嘴里塞，旁边是一个赵欣伯专用的盘子。不用问，高妈吃的是赵欣伯剩下的油条，在这个家里，只有赵欣伯早上吃油条。

高妈的行为让赵碧琰惊诧不已。在她的印象中，这个干净利落的女人一向做事讲究，她怎么会对主人的残羹如此狼吞虎咽？高妈是谁带过来的，赵碧琰不清楚。她只记得这个大脸大眼睛大脚板的山东女人初到赵宅时低眉顺眼，诉说她是因为老家遭了灾跑到北平混碗饭吃，如果赵家能管她吃管她住就别无所求。是赵碧琰留下的高妈，她是看着这个乡下女人的可怜才发了话。

作为一个大龄女人，高妈从来不提她在老家的详细情况，这些年也从来没有人找过她。她身世如何、到底多大年龄都没人知道，大家只按照

她自己说的"娘家姓高"这一点称呼她为高妈。高妈喜欢穿肥肥大大的半长裤子，这种款式可以掩盖住她颇为丰硕的身躯。

看到赵碧琰出现在门口，高妈脸色绯红，她支支吾吾叫了一声"太太——"，低着头往外挪了几步。

"慢。"赵碧琰双手叉腰挡住门，"跑到这儿偷嘴吃呢？"她歪着脑袋拉长声音地说。

"太太，我真的没有。那只是老爷……剩下的一点儿，我怕糟蹋了。"高妈的头愈发低得厉害，宽大的小褂前身从高耸的乳房垂下来，像一块幕布似的遮挡住肚子。

"咱这个家养着猫儿狗儿还能糟蹋东西？"赵碧琰冷冷一笑，"你还真不把自己当外人啊。"

这两年，赵碧琰总觉得高妈怪怪的，以前那种目中无人的高傲在她身上淡薄了，无论对谁都变得小心谨慎。最让赵碧琰纳闷的是，她似乎总是有意无意在躲着自己，每天除了收拾老爷子的房间，她几乎见不着她的面。前一阵子为了局势和老爷子的事顾不上理她，今天正好，机会送上门了。赵碧琰上前两步，看到高妈水桶般的粗腰，突然有了好好整治这个女人的主意。

"过来。"她厉声叫道，"你的腰为什么那么粗？莫不是掖了什么东西在腰里？"

"太太，"高妈黑紫的脸变得更红了，"您的意思是说我偷东西？我没有——"她压抑住愤怒不无委屈地说。

"要是没有，就把衣服撩起来让我看看，你敢吗？"赵碧琰一副刁难的神情，她本意就是要给高妈难堪。

听了这话，高妈满脸惊恐，两手不由自主地护住肚子。"太太，您——"

"我怎么了，我也是女人，用不着不好意思。"赵碧琰又往前走了一步，大有亲自撩开高妈衣服的架势。

"太太，您不能，您不能呀——"高妈失声叫着一步步往墙边退，极力寻找从她身边溜走的机会。

赵碧琰哪容她溜走，她紧上前两步把高妈逼进一个死角，伸手就要扯她的衣服下摆。高妈急速躲闪，拉扯中，赵碧琰的手触到了她的腹部。

陡然间，赵碧琰怔住了。高妈掩藏在宽大衣襟下的肚子圆滚滚，以女人特有的敏感，她马上断定这是身怀六甲的迹象。高妈能和谁搞到一起？赵碧琰脑子里马上想到一个人。难怪这女人最近一直躲着她，原来她真想修成正果在赵家占有一席之地。赵碧琰可以容忍赵欣伯一千次一万次对她的不忠，但此刻却无法容忍高妈——如果她真的怀孕，如果她生下一男半女，那将撼动她宝贝儿子在赵家独一无二的地位。

"你怀孕了？"赵碧琰咬牙切齿地吐出几个字，字字有如惊雷炸响在高妈耳边，"说，是谁的？"

高妈不语，只是将双手环绕着放在腹前。

"不说是吗？"赵碧琰伸手就是一个耳光，高妈的右边脸颊顿时出现5个红指印。"还不说？那好，看咱俩谁拧得过谁。"赵碧琰又一次举起左手，正在这时，大门外响起一阵狂乱的敲门声。她侧耳聆听，扬起的左手停顿在半空。

高妈趁机会跑了出去。

逮捕在赵碧琰最没想到的时刻发生了。一队揣着长枪的军人冲进院内立即封锁了各个小院，只穿着白汗布小褂和拖鞋的赵欣伯被两个年轻军人扭住胳膊推搡着带了出来。赵碧琰扑到他的面前，"欣伯！"她大声叫着，完全忘记了刚才在厨房时对他的怨恨。

"老二，别怕，我不会那么快就死的。"赵欣伯朝她喊道。他把头转向带队的军官，大声说："我要和我老婆说几句话。"

"慢慢再说吧。"军官回答。他走到赵碧琰面前："你就是赵太太？"

赵碧琰点点头，她忽然觉得浑身发冷，赤裸的双臂立刻布满鸡皮疙瘩。

"我们接到命令，请你一起走一趟。"军官说着一挥手，两个持枪军人马上站在她的背后。

那天早上，老冯准备的早餐是赵碧琰最喜欢的豆腐脑儿、焦圈加小

开花馒头，可惜她没能吃上。

42

仿佛一眨眼的功夫，北平进入了冬天。

街上，光秃秃的树干在朔风中无助地摇荡，干冷的西北风刮在脸上硬生生地痛。天色刚破晓，胡同里静无一人，只有赵宅汽车房的大门悄然开启，一辆黑色轿车从里面慢慢驰出。

身着一件白狐皮大衣的赵碧琰靠在后座上，一双手在银灰色獾皮制成的袖筒里不住撮拭。她的眼角露出一堆无法遮掩的细细皱纹，这是5个月失去自由的生活给她留下的深刻烙印。凭心而论，和赵欣伯一起被关到监狱那几个月她并没有受到虐待，只是那种被人遗忘的孤独让她难以忍受。住在单人牢房里，从来就没人审问过她，除了一日三餐送饭的过来根本捞不着说话的机会。就在赵碧琰感到憋屈得快要发疯的时候，她被释放了——释放的原因一方面是她从来没出头露面做过事，更重要的是赵欣伯托人打点发生了作用。

这十来天，赵碧琰经历了自己结婚之后最独断专行的一段生活，所有的一切都清晰地印在她的脑海里。

她出乎意料地变得处事果断，在拿出不菲的钱财打通关系之后，她获得了可以随时出入北平第一监狱探望赵欣伯的许可，还能让家里佣人每天往监狱送两顿正餐。赵欣伯在监狱住的是特殊房间，这足以使她在探监时可以和他讨论一些很私密的问题。

车子拐过鼓楼的时候，赵碧琰叮嘱司机冯子开快点，争取在城门开启的第一时间通过宣武门。今天的探监非比寻常，她极有可能在赵欣伯那里见到来自远东军事法庭的中国大律师倪徵燠。

昨天晚上，赵欣伯打来电话告诉她，倪徵燠从南京飞来，想要搜集一些土肥原贤二那帮日本人侵华的证据。其他人都不肯合作，只有他有问必答地和倪徵燠谈了两个多小时，他还答应倪徵燠写一份书面材料，

这样会有利于将来的审判。"至少命是保住了。"赵欣伯兴奋地对她说,"老二,没准我在这儿待不了太长时间了。"

赵碧琰对赵欣伯的选择颇为满意,"识时务者为俊杰",古书上早就这样说过。如果赵欣伯给倪徵燠提供了证据,那他就是戴罪立功,国民政府肯定会提前把他放出来。放下电话,赵碧琰开始算计等丈夫出来后如何庆贺如何给他补养,但是想到要把高妈生孩子的事告诉他,她又感到有点头痛。她是在无意中发现高妈情人秘密的,如果不是那天夜里亲眼看到的一切,打死她也想不到高妈孩子的爹居然会是那个人。

一路颠簸,汽车驰进陶然亭附近一个高墙上布满尖细玻璃的大院子里。在病监区一间不大却整齐的房间里,赵碧琰看到赵欣伯坐在兼做吃饭和写字的大桌子前陷入沉思,他面前放着一摞写满字迹的绿格稿纸,还有一份几乎没动过的早餐。这座房子的历史可以追溯到清朝末年,作为中国首创的新型监狱,这里的设备和初期制度都源自于日本。这座占地多达5万多平方米的监狱号称"京师模范监狱",曾经是20世纪前期中国其它省份现代监狱的典范和培训中心。历史有时会出奇地巧合,赵欣伯可能从来没想到,他这个在日本留学多年又靠着日本人打拼创业的亲日派最后成为阶下囚时住进的依然是一座和日本割不断渊源的中国监狱。

住了半年监狱,赵欣伯的气色依然不错,肥胖使他浑圆的脸看不出多少皱纹,和赵碧琰站在一起,很难看出他们之间十载年华的差距。金钱在艰难时刻发挥的作用从赵欣伯身上表现出来,这几个月,他利用财富安排了许多外人无法想象的监狱生活,他给自己在病监区搞了一间最舒适的牢房,获准让妻、儿乘坐着汽车在这片与自由相隔的地域里长驱直入;他天天吃着专人从家里送来的可口饭菜,还可以像支使佣人一样随时支使任何一班的狱警去买自己需要的所有东西。只要高兴,他可以到院子里散步,到狱警值班室看书,还可以和来探监的老婆儿子不计时间地聊天……总之,除了不能走出这座院子的大门,赵欣伯可以尽情享受他在家里曾经享受的一切。

赵欣伯对财富的运用让赵碧琰又一次看到了钱和愿望之间的捷径关系,尤其是在身陷囹圄的时候,它对于减少痛苦获取欢乐起着举足轻重的作用。一个富有的男人,必须能够智慧地处理和挥霍自己的财富,在这一点上,赵碧琰对赵欣伯始终佩服得五体投地。她相信,即使是在这个最没有自由的地方,没有什么是赵欣伯搞不到的,哪怕他需要女人,也会有人让他的愿望得到满足。

"你还没吃早饭?"赵碧琰轻声问。她脱掉狐皮大衣,准备把还没凉透的油条烘烤一下。房子中央,炉子里红红的火苗蹿得老高,高把洋铁壶里的水正在吱吱作响。

"没有胃口。"赵欣伯淡淡地说,伸手推开桌子上的早餐盘。他按响了嵌在桌上的警铃,一个粗壮的狱警走进来端走了那份没动的早餐。赵欣伯点燃一支烟,徐徐吐出的烟圈在屋子缈缈飘荡。猛然间,他把剩了大半截的香烟扔到地上,用脚狠狠踩了几下,然后双手托着后脑靠在椅子上。

这是一个赵碧琰十分熟悉的动作,每逢她丈夫在经过深思熟虑做出重大决定后就会这样。

屋子里一阵暂时的平静,他在等着倪徵燠,她也在等着倪徵燠。

看到倪徵燠的第一眼,赵碧琰就对这个气宇轩昂的中年男子产生极度好感。倪徵燠是美国斯坦福大学的博士,时任南京政府司法行政部参事。他是远东军事法庭中国检察组顾问团的首席顾问,主要负责搜集日本战犯侵华的证据。

赵碧琰拉开赵欣伯对面的椅子请倪徵燠就座,又泡了一杯茶送到他面前,然后轻轻地退到房门口——在这个时候,她知道自己应该避开。

"你来了。"从微微开启的门缝中,她听到赵欣伯说出第一句话。

"昨天我们谈得不错。"是倪徵燠的声音。

接下来赵欣伯没有答话,站在门外的赵碧琰有些提心吊胆。她为自己一瞬间的第六感官感到恐慌,双手合十暗暗祈祷千万不要再出意外。

"材料写好了吗？"过了几分钟倪徽燠问。

赵碧琰屏息聆听，直到听到赵欣伯清晰地说出"写完了"三个字才大大吁出一口气。

"那就给我吧。"倪徽燠说。透过窗户，赵碧琰看到他手心向上放在桌面上。

"等一下。"赵欣伯从椅子上站起来，他手里拿的正是那摞写好的材料。赵欣伯绕过桌子走到火炉旁，背对倪徽燠拎起压在火上的铁壶。赵碧琰以为他要亲自给倪徽燠添茶，觉得他正在做一件很有风度的事。

没想到，赵欣伯把水壶放在炉台上，稍稍犹豫了几秒钟，转而果断地把手中材料投向火炉。顷刻，一股伴着青烟的红色火焰窜出炉膛，房间里散发出纸张燃烧的独特气味。

"呀——"赵碧琰脱口大叫，推开房门冲到火炉前，她一把抓住那些正在燃烧的纸张，甩着手把它们扔在地上。她用脚踩、用手帕扑，但一切为时已晚，那摞被寄予了无限希望的纸张正在由白变黑，最后化成薄薄的灰片在房间里上下飘浮。

"你疯了——"赵碧琰发出一声歇斯底里的吼叫，蹲在地上直愣愣盯着那堆纸灰，眼泪止不住地往外流。

愤怒的倪徽燠走到赵欣伯面前："你想好了，真要抱紧日本人的粗腿死不松手？真要做被千古唾弃的中华民族罪人？"

赵欣伯转过身，不敢和他对视。

"你走吧，你走吧，这些材料我再也不会写了。"赵欣伯哭丧脸哀叫着，嘶哑的声音中带着颤抖。

倪徽燠走了，走到门口时最后留下一句话："汉奸做到这个份儿上，你不配做中国人。"

第二天，北平和南京的所有报纸都在头版刊登了伪满汉奸赵欣伯出尔反尔拒绝为中国检察组作证的消息，紧接着，初审的结果下来了，赵欣伯被判处死刑。

从第一监狱回来，赵碧琰大病一场。从此，她再也没穿过那件沾染过

纸灰的白狐皮大衣。病好之后，赵碧琰让男佣梁福把裁缝找来，做了一套上九下七的青花细布寿衣，又做了堆大小不一的白布孝袍子。

躺在床上的这些日子，赵碧琰想得透透的，嫁鸡随鸡，嫁狗随狗，赵欣伯对于国家对民族是汉奸，对于她赵碧琰仅仅就是个丈夫。她是个不管政治也不问政治的普通女人，可是却不能成为一个让自己丈夫死后暴尸的忘恩负义婆娘。每每想到赵欣伯回到东京买地藏宝的一片苦心和这两年对她的体贴呵护，赵碧琰就没法把"丈夫"和"汉奸"这两个用于不同生活范畴的名词画上等号。

但事实无可争辩，赵欣伯是个丈夫，也是个汉奸。桥是桥，路是路，因政治而导致的后果任由政府去判决吧，在赵家大院他好歹还是个男主人，赵碧琰认定自己没有理由抛弃他。

赵碧琰做好了赵欣伯被枪毙的心理准备，所等待的只是一纸通知而已。

43

等待的日子过得令人心焦。1948年12月初，一封盖着大红印章的通知终于送到赵碧琰手里。让她意外的是，通知上白纸黑字写得清清楚楚：赵欣伯获得保释，将不日出狱。这份通知书令赵碧琰喜极而泣，一个小时内，她不知打开又合上合上又打开看了多少遍。

12月6日凌晨4点，赵碧琰就起身把自己收拾得利利索索。随后，她拉开窗帘坐在正房厅堂的八仙桌旁，点燃一锅烟静静地等待东方破晓。

经过去年秋天一次大查抄，赵家只剩下大宅子中最后一进院子，通往前院的甬道被灰砖墙堵得严严实实，东耳房旁边的院墙被临时扒开一扇小门成为进出之地。汽车被没收了，家里的佣人大部分都被辞退，住在这院子里的除了赵碧琰母子，只剩了男佣梁福和高妈，还有高妈两年前生下的一个男孩子。高妈现在变得低眉顺眼，她承担起以前分别由四五个佣人干的活计，每天做饭扫院子洗衣服，从早到晚忙个不停。但是赵碧琰还是从心里恨死了高妈，让她最不能忍受的是，这个不言不语的女人憋着一肚子鬼主意，居然在她眼皮子底下又一次挺起大肚子。这让赵碧琰气得火冒三丈。说实话，她不是没想过辞掉高妈这件事，可是那女人仿佛吃下秤砣铁了心，无论怎么赶怎么骂她不言不语却就是不走。每每看到儿子那乞求的目光，再加上不知如何安顿孩子，三拖两拖大家就这么稀里糊涂过下来。

外面飘飘扬扬下起小雪，凌晨城市的沉寂被零星的木制车轮吱呀声和接二连三的挂钟声所打破。墙上的大钟指向5点，想到几个小时后赵欣伯就要重获自由，赵碧琰有点急不可耐。她站起来走到院里，挨间敲门唤着儿子和梁福、高妈赶快起床。

整整一上午，赵碧琰都在焦灼不安地等待，她不时地跑到厨房，看饺子是否包好，酒菜是否丰盛，羊肉片切得薄不薄，又一遍遍品尝用芝麻酱、韭菜花和各种佐料配制的调料是否够味。这是赵欣伯最得意吃的一口儿，在充满寒气的北平冬天，包饺子加涮羊肉是迎接和庆贺的上乘佳肴。

这时候，赵碧琰突然觉得紧紧跟在高妈身边的小男孩儿不那么讨厌了，为了让他妈妈全力准备好午饭，她破天荒地第一次把他领进北屋。

"你叫什么？"她明知故问。这孩子虽然和她有血亲，但是两年来她从没有认真地看过他一眼，这个没名分的孩子对于她是块心病。

"明子。"小男孩奶声奶气地回答，没有一丝怯生。

"你该叫我什么哇？"赵碧琰有一搭无一搭地随口问，脑子里想着丈夫此时应该到了哪里。儿子和梁福去接他，走了足有三四个小时了。

"奶奶。"小男孩儿脆生地叫着。

赵碧琰心里一动，她打开桌上的描漆糖盒，抓了一把塞在明子手里。小男孩儿高兴得笑起来，用胖乎乎的小手撕开一块塞进嘴里。

刚过11点，赵碧琰就催促高妈提前把炭火点上，她拉着明子的手走到院门口朝外张望。虽然只待了不大会儿，她就意识到自己心里还是有点喜欢这个孩子，只是碍于他的非婚生身份不好过于暴露。

地上铺满了薄薄一层细软的白雪，太阳从云层后面隐隐露出来。赵碧琰终于看到从南向北的两辆人力车，跟在旁边一路小跑的正是梁福。

"老爷回来了！"赵碧琰兴奋地朝院里喊道，忘了心里对高妈的不满。

44

"说，这孩子到底是谁的？"赵欣伯坐在厅房里发问。他声音不高，语调中却有一股不可抗拒的威严。

高妈跪在冰凉的地面上，浑身不住地打颤。她不时从臂弯下偷偷往后看，渴望得到一个人的帮助。

"说，到底是谁的？"沉寂了几分钟，赵欣伯又一次厉声喝道。他的声音吓坏了明子，小男孩儿哇的一声大哭躲在宗阳身后。梁福上前抱走了孩子，厅堂里剩下四个人——坐在八仙桌两侧的赵欣伯与赵碧琰，跪在地上的高妈和一直默不作声站在屋角的赵宗阳。

"太太知道。"高妈喃喃地说，声音小得像蚊子叫。

赵碧琰看到丈夫的目光转向自己，她没出声，回答他的是毫不留情的摇头。她知道这孩子是谁的不假，却从心底里不想承认这个事实。赵碧琰叹口气，抬头看看站在屋角的赵宗阳。长得清瘦高挑的儿子在辅仁大学念三年级了，他书读得不怎么样各式爱好却是不少。玩票、逗蛐蛐、拍照片、放电影，哪样都玩得有模有样。这两年，赵碧琰也托人给他说过几回亲事，可是一来因为老爷子在押，二来因为儿子那只有残疾的眼，说来说去也没有遇上门当户对的主儿。身为母亲，她当然爱儿子，可是却无法接受他荒唐引出的结果。再怎么不济，赵宗阳也是大户人家子弟，他老子还是个留日的洋博士，怎么能随便划拉个女人就过一辈子？这两年赵碧琰没少骂儿子，她不止一次警告他，憋闷了找个女人解解烦也就算了，可别想着让那小娘们儿登鼻子上脸真惦着把自己当棵葱。不管怎么说，赵家的媳妇好歹得是个识文断字的女学生，绝不能让一个大字不识的乡下女人占了这个便宜。更何况，这女人结过婚没准儿还养过孩子，而且比赵宗阳大了好几岁。

想到这里，赵碧琰插了一句："我知道？你是跟男人亲热时发请柬了还是怀胎养孩子时禀报我了？别以为你敢把孩子生下来就水到渠成，呸——"她朝着高妈脸上吐了一口。

赵碧琰的话犹如火上浇油，赵欣伯疑虑重重，怒气更大了。

"你不说是吧？"他的声音又冷又硬，"那好，我把这孩子送到孤儿院去。至于你，我白送给一个拉洋车的他总不会拒绝吧。"赵欣伯说着拂袖而起，"梁福——"他冲着南屋大声喊道。

"老爷，你不能呀……"高妈哭着向前爬了两步，一把抱住赵欣伯的腿。她回过头失控地叫着："死人呀你，倒是快说句话呀。"

扑通一声，赵宗阳跪下了。"爹，您不能让她走，也不能把孩子送人。那孩子是您的亲孙子呀。"

"什么什么？你再给我说一遍。"赵欣伯用手指着儿子说。

"爹，我真的没骗您。从您和我妈去东京那回，我一个人晚上害怕，就和高妈住在一起了。爹，跟您说实话，我们都有俩孩子了，那个小的上个月刚落生……"赵宗阳说着鼻涕眼泪流了一脸，苍白的脸上只有人造左眼毫不恐惧。

"你……你……你……"听了儿子的话，赵欣伯脸色煞白。他一脚踹开高妈，趔趄几下跌坐在椅子上，涎水顺着口角流出来。

赵欣伯中风了。在他中风的第九天，赵家又发生了一件大事，一群盗贼夜半溜进被没收的前院偷东西，他们居然挖地三尺刨出了那只被赵欣伯视为子孙生命保障的铁箱子。因为看不懂里面的日文地契，盗贼们把那些颇为讲究的厚纸点着了作为取暖之用。

赵欣伯得知这个消息，眼睛一直就挺了过去。

靠着救治及时，两周之后赵欣伯离开病榻，但从此以后他再也离不开拐棍，说话也变得口齿不清。

北平在赵欣伯获得保释55天后获得解放。1949年2月3日，人民解

放军举行了盛大入城仪式,随即,新中国人民政府开始对京城人口进行统计造册。

1949年12月3日,住在小石桥一号的户主赵欣伯坚持用颤颤巍巍的字迹亲手填写了他有生以来的第一份新中国户籍登记表,不知是因为想起了早逝的前妻还是思绪混乱,他把妻子的名字又写成王碧琰。在这次户口登记中,赵欣伯给从未透露过自己家世的高妈起了个名字——他让她随前妻姓王,取名为惠君(注1)。虽然赵欣伯把对高妈的希望镶嵌在名字中,在法律上他依然没有承认这个女人和儿子的关系,他毫不犹豫地在儿子的婚姻状态一栏填写了"未婚"两个字(注2)。对于3岁的明子,赵欣伯的态度十分矛盾,他给孩子起了个大名,但在法律上,却依然不肯认下这个由一个没有显赫家世没有文化更没有名分的女佣人生下的嫡亲孙子,在有关那孩子的一栏里,他填写的与户主关系是"侄孙"(注3)。

赵欣伯没有意识到,他把妻子老二的名字写成"王碧琰"造成的严重后果。仅仅因为这一字之差,在14年后寻找赵氏财产主人的过程中又惹出很多麻烦。

45

入伏以后,北京的天气热得让人喘不过气来。上午8点半,灼热的阳光透过树荫洒满地面,赵碧琰把脸盆里的水均匀地撩在院子里,干燥的空气中顿时增添些许带着香皂气息的湿润。把脸盆放回木架上,赵碧琰抽下毛巾擦擦手,从屋里拿出一个精致的烟笸箩和镶着翡翠嘴儿的长把烟锅,坐在廊子

【注1】高妈与赵欣伯儿子之事,见原在赵欣伯家做杂工的其远亲冯清盛以证人身份向日本法庭提供的证言中。另,高妈在1946年的民国户口登记簿中名高惠贞,与户主关系为女仆;在1949年的新中国户口登记簿中,更名为王惠君,与户主关系为侄媳;1953年的户口登记簿中,王惠君更名为陈淑贞,与户主关系为子妻,年龄也存在变异。
【注2、3】均见存档于北京市西城区新街口派出所的1949年户口卡片。

下的小木椅上有滋有味地抽起来。和两年前相比，她脸上的皱纹更多了，衣着举止也大相径庭。她穿着一件大襟灰褐色香云纱短袖上衣，配黑色宽腿九分裤和一双浅口黑平绒千层底布鞋，浑身上下素雅得像个居士。她脖子上、腕子上以往那些经常更换的珠宝首饰全都不见了，只剩下挂在耳朵上一对黄金耳环和左手无名指上的足金素戒指。像大多数的老北京妇女一样，赵碧琰把细软的头发统统拢到脑后，盘起一个苹果大的发纂，阳光下，可以清楚看到夹杂在黑亮头发中的一根根白丝。

赵碧琰坐在椅子上一面抽烟一面思量着待会儿让梁福喊一声打小鼓的老周，先挑几件穿不出去的鲜亮衣服换点活钱儿花，心底里，她惦记着过了这几日闷热天儿再找个妥当的主儿，租辆车把这些日子倒腾回来的东西藏到董律师家里去。董律师和赵欣伯有过命的交情，是她在北京惟一能信任的故友。

这两年，赵家的生活远比不上从前。赵欣伯入狱后，国民政府在没收逆产时拉走了不少珍稀物品，还把前面几个小院连房子带东西都给封起来。赵碧琰记得，当时上她家看热闹的挤满了半条胡同。

俗话说得好，瘦死的骆驼比马大。赵家纵是败落了，随便扫扫抽屉底子也能划拉出一堆值钱的东西，所以虽说一家子老小七八口人坐吃山空，日子依然要比普通人家好上不知多少倍。更何况，当初逆产清管局没收的好多东西根本就没拉走，那些东西只是乱糟糟堆在贴上封条的西院屋里。因为西院被清管局征为库房，这些年一直没人理会，改朝换代更是个绝妙机会，赵家人恰好可以乘虚而入。

从形式上，这个家和前几年最大的不同在于掌门人换成了赵碧琰，因此，她很快练就了和委托行掌柜以及打小鼓的讨价还价的本事，还悄没声地去过几次承德，认识了几个专门收购古董字画和红木老家具的沽货商人。这些日子，赵碧琰经常乘着风高夜黑带领儿子和明子他妈溜到空荡荡的西院"顺"回一些布匹、药材、书画古董和珠宝细软，然后通过一个原来租用他们家房产开厂子的老板转移出去。做这种事，赵碧琰既不心虚也不胆怯，她认为这些本来就是赵家的财产，自己拿点回去总比让那些不识货的街头混混偷了去瞎显摆好。赵碧琰看出来了，新当政的共产党和国民党大为不同，她不

能再指望像前几年赵欣伯被收监那样拿钱摆平一切。以赵欣伯过去和日本人混在一起的历史，他早晚有可能出事儿。为了以后的日子，她必须尽量多留下点财产，赵家现在可是老少三代没有一个能靠本事吃饭的。

烟吸尽了，赵碧琰在鞋底子上磕了磕烟锅儿。她看到赵欣伯歪着脑袋抱着收音机听得入迷，正想让他把声音调小一点，大门在这时候响了。

"明子妈，开门去。"赵碧琰扬起头喊了两声，才想起王惠君带着两个孩子买菜去了。她极不情愿地朝门口走去，拉开木栓打开大门。

门开的一刹那，赵碧琰看到两个管片儿警察。这一两年，警察上门已经是屡见不鲜的事情，她没有感到一丝惊讶。

"赵欣伯在家吗？"年长的警察问。

"在，在，您里面请。"赵碧琰闪开身，客气地把警察引到院里。"欣伯，派出所的警官来了。"她朝屋里喊了一嗓子。

扶着拐棍的赵欣伯一歪一扭挪出来，含含糊糊地和警察打个招呼。两个警察看看他又对视一眼，似乎有点为难。

"他能走吗？"还是年长的警察问。

"哎，年前不是摔了一次嘛，现在只能在廊子里走走，连这几级台阶下着都费劲儿。"赵碧琰摇摇头。

"你儿子呢？"警察又问。

没等赵碧琰回答，赵宗阳从门口进来。他左手里提着一个腥乎乎的洋铁桶，右手拿着一根带网子的长竹竿儿。不用问，这小子一清早就跑到护城河捞鱼虫去了。赵宗阳点头哈腰地和两个警察打着招呼，转手从屋门口拎过两只小椅子。警察没搭理他，继续对着赵碧琰说："上面通知，让赵欣伯去一趟公安局。让你儿子想个辙，把他弄到炮局去。"炮局是老北京人对监狱的俗称，那里过去是北平陆军监狱，后来改为日本陆军监狱，解放后由公安局接管了。

为什么要去炮局？赵碧琰有点茫然，额头上顷刻布满了汗珠。她愣了不到一分钟，随即朗声吩咐儿子去叫辆三轮车。

看到两个警察支着自行车等在门外，赵碧琰倚在大门上深深地吐了

一口气。毫无疑问，那个让人揪心的时刻来到了。

赵宗阳带着三轮车过来的时候，赵碧琰和买菜回来的明子妈已经把赵欣伯扶到了大门口。她扶着赵欣伯坐上去，又捡起扔在门道的一个旧草帽扣在他头上。太阳灼在人脸上火辣辣地痛，她怕赵欣伯路上中暑。就在三轮车夫踹腿跨上车座的一瞬间，赵碧琰叫了一声"等等"。她从怀里掏出手帕包，一层层打开后拿出两张大票塞在车夫手里。

"大兄弟，麻烦你受累了，两个人。"说着，赵碧琰抬腿上车和赵欣伯挤在一起。

也许，这回"谈话"不像往常去派出所交代问题那么简单。她的第六感觉陡然间带来一种不祥。

车下，明子和他弟弟伸着小手用稚嫩的声音喊着："爷爷、奶奶再见。"赵欣伯看了俩孩子一眼，在赵碧琰耳边轻轻地说："老二，要是真有点那个……"他顿了一下，"认下明子妈吧。孩子大了，别让他们再叫宗阳叔叔了。"

"嗯。"赵碧琰仅仅吐出这一个字没有再说话，她心烦意乱根本顾不上明子妈的事儿。

三轮车在两个警察的前后夹击下沿着旧鼓楼大街往南走，拐过弯后一直向东，没多大时候就进了北新桥附近一条细长的胡同。赵碧琰看到了高墙、电网和围绕其间的七座碉堡，影影绰绰的倒影，让这条胡同渗透出阴森。面对这片戒备森严的前清老建筑，她心中不寒而栗，但却极力隐藏住自己的恐惧。赵碧琰当时只知道炮局是公安局的地方，经常有些犯事儿的人被传到这里谈话。她不知道的是，这座由清末沿袭下来的老监狱解放后成为北京市公安局的拘留所，这里羁押的都是未判决的重犯。

在布满铁锈的青灰色大门口，赵碧琰被拦住了。透过大门，她看到院子里停着几辆警车，还有几个走来走去的持枪军人。就在那一刻，她心中涌起一阵惆怅，不由自主地叫了一声"欣伯"。正在挪进大门的赵欣伯回过头，努力朝着她挤出一个笑脸："老二，要是可以送衣服，你让明子妈把我箱子里那件小白褂找出来，我怕夜里冷。"

闻听此话，赵碧琰顿时面无血色，她无力地靠在一棵大树上，良久无法移动僵硬的腿。

管片儿两个警察出来了，他们递给赵碧琰一张拘留通知，告诉她下午送来盥洗用品和几件换洗衣服。赵碧琰捧着那张薄薄的纸片，恍然中，印在右下角的红色印章在她眼前化成一片鲜血。

回到家，赵碧琰水都没喝一口，就进了赵欣伯的卧室。她两眼直愣愣地看着明子妈从樟木箱子里取出一个灰色带锁的薄洋铁箱，又从墙上的相框后面取出装钥匙的荷包。赵碧琰接过钥匙，用颤抖的手打开箱子，她看到一件叠得整整齐齐的细白洋布中式上衣。

赵碧琰对这件衣服并不陌生，那块布料是她在东京银座亲自选的，后来由赵欣伯拿到一个熟识的裁缝那儿手工制成。1944年初从东京回来之后，她看到过若干次明子妈在赵欣伯的监督下把这件衣服拿出来晾晒，赵欣伯被关进北平第一监狱的时候，也提到过这件白布小褂，但后来并没有催着她送去。赵碧琰很清楚，这件衣服里面藏着赵欣伯的最后秘密，可她一直不知道这秘密是什么，又藏在哪里。隐隐地，她只是感到一种不祥。

把白布小褂放在床上，赵碧琰细心地用双手将平上面的每一道细折。细白洋布柔软的手感真好，赵碧琰不由自主地想像着老爷子穿上这件衣服熟睡的样子。她就这样摸索着衣服呆呆地坐着，直到从派出所回来的赵宗阳附在她耳边轻轻说了几句话。

仅仅5分钟，赵碧琰就恢复了镇静。她指挥明子妈又捡了几件日常换洗衣服，亲自把它们和白布小褂包在一起；她催赵宗阳快去吃饭，过晌后去炮局送东西。都吩咐完了，她走到厅堂的观音菩萨供桌前点燃一炷香，然后坐在椅子上叼着烟锅一口一口地狠命吧嗒。供香的气味和烟草的气味混合在一起，屋子里四处烟雾腾腾。

这一天，赵碧琰再没有说过一句话，一大缸子凉茶和长长的烟锅子伴着她度过了难熬的十几个小时。

1951年7月21日黎明，影影绰绰的光线刚射到窗户上，赵碧琰已经

衣着整洁地出现在厅堂里。夜不能寐的痕迹留在脸上，她面色憔悴，眼睛下面布满黑晕。不到 7 点钟，赵碧琰让明子妈打开院门，她端坐在房檐下赵欣伯平日常坐的藤椅上，平静地等待最后的消息。

警察的身影 8 点 45 分出现在大门口，还是昨天来的两个派出所片儿警。他们通知说赵欣伯昨天夜里在拘留所猝死，让家属尽快领回尸体。

该来的终于来了，赵碧琰没有流下一滴眼泪，默默地接受了这个意料之中的事实。警察走了之后，寂静的院子中猛然响起一声刺耳的苦笑，笑声中带着不尽的酸楚与解脱后的如释重负。

天气热得要命，一辆镇着冰的平板三轮拉回了赵欣伯的尸体。赵碧琰揭开盖在丈夫身上的白布看了一眼，鼻孔下挂着黑红色血痂，嘴唇青紫，和小凤死时一模一样。

藏着最后秘密的白布小褂包裹着赵欣伯失去生命体征的肥胖身躯，从上到下的纽扣系得严严实实，小褂领子右角有一片污秽，残留着赵欣伯牙齿咬过的痕迹。

赵碧琰让儿子从地安门买来一口现成的棺材，当天找人帮忙送到北郊柏彦庄。赵欣伯早就在老家柏彦庄看好了一块墓地，启用墓地的时间比他预计的晚了好几年，赵碧琰已经很知足。

当赵碧琰料理后事的时候，有人以最快速度把她丈夫死亡的消息传到日本。她完全不知道，此刻有多少人都在窥视赵家留在东京的财产。

阴谋正在孕育中。

下部 Money Brief 跨国大案

1953 年 北京

北京，是华北地区最后解放的城市，也是新中国成立之始贫民问题困扰最严重的城市。1953 年 7 月 27 日，《朝鲜停战协定》正式签订，宣告了历时两年零九个月的抗美援朝战争结束。北京的工作重心转向帮助城市贫困人群自救，新一轮户口核查开始。

那时候，换姓改名并不像现在这样手续繁杂，赵碧琰才有机会再一次轻而易举改回娘家姓氏。

46

从派出所出来，耿碧琰心里舒服极了，阴雨蒙蒙的秋末在她眼里也变得清爽宜人。撑着一把老式油伞，穿过德胜门大街古老的小石桥，她脚下的步履悠闲而轻盈。半个小时前，她在派出所办理了户籍更正，为了这一时刻，她等待的时间太长太久。

她终于恢复了与之生疏 30 年的娘家姓氏，终于又成为耿家堂堂正正的女儿。她现在是耿碧琰了，再也不用顶着赵欣伯强加给她的他前妻姓氏过日子。

耿碧琰一边走一边合计，春节时一定要回沈阳看看父母——解放后，她的父母跟着兄长落户沈阳，她已经很多年没见过两位老人了。

改姓的申请是一个月前交上去的。赵欣伯死后，她一直希望重新认祖归宗，抛开让自己心底总是隐隐发痛的"王碧琰"之名，有一个完全属于自己的名字，过一段完全属于自己的生活。因为赵欣伯的汉奸身份，她在这一片成了众所周知的人物，顶着丈夫前妻名字生活几十年的事也传了出去。街坊邻居把这些当成茶余饭后的话题，添油加醋地到处传播。记不清多少次了，她走在街上听到后面的指指点点："看到了吗？那个，

就是不要自己祖宗姓氏的赵欣伯的后老婆……"指指点点，添油加醋，使她的自尊心受到极大伤害。她无法也不想改变自己是赵欣伯老婆的事实，但是对于那个原本就不属自己的名字，应该还有摆脱的权力。一个月前，她向派出所递交了一份盖着血指印的申请，坚定地表明要改回娘家姓氏的决心。

看来，那几滴血没有白流，她的目的达到了。

耿维馥——赵王碧琰——赵碧琰——王碧琰——耿碧琰，她一生中用过的5个名字，记录着一个女人为了爱情所付出的代价和她一直渴望重新获得的自尊。结婚30年，她一直在赵欣伯前妻的影子里生活，她丈夫被那个没有生命的女人主宰了一辈子，她也在那个女人的无形压力下在这个家中做了几十年"老二"。现在赵欣伯没有了，那份束缚自己真实面貌的无字婚姻合约随之崩溃，她终于可以无拘无束地做一回自己，可以理直气壮地签出自己的大名。让赵王碧琰、王碧琰和赵碧琰都随着翻过的历史了无声息吧，一个脱胎换骨的耿碧琰已经获得新生。

改回娘家姓氏的喜悦一度令耿碧琰忘却一切，在某种程度上，她仿佛抛掉紧紧套在自己头上许多年的"汉奸老婆"帽子，脱离夫权之后重做人民共和国新公民的强烈自豪感从心底油然而生。对于曾经用赵碧琰之名购置的东京地产事宜，已经被她抛在脑后，自从那个藏着地契的铁箱子被盗走之后，她对那些被遗留在东京的巨额财产早就不再抱有回归的希望。

秋雨渐渐停了，清纯的太阳从云层中露出轮廓。耿碧琰的脚步加快，当她走进小石桥胡同一号院后门的时候，全家人都能看出她神情大悦。

他们都无法预知未来，尤其是无法预知一个国家的风云变幻。

这次改姓，掐断了"赵碧琰"和东京地产之间的重要线索，也失去了20年后令其身份获得确认的一个重要证据。

47

早上，把上学的孙子打发走，耿碧琰搬出小桌放在房檐下。没等她一支烟抽完，明子妈拎着一包幻灯片回来了。

"今天怎么取这么点活儿？"耿碧琰皱着眉问。

"妈，现在要活儿的人多了。白主任说咱家不能拿太多，有活儿得大家伙匀着干。"明子妈放下包袱用袖子擦擦汗，转身从缸里舀了半瓢水大口大口灌进肚里。为领这点儿活儿一大早就去排队，她渴坏了。

"屋里给你留了一块饼子，吃了赶紧干活儿。"耿碧琰催促说，声音不高却不无冷漠。

明子妈一声不吭进屋去吃她的早点，耿碧琰瞥了她一眼，自己打开包袱皮儿。虽说心里一百个不情愿，赵欣伯死后她还是遵照他的最后叮嘱认下了这个儿媳妇。其实她心里也清楚，世道变了，就凭自家不堪的背景和儿子的模样儿，如果没有这个女人肯定也娶不着能看上眼的好姑娘，还甭提街坊邻居都明明知道他和家里两个男孩儿的真正关系。算啦，别管是乡巴佬还是傻大姐儿，只要能给赵家接宗传代就成，儿子都不嫌弃，她也只好睁一只眼闭一只眼喽。从明子妈给她磕过头那天起，两个孙子改口叫赵宗阳爸爸，加上襁褓中的那个孙女，住在同一屋檐下的老少六口从法律上成为真正的一家。

身为婆婆，耿碧琰立刻用特有的方式彻底打掉了明子妈早几年在老头子身边时的气焰，她无时无刻不在用举止、表情和说话的语气向明子妈发出警告：别臭美，在这个家里充其量你就是个被收房的女佣，永远别惦着蹬鼻子上脸。说归说，瞪归瞪，耿碧琰其实也离不开明子妈。几十年过惯了呼仆唤佣的生活，她对洗衣裳、买菜做饭这些事完全没有概念，到现在连过日子最基本的生煤球炉子都不会。她自己对学会这些生活技能压根儿就没有热情，谁还能对一个50多岁的老太婆有多大指望呢？不过还好，因为有明子妈，家里吃喝拉撒的琐碎家务完全用不着她操心，她目前惟一顾及的，是维系这一家子老小的经济命脉。赵欣伯死后，赵宗阳在盐业公司找了个事做，可是一个小职员每月十几万（注）的收入和一大家子的支出完全不成比例。贫困往往会打掉人身上的傲气，为了生计，年过半百的耿碧琰不得不放下当年阔太太的架子。

耿碧琰抓起一片空白幻灯片，用干布擦拭几下嵌在白色硬纸板里的塑料膜，把它覆在画稿上熟练地临摹。每画完一块，她就对着太阳照照看色彩是否合意，然后放在旁边专门的木制小架子里，不一会儿，小架子的一层就被装满。

画幻灯片现在是赵家生活的重要来源，这点活儿还是上街道办事处申请了好几次才批下来的。这活儿不累，最大的要求是有点绘画基础和细心。恰好耿碧琰早年在东京时学过两天美术，她天生又是个细致的人，交出去的活儿让公家挺满意，这两年也就哩哩啦啦没断过活儿。不过最近胡同里学着画幻灯片的人家多起来，因为家庭成分的劣势，这几个月明子妈领到的活儿越来越少了。这多少让耿碧琰有点担心，画幻灯片的收入虽然微薄，毕竟也是一家六张嘴不可或缺的经济依靠。

画完一块幻灯片，耿碧琰挺直腰身喘喘气儿，喝了一口搪瓷缸子中温吞的茶水，她心里盘算着扣了管理费这批活儿能挣多少钱。长这么大，耿碧琰从来没为钱的事操过心，衣来伸手饭来张口半辈子，没想到临到老了却让每天的柴米油盐酱醋茶搅和得乱了方寸。让耿碧琰揪心的事还在后面，街道办事处前几天通知，政府把这所院子划为逆产，他们一家只能住在现有的几间房里免租金过渡3年。3年后，光这几间房每月的租金就是一笔不小的开销，耿碧琰有时实在不敢想象以后的日子该怎么过。

又喝了几口水，耿碧琰心事重重地望着院子出神，当目光扫过贴着封条的东屋时，她渐渐有了主意。那里至今还堆着一些头年被查抄的衣物细软，随便拎出两件都是值钱的好东西。耿碧琰不甘心让自家财产就这样发霉生虫，她需要它们。这些空房子随时都有可能搬进新邻居，事不宜迟，

【注】旧币。

耿碧琰决定再一次铤而走险。

夜深人静。11点35分，耿碧琰走出房间，她看到赵宗阳站在东厢房窗户下，手里拿着一支大号电筒。耿碧琰走过去接过电筒，"好撬吗？"她小声问。赵宗阳点点头："还行。"他从裤子后兜掏出一只长改锥，塞进窗户缝不停地摇晃。15分钟过去，窗房还没有撬开，赵宗阳沉不住气了，他用改锥后面使劲儿撞击玻璃角，上面立时出现一个破洞。接下去的事就简单多了，赵宗阳从玻璃洞打开里面的插销，推开窗户，窜上窗台跳了进去，不一会儿，他递出两件皮大衣和几件崭新的丝绵小袄。

强烈的光晕把房间里照得清清楚楚，耿碧琰在外面接过儿子递出来的东西，耳朵警觉地听着动静。初冬的后半夜温度很低，耿碧琰只穿着一件薄薄的小棉袄。凉风灌进袖口，她觉得混身冰凉，但还是坚持着站在窗外。地上的衣物越堆越多，她两只眼睛放射出希望的光彩，丝毫没有意识到眼下的行为已经触犯了法律，麻烦从这一刻已经开始。

对家庭的责任感驱使耿碧琰眯了两三个小时后就起来了。她把蓝花锦缎面的羊皮小袄穿在里面，上面罩了一件不起眼的铁灰色大襟棉布褂子。她对着挂在门框上的小圆镜，用手指拢拢零乱的碎发，提起夜里准备好的包袱蹑手蹑脚走出家门。

街上冷得要命，耿碧琰一路小跑让自己的双脚不至于冻僵。不到5点，她来到德胜门外的长途汽车站，赶上开往房山县的头班车。今天是阴历十五，窦店有大集，耿碧琰一路上都在暗暗祈祷，盼望包袱里的衣服能卖上好价钱。其实，耿碧琰完全可以不必这么辛苦，离她家不远的地安门就有一家委托行。可是她不想把这些东西送到那里，一是因为那儿的老板伙计都认识她，二是在委托行卖东西需要户口本。最重要的一点，委托行主要搞寄卖，送去东西后拿不到现钱，至于东西什么时候能卖出去，那就说不好了。端午节之前耿碧琰曾把几件衣服送到委托行，都小半年了也没卖出去。按老板的说法，她拿的都是些好东西不假，可是能买得起的人不多。再说她家的衣服样式太老，即便买了也穿不出去，所以理所当然无人问

津。东西卖不出去收不回钱还得搭上一小笔手续费，耿碧琰再也不想踏进委托行，她听打小鼓的说起过窦店大集，心一横就跑过来试试水。

车到窦店，耿碧琰随着人流走到集市，找了一个避风的地方打开包袱皮儿，盼着能把衣服尽快出手。天气太冷了，她不住地把手放到嘴边，用微弱的哈气为红通通的十指增加一点热量。每当有人过来翻看衣服，她就叨叨唠唠跟人家讲衣服的料子有多好，做工有多细，要不是家里出了急事等着用钱，她绝对舍不得把这么好的衣裳拿出来……然而，耿碧琰一次次的期望换来的都是失望，她那几件衣服看的人多问价的少，就连赵欣伯只穿过一两次的皮大氅，也只是招得大家稀罕却无人真心想买。

两个小时过去，耿碧琰又冷又饿，但她还在坚持着，希望能在收集前等来买主。不听话的胃开始咕咕作响，这让她既感到难堪也感到难受。一阵香喷喷的烤白薯气息飘过来，耿碧琰摸摸口袋里的几个钢镚儿，拎起包袱皮儿走向旁边卖烤白薯的小摊儿。

"大婶，城里来的？"中年男人把烤白薯放在一块脏糊糊的报纸上递给她，"先吃点东西暖暖肚子吧，我看您都站大半晌了，够累的。"

热乎乎的白薯托在手上，耿碧琰暖和多了。她大口大口地吃着烤白薯，那股从外至内的热气让她恢复了常态。渐渐地，她和卖白薯的搭讪起来。

"这么好的衣服在集上怎么就卖不出去？"耿碧琰疑惑地问。

"大婶，一看您就是城里的，不懂咱这地方的行情。"卖烤白薯的笑着说，"就您那些衣服，在农村谁穿得出去呀？依我看，除了这件大皮袄，您全都带回去吧。说实话，您那皮袄我挺喜欢，您准备多少钱卖？"

"少说也得这个数。"耿碧琰伸出右手食指和中指。

"20块？开玩笑吧您？大婶，庄户人家谁能拿得起那么大笔钱，您还是包上赶紧回家吧，站这儿也是白站。"

可是耿碧琰不能回家。折腾了一天，连一件衣服都没卖出去，她心不甘。思量了好一会，她心一横，只要人家肯出价儿，多少钱她都卖，总不能把够买好几斤棒子面的车钱搭在这几件冒险倒腾来的衣服上。

耿碧琰和卖烤白薯的中年男人讨价还价，10分钟后他们成交。

　　那天晚上，疲惫的耿碧琰背着大半口袋白薯回到家，看着孩子们香香地吃着热腾腾白薯的时候，她的眼眶湿润了。

　　新邻居搬来的前一天，办事处来人清理东厢房的没收物品，发现耿碧琰和儿子赵宗阳偷拿衣服，随后他们娘儿俩曾经转移西药布匹和古书字画的事情败露。没过几天，公安局找上门来，以藏匿逆产罪把耿碧琰和赵宗阳一起拘留。这一回，她见识了炮局大铁门后面的一切，足足吃了半个多月牢饭。

　　耿碧琰出拘留所那天是个星期六，过了不到24小时，北京城响起庆贺元旦的鞭炮。想到还在关押的儿子，耿碧琰一天水米未进，她病倒了。那个寒冷月夜的愚蠢行动和大半袋子白薯的故事烙刻在耿碧琰脑海里，很多年后，想到这件事她就懊悔不已。

　　过完春节，耿碧琰言辞诚恳地给公安局写了一封呈状，请求释放她唯一的儿子，全家的经济顶梁柱赵宗阳，在这份呈状上，她署名为"赵宗阳的母亲耿碧琰。"为了以示郑重，耿碧琰在最后加盖私人印章，她似乎没有注意到，那枚数年前刻的老印章上面的3个字是"赵碧琰"。

　　塞翁失马，焉知祸福。耿碧琰的呈状和她与赵宗阳藏匿赵欣伯逆产的判决书被收入北京市公安局刑事档案，谁也没想到，正是这条线索印证了解放后的"耿碧琰"即是解放前的"赵碧琰"这一客观事实。

　　28年后，律师傅志人找出这份泛黄的旧档案，使之成为赵碧琰财产案中串起证据链的一份重要证据。

1963 年　北京

连续三年自然灾害，国家困难，老百姓生活苦不堪言。当一笔数以亿计的海外财产浮出水面时，对中国领导层的震惊可想而知。恰在这一期间，中日两国民间科技交流日益扩大，日本，成为中国了解世界科技发展的重要渠道之一。

多年不为国人所知的赵碧琰巨额财产引起了多方面关注，一场旷日持久的跨国大案从此拉开帷幕。

48

李木子是华侨事务委员会的一名年轻干部，近3年来，他一直在给侨委会主任当秘书。主任姓廖，是中国一个著名革命家的后代。他的父亲早年赴日留学，是孙中山同盟会的重要成员，回国后殿试中榜，成为中国清代最后一批法政科举人。后来因为积极协助孙中山，廖老先生1925年在广州遭到暗杀。主任本人生于东京，毕业于日本早稻田大学，17岁参加革命，19岁加入共产党，在法国领导过国际海员罢工运动，参加过赫赫有名的两万五千里长征，在中国是响当当的著名人物。李木子特别崇拜主任，事无巨细都把他当成楷模。同事们开玩笑说，连走路他的姿势都酷似主任，李木子对这种评价颇为得意。

星期一，早上7点15分，李木子夹着黑色公文包出现在一个绿荫覆路的大院子里。这座早年的王府解放后划归侨办使用，三路七进的中式建筑和依山环水的精巧花园总是令来访的外国客人惊赞不已。

离上班时间还早，院子里只有清洁工人，他们热情地向李木子致意，他回予的则是风度不凡的微笑和点头。

在中路第四院子，李木子走向自己办公室，一眼就看到放在门口的两

只铁皮暖壶。每天都是如此，勤杂工把灌满开水的暖壶摆在各个办公室门口，方便主人可以在上班后第一时间喝到一杯热茶。这是20世纪60年代中国典型的机关生活模式，在侨委会亦没有例外。

拉开遮挡住明媚阳光的厚厚窗帘，李木子沏了一杯上好的毛峰，坐在办公桌前开始了一天的工作。办公桌很大，上面摆了两台不同颜色的电话，另外还有一部自动传真机。李木子每天要做的第一件事就是把堆在办公桌上的传真整理好，分门别类放到不同夹子里。这些传真大部分他会直接交给相关部门处理，只有那些最重要的传真件他才会拿到隔壁大办公室请主任亲自批示。

手里最后一份传真来自日本东京华侨总会，他大致看了一下内容：一个姓马的华裔男子因为伪造地契变卖他人财产被东京警视厅以诈骗罪羁押，他妻子找到华侨总会要求保释。作为回报，马妻说她知道那些土地是一个中国人在抗战胜利前购置的，她应允丈夫获释后提供地产主人的更详细线索。华侨总会在传真中请示，是否应该保释马某，以求获取那笔留存中国人财产的更多信息。李木子皱起眉头，明摆着是缓兵之计，这样的事情他们也相信？他在传真上方批了几个字，把它夹到贴着"日本部归档"标签的黄色夹子里。

半小时后，李木子到主任办公室呈送需要批示的文件，出于自信，他只字未提东京的传真。他真的认为那一纸文书和"重要"两字丝毫挂不上钩。

过了几天，李木子对那份来自东京的传真完全淡忘。每天要看的文件和要做的事太多了，他的脑海里根本装不下无关紧要的东西。

6月，一个戴着金丝眼镜的客人出现在北京机场，出港后他以最快的速度钻进一辆出租车。轿车风驰电掣朝着城里驶去，心急如焚的客人还在不停地询问司机"能不能再快一点"。客人是来自东京的华侨总会副总干事陈琨旺，他是出生在东京的第二代华人。

次日上午，陈琨旺落座于侨委会主任宽大的办公室，和体态发福的廖主任对坐在蒙着棕黄色布罩的沙发上。从烟灰缸中为数不少的烟蒂判

断，他们的谈话已经进行了相当一段时间。陈琨旺不停地说，赵欣伯和赵碧琰两个名字不断地夹杂在他的话语里。廖主任静静地听，时不时若有所思地点点头。

"不管怎么说，这些财产都是中国人在日本购置的，理所当然应该回归给中国。"听陈琨旺讲完，廖主任背着手在房间里踱了几个来回，最后站在窗子前清晰地说。

"是呀，这是一笔巨额财产，如果放弃太可惜了。可问题是，从赵欣伯的身份看，这笔财产属于……"陈琨旺犹豫一下，跳过说了一半的句子，"我们怎么才能争取回来呢？"

"你的意思是逆产。这当然不错，可是我们办事要讲究策略。"廖主任重新落座，胸有成竹分析着："从你刚才讲的，可以理出三点：第一，这些地产是赵欣伯购置的，但产权人全部是他老婆赵碧琰的名字；第二，赵欣伯和赵碧琰置产后确实回到中国，而且赵欣伯死在北京；第三，赵碧琰虽然是汉奸家属，但她本人不是汉奸，这就好办了。当然，事情过去这么些年，我们也得做好坏的准备，比如说，也许这个赵碧琰不在了……"

"那就麻烦了。"

"为什么？她肯定还会有后人嘛。"

"按照日本法律，遗产税是很多的。如果赵碧琰真死了，即使她的后人可以继承，拿到的财产最多也就是1/3。那样，可能会有几百亿日元的损失。"陈琨旺解释说。

"噢，是这样。看来当务之急是找到赵碧琰！"廖主任皱起眉头。

"根据我们掌握的材料，她现在也就60多岁。据马某的妻子说她身体很好，如果没有意外，她应该住在北京或者沈阳。"

"好吧，找人的事我来安排，这事儿我还得向国务院汇报一下。你回到东京尽快搞清楚赵家地产现在的变化，还有，存放在大藏省的那些金条首饰的具体清单。"廖主任最后握着陈琨旺的手说。

在有关部门的协调下，北京市公安局按照侨委会要求开始在在户籍档案中寻找一个叫"赵碧琰"的花甲老妪，遗憾的是，两三个月过去他们一无

所获。廖主任不甘心，从另一思路提出寻找赵欣伯家属。这一次很快得到回应：赵欣伯的老婆住在小石桥一号后门，现在的名字叫耿碧琰。

49

上午9点多钟，耿碧琰熬了一小盆稀溜溜的浆糊，坐在一只小板凳上打袼褙。她用牙咬住旧衣裳一角撕去缝边，熟练地在面板抹一层浆糊粘一层布，对齐碴口打出薄厚均匀的布袼褙。孩子们的鞋都穿得费，她必须在入冬前给他们准备好几双暖暖和和的大棉窝。

院子里几个学龄前的女孩儿在玩跳房子，叽叽喳喳的雀跃声一刻不停。打从十年前搬进来几户邻居，这座院子便失尽了当初的雅静。假山和鱼池这些观景的东西早不知不觉消失了，取而代之的是各家各户门前堆煤球的破木箱和参差不齐的自建小厨房。眼前的一切，耿碧琰已经不足为奇，沦为社会底层的平民百姓之后，她渐渐习惯了这些在老北京司空见惯的胡同生活。

生活改变了人。这些年，耿碧琰不仅掌握了生炉子、蒸窝头、煮疙瘩汤、熬白菜这些百姓人家最基本的生活技能，还学会缝缝补补和纳鞋底这些"技术"含量比较高的本事。经常，她把自己给孙子们做的布鞋送到外面打个胶掌，那些喜欢和她闲聊天的修鞋师傅无论如何也想不到这个满手老茧的瘦弱老妇以前会是大户人家的阔太太。

倒退十来年，耿碧琰也想不到自己会有这些变化。大跃进那年，她从明子妈手里把洗衣做饭打扫卫生这些家务事都接过来，体味起每天攥着钢镚儿拎着布口袋精打细算过日子的平民生活。画幻灯片的活儿早几年就没有了，儿子成了被管制的右派，儿媳妇出去当了临时工，耿碧琰不得不撑起老小七口儿之家的天。她现在有三个孙子一个孙女，哪个放学回家头一句话都是："奶奶我饿了，咱吃什么？"

吃是件容易的事，可是为吃操心就不那么容易了，尤其是在1960年以后的困难时期。为了让孙子孙女多吃一口，耿碧琰春天掐榆钱儿，夏天腌西瓜皮,秋天满世界寻觅最便宜的撮堆儿菜,冬天守着卖白菜的和一帮老娘们分抢掉下来的菜帮子……"面子",这个从前耿碧琰最看重的东西,在她眼里早就贬值了。伴着生活现状,无忧无虑降临人间的孙子孙女让耿碧琰刻骨铭心地体会到:生出来容易活下去难,顾了面子顾不了命。

想到吃,耿碧琰掀起裤角在皮肤绷得光亮的小腿上按了两下,大拇指压成的坑半天没有弹起来,她心情复杂地吁出一口气。和困难时期大多数老百姓一样,耿碧琰浮肿了。但是她并不以为这是件糟糕的事情。按照规定,浮肿的人可以到医院开证明,凭着证明可以享受每月一斤黄豆的待遇。耿碧琰这个月的"待遇"已经用过了,她掰着手指算算,离月底还差4天。她祈祷小腿的浮肿到那时再厉害一点,那样就可以再享受一次"待遇",给孩子们多泡两回豆芽菜。耿碧琰老多了,皱纹布满她的尖细的脸颊,眼睛下面的两只眼袋十分明显。她骨瘦如柴的小膊外皮松弛,手背上布满深褐色的老年斑,银白色的头发干枯而杂乱。洗尽过去的富贵华丽,她和北京胡同里那些婆婆妈妈的老太太没有什么两样。

可是耿碧琰的思维依然敏捷,走路的步态和做事的麻利程度与她衰老的外貌难以匹配。

碎布拼成的沙包从院子中央飞过来,落到耿碧琰脚下。她拾起八角沙包掂了几下,在几个小姑娘的定睛期待中,扬手扔回去。这个下意识的动作让她的心情起了变化,童年的杂乱记忆不停在脑海中萦绕,渐渐驱散了她对现实生活的烦恼。跳房子是她小时候常玩的游戏之一,那时她在小伙伴中总是胜利者。时光过去了半个世纪,历史变换了几个朝代,可是女孩子们玩的耍拐、拽包、跳房子这些传统游戏却别无二致地传了下来,耿碧琰对此有些不可思议。受到那些乐不可支孩子的感染,她脸上呈现出很长时间以来少有的松心笑意。

"砰"的一声,大孙子从门外闯进来。"奶奶,奶奶——"他跑得上气不接下气,连叫两声却没说出下面的话。看到孙子的表情,耿碧琰心里一惊,以为出了什么大事,她甩开手里的刮板站起来,用满是浆糊的手抓住明子的肩膀。

"怎么了？"她急切地问，声音有些颤抖。

"外边，外边有几个——"没等明子说完，耿碧琰立时就想到"警察"。这些年，她脆弱的神经对警察相当敏感，随着慌恐，她的心跳急剧加速。

"外面有人打听您，是坐小汽车的，好像是个大官儿。"明子喘息着说完，一屁股坐在板凳上。

明子的话令耿碧琰微微一怔，她把手放在脸盆里，两只眼睛透过开启的大门扫视着胡同口。她看到一辆黑色轿车停在路边，3个男人从车上下来，其中年长的一位穿着擦拭得油光锃亮的黑色三接头皮鞋——那是20世纪60年代大干部的标志。

"您是耿碧琰吗？"最先进门的年轻男人问她。他的口吻让耿碧琰颇感意外，十几年来，公家人和她讲话从来没用过"您"这个尊称。

"是，是。"她忙不迭应答着，盘旋在脑子里的全是问号。她的疑虑通过面部表情透露出来，被体态发福的年长男子全看在眼里。

"老人家，您不要害怕。"他和蔼地说，"我们是侨委会的，想向您了解一些事情。"

一声"老人家"让耿碧琰悬着的心彻底得到放松。背负着汉奸家属和右派家属的双重身份，她早就习惯了被人直呼其名，无论是居委会干部还是派出所警察，他们从来都是厉声喝叫。在世俗的眼光里，"老人家"这个词汇根本不是她这种身份的人所该享受的。

她赶忙把客人往屋里让，一边大声指使孙子把玻璃茶杯洗干净。听说年长男子是侨委会的廖主任，耿碧琰眼睛瞪得更大了。这个人的名字经常见诸报端，他是她解放后见过的最大政府官员。她知道，廖主任亲自来访肯定不是为了鸡毛蒜皮的小事，那么……一瞬间，耿碧琰无法理顺自己的思路。顾不得多想，她抓起擦脸毛巾在并无尘土的椅子上使劲儿抹了两遍，亲手把一杯茉莉花茶端到他面前。

落座后，廖主任没有客套，开门见山问起赵欣伯当年是否在日本购置了地产，这些地产的产权主人是谁？后来交给谁管理？耿碧琰不假思考地回答了他的问题，大致讲清楚她1943年随同赵欣伯在东京购置不动产

的经过。话说完，她突然感到奇怪，东京的财产除了赵欣伯、大吉和她没有更多的人知道，怎么会惊动政府这么大的官儿？

她后悔刚才的回答过于直率，这会不会又一次被算做藏匿逆产？

耿碧琰脑子一转，立即打定主意：如果真是那样，她一定要揽下全部罪名，判刑坐牢全都一人承担。她都63岁了，既享受过好日子也见识过大世面，就算这把老骨头扔在牢房里也没关系。但是她不能再让赵宗阳身陷囹圄，不能让这个家失去顶梁的男人，不能让孩子们没有父亲。再说，东京财产的事赵宗阳也确确实实不知道，解放后，她早断了有朝一日重回东京的念想，关于东京的财产从未和任何人透露过，包括自己的儿子。

想到这里，耿碧琰直截了当地说："廖主任，这些财产是我对政府隐瞒的，和我儿子一点没关系。有什么事我一人承担。"

"您误会了。"廖主任摆摆手说，"我们今天来，不是想给谁定罪，而是要把这些财产的归属人搞清楚。最近，东京有人伪造地契出卖这些地产，中侨办的态度很明确，一定不能让中国公民的财产受到损失，这些财产一定要回归。赵欣伯的政治问题和这些财产的所有权无关，老人家，你不会因为隐瞒这些财产被起诉的。"

廖主任的话说得十分透彻，耿碧琰放心了。随即，她产生了另一个疑问："他们为什么要卖我的地？"

"战后中日两国关系一直比较紧张，至今没建立外交关系。那些地在战后升值很快，他们正是钻了地产主人长期音讯全无的空子。如果不是这次日本警视厅侦破了这起诈骗案，我们也是一无所知。"廖主任解释。

"那我该怎么办？"耿碧琰闻听有些着急。

"这不是你一个人能解决的事情。我们找你，有一个初步考虑。希望你能出具委托书，由日本华侨总会接手这些不动产的管理权。考虑到历史原因，这些财产的收益大部分将由国家支配，但是作为产权人，你肯定会提到相应的部分。不知道这样你同意不同意？"

"同意，没什么不同意的。"耿碧琰爽快地回答。这其实是一件天大的好事，本来早就没指望的海外财产突然有了回归的可能，而且在不被追

究任何责任的情况下还能分得一部分，她还有什么理由不满足呢？

"还有一件事，您为什么改名了？"廖主任问。

说到改名字，耿碧琰一肚子的话。她真想和廖主任好好聊聊，倾诉出憋在心底30年的委屈。可是这不可能，廖主任是忙人，她只能三言两语讲明白"耿"与"赵"无非是娘家姓和婆家姓的不同。在提倡妇女解放的新时期，像耿碧琰这样改过姓氏的女性为数不少，廖主任能理解。但是，为了让财产回归的事顺理成章，廖主任提出，第一步耿碧琰必须要改回"赵碧琰"，他告诉耿碧琰可以到侨委会去开介绍信，尽快把这件事办妥。

客人走了，耿碧琰沉浸在可以获得"一部分"的喜悦里，今天真是一个出乎意料的好日子，这个日子给她带来安慰，更带来希望。

"一部分"是多少？耿碧琰没顾上问也无心计较。对于一个早就沦为城市贫民生活水准的污点家庭来说，别说"一部分"，现在就是一块钱都能解决他们十天半个月的菜钱；10块钱就能让她们全家冬天个个都穿上里外三新的大棉窝；要是有100块钱呢？耿碧琰不敢想。20世纪60年代的中国别说没有100元的大票子，一个月能挣上100元的大人物也是屈指可数。那时候，月薪56块的大学生干部就让人羡慕得眼发红，挣着几十块钱工资养着五六个孩子和家庭妇女老婆的工薪人家比比皆是。那时候，鲜活的螃蟹一块钱一串，最好的带鱼3毛8一斤，能天天掏出两毛钱拉一指宽肉的就是殷实人家。那时候，耿碧琰全家7口人的月生活费不过70多元，她每天数着算着那些一元一毛一分的纸票儿精打细算过日子，手里从来就没有攒够过100块钱。

她老了，身体欠佳，干活也有些吃力。有了"一部分"，她不但可以摆脱贫困，还能从往日辛苦的劳作中解放出来。总之，这个"一部分"绝不会让她和她的家人失望，耿碧琰有百分之百的理由相信。

3天后，耿碧琰第二次来到派出所户籍科改名字。看到盖着侨委会大红印章的介绍信，年轻女民警二话没说给她的户口换了一页新卡片。拿着墨迹未干的新户口，感慨令她不由自主地摇摇头：真没想到，人的命运竟是如此难以预测。朔风中，曾经的"耿碧琰"消失得无影无踪，取而代之的，是被忘却近14年的"赵碧琰"重新回归人生轨迹。

重生的赵碧琰永远不会再生活在任何人的影子之中，这个名字带来的将是人生崭新一页，她坚信。

按照中侨办的意思，赵碧琰写好一份文书，委托日本东京华侨总会向日本法庭申请解除赋予大吉的财产管理权。握着手中的英雄金笔，她工整地签好"赵碧琰"3个大字，笔锋流畅有力。

从那天起，赵碧琰满怀期望地等待巨额财产的回归，等待属于她的"一部分"。

50

星期五，下班时间过去很久，62岁的大吉还站在办公室窗前。他目不转睛地盯着楼下几株雪松，脑里想的全是一周前来自中国那封信。这些日子，大吉处在难以自拔的矛盾中，十几年来唯我独尊的生活被两页薄薄的信纸彻底打乱，他十分恼火，但又无可奈何。

最近，大吉的生活中连续发生了几件不愉快的事情。他和秘书维系了七八年的亲密友情被老婆发现了，家里家外闹得不亦乐乎；新来的检察官拒绝了他的晚餐宴请，发出了任何案件都必须公事公办的无情信号；还有经常在小区门口巡视的该死交警，居然在他车子上贴了一张违章通知限期去交罚款……不过，这些事情只是令人不愉快，他完全有办法及时摆平，但是那封中国来信，却让他感到不安。

不知是特意还是巧合，大吉收到赵碧琰信件那天是12月12日，正是当年他接受赵欣伯夫妻委托的日期。赵欣伯夫妇回国后，他在1944年收到过两封信，日本战败后双方就失去了联系。后来，他在报纸上看到赵欣伯被抓起来，又有消息说共产党围阻北平的时候国民政府放出一批亲日分子，其中就有赵欣伯。他对赵欣伯被保释一说持怀疑态度，内心里其实有着一丝不愿为人所知的隐秘。1951年，大吉最后一次得到赵欣伯的信息，他经过多方查询证实了老同学的死亡。那天，他翻出大学时代的相册看了

好久，还为赵欣伯燃了一炷香。

从那以后，大吉如释重负。整整20年，他以为赵欣伯夫妻早就不在人世，没想到突然收到一封远方来信，这让他伤透了脑筋。

如果那封信真是赵碧琰写的，意味着他的噩梦开始了。

大吉现在的日子过得相当滋润。因为有雄厚的资金依托，他的律师事务所战后像滚雪球一样发展出十几个分所，成为日本知名的律师事务所之一。律师是一个最能与各界成功人士交往的职业，尤其大吉主要做的是经济案件，经历使他有机会认识更多的企业老板和财团要人。正因为如此，近几年大吉的投资范围不断扩展，先后涉足广告、印刷、制药、房地产这些互不相干的领域。他把这些实体分别挂在老婆和3个儿子名下，还专门为亲密女友投资了一家美容公司。大吉从不否认，他事业发展得如此迅速，主要得益于接受赵欣伯夫妇的财产管理委托，他利用出租土地获得第一桶金，随之自己也在这些土地上盖楼出租，赵碧琰地产的获益之大让他难以承受诱惑，他的心态在不知不觉中发生了变化。

和所有喜欢冒险的生意人一样，大吉从投资中获得的喜悦远远超过他的任何爱好。他喜欢被需要资金注入的财团老板趋炎附势时的气氛，喜欢在数以百万亿投资项目书上挥毫签字的潇洒，他把这种喜欢的感觉称为"专有幸福"，如果在一段时间内远离孕育"专有幸福"的场所心里就感到别扭。"专有幸福"不是随便什么有点钱的人就能够享受的，只有可以随意操纵几千个亿流动资金的大享才能拥有享受这种幸福的基础。在日本，大吉是屈指可数有权享受"专有幸福"的著名人物之一，赵碧琰的地产成为他享受的基础，一块块大小不等的地皮就是他取之不尽的聚宝盆。那些土地每年收获的是源源不断的现金流，所以大吉像北海道辛勤劳作的农民一样守着这些眼珠子般的土地。

拥有数不尽财产的大吉别无所求，只希望"专有幸福"能够伴其终生。这些年，他早就习惯把赵氏夫妇委托管理的土地当成自己的财产，一旦赵碧琰把土地管理权收回，他的"专有幸福"将会画上句号——这，会令他的自尊受到极大侵害。

他是一个视优越感如生命的人；

他是一个习惯镁光灯在面前闪成一片的人；

想到这一切极有可能在某一天戛然而止，大吉心里无比难受。

51

不出所料，星期一上午，大吉收到了东京地裁法院的传票，当时他正在家里一边喝咖啡一边看报纸。

大吉打开盖着法院红印的专用信封，认真读完上面的每一行字。经过一天的周密思考，他已经确信自己可以应对这场来自中国的危机。

他是律师，而且是一个十分熟知法院审理模式的大牌律师，他当然会有办法。

喝完第二杯咖啡，大吉打开保险柜拿出一个陈旧的档案袋，小心地取出里面的委托文书放桌子上。他翻到委托书第二页，再把曾经让他不安的中国来信摆在一起，拿着放大镜开始仔细研究"赵碧琰"3个字。不一会儿，他抬起头拍拍手，脸上露出满意的笑容。

看完资料拍拍手是大吉几十年律师生涯养成的标志性动作，这意味着他胸有成竹。

一周后，在东京地区裁判所第42法庭，面对日本华侨总会聘请的律师，大吉理直气壮地向法官陈述，否认向法庭提交解除委托申请的赵碧琰即是当年的委托人。作为证据，他首先拿出两张照片，一张是他和赵欣伯夫妇的合影，另一张是一个脸上布满沧桑的朴素老妇人——赵碧琰附在信中寄给他的。变化太大了，即使是熟悉的人也一时难以认出这个脸上布满沧桑的朴素老妇人就是20年前那个珠光宝气的女人，何况对方律师和法官都有没见过赵碧琰本人。看到他们疑惑的表情，大吉放心了。

收起照片，大吉请法官仔细比较两份委托书的签名。他手中委托书的签名线条微颤，笔锋顿挫明显，而且"赵"字还是繁体。对比20年后的新委托书，签名中的"赵"是简体字，不仅线条流畅且字迹笔画过于工

整，这一点任何人都看得出来。

　　大吉的说法最终为法官所接受，他们无法确定给大吉写信的老妪就是当年的赵碧琰。走出法庭的时候大吉扬扬得意，出色的辩论口才可以让他继续享受"专有幸福"带来的自豪与荣誉。

52

　　冈崎在银座酒吧里听到大吉继续作为委托人的消息。开始，他心不在焉，但听着听着，他的精神来了。冈崎招呼女服务员再拿一瓶好酒，让山口律师仔细给他讲讲赵碧琰的故事。冈崎和山口是发小，小学、中学、高中他们都在同一所学校，直到上大学才分开。山口为了继承他父亲的职业读了法律系，毕业后进入著名的大吉律师事务所，银行家的儿子冈崎进了东京大学经济系。

　　38岁的冈崎大学毕业时正值日本战后大规模恢复经济，他的第一份工作是在一家美国电气公司做市场分析。二战后，美国单独占领日本7年，在对这个岛国进行以民主、法制为基础的政治改造的同时，还大刀阔斧地对以家族血缘为基础的财阀企业进行改革。基于对本土安全防护的"核保护伞"战略，对于曾经以偷袭手段炸毁珍珠港的日本，美国非但宣布取消一切赔款，还提供了20亿美元的援助和贷款，并源源不断地接济石油、煤、铁矿石等能源和缺稀原料。美国的直接介入，给日本经济复苏注入了强心剂，使得战后一批新兴日本企业家脱颖而出。

　　1949年5月美国宣布取消全部赔款之时，冈崎21岁。他看准时机毅然离开薪金不菲的美国公司，贷款回到家乡大阪开了第一家企业。无可否认，冈崎天生就具有商人的智慧，在美国公司工作的两年让他懂得了企业家获取成功的诸多细节，他如鱼得水般操纵着利用父亲优势搭建的人脉关系网，在通往财富的大道上平步青云，几年时间，他的公司就像连续下崽的老母猪一样孕育出一大窝子企业。朝鲜战争给日本企业提供了更大的发展空间，1954年，冈崎把他的财团总部迁到东京，他成为频频为新闻记

者追逐的商界名人。

冈崎的私生活十分严谨，他既不抽烟也不进红灯区，除了应酬，只有和最好的朋友在一起时才会端起酒杯。冈崎喝酒很有节制，从来没有人见过他酒后说脏话或是胡言乱语。15年前他和山口的妹妹结婚，5年间生了两个女儿一个儿子。他的儿女都在美国上学，平时他妻子和孩子们生活在一起，没有特别的事情冈崎每周都会飞到华盛顿和他们共度周末。冈崎在欧洲不同的城市有几处房产，他一周乘飞机的次数比东京的白领工薪族打出租车的几率还要高许多，这足以证明他的实力和财力。

当冈崎对钱已经没有概念的时候，他开始追逐一些最有刺激的商业项目。刺激的商业项目无不需要大量的资金和高超的智慧，前者对冈崎根本不是问题，他要挑战的是自己的智慧。只有在那些富于刺激的商战中，他的智慧才能得以最深度的开拓，只有那种目空一切的成就感才能让他陶醉。冈崎不惜一切花费去寻找让他感兴趣的刺激项目，他的聪明才智会引导他从这些项目中得到数十倍甚至数百倍的高额回报。

中国女人，东京地产……冈崎像一根被磁铁牢牢吸住的钉子，他的注意力完全被山口的故事所牵制。

这将产生一个极富挑战与刺激的新项目，冈崎对此不可能无动于衷。

从酒吧出来已是深夜，冈崎毫不迟疑回到他的财团总部。

灯火通明中，他半小时前通知的几个人都在现场。冈崎告诉漂亮的女秘书在最短时间搜集出中国伪满政权立法院长赵欣伯的全部资料，又给其他人部署了一系列工作。

对于冈崎，这只是一个项目。

对于中国，这意味着一个阴谋。

1966—1973年 北京

1966年，给新中国历史上抹下一片挥之不去的阴影。2月，"文化革命"的词汇开始见诸报端。随着"五一六通知"的发布，新形势下新性质的中央文革领导小组成立，一场延续十年的"文化大革命"波及中国大地，给国家和人民造成的损失无以计数。

"十年浩劫"是历史对"文化大革命"的最终总结，然而，含冤的逝者无法复生，被烧毁、被破坏、被砸烂的一切也难以复原。

浩劫将赵碧琰曾经居住于东京的所有痕迹扫荡得干干净净，从而使得财产回归之路更加漫长。

53

清早，大院里一片沸腾。各家的主妇忙着捅炉子、烧开水，再把隔夜的主食放在蒸锅里馏馏或者煮些水泡饭作为早餐。早餐是为孩子们准备的，北京男人通常是一大早推着自行车出门，在遍布街巷的小铺里买一个烧饼夹油饼再配一碗白豆浆当成自己的早点。早点铺子是男人交换信息的情报站，他们在这里一坐就是个把小时，直到磨叽到再不走就会迟到的时光，才会甩着自行车的清脆铃声绝尘而去。

院子里，待到一切料理停当，女人们回屋扯着嗓子大声呼唤自家孩子起床。十几个年龄相异的男孩女孩从各家各户房间里冲出来，有的抢厕所，有的奔向水龙头，顷刻间，乱哄哄的盥洗声和嘈杂的叫喊声笼罩着整个院子，新的一天拉开序幕。

这是老年赵碧琰最熟悉的日常生活。曾经气宇非凡的古雅四合院在岁月流逝中变成了大杂院，它所展示的是20世纪60年代北京最为常见的胡同生活场景。小石桥一号院后门住着五六户人家，在北京的大杂院中还

算比较肃静的。

上班的、上学的全都走了，院子里恢复了宁静。赵碧琰把抹干净的小桌立在房檐一角，端起一铝盆脏碗到公用水管子清洗，一切都收拾妥当，她拿起烟荷包掏出几张薄薄的烟纸放在膝盖上。

"卷大炮"是老北京人对手工卷烟的俗称。习惯"卷大炮"的人多是因为烟瘾过重，像小孩儿手指头一般粗细的盒装烟卷儿对他们已经不过瘾，另外"卷大炮"比烟卷相对便宜许多，这也是一些老北京烟民选择它的重要原因。赵碧琰抽"卷大炮"是两个原因兼而有之，她一天要抽十几二十根烟，劲儿小了还不过瘾，这样的抽法对于一个仅靠几十元钱维持老少七口的家庭是一笔不小的开销，所以她选择了最通俗的"卷大炮"，既能让自己满足，又可以节省开支。

两年前，大吉否认她即是当年委托财产管理人的消息传来后，赵碧琰气愤得大骂大吉无耻，从那一刻她体会到人与人之间的信任关系在物质的诱惑下是多么不堪一击，然而面对无耻她却无可奈何——中日之间并无外交关系，她无法通过合法渠道去东京，证实自己身份并追索那份属于自己的巨额财产。

赵碧琰剩下的只有等待，伴随她等待的是一盒被夹在玻璃相框中的日文地契和几本老相册——这是她一生物质与精神生活的浓缩，是能够带给她希望和财富的最直接凭证。和这些东西相比较，粮票、布票、工业券在她面前都显得微不足道，

抽完两支烟，赵碧琰回到屋里。白天家里没人的时候，她经常翻开带有磨损痕迹的相册消磨时光，那里边的每一页都是流逝岁月的记载。最前面一张告别少女时代的留影，她穿着一件裁剪合适的旗袍，梳的是当时最流行的反扣边儿卷发。另一张在东京世田谷区家中，她抱着一岁的儿子与赵欣伯的合影。在这页之后，更多的是她和儿子的照片，在北京什刹海、东京上野公园、沈阳老故宫还有长春立法院后面的大院子……她的手又掀开一页，这是一张她穿着西洋长裙的全身照片，头上戴着一顶插着长羽毛的浅沿儿帽子。为了配合照相，她故作姿态翘起兰花指，把

手交叉摆在裙腰前，力图显出贵妇人的矜持。她还记得，这张照片曾经登在《北洋画报》的封面上，立法院长赵欣伯太太理所当然就应该是一个仪表庄重的娴静女人。还有一张照片，是1936年的全家福——她着旗袍，赵欣伯着西装，11岁的儿子调皮地坐在他们中间。她至今还记得儿子坐在茶几上时兴奋地说："我比你们两个都高了。"

轻轻地吹掉落在照片上的一根细毛，赵碧琰盯着30年前他们一家的最后合影。这些照片积蓄了她太多太多的回忆，她想起了赵欣伯，一个彻底改变她生活轨迹的男人。"婚姻是女人生命的重大转折点"，婉容曾经不止一次这样说过。想到自己婚后跟着赵欣伯起起落落的经历，她觉得这句话真的很值得回味。

她的生活是随着赵欣伯而发生波动的，即使在他离开这个世界之后。两年前，因为东京那些数额不菲的不动产被披露，她们一家陷入窘境的生活得到相应改善。虽然暂时还无法收回财产管理权，但政府对这件事的关注已经让她相当知足。她因为拥有产权人的特殊身份而得到许多意想不到的照顾，"健健康康地活着"，这是廖主任对她说过的一句话。她理解这句话后面的深刻含意，因为这笔久未回归的巨额财产，她的生命对于国家和家庭都十分重要。

她活着，而且有政府的支持，就没有人敢公开侵吞那些财产，她的家庭就可以得到相应较好的社会地位——大孙子前几个月被分到小学校是一个不错的暗示，否则的话，像他这样出身于汉奸和右派双重污点门庭的孩子绝不可能成为人民教师。

赵碧琰把希望全寄予在这些最重要的东西和自己不灭的生命之中。这些重要的东西将与她的未来融为一体，它们会给她带来摆脱贫困的新生活。

5月中旬，北京各单位都传达了"五一六通知"，号召大家积极参加毛主席亲自发动的"文化大革命"。赵碧琰搞不懂"文化革命"是怎么回事，解放后这样那样的运动太多了，她只是隐隐觉得才过了两年的平静生活可能会再次出现波动。

两天前，赵碧琰上街买菜时第一次见到红卫兵。开始，她还觉得那些穿着绿军装戴着袖标的姑娘小伙儿的打扮挺好看，但是短促的欣赏之后，她从那些尚未成年的孩子眼中看到的却是放纵的凶狠，还有不顾一切的疯狂。

大字报、大辩论、"炮轰"、"夺权"、"走资派"、"黑五类"……这些从来没听说过的陌生词汇不断冲击着赵碧琰的耳膜，她比以往任何时候都关注时局的变化，每天早上6点半听中央人民广播电台的"新闻和报纸摘要节目"成了雷打不动的习惯。她极力用做家务和督促孩子们吃饭来缓解紧张不安的情绪，每天都支棱起耳朵捕捉着令人生畏的敏感信息。她从死去的丈夫身上学到一个分析的秘诀：通过最普遍发生的事情，考虑最可能出现的后果。

"赵大娘，您没出去？我有话儿跟您说。"住在东厢房的吴大妈敲着窗框招呼她。赵碧琰应声出去，急切地想知道她从街上打探出什么消息。吴大妈每天雷打不动走街串巷，搜罗小道消息是她生活中的最大乐趣。

吴大妈的丈夫是赵欣伯远房表妹的儿子，曾经跟着赵欣伯当过一段差。本来她应该管赵碧琰叫舅妈。可为了避嫌，她一直以东北人习惯的叫法称呼赵碧琰，赵碧琰则沿袭了北京人对老街坊的礼节，随着孩子们一起管她叫"她吴大妈"。吴大妈是解放那年搬到这院的，当时她带着两个孩子进京投奔丈夫，没想到丈夫在几个月后重病身亡。那时候赵欣伯还活着，他让下人们腾出两间房子接纳了这一家孤儿寡母，并且时常在经济上给予关照。吴大妈身上保持着浓郁的东北妇女豪爽粗犷的特征，她知恩图报，从来不以身份对赵家大小另眼相看，是赵碧琰在院里唯一能说几句心里话的知心朋友。

"怎么了？"赵碧琰问。

"听说沙滩那片贴出大字报，连刘少奇的名字上都打了大叉叉呢。"吴大妈把嘴凑到赵碧琰耳边小声说。

"真的？"赵碧琰吃了一惊，刘少奇是国家主席，要是他都被挂到墙上，说明这次运动和以往的"三反五反"、"反右派"、"四清"真是不一样呢。

"我刚才在街上看见地安门中学的红卫兵抄家呢，那些小兔崽子下手

真狠,用这么宽的军用皮带抽人。"吴大妈比划着,手势明显带着夸张。

赵碧琰大为惊愕,"抄家"这个词令她的汗毛竖了起来。这两个字意味着红卫兵可以像主人一样在别人家里翻箱倒柜,捣毁一切他们认为是"封资修"的东西。她不能不考虑自己家的特殊身份,脑子里想的都是家人的安全。

"赵大娘,防着点比不防好,我看您抽空把家里重要东西归置归置吧。"吴大妈拍拍赵碧琰,"你多当心。"

1966年6月,迎面扑来的风令人窒息,到处充满着凄凉幽闭的恐惧感,赵碧琰心理负担更加沉重。

吃过晚饭,赵碧琰把儿孙们召集到一起,关上门叽叽喳喳讨论了好一会儿,最后,她让儿子把所有的相册都敛在一起。赵碧琰从床底下拉出平日洗脚的黄铜盆,颤巍巍地划亮火柴,一束闪烁着迷离烟雾的惨淡焰火随之升起。她一声不吭地看着子孙们把一张张照片从相册中撕下抛进火盆,心里面如同打翻五味瓶。

烟雾很快布满房间,吱吱啦啦的撕纸声与吭吭咔咔的咳嗽声此起彼伏,赵碧琰揉揉湿润的眼角,把想要叹出的一口长气吸进肚子里。

那一宿,灯光与火光遥相呼应,赵家在热乎乎的熏烤中忙活了大半夜。

54

吃过午饭,把孩子们打发上学,赵碧琰靠在被垛上眯了一会儿,醒来后脑子里涌现的都是梦境。她梦见赵欣伯坐在院子里凝神听着收音机,手里摆弄着一支老式手枪。她想过去和他说几句话,可是无论怎么迈步也走不到他跟前。后来,小凤出现了,她靠在赵欣伯身边无语抚摸着他的肩头,不断甩来挑衅的眼神。无助的感觉袭遍赵碧琰全身,迷惘中,赵欣伯和小凤飘飘远去……她用双手在额头上拍了几下,让沉甸甸的大脑恢复清醒,然后趿拉着一双旧布鞋走出屋门。

天气闷热,自打天亮就没有一丝风。赵碧琰把左手放在额头上抬头

看看天空，头顶上是一片乌蒙蒙的灰云。她盼着能痛快地下一场大雨，驱散让人难熬的闷热，哪怕只是暂时带来一阵清风也好。赵碧琰把黄铜脸盆放在水龙头下面，管子里流出温突突的水，她绞干毛巾草草抹了一把脸，用手指把水洒在房前台阶上。

没等她把脸盆放回原处，大门外传来一阵令人畏惧的呐喊声。

"革命无罪，造反有理"，这是1966年夏天飘荡在北京的最革命、最时髦、最目空一切的战斗口号。凭着这8个字，威风凛凛的红卫兵小将挥舞着牛皮板带驰骋城乡，从横扫牛鬼蛇神到砸烂XXX的狗头，他们所做的一切，都在"革命"的庇护下得到认可、理解与宽容。

赵碧琰屏息静听，仔细分辨着呐喊声音的走向。正如最近几天每每听到外面的嘈乱都会不自觉产生的反应一样，此时她神经绷得紧紧的。

"砰"的一声，院子大门被撞开了，赵碧琰第一眼看到的就是身上挂着一块大牌子的赵宗阳，他被两个体态粗壮的红卫兵反扭双膊推了进来。牌子上，黑色粗笔画就的狰狞骷髅分外恐怖，骷髅上是一个大大的红叉。赵碧琰看不清赵宗阳的脸，他的头被两只大手死死地按在胸前。

赵碧琰心里一沉，手中的脸盆掉在地上。脸盆从高高的台阶上一直滚到院子中间，"当啷啷"的清脆响声在青石砖面上发出长长的颤音。她虽然心理有所准备，但没有料到这一刻会突如其来出现，而且是以这种方式出现。

十几个红卫兵拥进院子，一个扎着小刷子的圆脸红卫兵双手叉腰站在赵碧琰面前，身量跟她的孙女差不多，她估摸女孩子也就十五六岁。

"叫什么名字？"女红卫兵骄矜蛮横地问，丝毫没有一个姑娘家说话的温存。

"赵碧琰。"她轻声回答，努力掩饰住语调中的怯意。特殊的身份和特殊的经历使赵碧琰对于询问并不陌生，她不在乎"小刷子"说话的骄横，吃惊的是这样一个清秀可人的女孩子，眼睛里透射出重重杀气。

"哈，你就是那个大汉奸的臭老婆？"女红卫兵兴奋之极，转回身大喊一声："上！"

七八个男女红卫兵冲过来，没等赵碧琰有任何反应，一道粗绳套在她的脖子上，重重的大木牌坠得她头不住下沉，她的下巴紧贴着前胸，除了牌子和脚下一块青砖，她无法看到眼前的一切。凭着声音，她知道院子里一定站满了人，他们中有不少是她的街坊邻居，从喋喋不休的喧哗中，她听出一些熟悉的声音。批斗会开始之后，几个街道积极分子争先发言，她们无一不是慷慨激昂地控诉着赵欣伯卖国求荣的汉奸罪行，吹毛求疵地批判着赵碧琰一家在解放后"瘦死骆驼比马大"的奢侈生活。突然，一个略带沙哑极为熟悉的声音传到赵碧琰耳中："我揭发，赵碧琰她们家藏匿过好多伪满时期的照片，前几天偷偷地烧了大半夜……"不用抬头，赵碧琰便能听出来说话的人是几个小时前还曾和她无比推心置腹的吴大妈，此刻她站在一条大板凳上正在口若悬河地把自己所熟知的赵碧琰家中琐事一股脑儿地往外抖落。吴大妈的揭发很有爆炸性，"打倒汉奸臭老婆赵碧琰"的口号扑天盖地一浪高过一浪。

心在一滴一滴地淌血，赵碧琰的胸口一阵一阵地发凉。

伴着吴大妈的揭发，两三个红卫兵带着群众不住高喊口号，其他人在小刷子的带领下分别冲进北屋和赵宗阳两口子住的西厢房。他们不断把东西往外搬往外扔，衣服鞋帽、书刊字画、瓷器花瓶、日常用品……伴随着玻璃器皿的破裂声，院子里杂物堆成小山。

"抄家"，这就是1966年可以让某些人心醉而让另一些人心碎的抄家，赵碧琰有生以来第一次体会到革命给她带来的恐怖，她估计这回自己的命大概保不住了。

"说，这是什么东西？"一个红卫兵抓住赵碧琰的头发，她的脸仰起来。

现在她能看清楚眼前的景象了。院子里站满了看热闹的老少四邻，南屋房顶上坐着几个光着脊梁的半大小伙子。他们对挂着牌子的赵碧琰母子并不怎么感兴趣，目光更多地聚焦在红卫兵抱出来的东西上，指指点点唧唧喳喳，这些住在胡同里的寻常百姓睁大眼睛注视着他们认为稀罕的东西。

"快说，这是干什么的？"骄横的声音再次响起，赵碧琰的头发被抓得生痛。她偏头看了一眼，红卫兵手里抱着一个暖瓶大小的红底金花玻璃

罩子，让这男孩子感到不解的是，玻璃罩子没有底，上面是黄铜镶嵌的细细瓶口。赵碧琰苦笑着，"是掸瓶。"

"掸瓶是干什么的？"

"插鸡毛掸子用的。"赵碧琰喘息着说。这问题很傻，但是再傻的回答她也必须认真回答。那孩子揪得她太痛了，她真觉得有点受不了。

"他妈的——"就在她感到要晕过去时那孩子松了手，她的头猛然前倾掉在胸前。这时候，一声震耳的响声刺激了她的大脑皮层，红卫兵把高高举过头顶的掸瓶狠狠拽在地上，发泄他对这个破落汉奸家庭的切齿仇恨。

在经济社会里，人与人之间的仇恨并不需要认识或者谁曾经得罪谁，仅凭着享有某些物质的东西，一些人就可能被另一些人所仇恨。这种仇恨产生的根源是嫉妒，用一个专有名词概括即是"仇富"。

赵碧琰被几个从来没见过掸瓶子、痒痒挠、绣花拖鞋和吹风机的毛头孩子大为羞辱，她挨了几个嘴巴子，实在支持不住，一屁股坐在地上。

喉咙像着火一样，她感到渴。

天还是闷热闷热，乌云并没有带来雨。她不时用舌头抿抿干燥的嘴唇，唯一考虑的是如何节省口腔里的唾液。

一切都无法挽回。这些都是身上被附了魔法的疯狂学生，满腔热血沸腾，无知且无畏。舍得一身剐，他们敢把国家主席拉下马，何况面对赵碧琰这样证据确凿的汉奸老婆呢？

红卫兵利用抄家现场展开了又一轮批斗，赵碧琰听到有人用难听的粗话咒骂她。"打倒汉奸老婆"的口号声激烈而充满义愤，她忍着绳子套在脖颈上的痛苦坚持着。闷热，汗水湿透了她的汗布短袖小褂，她舔舔嘴唇，强迫自己不要去想讨厌的水。

"看呀，汉奸老婆还留着这些个东西……"

"她在等着蒋介石反攻大陆。"

嘈杂的怒斥中，皮带落到赵碧琰后背上。痛，火辣辣地痛，她渐渐听不清人们在说什么，只感觉一个尖细的声音在头顶上嗡嗡……脚下，一把把花白的头发落在地上。

不知过了多长时间，口号声低落下来。几个红卫兵围着"小刷子"小声商量，她们好像要撤。赵宗阳被两个男红卫兵带出去，揪着赵碧琰的那双细嫩小手也松开了，她慢慢挪着脚往水缸旁边退步，背着手抄起水瓢。她猛地把水瓢送到嘴边，贪婪地喝了几口。心里舒服多了，赵碧琰大口喘着粗气，觉得自己又有了活下去的机会。

趁着人流乱哄哄往外走的机会，她抬头向院子里看了一眼。

烈焰熊熊，堆在院子里的东西被一把大火点燃。

下午5点45分，吴大妈的儿子吴小虎听说红卫兵到了小石桥后门一号院的消息，他担心自己的老妈因为与赵家的关系受到牵连，慌乱中蹬起自行车冲出单位大门，把一串疯狂的铃声留在身后。吴小虎一年前高中毕业参加工作，在地安门附近一个商店卖副食。这个工作他并不喜欢，可是没得选择。他功课不错却没考上大学，原因是家庭出身不符合要求。

车胎摩擦地面发出吱吱的声音，吴小虎在缓缓的车流中疾速穿行，对汽车司机的骂声置若罔闻。他蜷曲身体双腿不停地猛蹬，目光中满是焦虑。快到胡同口的时候，吴小虎松开双脚用溜车完成最后的拐弯动作，马上，他看到自家院门口围满了看热闹的大人和孩子，院墙上贴满了画着红叉的大字报。他扔下自行车冲上台阶，在紧闭的大门前停住脚。他看到大门上贴着两条黄纸黑字的标语："揭开汉奸反动老婆的画皮"、"砸碎汉奸孝子贤孙的狗头"。

在门口的人群里没见到自己的母亲，吴小虎变得更加不安。他推开门冲进院子里，马上被一股难闻的皮毛焦味熏得连连吐了几口口水。他把脚步放得很轻，一步一步走到自己家门口，把耳朵贴在门上凝神细听，却没有勇气马上打开房门。

"干吗哪，虎子？"听到身后熟悉的问话，吴小虎定下心来。他转过身，看到母亲戴着一只红袖章笑盈盈地站在自己面前。

"妈——"吴小虎刚张开嘴，声音在半空中戛然而止，他突然怔住了，一时间不敢相信自己的眼睛。

北屋前廊子的阴影下，赵碧琰歪靠着墙坐在地上，脑袋被剃成一半光亮的阴阳头，胸前还挂着一块画着恐怖图像的大牌子。她的脸上满是血痕，几缕花白头发和血沾在一起。

"水……"一声有气无力的呐喊从赵碧琰的胸腔中挤出来，那声音在迷蒙的烟雾中显得无比凄惨。

55

眼巴巴看到扫帚触到街中心黑色的沥青印子，赵碧琰直起腰擦擦额头的汗水。她搓搓酸痛的手臂，享受几分钟舒展身躯的自由。她手臂上有一大块伤疤，是两个多月前挨斗留下的痕迹。从那以后，街道造反派规定她每天扫完半条街，这种惩罚在如火如荼的文化大革命初期已经算是很轻了。

一阵清凉的微风吹透被汗浸湿的衣裳，她打了一个喷嚏，瘦小的身躯在晨曦中晃动几下。赵碧琰抓起扫帚，拖着疲惫的双腿往家里走，一路上不断地打哈欠——这是睡眠不足的迹象，虽然像她这样岁数的老人每天不需要太多的睡眠时间。

走了5分钟，赵碧琰照例先拐进公共厕所。附近只有一个公共厕所，再过半小时，两三条胡同里的大姑娘小媳妇都会带着急切轻松的欲望涌到这里，上厕所就得排长队了。虽然对街坊邻居每天穿着大裤衩端着尿盆子直奔公共厕所的情景熟视无睹，但赵碧琰还无法完全适应20世纪60年代北京人司空见惯的大众生活。她利用扫街起早的优势提前占领公厕，除了讨厌排队，还可以避免在更多人面前暴露隐私的尴尬。

从公共厕所出来，赵碧琰向左拐了一个弯，走进路边一个破旧不堪的狭窄小院，院子里有五六间工棚改成的红砖平房，最里边两间是她现在的家。

院子里只有一条细长的通道，没有公用水管子也没有厕所，家家门前放着一个蓄水的大缸。他们每天必须从离院子100多米远的街道公共水管子往回挑水，逢到洗衣服，大家都会端着大盆小盆聚在水管子附近的树荫

下。

赵碧琰舀了一盆水，躲到小厨房里粗粗擦了两把身子，换下带着汗味的上衣泡在水盆里。这间厨房是她们搬来后两个孙子用捡拾的碎砖头搭成的，又矮又小，用塑料布挡住的窗户布满油渍，在太阳最充足时这里也一片阴暗。

时间还早，她准备喝杯水歇息一下再去洗衣服，走进屋子，却被混浊空气熏得皱起眉头。自从被轰到小院之后，她再也不能一个人独占一间房，打通后窗户接了一截小屋，她和孙子孙女狼狈地挤在一起。4个从11岁到20岁的孩子都在酣睡，赵碧琰一边摇头一边把小孙子伸出床沿的小腿放在床上。她靠在床沿上舒了一口气，端起桌子上的隔夜凉开水大口大口送进肚里。

自己的生活怎么会变成得如此邋遢？赵碧琰不由得无声苦笑。坦率地说，她家从前的下人都不会住这样糟糕的房子，没有上下水没有卫生间的日子让她浑身都不自在。还有拎水、烧饭、买菜、倒垃圾、端着衣服蹲在大街上一遍一遍地漂洗……她活了60多岁，从来没体验过这样的生活，以前也不知道这种日子竟然是京城老百姓生活的主流。

从大杂院里的公用水龙头到大街上的公用水管子，赵碧琰的生活环境又降了一级台阶，她必须闯过心理的失落关。

人生世事本无常，没有人愿意过这样的日子，但是社会却只营造出过这种日子的条件。好吧，既然别人能过这样的日子，她赵碧琰也必须能过。她是个看透世事的女人，无论什么样的日子，只要能过得平安宁静，那就是福气。

赵碧琰站起身，里屋外屋转转看着几个孙子孙女。孩子们就是支撑她活下去的信心，她为他们暗中祈祷。把忧虑和恐惧甩在脑后，她告诫自己多难也不能倒下。

希望会使人改变心情，赵碧琰卷起衣服袖子，去洗厨房里的脏衣服。这是第一次，她准备端着盆子到街上的水管子去洗，她必须融入街坊四邻的平民生活。

她不希望孤独。

从抑郁到平和，没有人知道赵碧琰的心境发生过怎样的变化。大家所能看到的是，她脸上的愁容一扫而光，每天扫街回来，她把自家小屋收拾得窗明几净，身上的旧衣服也总是平平整整一尘不染，甚至连补丁也打得独出心裁。她开始适应平民生活，常跟着几个街坊老娘儿们跑到二三里路以外的德胜门外去买撮堆的便宜菜，有时，也会捡回一些被菜站丢弃的青菜叶，洗干净后加上一点猪油包上一锅菜团子；她去公共厕所再不感觉尴尬，还常常点燃一颗烟蹲在茅坑上和老街坊们天南海北地扯闲篇。她知道到哪里可以淘换省下半尺布票的布头，还学会了如何把省下的布票工业券拿到缸瓦市的黑市上偷偷换成更急需的粮票……

入冬以后，扫街的事儿渐渐被街道积极分子所忽视，赵碧琰得到"宽大"处理。她跑到西四绳麻商店买来一大堆纳鞋底的线绳，用发卡别住一点点松开劲儿劈成几份，再用竹针把这些线织成内衣。她每天两手不闲地钩钩织织，到了春节，居然为孙辈一人准备了一身新衣服。

活着，一切皆有希望。

56

8年的日子在苦难中流逝，希望终于再次降临。

1973年5月25日，赵碧琰在日本的财产委托人大吉去世了，几个一直窥视着赵氏地产的冒牌货随之以继承遗产的名义向东京地方法院提出申请，想接手这些巨额财产的管理权。赵碧琰的生死问题再次在日本闹得沸沸扬扬。

庆幸的是，此前一年中国和日本建立了外交关系，得知赵碧琰财产案在东京再次开庭后，中国有关部提出严正抗议：赵碧琰还健康地生活在中国，任何人企图掠夺赵氏财产都是严重的违法行为。刚刚和中国关系趋于缓和的日本当然不能无视这一抗议，东京法院合并审理驳回了所有申请，7月19日在判决中指定由日本律师山本忠义作为赵碧琰财产的临时管理人。

8 月下旬，赵碧琰在她拥挤不堪的家里接待了两个来自中侨办的工作人员，他们提出了如何收回东京财产管理权的一些措施，赵碧琰的重要性又一次凸现。中国有句老话，"七十三、八十四，阎王不叫自己去"。这一年赵碧琰恰好 73 岁，按照民间说法是一个"坎"。

毫无疑问，她的生死安危涉及到国家利益，如果她在这个当口发生不测，那笔巨额财产即使能顺利回归也要打很大折扣，日本的遗产税比率很高，一旦"财产"转化为"遗产"，受到的损失将是数以亿计。为了这一点，国家可以做出让步，满足她的一些物质条件。赵碧琰从两个身负重任的干部话语中听出了弦外之音，她提出一些条件，总的来说不过分。

对赵碧琰来说，这是一次让她欣慰的谈话，至少她的居住环境得到了相应改善，还可能得到一笔当时绝对不可小视的生活补贴。20 世纪 70 年代初北京的住房条件还相当简陋，如果院子里能有一个符合标准的冲水厕所就相当不错。两天后，赵碧琰全家兴冲冲地搬到商业氛围浓郁的珠市口大街，那是一个年代经久的老院子，里面有独立的自来水，还有公用冲水厕所。

那笔悬而未决财产带来的物质变化，这只是第一步。

1976年 北京—东京

1976年在中国历史上的影响非同寻常，这一年，重大事件接连不断。1月，国务院总理、全国政协主席周恩来逝世。紧接着，以天安门事件为中心的"四五"行动促使广大群众对"四人帮"的愤怒得以集中爆发，这场声势浩大的民族抗议运动虽然被暂时镇压下去，但却为粉碎"四人帮"奠定了雄厚的群众基础。7月，全国人大委员长朱德元帅逝世，时隔6个月，天安门再次降下半旗。朱老总走后刚过"三七"，更大的悲哀降临了——殃及北京、天津的唐山大地震发生在7月28日凌晨，这场猝然无防的灾难，使24万多人在瞬间失去生命，16万多人成为残疾，大自然的喧嚣，使人们看到生命的脆弱。

9月9日，中共中央主席、中央军委主席、全国政协名誉主席毛泽东走完了生命的最后旅程。

10月6日，中国一个里程碑的日子。随着粉碎"四人帮"的鞭炮与欢呼，长达10年4个月零24天的"文化大革命"于事实上结束了。

"文化大革命"给赵碧琰财产的顺利回归造成意想不到的障碍，1976年东京庭审，她心存畏惧，最终无为而返。

57

一辆黑色皇冠开进僻静的布巷子胡同，不是出租，车窗户上挂着薄绸遮帘。宋延光坐在车里朝外面张望。

比肩接踵的自建小房、破旧的三轮板车和堆在门口的蜂窝煤把原本不宽的道路搞得更为狭窄，皇冠车司机小心翼翼，车子开得很慢。刚过两点，胡同里冷冷清清，只有两个赤膊老者躲在树阴里下棋。在北京有很多这样的胡同，宋延光并不新奇。坐着"皇冠"行进在胡同中使她的优越感极度膨胀，

左顾右盼的眼神中流露出对贫民生活的蔑视。

宋延光在部队大院长大，她没有大多数同龄人不可避免的兵团或者插队生涯，在经过一段疾风暴雨的造反之后穿上军装。因为老爸一直没有站错队，她的经历出奇顺利，当兵、提干、作为工农兵优秀代表上大学，连找对象结婚也顺风顺水。在外交学院读了3年书，她如愿以偿分到外事部门，不长时间就当上了副处长。当然，她的提升和她父亲的职位不无关系，这点她心里明白。她是一个特别要强的女人，需要摆脱父亲的荫庇得到同事们认可，眼前正好有一个机会。

宋延光继续从车窗中朝外望，一座破败的青砖小楼在左前方出现。她毫不怀疑今天的会面一定给那个叫赵碧琰的老太太带来惊喜，也许这个突如其来的好消息会令她激动万分。想象着赵碧琰泪流满面拉着自己手千恩万谢的样子，宋延光踌躇满志。就她个人而言，在度过了最疯狂的造反阶段之后，早就认识到经济在自己生活中的重要性，她想方设法调到外事部门，看中的就是可以进出友谊商店，用外汇券买紧俏货的待遇。宋延光出过一次国，享受过靠出差补贴购买免税商品的喜悦，即使在外交部，这样的机会也不是一般内勤干部都能遇到的。坐飞机，出国，不用自己花一分钱，宋延光相信，仅仅这些对于生活在这条胡同里的每一个人都是从天而降的喜讯，他们会争先恐后，会感恩戴德，赵碧琰也不会例外。最重要的是，这次出国还会给赵碧琰带来更多的财富，只有傻子才会拒绝。

想到这一点，宋延光对即将到来的谈话充满信心。

推开车门，宋延光感到6月下午太阳的炙热。可是她心情正好，脑子里全神贯注考虑的都是令人兴奋的工作前景。

踏进杂乱污秽的大院子，宋延光沿着曲曲弯弯的路径走到后院，蹬上破旧的老式戏楼，粗重的半高跟鞋在木制楼板上发出有节奏的"哒哒"声响。跟在身后的助手小秦惊诧地打量着这个拥挤的大杂院，以及一束束从阴暗窗户中射过来的好奇目光。

宋延光轻轻敲响楼梯左边第一扇房门，听到一个睡意惺忪的老年妇女声音："进来，门没关。"

"你是赵碧琰吗？"宋延光问。她没使用北京人对老年人尊称的"您"，这表示她特别在意自己的身份。

"是。"赵碧琰淡淡地回答，似乎一点也不惊讶家里为什么会突然闯进两个时髦女人。

"我是负责侨务工作的，有些事情想和你谈谈，关于你在东京的财产。"宋延光彬彬有礼的介绍中带着强硬语气，职业优越感渗透于每一个字音之中。

"坐吧。"赵碧琰把堆在破藤椅上的一摞衣服挪开，自己坐在靠墙的小床上。顺手，她把床前一只小方凳推向小秦。

椅垫上有一块淡淡的痕迹，宋延光下意识地用手拂了一下，没有立刻坐下。

"那不是脏，洗不掉。"赵碧琰冷冷地说。她一手拢拢头发，用牙咬开另一只手中的黑色细长发卡，把灰白的头发别在耳朵后面。

"那……"宋延光很尴尬，她跷腿坐在藤椅边上，顿了一下才说："你身体还好吧？"

"好。能吃，能喝，能睡。"赵碧琰说。她拿起放在床头柜上的小暖壶，往旁边的大号搪瓷缸里续了点水，咕噜咕噜喝了一大口。宋延光注意到，她的小拇指留着长长的指甲，修剪得非常好看。

小秦打开笔记本，做好准备记录的架势，宋延光免去寒暄切入正题。

"组织派我来，和你谈谈东京地产的事情。"她故意放慢语速说，"这件事现在有了一些新进展，可能需要你确认一些事情。"她停顿一下，期待着赵碧琰发出惊讶。

"说吧，我听着呢。"赵碧琰的语气还是像刚才一样。她又喝了一口水，伸手抹了一下额头的细汗。

邻居家点炉子的烟雾飘进闷热的房间里，呛得宋延光干咳两声。她用手扇扇升腾的烟雾看着赵碧琰，老太太跷着二郎腿稳稳当当坐在床沿上。

"是这样，赵老太太。"宋延光尽量表现出她的温和，"大吉律师死了，

这你知道吧？"

赵碧琰点点头："他不是死好几年了么，那又怎么样？"

"他死了，当年的委托书也就自然失效，东京财产现在没有管理人，这意味着我们有机会收回这笔财产。"宋延光接着说，她在语言中从来不明确提及东京财产的主人，而用"我们"给予替代——这是她在工作中学会的一种讲话策略。

"嗨，"赵碧琰又深深地吸了一口气，"怎么收呀？什么都没有了。都给烧了，毁了……"她摇摇头说不下去，脸上表情哀戚。

宋延光微微一怔："你是说那些地契、委托书什么的都没有了？"

"没了，早就没有了，早让盗贼一把火烧光了，连个字毛也没剩下。"赵碧琰长长叹了一口气，脑海中想起那个月黑风高的寒冬之夜。

"那，你们家总会留下一些照片什么的吧？比如你和赵欣伯的合影。"

"也没有。"赵碧琰干脆地回答。

"为什么？"宋延光惊讶不已。

"宋同志，像你这个年龄，应该也当过红卫兵吧？"赵碧琰所答非所问，抬起头定定地盯着宋延光。

宋延光不是木讷之人，她从老太太的反问中得到了答案。仔细琢磨了几分钟赵碧琰的话，她意识到自己接手的任务有一定难度。

放下手中的茶缸子，赵碧琰从枕头下抽出一把青布缝边的旧蒲扇，自顾自扇着凉风。她对遗落在东京的那批财产早就不存希望了，经过十年沧桑，她对所有的事情都看得很淡，包括自己的生命。

过了一会儿，还是宋延光率先打破了沉默的尴尬："老太太，您要相信政府，国家还是有办法的。"

"有办法？有办法早就收回来了，还用等今天。"赵碧琰快快地说。

"革命嘛，那些都是不可避免的。不过老太太，你应该相信，只要我们共同努力，这事情一定会得到解决。"宋延光说。

"你们想怎么办，直说吧。"赵碧琰长吁一口气，把手中的蒲扇扔在床上。她注视着宋延光的脸，很明显，在等待她说出真正来意。

"好吧，老太太，"宋延光正色说，"有些事情你不清楚，收回国外财产不是一件简单的事，需要有证据，有律师，还要得到日本法庭的认可。"

"还要上法庭？"赵碧琰有些意外。

"是呀。大吉死了以后，我们就代表你向东京地方法院提出过申请，要求收回这些财产的管理权。只有东京法院认可你的身份，才能把管理权交回来。否则的话，他们会再委托律师管理这些财产。"

"那，有把握吗？"赵碧琰问，她现在对这场谈话越来越感兴趣了。

"我今天来就是通知你，东京地方法院受理了这个案件，下个月开庭，你需要去东京出庭。而且……"宋延光犹豫一下，继续说："比较复杂的是，提出申请的还不止你一个，根据我们掌握的信息，国际上有些人早就瞄上了这笔财产。"

赵碧琰重重叹息一声："我早就知道解决这事儿不是那么容易。"

"当然了，要不然组织上为什么派我来？这样吧，赵碧琰，你把个人材料准备一下，过几天我们要给你办护照。还有，你去东京由外交部派人全程陪同，出国前有些细节还要准备准备。"

宋延光等着得到她期望的答复，可是赵碧琰一言不发。

过了一会儿，赵碧琰倒了一杯凉开水。"你喝水吗？"她问宋延光。

宋延光摇摇头，她确实有点渴了，可是不想喝赵碧琰递过来的水。她急切地希望谈话尽快结束，早一点离开这个拥挤混浊的房间。

赵碧琰把那杯水放在桌上，转过身说："谢谢你，宋同志。可是我不想去东京。"

这个回答让宋延光大吃一惊，不过她马上想到赵碧琰可能顾及经济问题。"钱你不必考虑，我们出去所有的费用都是国家负担，走之前还会给你一笔置装费。"

"那我也不去。"赵碧琰的语气十分强硬。

"为什么？"

"我老了，那些钱对我没多大用。"

"听着，赵碧琰，"宋延光语气严厉地说："你应该清楚自己的身份。

难道你不知道这些财产都是赵欣伯靠着卖国、剥削和种种不正当手段积累起来的？那些逆产仅仅是以你的名义遗落国外，它们不属于你，属于国家。"

"那就由国家去办吧。"赵碧琰平静地说，又点燃一支香烟。她已经看出来，宋延光对这次出国很在意，这说明政府对这笔财产也相当在意。既然他们都那么在意，也许她该提出点条件了。

赵碧琰的态度令宋延光十分不快，"这件事，你去也得去，不去也得去。"她强调说。

"那我要是就不去呢？我老了，黄土埋了大半截，没什么可怕的。"赵碧琰好像是要故意将起宋延光的火，她的每一句话都埋伏着挑衅。

宋延光两手攥得紧紧的，她满脸怒容，努力压制住自己的情绪。来之前领导已经反复嘱咐过，无论如何都要说服赵碧琰去东京出庭，她不能让自己无功而返。

"你是想和我讲条件吗？"她虎视眈眈，从牙缝里挤出一句话。

"不敢。我是个扫过街挨过斗的汉奸老婆，活到今天挺知足，还敢跟您讲条件？"赵碧琰嘴角一咧，露出一丝笑意。宋延光分明注意到，那笑只停留在布满皱纹的脸上，她眼睛里流露出的却是一种不屈。

"真是一个刁蛮老太太"，宋延光心里想。她不得不改变战略，希望在最短时间里结束这场谈话。

"好吧，不要绕圈子，说说你到底有什么想法。如果不违反政策，我会尽量关照你。是不是家里有孩子插队？"这是来之前预测赵碧琰可能提出的条件之一，她被授权完全可以现场解决。

赵碧琰摇摇头。

"那是……家里困难需要补助？"

赵碧琰还是摇摇头。

宋延光纳闷了，根据她的经验，这两件事在当今很多家庭中被摆到惟此惟大的地位。赵碧琰不想调回孩子也不需要补助，那她到底想要什么？

她抬腕看看手表，急切与不耐烦都从举止中表现出来。赵碧琰改变一下

坐姿，奋拉双腿往床边上挪挪，外面射进来的光线可以让她更清楚地审视宋延光白净的脸庞。女人大约30多岁，显得并不年轻，圆圆的脸上有几块黄豆大小的淡褐色雀斑，她猜想也许是妊娠留下的痕迹。

宋延光被赵碧琰看得有些不自在，她用手拢一下鬓角的碎发，尽量把语气放得平和："说出条件吧，我还有个会要开。"

从她的声音中，赵碧琰听出妥协。她站起来向前走了几步，把头俯向宋延光，用咄咄逼人的眼神上下扫视她几分钟，然后很干脆地说："放出我孙子。"

她的话不仅令宋延光十分惊愕，连正在静静作着记录的小秦也停下笔，赵碧琰提的这个条件是她们来之前没有预测到的。

思维的敏捷使宋延光马上意识到赵碧琰的要求不可忽视。老实说，或许相对价值上亿的财产，这个交换要求并不过分，可是她没有权力答应。

宋延光点点头，"我回去向领导汇报，现在不能许诺你什么。不过，我会尽力的。"

"不是尽力而是必须，这是唯一的条件。"赵碧琰说完站到门边，她准备送客了。

<h2 style="text-align:center">58</h2>

赵碧琰倚在门框上目送宋延光走出院子，看着门口的黑色轿车渐渐远去。连她自己也感到惊讶，脑子里为什么会冒出如此大胆的想法。也许，她是太想念大孙子明子了，那小子是她心里的痛。她清楚地记得，自己快7年没见过大孙子了。她对自己刚才的表现颇为满意，为什么不呢？也许孤注一掷能够换回她爱孙的自由。

老话说，人活七十古来稀。她虽然76岁了，浑身上下还找不出一点毛病。赵碧琰庆幸自己有一副健康的身板，只要活着，她就能盼到孙子回家那一天。经过这么多年风风雨雨，她唯一的渴望是过几年安安稳稳的晚年生活，享受儿孙平安的天伦之乐，可是为什么连这点小小的愿望在她身

上也实现不了呢？20年来，她身上背负的政治包袱一重压着一重，汉奸的老婆，右派的妈，现行反革命的奶奶……有时候，她真的好想一死了之把烦恼和屈辱都抛在脑后，可是又不甘心。

不能再见明子，她会死不瞑目。

明子是个好孩子，他本来应该有权利享受美好的生活，因为年轻气盛付出了失去自由的代价，赵碧琰为此痛心不已。这些年，映入她眼中的罪恶太多太多。那些曾经拿着棍棒打砸抢的人，那些占据着一官半职大捞好处的人，那些打着执法旗号和流氓小偷沆瀣一气的人，他们没有因为丑行暴露而被绳之以法。反而是她的明子，仅仅由于看不惯动乱世道多说了几句泄愤的话，就被逮捕被定罪被关入大狱剥夺自由，这未免太不公平。

一想到这些，赵碧琰恨得咬牙切齿，她用拳头狠狠砸了一下门框，嘴唇里迸出一个极为粗鲁的字眼。

她的发泄吓着了在门口玩弄水枪的邻家小男孩儿，他瞪着大眼睛跑回到屋里，赵碧琰渐渐平静，她坐在椅子里，仔细思量自己的要求有几分胜算。

33年了，东京那笔巨额财产还没有被人们忘记，这让她抓住了救出孙子的最佳时机。赵碧琰理解交易在某些场合的作用，尤其是当她和一笔亟待回归的巨额财产密切相关时，就有了在交易中争取主动的砝码。

经过1966年的大抄家，她对收回自己的财产早就不抱任何希望。其实她心里明白，东京那些财产只在名义上属于她，即使收回来自己也未必能得到多少。有钱的日子当然让人兴奋，至少她可以摆脱目前的贫困生活。可是光有钱就能让她快乐吗？她最宠爱的孙子还是要在大墙里度过2000多个难熬的日子。每每想到明子，她的心就一阵一阵揪痛。

她老了，和物质生活相比，更渴望享受亲情。既然现在他们那么迫切需要她到东京出庭，说明政府对这笔巨额财产是多么在意。收回财产，她的出庭至关重要，所以她完全可以做一笔不错的交易。对他们，和一笔数以亿计的财产相比，释放一个不足以危害社会的囚徒无足轻重。对于她，孙子的自由比金钱更重要。

交易的结果应该是双赢，她相信。

"钱是无味的"，这是赵欣伯生前爱说的一句话。用无味的钱换来有味的亲情，赵碧琰觉得很值。

没想到，当年留在东京的财产会在这一刻派上大用场，历史似乎太会开玩笑。

脸上挂着自信的微笑，赵碧琰从柜橱上拿起洋铁茶叶筒。她抓了一小撮茶叶放在茶缸子里，重新沏了一杯香气四溢的花茶。

59

星期四，晴间多云。吃过早饭，穿着棕灰色号服的赵昭明被狱警厉声叫出来。他被带进坐着4位监狱领导的会议室，心里怦怦直跳。为什么把自己带到这里？面对狱警严峻的脸色，他一个字也不敢问。

"赵昭明，改造得怎么样？"坐在中间的体态微胖的中年男人发问了，赵昭明说不出他的职务，但知道他是这个监狱中最为说了算的一位。

"正在改造，积极改造。"赵昭明机械地回答。

几位领导没再发问，他们两两凑在一起交头接耳，这让赵昭明越发感到心里狐疑。

他两手放在膝盖上默默地坐着，眼睛盯着桌子上一块擦不下去的斑痕。他越看越觉得这块斑痕像一只猫，不由想起上小学时候养过的黑黑。黑黑其实是只白猫，额头上有一块淡淡的黑斑点。它柔顺发亮的皮毛特别惹人喜爱，一放学院子里的孩子都要逗它玩一会儿。黑黑在三年困难时期丢了，有人说它被前院蹬三轮的钱胖子炖了下酒。无凭无据，赵昭明没法找钱胖子算账，但是在一个大雨滂沱的夜里，老钱家的玻璃被人砸了一个大窟窿。

脑海中的雨夜，牵引赵昭明想起更多往事。7年前也是一个大雨滂沱的夜晚，他从学校里关押他的房间的天窗逃出来，半夜敲开家门。昏暗的灯光下，奶奶把两个干硬的剩窝头泡在菜汤里，他狼吞虎咽吃得精光。那

是他最后一次在家里吃饭，过了七八天，他被送到公安局拘留所。

如果不是文化大革命，赵昭明本来可以做一个挺不错的小学老师。他回想起自己刚刚分配工作时的情景，他奶奶手里攥着报到通知书高兴得不停抹眼泪。在中国特别讲究出身的年代，"人民教师"可不是什么人都能当的。在赵碧琰看来，孙子的这份工作不仅能使家庭窘迫的经济状况得到缓解，而且意味着社会接纳了赵家的后代。老太太把家里一块旧怀表挂在赵昭明脖子上，不住嘱咐他好好干，先立业后成家。她希望孙子将来找个出身好又贤惠的女朋友，过平静安稳的小日子。这样，他们家就会和"无产阶级"挂上钩，到她曾孙那一辈出身就会得到彻底改变。那天，他的父母和弟弟妹妹也特别高兴，全家一致同意靠着窗台那张旧二屉桌完全归他使用，因为以后他要批改作业。

不幸的是，赵昭明工作不到一年文化大革命开始了，"努力工作"、"恋爱结婚"的愿望都成为泡影。他亲眼看到自己好朋友的母亲在批斗会上被殴打致死，从此性格大为改变。他变得冷漠且暴躁，说话时嘴里夹杂着时下最流行的脏话，动不动就抡胳膊瞪眼睛想和别人打架。家里被抄之后，赵昭明心里更加憋闷。父母遇事时的惊惶失措，弟弟犯病时的疯狂嚎叫，都让他心烦意乱难以忍受，潜意识里，他根本不想回到家里那两间拥挤的小屋，他需要找一个方式宣泄自己的情绪。

赵昭明纠集几个小哥们儿，成立了一支"铁血造反队"。他本来想去给好朋友的母亲报仇，想去和抄他的家、打他的奶奶、逼疯他弟弟的那伙半大小子撕破脸皮干一场，都是方圆3公里胡同里长大的，他知道张三李四家的大门朝哪个方向开。是"大串联"平复了赵昭明狂躁的杀心，他口袋里揣着10块钱离开北京，利用一个红袖标和一张仿造介绍信游遍了半个中国。

厄运伴着寒风凛凛的冬天来临，那一阵"复课闹革命"的口号喊得正欢。朔风刮得街面上乱尘飞扬，北京好长时间没有下雪了。

那件事发生在工宣队进驻以后不久，是2月里一个阳光明媚的上午。全校师生都集中在操场开大会，工宣队队长穿着一身没有领章帽徽的绿军

装站在台上讲话。他慷慨激昂，每讲几句就振臂带领大家高呼口号，"打倒刘少奇，保卫毛主席"，口号声震耳欲聋，豪气冲天。是困了乏了还是烦了，赵昭明说不上，反正他那天情绪不在状态。喊着喊着，他把"打倒刘少奇"喊成"保卫刘少奇"，顿时把操场搅得一片沸腾。

接下来的事经历过"文革"年代的人很容易想象，赵昭明被拉到台上当成活靶子批斗一气，然后被关进牛棚勒令每天劳动改造兼写检查。文化大革命中被关进牛棚的人不在少数，如果不是赵昭明的暴躁脾气，本来事情不会糟糕到判刑入狱的地步。可是他控制不住自己的情绪，他又犯了一个错误。

有一天早上，他照例推着小车挨排儿给教室生炉子，看管他的一个十三四岁男孩儿紧紧跟在后面。无论走到哪里，男孩儿歪着小脑袋总是说着同一句话："打倒赵昭明"。他让赵昭明感到十分气恼。

大约过了20分钟，小男孩儿还跟在赵昭明身后。赵昭明回头看他一眼，推着车子走向男厕所。

小男孩儿依旧跟着，当他再一次唠叨出"打倒……"的时候，赵昭明猛地转身用小车把那孩子顶在墙上。"你再说一遍——"仇恨促使他的眼睛里露出凶狠狠的目光。小男孩被吓呆了，他举手做出投降姿势，"我不打倒了……"寒风中，稚嫩的声音结结巴巴。

赵昭明放了小男孩儿，可是男孩儿没有放过他。这次事件被定性为"反革命报复行为"，他被送进拘留所，25天后获刑13年，判决书上还写着"刑满后剥夺政治权利3年。"

门外踢踢蹋蹋的脚步打断了赵昭明的思路，他下意识地抬起头，眼睛一眨不眨地盯着门口。狱警开门的一刹那，赵昭明嚯地站起来，他揉了几下眼睛，简直不敢相信自己看到的那个瘦小身姿——稳稳走进来的，正是他的奶奶赵碧琰。

面对面站在一起的时候，祖孙俩都没有马上说话。7年了，他们第一次如此近距离相见，熟悉的容颜此刻显得颇为陌生。

赵昭明拉着他奶奶的手细细打量。她还是梳着直愣愣的齐耳短发，梳理得一丝不苟，别着两根最普通的小发卡，只是她的头发全白了。她清瘦的脸上皱纹更多了，还夹杂着一些褐红色的老年斑。但是眼睛，奶奶的眼睛还是他自小就熟悉的，流露出带着喜悦的慈祥目光。

"奶奶，您怎么来了？"赵昭明哽咽着，泪水顺着他的眼角流下来。入狱7年，他从来没掉过一滴眼泪，现在却怎么也忍不住了。

"傻小子，奶奶来看看你。哭什么？"赵碧琰用手抹去孙子脸上的泪，轻轻拍拍他的肩膀。"身子骨还坚实吧？"她上下打量着赵昭明，犯人的小平头和灰色号衣刺痛着她的心，她必须掩饰自己的情绪。

"真不愧是你爷爷的孙子，连关的地方都一样。"赵碧琰一句调侃，缓解了祖孙两人内心的紧张。

"嗯。"赵昭明抹去泪水，拉着他奶奶到桌子旁坐下。"奶奶，您身体还好吧？"

"你放心，奶奶硬朗得很。"赵碧琰拍拍大腿回答，力图让她孙子放心。

"今天不是探视的日子……"赵昭明突然想起，他奶奶为什么会得到特许呢？百思不得其解，他再次狐疑起来，望望坐在一旁的4位领导。

"他们让奶奶去东京，奶奶想听听你的意见。"赵碧琰仿佛知道他心里想的什么，直截了当说明来意。

"真的？"赵昭明兴奋起来，如果他奶奶能去东京，意味着那笔曾经让他们寄予过无限憧憬的财富有了回归的希望，过了那么多年苦日子，他们一家的磨难应该到头了。"那您什么时候走？"赵昭明忘了自己依然身陷囹圄，像孩子似的高兴得笑个不停。

"你希望奶奶去吗？"

"那当然了，您不去，那些钱就永远拿不回来。"

"我都76岁了，好衣服穿过，好首饰戴过，好日子也享受过。我对那些钱财不感兴趣。"

"那也不能不要呀。"赵昭明着急地说。他怕老太太倔脾气一上来真的放弃。

"是不是你们想要钱花？"

"不是。"赵昭明连忙解释，"这不是国家让您去吗，那是国家信任您。我爷爷历史上作过恶，有过坏名声，奶奶您要是去了，就能拿回这笔财产，也算替爷爷赎罪了……"

"少跟我念叨我不爱听的话题。"赵碧琰一耷拉脸子打断他的话，"明子我告诉你，他名声不好是他的事，我名声并不差。再说了，老头子在外面干的那些事我从来没参与过，还别拿这些跟我说事儿。"赵碧琰的话不咸不淡，说完扫视了一下小会议室。

赵昭明知道，她的话是说给那些监视人听的。

事情有些不妙，看来老太太心里早有主意。赵昭明望着她，想找出新的说服理由。

"奶奶，"他尽量让语气显得轻快自然，"您就当出去玩一趟呗，散散心。"

"那我要是坐飞机掉下来怎么办？"赵碧琰含笑问。

"那您死得光荣，死得其所，为人民的利益而死就比泰山还重。"赵昭明坐得笔直，仰着头说出一串话。这些句子在"文革"时代家喻户晓，它们出自毛泽东主席著名的"老三篇"之一《为人民服务》。

"小兔崽子，呸……"赵碧琰骂了一句，祖孙俩相视而笑。她慈祥的眼神中传递出绵绵爱意，任何人都能看出这是一个极为宠爱孙子的刀子嘴老太太。

"那些钱对你重要吗？"过了一会儿，赵碧琰柔声问。

"重要，也不重要。"赵昭明慢吞吞地回答。他的刑期还有6年，即使有钱目前对他恐怕也没有大用。可是6年以后他会走出牢狱，他需要钱，需要重新规划自己的生活。

"如果咱不要钱了，让他们把你放了，行吗？"她试探地问。

赵昭明没有回答，目光中流露出焦虑不解。

赵碧琰看着她的孙子，似乎从他的眼神中读到了答案。

往实际里一想，也是那么个理儿。6年的时间稍纵即逝，可是要想在6年里挣一笔钱，哪怕只有2000块，在时下年头也不是件容易事。何况

她所能"挣"的那笔钱数目之大对于老百姓简直就是一个天文数字，如果靠工资，别说赵碧琰的6年，就是她们全家60年不吃不喝也挣不到那笔钱的一个零头。

"放心吧，孩子，奶奶去！不是给死老头子赎罪，奶奶是为了你。"赵碧琰把她孙子的手贴在自己脸上，暗暗打定一个主意。在她心里，孙子的自由是最宝贵的，孙子对于钱的渴望也是不可忽视的。

接见即将结束。赵碧琰亲亲孙子晒得黑黝黝的脸，贴在他耳边悄声说："相信奶奶，不会让你再在这里受苦。"说完，她迈着稳健的步子走向门口。

赵昭明望着他奶奶的身影渐渐远去，脸庞再一次被泪水打湿。活了30年，他此刻第一次意识到奶奶是多么地爱他。

60

1976年夏天，他只是月坛公园的一个绿化工。

46岁的傅志人工作认真，责任感强，他拉着一根长长的水管在苗圃里浇灌。直到所有的绿叶都滴着晶莹的小水珠，他才坐在一棵大树前的石头上，悠然自得地点燃一支纸烟。

怪诞的历史造就了傅志人怪诞的经历，如果不是解放后接二连三的政治运动，他早就应该是一个著名的律师。作为新中国第一批专业律师，他对法律研究有着很深的造诣。

傅志人脑海中有许多不可磨灭的记忆，每逢一个人静下来，过去的经历总像过电影一样出现。他是东北人，受"七五惨案"的影响，高中还没毕业就来到北平闯天下，18岁参加共产党的外围组织"民联"，北平和平解放后正式参加工作。1949年4月，中共北平市委决定对前国民党政府遗留下的积案进行突击审理，傅志人奉调从第八区区政府进入人民法院，次年10月，刚满20岁的他成为新中国人民法院第一批审判员。后来，傅志人收到中国政法学院干部进修班的录取通知，毕业之后恰逢国家在北

京、上海等大城市试行律师制度，他喜欢这个具有挑战性的职业，被选调到全国第一个成立的北京市律师协会。从那时开始，他成为新中国第一批专业律师。

傅志人总忘不了他成为律师之后第一次最重要的辩护，是为他自己。那年，反右派运动轰轰烈烈，根据组织部署，身为团支书的傅志人要带头给政府提意见。谁想到，按照"引蛇出洞"的逻辑，开完会后单位里有人要把他归入"右派"的另册。傅志人那时候年轻气盛说出话也咄咄逼人，他找到给自己布置任务的领导，从法律角度为自己据理力争："当右派也要有证据，这任务是你布置的，我不完成行吗？要是划右派也是先划你，你大我小……"

让傅志人感到庆幸的是，"辩护词"产生了作用，他避免了当右派的命运。

但是他的律师生涯也在那一刻结束了。1957年底，中国尚处于筹备阶段的律师制度被彻底否定，律师机构和律师的执业活动被全部取消，傅志人也被下放到郊区。

下乡劳动那几年，傅志人的大部分时光是在北京房山和昌平的两个偏僻山村度过的，前者叫栓马庄，后者名清凉洞，都是属于公安系统的绿化基地。被发配至此的有很多曾经是法官或律师的大小右派，他在这几年结识不少患难之交。

改造了整整5年，傅志人第二次回到法院是在1962年底，他32岁，正值精力充沛。因为曾经的律师头衔，傅志人那几年做过很多刑事案件的辩护人，他还兼做公证员和信访工作。重回法院使得傅志人踌躇满志，摆脱了令人压抑的劳改氛围，他工作干得如鱼得水。

文化大革命再一次粉碎了傅志人的梦，他被揪出来了，关在单位隔离审查。隔离期间，他被告知自己经手的一个法籍华人公证的财产卷宗不见了。听到这消息，他恼，他急，他心里的气血抑制不住地往上涌。终于，大口大口的鲜血吐了出来，渗透了地上青灰色的老砖。他奄奄一息地躺在冷冰冰的房间里，后来还是一个善良的法警偷偷用三轮车把他拉到协和医院。"这是高级法院的人，一定要治好。"法警告诉医生。他没说这人是被关押的——这个关键性的隐瞒把傅志人从鬼门关上拉了回来。

捡回一条命，傅志人又被送进"学习班"，住在岳各庄公墓内那段时间给他留下深刻印象。天天与坟为邻，挖个地窝子就是"走资派"的住处，有时挖着挖着就刨出棺材板，露出几块白骨。晚上冷，睡不着，就摸黑捡些棺材板点着了取暖。他在实践中积累起点棺材板的学问，知道只有松木和柏木材点起来不臭，其它板材烧着后臭气熏天。

那些令人毛骨悚然的漫漫长夜让傅志人有更多的时间陷入思考。虽然，他存在着许多疑惑不解，可还揣着一个律师梦，那是他埋在心底的秘密。

暖融融的太阳移过来照在脸上，手中的烟蒂快要烧到傅志人的指头。他熄灭烟蒂甩掉回忆，慢慢盘起丢在地上的胶皮水管。

牛奶会有的，面包也会有的。傅志人幽默地念出一句苏联电影《列宁在一九一八》中的台词。他依然相信，总有一天自己会重回法庭，他的愿望就是做一个合格的好律师。

1976年夏天，傅志人没听说过赵碧琰这个名字。

61

走进首都机场，赵碧琰彻底蒙了，她推着一辆行李车，寸步不离跟在一个年轻女人身后。女人叫俞曼霞，是外交部指定陪同她到东京出庭的外事干部。

由于总是掌握不好行李车的方向，赵碧琰在光滑的大理石地面上走得跌跌撞撞。过安检门时，头顶上响起呜呜的怪声，她吓了一跳，茫然看着漂亮的女安检员两手不知所措。按照示意，赵碧琰站到一个台子上，任凭女安检员摸遍全身上下。身上痒痒的，这种做法让她觉得有辱人格，可是她脸上的表情相当平静。

坐在候机室蓝色的椅子上，赵碧琰和俞曼霞等着放行，她们两人本来就不熟悉，此时都沉默不语，各自想着自己的事情。以往去东京，赵碧琰

都是乘船，第一次坐飞机让她有点心神不宁。她四下扫视着候机厅，明晃晃的灯光把角落照得一览无余，候机的大都是一些衣冠楚楚的中年人。身后，传来久违的日本语，几个男子正在有节制地谈论关于显像管技术的话题。没离开北京，赵碧琰已经感觉到东京的气息。

一对夫妻带着两个身着短裙的七八岁女孩子从她身边走过，是一对漂亮的双胞胎。走在左边的女孩碰着了赵碧琰放在脚边的旅行袋，立刻彬彬有礼地说了一句"不好意思"，是日语。女孩子灿烂的笑容令赵碧琰心情愉悦，她不由自主地说了一句"没关系"，也是日语。

"赵碧琰——"俞曼霞低声提醒，"不是告诉过你嘛，不要随便说日语。"

听到这话，赵碧琰像做错事的小学生一样低下头。办护照期间，她参加过两天出国前培训，他们告诉她许多这样那样的"不能说"，"除了法庭不能说日语"就是其中的条条框框之一。名义上，俞曼霞是出于安全理由陪同她，并且承诺此行出国一定会好好地照顾她。实际上呢，她还是个兼有实施管理任务的顶头上司，赵碧琰在国外的一切活动都必须得到她的同意，以处处提防任何可能发生的问题。对这一点，赵碧琰心知肚明。

她低着头，把目光凝视在今天才上脚的塑料底黑色冲福呢系带布鞋上，这是用80元特批的出国置装费购买的行头之一，穿着有点板脚。

从那时起直到坐在飞机上系好安全带，赵碧琰一直闷不作声。

坐在飞机上，俞曼霞坚持让赵碧琰把开庭时可能遇到的问题再复习一遍，这是她们必须共同面对的首要任务。她拿出一个本子，模仿法官的口气逐条提问，赵碧琰磕磕巴巴背诵着答案，不时看看手心里写满提示语句的小卡片。

难堪的旅途一分一秒度过，从北京到东京。

过于精心的准备使得赵碧琰财产回归案升腾起一团人为的迷雾。

从机场前往市区的时候，赵碧琰透过车窗仔细审视这个承载了自己太多记忆的异国城市，寻觅她所熟悉的老东京影子。人是物非，二战后的东京显得无比陌生，到处都是摩天大楼，到处都是玻璃幕墙。夕阳下，缓

缓移动的车流不见首尾，喧嚣充斥着每一条街道。这与记忆中的东京大相径庭，赵碧琰不知道，如果独自行走在银座，自己会不会迷失方向。

车子拐进小街，停在紧挨着马路的一幢楼前。三星级酒店的陈设毫无奢华可言，但是不乏干净舒适。赵碧琰没有理由挑剔住的地方，虽然她身上贴着一个超级富婆的标签。

俞曼霞在前台办好手续，她要了一个普通标间，在11楼。

服务生为她们打开房门，赵碧琰放下手提袋冲进卫生间，内急憋得她一路上很不舒服。她坐在马桶上痛痛快快释放出体内的废液，却不想马上起来离开这里。

马桶勾起她的回忆，曾经的奢华生活片断排山倒海般涌进脑海。失去了，才知道什么是需要什么是可贵，好比此刻这个平平常常的马桶。在北京上了20多年的公共厕所，她习惯了肮脏习惯了排队习惯了蹲在茅坑上抽着烟和老街坊闲聊家长里短，但是她的两条腿却越来越难以适应蹲下的姿势，这令她每每把上厕所当成一件发怵的事情，尤其是在肠胃不适的日子。那时候她最渴望的就是在过去生活中最不被重视的马桶。想想真是令人哭笑不得，尽管她名下财富不菲，可是平日里连马桶都无福享用。没有人能体会马桶在老年人生活中的重要性，此行如果真的可以得到一些物质奖励，赵碧琰的最大愿望是她能拥有一个带马桶的小小卫生间。

晚饭后，赵碧琰在下榻的房间里第一次见到她的两个日本律师，黑田寿男和小川休卫。他们两个都是有经验的民事律师，此次作为她的出庭代理律师。黑田律师是个身材不高体格健壮的中年人，头发浓密黝黑，一双不大的眼睛流露出机智和自信。他穿着一件蓝色细条T恤衫，下面配淡褐色棉质卡其长裤，脚下是一双同样色系的软羊皮翻盖皮鞋。时髦的高尔夫式休闲风格，随意却不失庄重，赵碧琰对他印象不错。

小川休卫长得正好和黑田寿男相反。他高且瘦，头发花白还略微有些秃顶，鼻梁上架着一副棕色细边眼镜，从外表看年龄有50多岁。小川显然特别注重在客户面前的个人形象，虽然是在6月，他依然在白色衬衣外面套了一件藏青色西服，黑色丝质领带上配着银质领带夹。他笔挺的裤子没有一丁点儿皱折，黑色系带皮鞋亮得可以映出影子。他的问候客气中蕴藏着冷漠，典型的公事公办口吻。

梳妆台下的柜门里藏着一台冰箱，赵碧琰想拿出两瓶饮料给客人喝，但是被俞曼霞用目光制止了。"喝那里面的东西要单另花钱，我们没有这笔开销。"她用中文小声解释，泡了两杯袋装绿茶放到小茶几上。

他们讨论起出庭的事情，先看了一遍赵碧琰带来的身份证据。她注意到，两个律师时不时交换一下眼色，偶尔小川还会皱一下眉头。情况不容乐观，她有些心神不定。

"就这么些？"黑田寿男把所有的证据放回夹子后抬起头问。

赵碧琰没有回答，她等着俞曼霞的翻译，虽然她的日语水平一点也不差。

"是，都在这里了。"俞曼霞翻译后，赵碧琰小声回答。

黑田的眼睛看着赵碧琰："赵夫人，您既然委托了我们做您的律师，您就需要对我们说出实情。这些东西，"他指指桌子上的文件夹，"证据力都不是直接的，要想得到法庭认可有一定的困难。"

"也就是说证据力并不强。"小川冷冷地补充。

"告诉我，您为什么不拿出地契，还有一些和赵欣伯君的照片呢？那些才是证明您身份的最直接证据。"黑田继续说。

赵碧琰看着俞曼霞，琢磨着如何回答。

"没有了，那些都没有了。"她含糊其辞地回答，希望黑田能明白自己的意思。

黑田寿男果然聪明，他单刀直入，誓有不搞清原委决不罢休的劲头。"你被抄过家，对吗？你的直接证据都在1966年被毁掉了，对吗？"

他的问题让俞曼霞颇为不愉快，她不住地用手里的圆珠笔敲打硬皮笔记本，想通过这种方式制止黑田寿男的提问，但是他连看也不看她一眼。

"赵夫人，请你回答我的问题，这对法庭确认你的身份十分重要。你应该了解，这样一个涉及巨额财产的大案法庭不可能不谨慎，他们会掌握一些基本情况。"黑田寿男的目光集中在赵碧琰脸上，"请你相信，我和小

川律师是在真心帮助你。"

俞曼霞没有翻译黑田寿男的最后一句话，但是赵碧琰并不在意。黑田寿男话里有话，她能听出他的言外之意。

黑田在盯着她，俞曼霞也在密切注视她。她什么也不敢说，呆呆地坐在自己的床上，心里五味杂糅。

她的神情说明了一切。

黑田寿男不动声色地扭转身换了一个姿势，"俞小姐——"他的声音引开了俞曼霞的视线。赵碧琰迅速朝小川休卫点点头，心里十分紧张。

"我们正在寻找一些可靠的证人。好好想想，赵夫人，你在东京有朋友吗？"小川休卫接着问。

"朋友说不上，那时有一个人和我关系不错，经常来我们家的。"赵碧琰局促地回答。

"是谁？"黑田追问，他的声音中充满期待。

赵碧琰不吭声，她看了俞曼霞一眼，后者和律师一样，也正用期待的眼光看着她。

她咬咬嘴唇，艰难地说出几个字："板垣喜久子。"

"您是说板垣夫人？"黑田寿男难以掩饰他的惊讶。

"是的。我1931年就认识她。那时候她丈夫不在家，她经常到我家里做客，我们两人很谈得来。"赵碧琰说。

难怪黑田寿男惊讶，板垣喜久子正是二战后被处以极刑的日本侵华战争甲级战犯板垣征四郎的未亡人。这个甲级战犯的妻子居然会与赵碧琰关系密切，黑田寿男真的没想到。

板垣征四郎比赵欣伯大几岁，他从日本陆军大学毕业后长期进入中国从事间谍活动，号称日本陆军中的三大"中国通"之一。板垣是"九一八"侵华事件的主要策划者，1929年到1933年曾任日本侵华关东军高级参谋和伪满洲国执政顾问，他和赵欣伯的私人关系非同一般。

"您最后一次见到板垣夫人是在哪年？"小川问。

"1943年。我回国路过朝鲜时特意去看过她，那时候板垣征四郎在朝

鲜军司令部担任最高军事官。"

"后来你们有书信来往吗？"

"没有。"赵碧琰摇摇头，"后来从报纸上知道板垣征四郎被远东国际军事法庭处以绞刑，时间我记得很清楚，是1948年末，我家老头子被保释后第二天。不知道喜久子后来怎么样了。"

小川休卫翻开他的黑色记事本，片刻，他拨通电话，对着话筒交谈了三两分钟。

挂上电话，他转向赵碧琰说道："赵夫人，我们会尽快安排您和板垣夫人见面，她是可以证明您身份的重要证人。"

"真的吗？我们好多年没见面了。"兴奋之余，赵碧琰看看俞曼霞。

出乎她意料的是，俞曼霞没有反对。

"好吧，你们先休息。后天早上开庭，我们还有一点时间。"黑田说。他合上笔记本，准备告辞了。"对了，这次出庭确认身份的人有好几个，法庭上可能会言辞激烈，你要注意控制自己的情绪。"

"黑田律师，出庭时要特别注意什么？"俞曼霞嘴上带着一抹笑意追问，她心里有点没谱。

黑田的脸还是对着赵碧琰："实话实说。你是真正的赵碧琰，没有必要隐瞒经历，一定说实话才能得到法官的信任。至于别的人，要尽量找出漏洞，驳斥她们编造的历史。"他顿了一下，意味深长地说："这个案子不简单，要有多种心理准备。"

62

这是一个砌着高高围墙的大院子，里面有一幢独立三层小楼。赵碧琰跟在小川休卫律师后面走过曲折迂回的小径，穿过月洞门进入楼前面的园子。园子里没有一朵花，雪松、苍柏和铺满地面的青青小草把这里装点得绿意盎然。草地上摆着一张圆桌和几张藤椅，一个面色凝重的老妇人坐在雪松下正等着他们。

　　板垣喜久子是个特别在意穿着的漂亮女人，然而那已经是赵碧琰30多年前的记忆了。一袭黑色和服，粗线白袜，线条简洁的皮带儿木屐是她现在的装扮。赵碧琰听说，自从板垣征四郎被绞死之后，她几十年的装束都是一成不变。微风下，板垣喜久子随意拢在脑后的白发被吹得稍显凌乱，昔日的华贵风采如今已消失殆尽。唯一不变的是她那双眼睛——从眼神中，赵碧琰立刻认出当年常和自己一同到银座咖啡厅消磨时光的板垣夫人。

　　"你来了。"板垣喜久子平淡地说，她伸出瘦骨嶙峋的右手招呼客人就座。

　　"没想到我们还能见面。"赵碧琰感慨万千。

　　"是啊，很多年了，没想到。"

　　"你还好吗？"

　　"算好吧。我现在是孤家寡人，没有多大需求。"

　　"彼此彼此。"

　　"你比我强，还能出国走走。我已经好几年没离开这个院子了。"

　　"这个院子不错，你身体健康就好。"

　　几句寒暄的客气话过后，两个老妇人都沉默了。这次见面撩起了埋藏在心里的许多往事，此刻她们不约而同地想起了自己的丈夫。如果不是两个野心勃勃男人的利益联盟，她们在这个世界上恐怕没有机会相逢。

　　小川为她们拍了一张合影，两个人又说了一些客套话，仅仅维持10分钟的会面结束了。

　　短短的10分钟达到了预期目的，为法官后来核实赵碧琰身份特征提供了一条关键性证据。

　　夜深人静，赵碧琰迟迟没有睡意，躺在酒店舒适的床上，萦绕在她脑海里的仍然是挥之不去的往事，蒙太奇一般的电影镜头。她想起和赵欣伯在密室里藏宝的细节，想起绕道南朝鲜回国的漫漫旅程，最后她的回忆定格在10年前那个闷热的夏天，院子里烈火熊熊，被强迫剪出的阴阳头……她被揪到小学校和孙子一起同台挨斗，眼看着明子被人反剪双臂"坐飞

机"却无可奈何；另一个犯病的孙子脱掉衣服跑进大雨中狂呼乱叫，失神
落魄的眼神令人心碎……

是啊，赵欣伯留下这批财产原本是为了让子孙后代衣食无忧，如果
后代连命都不保，纵然她一个老太婆得到财产又有什么用？她的孙子，一
个被关在监狱里，一个疯了，如果她不遵守出国前规定的条条框框，将来
又会出现什么难以预料的后果？她不敢想象。

1976年4月，"文化大革命"还在继续，赵碧琰无法不心存恐惧。

她当然不想在法庭上让自己尴尬，更不想让自己的财产旁落人手。然
而，留在东京这批财产虽然数额不小，可即使能确认身份归还财产，能分
到她手里的充其量也不过是九牛一毛。这几年，她从官方得到的信息一直
含糊不清，政府只是说财产收回之后会给她一些奖励，具体有多少属于个
人，却是一个无解的未知数。赵碧琰看得十分透彻，因为这笔财产尚未回
归，她才显得很重要，也才有可能和政府讲一点点"放出我孙子"之类的
交换条件。一旦财产回归事宜一帆风顺，她的历史作用也将全部完结，那，
政府还会提前放出明子吗？毕竟，她从未就此事得到过确切答案。

经历了这么多年的贫困，赵碧琰对生活早已没有更多欲望，心中最
看重的惟有亲情。她老了，需要的是相对平安稳定的生活，没必要为了分
到手之后所剩无几的财产，拿自己的孙子做赌注。

"你是真正的赵碧琰，没有必要隐瞒经历。"黑田律师的话不无道理。
赵碧琰当然明白，说实话的作用可以促使法庭尽快确认巨额财产的真正主
人；可以让她藏在东京的珍宝得以回归；也许，还可以让自家日子过得稍
为松快一些……但权衡利弊，真要说了实话，政府还能重视她的要求吗？
明子还能放出来吗？赵碧琰不敢冒险。

她必须想到，1976年的中国正处于混沌时代，自己还有一个孙子被
关在监狱里……

越想越乱，越想越烦，东方出现鱼肚白，赵碧琰才迷迷糊糊睡了一小
会儿。

63

离正式开庭还有5分钟，津村洋介法官迈着稳健的步子走进法庭。他注视着坐在下面的5个女人，将好奇隐藏在心底。

当了将近20年法官，津村洋介办过的案子数不胜数，像今天这样的情况却是第一次遇到。5个同名同姓的女人，来自不同的居住地区，她们都号称是当年中国伪满立法院长赵欣伯的遗孀，诉争目的直指留在东京的一笔巨大不动产。为了便于识别，津村用居住地作为5个同名涉案人的姓名前缀，他把她们标注为马来西亚赵碧琰、泰国赵碧琰、香港赵碧琰、新加坡赵碧琰和中国大陆赵碧琰。根据津村洋介的了解，想要获取赵欣伯留在东京财产的确权人远不止这5个，事实上，他的卷宗里就有一份台湾赵碧琰的上诉书，只是该赵碧琰此次未能亲临东京出庭，法庭已按撤诉处理了这份文件。

出庭的5个赵碧琰都是个子不高的耄耋老妪，但衣着风度大相径庭。马来西亚赵碧琰盘着高高的发髻，方形的棕色眼镜后面是一双冷漠警惕的眼眸，她的黑色中式套装上嵌着色泽鲜亮的精细手绣图案，举手投足中渗透出毫无做作的贵妇气质。泰国赵碧琰面色黝黑，顶着一头蓬松的小卷烫发。她的服饰带有浓郁的东南亚风情，华贵的丝绸在灯光下闪闪夺目。香港赵碧琰个子略高，肥硕的身躯被一袭紫红色旗袍缠裹得赘肉凸现，她浑身上下珠光宝气，支着下颚的左手无名指上戴着一颗银光闪烁的大钻戒。如果那颗镶嵌在黄金戒圈上的钻石确是真货，这枚戒指肯定价值不菲。津村洋介的岳父是个珠宝商，他对珠宝行情并不陌生。

肃静中，津村洋介继续审视着面前的第四位赵碧琰——新加坡赵碧琰。她修剪得体的满头白发极为漂亮，一件名贵的灰色宽腰连衣裙掩盖住已经微微发福的体态。在5个女人中她是最显端庄的一位，有着一副让人喜欢的亲切和善面孔。与之相比，坐在她右边那位赵碧琰衣衫俭朴，确切地说是有点寒酸，无论怎样细看，在她身上也丝毫看不出曾经是大户人家贵妇的点滴痕迹。

　　审视仍在继续，津村洋介打量着本案的第五位当事人，来自中国大陆的赵碧琰。不过对她的观察更仔细。她穿着一件淡蓝色的确良短袖上衣，裁剪得极不合身，好像是在街边买的便宜货。他注意到她的齐耳花白头发既没有烫也没有染，甚至没有经过精心修剪，就是很随意拢到耳朵后面，还别了两个土里土气的小黑铁卡子。津村很难想象，如此一个平民老妪历史上会和日本天皇与中国末代皇帝相关联，若是仅凭先入为主的印象，他一定会首先把这个赵碧琰剔除在外。

　　然而职业道德不允许津村洋介法官先入为主，他必须在法庭上恪守职责。

　　津村洋介法官敲响法锤，延迟12年之久的赵碧琰身份确定案开庭了。5个年逾古稀的老妇人似乎个个势在必得。道理很简单，谁打赢这个官司，谁就是一笔搁置在东京多年的巨额财产的主人。

　　不过津村洋介很快发现，貌不惊人的中国大陆赵碧琰在庭上反应最快，她出语简捷而且句句切中要害。当另外4个"赵碧琰"纷纷拿出在北京或者东京的单人照片佐证自己的"赵欣伯夫人"身份时，她冷眼旁观，大有不屑一顾之势。

　　进入法庭调查阶段，津村洋介准备问询。对于同一个问题，他会依次听到5个答案。所有提出的问题都是他精心准备的，为了确定真正赵碧琰的身份，他做了最充分的调查，对于赵欣伯妻子在东京经历的所有重大事件都进行了梳理。比如，他知道赵碧琰年轻时因为自杀在颈部留下一道伤疤，所以她以后从不穿没有领子的衣服，即使在炎热的夏天也绝不会解开领口扣子；他也知道赵碧琰曾经在东京做过子宫切除手术，因此她的腹部有一条12厘米长的切口；他还查到了赵碧琰的儿子在东京治疗眼疾的病历，当时赵欣伯夫妇为他取了另一个寄予期望的名字……

　　掌握这些资料对津村洋介甄别真假赵碧琰至关重要，他不相信5个当事人的回答会高度一致，只要她们对任何问题的答案与已经掌握的真实信息不符，他就可以用淘汰法进行第一轮甄别。用犀利的目光巡视了一遍5个正襟危坐的"赵碧琰"，津村开始切入正题。"我想请问各位几个问题，

希望大家如实回答。"

5个"赵碧琰"的目光都集中在津村脸上,每个人的表情不尽相同。

"你能确认自己是赵碧琰吗?"津村问。

泰国赵碧琰抢先答话:"当然,这是父母给取的。我自小就叫这个名字,难道还会有错?"

香港赵碧琰和新加坡赵碧琰相继开口,她们均表示自己原名就叫赵碧琰。

"我的祖籍是中国辽宁,1921年嫁给赵欣伯先生后随夫改姓叫赵碧琰。"马来西亚赵碧琰的回答言简意赅,她说话时表情镇静语调流畅。

轮到中国大陆赵碧琰了,她第一句话就语出惊人:"我不是赵碧琰,真正的赵碧琰已经死了。我的真名叫耿维馥,是在出嫁后应丈夫的要求改用他前妻的名字,所以我和赵欣伯结婚以后使用的身份标识符号是赵碧琰。"

"身份标识符号。"这个回答很有意思,津村洋介开始对中国大陆赵碧琰刮目相看。

"好!女士们,请回答,你是怎样落户现在居住地的?"

这个问题不可能有统一答案,谁先回答并无妨害。前4个"赵碧琰"的回答大同小异,她们或是慷慨激昂或是镇静自若地讲述了赵欣伯死在共产党的监狱后,自己如何为了躲避迫害背井离乡的经历,所不同的只是年代和定居地点的差异。

中国大陆赵碧琰的回答十分简洁:"我和丈夫赵欣伯1933年回国后就住在北京,除了1943年到过一次东京,几十年来,赵欣伯一家从没离开过中国大陆。"

这个答案和档案中的信息基本吻合,津村眼前一亮,靠在椅背上的身子随之挺起。他看了一眼夹在卷宗中的备忘录,问话的语气非常亲和:"那么,我想知道,赵欣伯的太太生过几个孩子?现在都在哪里?"

泰国、香港和新加坡赵碧琰的回答都是一个,而且已经去世,虽然她们表述的年代不同。

马来西亚赵碧琰:"我在1925年生下儿子赵宗阳,1962年我离开大

陆的时候母子失散至今。所以，我无法告知法官先生他目前的确切下落。"
她目光下垂，一副伤感的模样。

中国大陆赵碧琰："我嫁给赵欣伯后一共生育过两次，第一次是个男孩儿，叫赵宗阳；第二次早产生下一个女儿，只活了4个小时。后来我因为子宫切除无法生育。"她停顿一下，扫了一眼另外4个"赵碧琰"，提高嗓音清晰地说："赵宗阳既没有死也没有失散，他目前在北京，和我住在一起。"

"赵宗阳用过其它名字吗？"津村洋介不给"赵碧琰们"喘息的机会，立即提出第四个问题。这是一个带有圈套性质的问题，"是"与"否"即是真与假的分界线。

说完，他目不转睛地注视着5个"赵碧琰"，观察她们在听到问题和回答问题时的不同反应。身为资深法官，他在庭审时并不单纯相信语言内容，还需要通过音调、语速及停顿等语言形式和用身体、表情展示的非语言特征进行综合判断。经验告诉他，一般情况下谎言会通过语言形式和非语言特征渗透出蛛丝马迹，也就是说，人在说实话和说谎话时的基础反应不尽相同。

果然，泰国、香港和新加坡赵碧琰表现出迟疑，她们的眼睛和身体语言都透露出对这个问题的生疏。马来西亚赵碧琰和中国大陆赵碧琰则神情自若，她们几乎是异口同声作答："用过，赵重光。"

"他是什么时候用这个名字的？"

马来西亚赵碧琰："3岁以后，他一只眼睛失明了。我们就为他起了这个名字，但是只作为小名，对外他一直叫赵宗阳。"

中国大陆赵碧琰："这个名字是我丈夫在轮船上起的，后来只在东京明治医学院看病时用过一次。我们在家里从来不用这个名字，我们都叫他宗阳。"

"赵宗阳是因为什么原因导致眼盲的？"

马来西亚赵碧琰："发烧。"

中国大陆赵碧琰："脑膜炎。"

　　津村洋介不动声色，几个问题下来使他有了初步淘汰对象。根据已经掌握的资料，惟有马来西亚赵碧琰和中国大陆赵碧琰的回答贴近事实。他把十指交叉的双手放在深棕色的大案子上，抛出最后一个关键问题："请说出赵欣伯死亡的原因、时间和地点。"

　　这一次，前面4个赵碧琰的回答高度一致，她们争先恐后地表述1951年赵欣伯被共产党羁押，又如何饱受折磨死在监狱里。说到伤心处，香港赵碧琰还潸然泪下，以示她和赵欣伯情爱甚笃。

　　唯一不作声的是中国大陆赵碧琰，她眯缝眼睛凝视着天花板，仿佛这个问题和自己无关。

　　"请中国大陆赵碧琰回答。"津村洋介提示。

　　她收回游离的眼神，稍为犹豫一下，然后语速很慢地说："赵欣伯是病死的，1951年7月，脑溢血。他没有死在监狱里。"

　　北京老太太的回答再一次出人意料，津村洋介法官不得不怀疑她是否思维混乱。

　　"关于这一点，我还想再核实一遍。中国大陆赵碧琰，你真的确认赵欣伯不是死在监狱里？"津村洋介锐利的目光直视老妪，想从她眼睛后面探查出真相。

　　"是的，我确认。"中国大陆赵碧琰毫不犹豫回答。只有她明白自己话中的含意，赵欣伯确实不是死在监狱里，他死的地方是公安局拘留所。

　　津村洋介看着手中的卷宗，在中国大陆赵碧琰的名字后面画了一个大大的问号。最有可能的真赵碧琰在一个众所周知的问题上给出了一个最不可思议的答案，津村洋介感到这个案件远比想象的更加复杂。

　　思索了一两分钟，津村洋介宣布闭庭，他需要好好分析一下"赵碧琰们"的不同反应。

　　毫不夸张地说，5个同名同姓女人的身份之争对于媒体的诱惑远远大于内阁开会，更甭提在身份之后还隐藏着一笔偌大财产。走出法庭，"赵碧琰们"便被蜂拥而至的记者围住了，镁光灯亮成一片。第二天，东京各报都在

重要位置刊发出这条新闻，5个"赵碧琰"和遗落多年的巨额财产落入谁手成了东京市民茶余饭后最热门的话题。

64

1976年6月24日，第三次开庭。津村洋介费尽周折找出两个当年与赵碧琰相交甚密的证人出庭，他希望通过知情人的指认尽快解开真假赵碧琰之谜。

突如其来宣布证人出庭的消息后，津村洋介用他特有的敏锐观察一番5个同名同姓的上诉人。他注意到，泰国和新加波赵碧琰的目光中闪烁着一丝恐慌，手足无措泄露出她们的神经都处于高度紧张状态。香港赵碧琰的紧张有过之而无不及，她目光低垂，不住用大拇指搓拭半握的空拳。马来西亚赵碧琰面无表情，但是津村总有一种感觉，这种表情是努力克制的结果，在外表的平静下她实际隐藏着更强烈的不安。只有中国大陆赵碧琰，一副对突发信息毫不在意的表情，那种泰然自若绝不是装出来的。

第一个出庭的是马场美代子，她是多磨村人，家里主要以养蚕为生。1934年到1938年，她曾经在赵欣伯家做过女佣。

"请证人回答，5个赵碧琰中哪个是你熟悉的赵欣伯夫人？"津村问道。

马场美代子的目光迅速掠过马来西亚、泰国、香港和新加波"赵碧琰"4人，最后定位在中国大陆赵碧琰脸上，四目对视，她毫不迟疑地认出了旧日女主人。

"是她。"马场美代子指着中国大陆赵碧琰。

"你在赵家做了多长时间帮工？"

"大约4年，我是由表姐介绍到赵家的，那时他们住在高轮南町七号。后来搬到世田谷区，我也一起过去了。直到昭和13年老爷、太太带着小少爷回国，我才离开赵家。"

"你在赵家主要负责什么？"

"先是主要负责洗烫老爷太太的衣服，搬家后也负责接送小少爷上学。"

"中国大陆赵碧琰，你认识证人吗？"津村问。

每个人都认为答案应该是肯定的，因为马场美代子的指认对这场身份争夺战具有举足轻重的作用。如果想要赢得这场诉讼，中国大陆赵碧琰没有理由不回答"认识。"对于其他4个"赵碧琰"，这是一个可望而不可即的宝贵机会，换成她们，任何人都不会放弃。

中国大陆赵碧琰又看了一眼证人，转过身十分平静地回答："不，法官先生，过去家里佣人很多，我不太记得了。"

回答引起几秒钟哗然，所有的人都惊愕地把目光聚焦在她脸上，包括她的日本律师黑田寿男和小川休卫。

"不会吧？太太，你真的认不出我了？"马场美代子急切地说，她用手在额头上抹了一把，"你记不记得搬家以后，夏天我要回多磨村，宗阳小少爷闹着要去看蚕宝宝。还是太太您说服了老爷，我就把宗阳少爷带回乡下过了一个暑假。您记得吗？"

"中国大陆赵碧琰，证人说的是实情吗？"津村问。

"事情倒是有，可是我真的认不出她了。30多年，我们都老了，变化大呀。"她把头转向马场美代子，露出带有歉意的微笑。

"法官，我敢肯定她……"马场美代子偏着头想继续说下去，津村洋介打断了她，"好了，马场美代子女士，谢谢你的合作，你可以下去了。"

马场美代子退下证人席，她一边迟疑地朝外走，一边盯着中国大陆赵碧琰，目光中全是疑惑。

赵碧琰的表现，令黑田寿男和小川休卫两位律师面面相觑。形势急转而下，她给自己投了一张分量最重的反对票。

福岛初子走上证人席。她的丈夫曾经是侵朝日军司令部的高级参谋，1943年赵欣伯夫妇前往东京时在朝鲜住过几天，福岛初子陪同他们游览过白头山。

"请证人仔细辨认，这5位女士哪位是你认识的赵碧琰，"津村法官朝证人点点头，示意她不必拘束。

福岛初子认真地打量着面前的5个女人，马上就认出寻觅目标。但是，她不打算说明真相,因此她皱起眉头故作回忆的神态,沉默几分钟之后才郑重其事地开口说:"法官先生,我认为她们中间没有赵碧琰。"

"证人,请你再仔细看看。"津村洋介法官平静的声音透着威严。福岛初子在说谎,她身体动作展示的非语言特征传递出这一信息。

福岛初子为之一惊,她神情的变化没有逃过津村洋介法官的双眼。

"好像,"福岛不由自主地指指中国大陆赵碧琰,"只有这位的身材、体型和脸型与赵欣伯夫人比较相似。"她迟疑一下,又补充说:"但是我不敢完全肯定。"

津村洋介法官转向她指认的那个"比较相似"的女人:"中国大陆赵碧琰,请告诉我,你是否认识证人?"

"是的,我对她有很深的印象。"

"你是在什么时间、什么地点第一次见到她?"

"1943年,我和丈夫从北京到东京,路途中顺便去看看认识很久的板垣征四郎将军。在板垣宴请的酒会上,我第一次见到福岛女士。当时她靠在一位日本军官肩头上……"

"胡说!"福岛初子尖叫一声,她的话马上被津村打断。

"现在没让你说。"他示意中国大陆赵碧琰:"说下去。"

中国大陆赵碧琰没有理睬福岛,继续顺着自己思路往下讲:"后来因为板垣军务繁忙,找了几个人陪同我们游览名胜,其中就有福岛女士和她丈夫。因为一行中只有我们两个女人,所以交往略多,印象也比较深。"

轮到福岛初子再次讲话。这次,她否认来自北京的清瘦老太太就是赵碧琰,坚定地声称自己从没见过这个女人。

庭审进展陷入不利,黑田寿男律师不失时机地举手要求发言,在得到许可后他站起来一脸色严肃地说:"我想提醒法官先生注意,该证人的哥哥至今占着飞田给的一块赵氏地产,她的住宅也盖在那块土地上。为此,由法庭指定的赵碧琰财产管理人山本忠义先生曾在几个月前就土地转让之事对该证人哥哥提起过诉讼,而且该证人也被牵扯其中。由此,本律师认为,该证人与东京地产的主人赵碧琰具有对立性利害关系,而且其叙述前后矛盾，因此该证言不可采信。"

津村洋介法官看着案子上的备忘记录，思考几分钟，向中国大陆赵碧琰又提出一个问题："你说认识板垣征四郎夫人，对吗？"

"是的，我这次来东京还去看过她。"

津村洋介眼睛一亮："什么时候？"

"6月12日，第一次开庭前一天。"

"她能认出你吗？"

"当然，我们是老朋友。"

津村洋介法官举起法锤，"闭庭！"

一声长长的落锤音响，在没有窗户的法庭传出沉闷的回声。

65

清晨，毛毛雨下个不停，清爽的空气中弥散着淡淡的桂花香气。津村洋介乘电梯直达16层办公室，他泡了一杯清茶，打开卷宗仔细研究起真假赵碧琰案件。

经过3次庭审，津村洋介已经基本确定香港、泰国和新加坡三地的赵碧琰是冒牌货，她们谈到赵欣伯的情况与东京法院掌握的资料大多不符，颈部也没有自杀留下的细细疤痕，而且从语言形式和非语言特征分析，这几个人在庭审中迟疑、停顿、模棱两可、茫然失措以及扬眉、惊愕、手指乱动和身体摇晃的现象重复出现，按照表意学的逻辑，已经构成了叙述非真实性的主要特征。马来西亚赵碧琰令人疑窦，这个女人冷静得无可挑剔，个人叙述与身体特征与信息基本相符，她提交的所有证明资料都出自1964年之后——当然，这些由政府机构填写的身份证明都是依据她本人提交填写的原始材料制成的。

巧合的是，5个"赵碧琰"都没能拿出与赵欣伯的合影，这一关键性证据的缺失，使津村洋介彻底陷入迷宫。

让津村洋介最琢磨不透的是中国大陆赵碧琰。种种迹象表明，她的

情况与赵欣伯妻子最为相仿，但是在"赵欣伯是否死在狱中"和"赵家在文革中是否受到冲击"两个关键性问题上，她屡屡持坚决否认的态度。这恰恰与法庭掌握的基本信息大相径庭，因此认定她是真正赵碧琰的理由也不充分。

他喝了一口茶，思绪又回到两天前，询问证人的情景依然历历在目。马场美代子的证言本来对中国大陆赵碧琰十分有利，可惜的是，那个清高冷漠的北京老太太却刻意否认了这一证言。当她否认记得马场美代子的时候，丝毫没有表露出对可能出现败诉后果的不安，她似乎藏匿着一个不为人知的意图，否则决不会如此反常。

5个"赵碧琰"中，肯定有一个是赵欣伯真正的遗孀，第六感官令津村洋介坚信不疑。他手中还握有一张王牌，对于甄别真假赵碧琰至关重要。

他迅速翻阅一下庭审记录，找出所需的那几行文字。他拿起电话，拨通了一个号码。他相信这个电话会带来更多的线索。

"板垣夫人，我是东京地方法院的津村洋介法官，有一件重要的事情向您询问，需要耽误您一点时间。"

"不用客气，我反正在家里没事情可做，您想聊多长时间都行。"电话那端，板垣喜久子的声音并不显得苍老。

"好吧，那我开门见山。您认识一个叫赵碧琰的女士吗？"

"你指的是中国伪满立法院长赵欣伯的夫人？"

"正是。"

"认识，是很久以前的事情了。我们认识的时候她还不到40岁，是个讲究穿戴的中国女人。"

"我最近审理一个确认身份的案件，其中一个当事人说最近见过您。"

"你说的是一下窜出5个赵碧琰的事吧？我看报纸了。"

"那我就不多介绍了。因为您熟悉真正的赵碧琰，那天的访客您觉得是她吗？"

"是，怎么会不是？我从她的脸型上一下就认出来了。我们谈了好多当年在一起的往事，她记得很清楚，应该不会错，是我认识的那个赵碧琰。"

"板垣夫人，能详细谈谈您和赵碧琰的交往吗？"津村洋介客气地说，"越多越好。"

"你是想知道一些真正赵碧琰的特征或者习惯吧？"板垣喜久子仿佛猜透了津村的心思，"你算找对人了。我和赵碧琰在昭和10年就认识了，那时我们两家离得很近。后来她家从高轮搬走，我们交往也十分频繁，差不多隔一段时间两人就要出去逛逛街或者到咖啡厅坐坐。"

"那你们一起吃饭吗？"

"经常的事。我告诉你，赵碧琰是不和生人吃饭的。"

"为什么？"

"她是个左撇子，但是赵欣伯不让她在生人面前表现出来，所以要是来了生人她就得用右手吃饭，她嫌别扭。"

"您说她是左撇子？"

"是呀。我们两人在一起她就不用遮掩啦，放心大胆地用左手吃饭，没有人会笑话她。"

"那她写字和用剪子都是左手吗？"

"写字当然不是，听她说是从小被扳过来的。拿剪子吗？我想想。我们在一起没太见她干针线活儿，不过好像也是用左手，在生人面前很少有人拿剪子啊，她没必要再扳这个习惯。你说对不对呀，法官？"板垣喜久子呵呵笑着，为自己的推理感到得意。

津村洋介道了谢，挂上电话时他心里有了主意。

66

第四次开庭，津村洋介没有询问，他让书记官给5个"赵碧琰"各发一张表格，请她们填写二战期间为了打理家庭财产来到东京后的一些细节。

5个上诉人全都证据不足，没有地契、没有照片、没有过得硬的证人，但津村洋介的智慧让他抛开询问另辟捷径。一个人可以根据个人意愿肆意编造讲话内容，却无法把她根本不熟悉的地理条件和收藏物品阐述得几乎

没有偏差。

众所周知，成城町 168 号的赵氏旧宅早已在 1945 年毁于战火，藏宝地下室恰是在那时被美军发现。而藏在地下室的那批财宝，至今还保存在大藏省，连东京地方法院也不知道这笔财产的详细清单。津村洋介胸有成竹，这张表格将成为他辨别真假赵碧琰的重要依据，只有真正的赵碧琰才能给出成城町 168 号旧宅房屋的位置、藏宝地下室和所藏财宝 3 个最重要问题的答案。

他向"赵碧琰"们宣布她们有 15 分钟的答题时间，然后怡然自得地看着几个老妇人，他像在课堂上监考的老师，此时带有一种难以名状的轻松感。

有人的手开始发抖，有人额头流下冷汗，一向镇静自若的马来西亚赵碧琰盯着表格咬紧嘴唇迟迟不肯落笔，外表的不安出卖了她，她的胜算机会正在一点点溜走。津村洋介的目光最后扫向中国大陆赵碧琰，她低下头奋笔疾书，似乎无视其她人的存在。

15 分钟过去，书记官收回表格。津村洋介不容 5 个老太太喘息，立刻抛出第二份考题。板垣喜久子提供了一个重要线索，他需要用这个线索验证真伪。

每个人面前是一个小托盘，里面有一把小巧的袖珍剪子和两张光滑的白纸。

"哦，这是要干什么？"新加坡赵碧琰脱口问道，她不标准的日语引起大家窃笑。

泰国赵碧琰已经迫不及待地拿起小剪子。"真漂亮。"她由衷地赞叹。

马来西亚赵碧琰一声不吭，把剪子举在眼前细细把玩。日本这类小东西做得太棒了，精细得让人爱不释手。

"难道想让我们做手工？"香港赵碧琰小声偏头问，她似乎忘了坐在自己边上的都是诉争对手。

"也不是没有这个可能。"中国大陆赵碧琰淡淡一笑，对眼前的道具丝毫没感到好奇。

津村洋介没有阻止她们的低声交谈。好奇和喜欢，这正是他要的第一个效果。

他轻轻敲了一下法锤提示大家安静，开始解释为什么需要这些东西："据我们了解，赵欣伯的夫人赵碧琰很喜欢女红。各位既然都说自己是真正的赵碧琰，那么我恳请各位动手展示自己的才华，目的嘛，当然是为了帮助法庭更好地判别身份。现在，你们可以随意剪一个自己喜欢的图案。当然，你也可以拒绝，但我必须提醒，那是不明智的做法。"

"你的意思是让我们剪窗花？"泰国赵碧琰瞪大眼睛问。

"你理解得不错。"津村说，他就是要故意引出某些人的错觉。

5个老妇相继拿起剪子和白纸，津村洋介的目光从左至右在她们手腕上飘移。右手、右手、右手、右手——前面4个赵碧琰都是右手持剪，跟他对事实的判断基本吻合。

中国大陆赵碧琰没有先动剪子，她正在细心地把一张白纸对折起来。津村洋介眼睛一眨不眨地盯紧她，心里有点忐忑不安。终于，他看到那个老妇人很自然地伸出左手去取小剪子，然后熟练地在纸上铰来铰去……

津村洋介长长吁出一口气，水落石出，可以尽快结案了。

一分钟，最多只有一分钟，中国大陆赵碧琰把手中的剪子放下，她的作品完成了。

书记官呈上5份作品，右手持剪刀的4个老妇剪的都是窗花，虽然有拙有巧，但形式大同小异。可是中国大陆赵碧琰用左手剪的是什么呀？两张折了四道线的长方形纸片，一大一小，软塌塌地摆在托盘里。这让津村洋介不免好奇。"你剪的这是什么东西？"他问左撇子老太太。

"金条。"老太太清晰地说。

"什么金条？"津村洋介惊讶极了，他怎么也没想到两块薄薄的纸片后来在这个案子中会发挥关键性作用。

"我和我丈夫藏在成城町168号地下室里的金条，放在一个铸铁箱子里，上面有印记和编号。"

津村洋介摆弄着纸片，用曲别针夹住重合的地方，果然看出一个立

体长方形模样。两个模型，长、宽、高皆不相同，毫无疑问，老太太是在暗示箱子中有两种不同规格的金条,津村洋介打定主意庭审结束后马上派人到大藏省进行核实。

宣布闭庭之后，津村洋介把中国大陆赵碧琰留下来。这个让人琢磨不透主观意图的北京老太太，总是干点出人意料的事情，他急欲要解开这些天一直盘旋在脑海里的3个疑问。

法庭上只剩下唯一的上诉人，津村洋介合上卷宗，以示即将开始的是一场与庭审无关的谈话。他稍许考虑一下，决定先从马场美代子引入话题。

"夫人，我想知道，当马场美代子指认您就是她的女主人赵碧琰时，您真是记不起来她了吗？"

"怎么会呢？她在我家干了好几年，一进来我就认出她了。"

"那您为什么非说记不清了？"

"如果我这么说，就一定有我的道理。"

"但是您知道这样做的后果吗？您失去了一个可以确认身份的重要证人。"

赵碧琰笑笑："未必，这个事情很好解释。她是佣人，隔多少年当然也会记得主人，但是主人不一定非要记住她，就像我说过的，家里佣人很多。比如法官先生您，每个月都会审理很多案子，事隔30多年之后您的很多当事人会依旧记得您，但您却肯定记不住所有的当事人。这很正常，出现这种情况并不意味着您没有做过法官。我说得对吗？"

她的话听来有道理，这个老妇人的思维睿智得有点可怕。她不承认马场美代子未必是因为主人的面子，可能还有更重要的个人意图，至少津村洋介是这样感觉的。

接下来，他又提出另一个百思不解的问题："根据我们掌握的信息，您丈夫赵欣伯是死在共产党监狱里，您为什么坚决不承认呢？"

"那真的是你们搞错了。我丈夫只是被政府传讯，并没被逮捕，所以他根本没进监狱。我没说错。"

"照片呢？你又怎样解释？如果你承认曾经被抄过家，在这个问题上

可以说就算没有疑点，但是你坚决不承认。"

"法官先生，你没有在中国生活过。"赵碧琰所答非所问，她脸上的表情出现细微的变化，但津村洋介还是察觉到了。

他看看腕上的手表，差一刻12点。

<h1 style="text-align:center">67</h1>

第四次开庭过去一周，津村洋介吃过午饭拿起当天的报纸。办公室的门"砰"一声被推开，他的助手，25岁的三浦原闯进来。

"津村老师，快来看——"三浦原顾不得礼节，兴冲冲地大声喊道。

"什么事这么兴奋？"津村洋介放下报纸。

"找到1945年保存的那批财宝的下落了，在造币局东京分局。"

"真的？"津村洋介站起来，"快拿出来看看。"

"和中国大陆赵碧琰当庭写的材料十分吻合。"三浦原从文件夹里拿出一份盖着印章的收藏清单放在办公桌上，津村洋介从柜子里抽出确认赵碧琰身份案第四次开庭的卷宗。

等不及三浦原叙述他如何跑到造币局查找资料的经过，津村洋介已经趴在桌子上对比两份文件。在中国大陆赵碧琰的表格中，在"所藏财宝"一栏用整齐的字体写着：金条（长短两种）；指环（钻石和翡翠）；项链（金和珍珠）；手镯（翡翠和金制）；四方的手表等。

造币局清单：金画框10个；金纽扣、翡翠指环、金手镯各两个；镶钻石的翡翠指环、翡翠盾、银制化妆盒。长金条8支，短金条19支。其中长金条长18.3厘米，宽1.4厘米，厚约0.7厘米；短金条6.8厘米，宽2.1厘米，厚约1.1厘米。

对比这些数据，津村洋介从文具盒中抽出一把尺子丈量中国大陆赵碧琰在庭上剪的纸模型：第一个长17.6厘米，宽1.6厘米，厚1厘米；第二个长10.5厘米，宽2.2厘米，厚1.2厘米。扔下尺子，津村洋介一声感慨："真不易呵。"

"是啊,"三浦原把手里的水杯放下,掰着手指头说:"第一,时间过去了33年;第二,没有尺子;第三,在那么短的时间里她能剪出相差无几的金条模型,这说明什么?"

"你说呢?"津村洋介笑着问。他很喜欢这个助手,经常考考他的分析能力。

"还能说明什么?当然是说明这个老妇人才是真正的赵碧琰。您想想,如果不是把这些尺寸印在脑子里,她怎么能折把几下迅速剪出两个模型?如果她不是这些东西的主人,又怎么会知道得这么清楚?"三浦原踱步念叨着,一五一十分析得井井有条。

津村洋介没有说话。三浦原的分析无可反驳,可是作为主审法官,他必须考虑更多因素,只有在每一个环节上无懈可击,这个案子才能揭开谜底。

打开深灰色的硬皮卷宗,津村洋介看到赵碧琰在法庭上左手持剪的实况留在庭审记录中,他把手里的调查报告书和以往收集到的赵碧琰个人信息资料放在一起,希望这些文件引起后任法官的高度重视。

这几份文件确实在赵碧琰的身份确认中起到了重要作用,但不是在1976年的庭审,而是8年以后的又一次开庭。那时候,赵碧琰财产案已经从东京地方裁判所转到东京家庭裁判所。

68

判决下来那天,赵碧琰在酒店被俞曼霞好一顿埋怨。东京地方法院最后判定,由于5个"赵碧琰"都或多或少存在疑窦,因此无法确认她们之中任何一人即为赵欣伯的夫人赵碧琰。"不在者"(注)赵碧琰留在东京的巨额财产仍由山本忠义律师作为临时管理人。

挨训归挨训,赵碧琰对判决结果却暗暗满意。只要这笔财产一天不回归,政府就有用得着她的地方,那她也就有了讲条件的资本。对这一点,

---

【注】日文中的"不在者"即为"下落不明的人"。

她是哑巴吃饺子，心里有数。此行是否无功而返，就要看她的孙子是否能被释放了。

回到北京，赵碧琰在机场得到两个重要消息，其一是半个月前唐山发生7.8级大地震，她躲过一场惊吓；其二是她的大孙子赵昭明昨天下午被释放出狱，此刻正在家里等着和她团聚。

好险呀！赵碧琰出了一身冷汗，如果东京法庭这次确认了她的身份，那她孙子肯定要在监狱多待几年了。

用一次败诉之行换来孙子6年的自由，即使那些金银财宝一辈子都要不回来，赵碧琰也觉得值！

赵碧琰从东京回国之后不到一个月，北京举行了第三次国丧，这一次是为伟大的导师、伟大的领袖、伟大的统帅、伟大的舵手毛泽东主席下半旗。举国悲哀，住在地震棚里的赵碧琰佩着黑纱抱着收音机不松手。

她是一个极为敏感的人，从一天天的新闻和报纸摘要节目中，渐渐听出了弦外之音。

10月，在北京月坛公园绿化队，穿着一身劳动布工作服的傅志人听到了粉碎"四人帮"的鞭炮声，他举着手腕粗的黑胶皮水管朝着天空来回喷水。水花飞溅，傅志人感到从未有过的舒畅。过去27年里，他遭遇了种种坎坷，几进几出离开自己的心爱岗位，惟一不曾泯灭的，就是存在心里的期望和热情。

他是一个律师，他的要求真的非常简单：不怕累，不怕辛苦，不怕复杂的案子，只希望自己能重操旧业。

1977 年　北京

经过十年动乱与闭关锁国，中国在 1977 年觉醒了。

国民经济、工业生产和科学、教育这样的词语频频出现在新闻之中，8 月 10 日，国务院决定为部分低收入职工调整工资，受惠人群达到 3000 多万；老百姓因为生活将有所改善的欢呼雀跃声还没有落下，两天以后，中国共产党第十一次全国代表大会在北京开幕，正式宣布为期十年的"文化大革命"结束。

停滞了 10 年的高考恢复了，多年来一直以无知识为荣对臭老九予以专政的工宣队退出了教育大舞台，一个平反冤假错案、坚持有错必纠的新局面正在呈现。

新形势开阔了人们的视野。在这一年，从中国大陆发往国外的信件以几何倍数增长，借着大批国内同胞寻找海外亲人的潮流，脑瓜儿活络的赵宗阳在日本刊登了一则寻人启事。

69

"赵宗阳，盖戳——有你挂号信。"

听到邮递员的喊声，赵宗阳从床上一跃而起，他迅速从三屉桌中间抽屉里取出塑料印章，趿拉着两只没有带儿的旧军球鞋往楼下跑。"来了，来了——"他边跑边喊，似乎生怕邮递员蹬着车跑掉。

一个米黄色的信封落到赵宗阳手里。他匆匆扫了一眼，正如他所期盼的，是一封发自东京的来信。

赵宗阳身高大约 170 公分，尖细的脸庞上左眼深陷。他露在大裤衩外面的两条细腿骨瘦如柴，身上穿的挎篮背心带着几个破洞。这件汗布背心赵宗阳穿了好多年，尽管布都糟透了他也舍不得丢弃。他实在舍不得花上

两尺布票和好几块钱去买一件新背心，要是那样，他宁肯把那些钱换了散装啤酒装进肚子里。赵宗阳年轻时可不似这般邋遢，他在辅仁大学读书的时候是班里有名的富家子弟，那时候，每逢出门他必像女孩子一样对着镜子仔细装扮，挺括的西服、配套的领带、笔直的裤线、一尘不染的皮鞋，哪样有一丁点儿不可心他都绝不会迈出大门一步。30年风水轮流转，赵宗阳早就无暇讲究衣着装束了。

往楼上走的时候，赵宗阳迫不及待地撕开信封，目光迅速扫过信纸上的日文，最后落在信尾的签名上。"大谷美代子"，一个他十分熟悉的小伙伴名字。赵宗阳兴奋得把信纸举过头顶连呼"哈依"，连跑带颠儿地把这个好消息告诉他的老母亲。半年多的期盼终于有了结果，他付给日本报纸的广告费真的没打水漂儿。

1976年，赵碧琰第二次上诉失败。赵宗阳无法忍受自家财产处于看得见摸不着的尴尬境地，脑子里一直盘算怎么才能证明赵碧琰的真实身份。无意间，他从母亲带回的日本旧报纸上看到一则寻人启事，于是想到寻找自己在东京上学的熟人。赵宗阳很聪明，依他的想法，在东京自己认识的同学远比母亲认识的朋友多，如果自己能联系上一些同学，如果他们能证明自己的身份，如果自己再反过来给母亲作证……赵宗阳一度为自己的"如果"逻辑兴奋不已，有好几个晚上，他都坐在床上吐着烟圈郑重其事地琢磨巨额财产到手后如何花销。

权衡利弊，赵宗阳从政府拨给老母亲的医药费中砍下一块，他拿到秀水街换成外汇，自作主张在《读卖新闻》登了一则百余字的寻人启事。第一次启事刊登之后没人理睬，他不甘心，咬牙跺脚又掏出一笔银子——反正这两年他打着给赵碧琰看病的名义从侨办借了不少钱，为了有朝一日的大回收，他必须有点适当投入。

东京来信给赵宗阳带来的喜悦持续了好多天，虽然他因为擅自作主被有关方面痛斥了一顿。对那些人的短视赵宗阳不以为然，中日现在是有外交关系的友好国家，没有人能制止他的通信自由。赵宗阳继续和大谷美代子保持信件来往，并且通过她联络到更多的同学。

中秋节前夕，赵宗阳在给大谷美代子的信中转达了母亲赵碧琰的请求，希望大谷有时间能代她去看望板垣喜久子一次。元旦过后，大谷美代子回信告知她见到了板垣夫人，并且转达了板垣喜久子对赵碧琰的问候。这封信被赵宗阳悉心地放进一个空月饼盒里，他相信，这些信会在赵碧琰财产回归案中发挥作用，虽然他不知道自己是否有机会再去东京。

1978年　东京

　　这是中日建交之后两国关系最为融洽的一年，8月12日，中日两国在几年来相继签署了贸易、航运、海运、文化一系列协定的基础上缔结了《中日和平友好条约》，两个月后，中国副总理邓小平访问日本，使中国和日本的关系更进了一步。

　　从这一年开始，中国和日本的司法机构开始有了循序渐进的交往，北京和东京的司法机构都在密切关注着赵碧琰财产案的自然发展。

70

　　帝国酒店是东京银座的标志性建筑，隔窗眺望就是绿柳成荫的日比谷公园。可是他一点也没心情欣赏窗外景色，脑子里思考的都是明天去裁判所谈话的事。

　　他闭上眼睛，眼前就闪现出鲜血，殷红殷红的血，让人不寒而栗。卧病在床的母亲对着盆子吐出的大口鲜血，被车轮碾压双腿的女儿遗在马路上的鲜血，还有自己眼眶里和着泪的鲜血——血和血混在一起，叠印出一幅惨不忍睹的生活画面。

　　他无奈，为了挽救母亲和花季女儿，只能破釜沉舟。

　　他的选择让人听来毛骨悚然：他出卖了自己一只眼睛，还要以另一个人的身份融入社会。为此，他们给了他一大笔钱，这些钱足够付他母亲和女儿的医药费。

　　他想起自己被送到医院那天，暗藏着惊恐被推进手术室。医生给他注射了麻醉剂，渐渐地他失去了知觉。一周以后，眼睛上的绷带被一层层去掉，他一只眼窝塌陷成了永远见不到光明的黑洞洞。他像观赏动物一样被两个穿着白大衣的医生和一干陌生人仔细打量，他们满意地说手术十分

成功，眼前的他绝对就是想要冒充那个人的翻版。可是他的惊诧、恐慌与不适应多少天也缓不过来，他不得不割断与家里的一切联系，努力适应所要扮演的角色。

他现在的名字叫赵宗阳，身份是伪满洲国前立法院长赵欣伯的独生子。当然，他应该是赵欣伯的第二个妻子赵碧琰所生。他费了很长时间死记硬背和自己真实生活完全不搭界的一些经历，而且在两名专职人员训导下学会了绅士派头。

他等的就是这一天，只有经过东京地方裁判所最后的检验关卡，那些花大本钱养了他5年的财团大佬才能得到东京这笔巨额财产。他从不知道谁是真正的设局人，也不知道东京财产的总额到底有多大。但是他知道，惟有让这个血淋淋的骗局圆满谢幕，自己付出的代价才有意义。到那时，他可以拿回一份不菲的报酬，并且恢复自己的本来面貌。5年了，他只能通过书信和女儿联系，为了重新团聚的一天他望眼欲穿，虽然他仅剩下一只能见到光明的眼睛。

"赵碧琰死了"，他是惟一的财产继承人。递交到东京家庭裁判所的每一份文件都言之凿凿，一切都似乎天衣无缝。

71

山田忠志法官坐在庄重威严的墨绿色法官席后面，居高临下审视着没有摘掉深褐色墨镜的当事人。这位身躯微胖，面容和善的法官给人的第一感觉是慈祥，即使在他表情最严肃的时候也微露笑意，他长着一双眼角上翘的笑眼，不大却炯炯有神。山田忠志的名字和代为管理赵碧琰财产的山本忠义律师仅有两字之差，这完全是巧合，他们两人没有任何亲属关系，而且以前从来不认识。

作为东京家庭裁判所的资深法官，山田忠志在这里工作了20年，他思维缜密，做事有条不紊，在裁定无主财产的案件上具有丰富经验。东京地方裁判所转来"不在者"赵碧琰财产案不过两年，他已经收到过7份自

称是赵碧琰的儿子要求继承赵碧琰财产的申请，这些人冠名为"赵宗阳"或是"赵国章"，目的都指向那笔价值超过300亿日元的不动产。因为城市的飞速发展，这些不动产的价值日益飙升，山田忠志保守地估计，用不了几年，它们的价值单位就可冲破"千亿"的概念。

坐在法庭里的男人，是他见到的第四个"赵宗阳"。他身材颀长，略带花白的头发修剪得很短，左边脸颊有一条半寸长的细细疤痕，山田忠志猜测那可能是被利器划伤导致的后果。自称为赵宗阳的男人穿着粗细相间的鹅黄色格子衬衫，配一条没有一点折皱的草绿色军裤，脚下是一双黑色布面懒汉鞋。这是大陆中国时下最流行的穿着，山田忠志年初到中国访问的时候，对满街的绿、蓝、白三色衣衫颇感新奇。

"说下去，"他温和地对"赵宗阳"说，"说说你母亲是什么时候去世的。"

"1970年2月5日，她年龄大了，因为肠胃炎引起并发症，住院两个星期后去世的。我向法庭提交过广州市第一医院的死亡证明书复印件，这是原件。""赵宗阳"从夹子里拿出一张薄薄的纸片。

"请你念一下。"

"广州市居民死亡证，粤医字第01307号……""赵宗阳"尽量气定神闲地念出纸片上的每一个字，上面的字他已经背过很多遍，即使手里什么都不拿，他也不会读错一个字，"……赵碧琰于1970年1月21日因患急性肠胃炎进入本院内科留医，因病情严重不治并于1970年2月5日下午4时27分在一院内科病房病逝。医生李月娥……"

山田忠志没有给他一分钟的停顿："你当时在身边吗？"

"在。"回答十分肯定。

"你们是什么时候搬到广州的？"

"1960年。"

"从什么地方迁过去的？"

"东北奉天市常盘町街4号。"

"住在广州什么地方？"山田忠志的语速越来越快，不容"赵宗阳"有喘息的机会。

"大南路西湖街72号。"对答如流。

"那个地方归哪个派出所管？"

"广州市公安局越秀分局大南派出所。"

"你能确定吗？"

"我确定，法官。那个派出所我很熟悉。"

山田忠志脸上的笑意更加明显，他是真的在微笑。"赵宗阳"稍许有些不安，他尽量控制住内心的焦虑，暗暗希望询问快点结束。

"大南派出所给你开了这张死亡证明书？"山田忠志从棕色大文件夹中取中一份证据。

"是的，法官。母亲去世后我一度很伤心，过了好几个月才去派出所补办的死亡证明。"

山田忠志把死亡证明放回文件夹，话头一转提出另一个问题："赵宗阳先生，谈谈你的眼睛是如何失明的？"

"我的眼睛很小的时候被树枝扎伤，因为受到当时医疗条件的限制没能治好。"

"对了，可否摘下你的眼镜？"

"那当然。""赵宗阳"坦然一笑摘下眼镜。

山田忠志注意到，与卷宗中调查报告书不一致处在于，这个"赵宗阳"失明的是右眼。

他不想再浪费时间，准备尽快结束这次谈话。

"赵宗阳先生，"山田忠志用柔和的声音缓缓说道："我这里也有两张证明，希望看看吗？"

"赵宗阳"的心跳怦怦加快，他既迷惑又慌乱。他看着法官慢慢从卷宗里取出两张盖着红章的白纸，不祥之感袭上心头。

"这个，"山田忠志拿出第一份文件，"是中国广州第一人民医院给本裁判所的调查回函，我可以念一段给你听听。第一，1970年全年根本没有一个叫赵碧琰的患者在我院留医；第二，我院从未使用过复印件的'广州市居民死亡证'的格式；第三，我院从未使用过类似复制件上所盖的

'广州市第一人民医院'形状的印章；第四，我院从来没有过叫李月娥的医师或工作人员……"

"赵宗阳"脸色煞白，尽管法庭里开着冷气，他额角上还是渗出大粒的汗珠。

"怎么样，还要往下听吗？"山田忠志看着"赵宗阳"，表情严肃起来，"我们不妨念念这份吧。听着：我所于1970年4月改名为'广州越秀区公安机关延安路派出所'，在1970年4月至1973年4月期间，我所一切往来文件均使用上述名称……"

他抬起头盯着法庭上的男人："知道你提交的文件有什么不对头了吧？中国人的习惯你还搞不懂，想想看，他们怎么能在解放以后那么多年还会在公安机关的证明上出现'东北奉天市'这样的说法？那个城市叫沈阳，估计你从来没去过。另外，不论哪个国家，在正式的死亡证明上不会出现'下午4时27分'这样的写法，正确的表述应该应该是'16时27分'才对。"

合起卷宗，山田忠志站起来，他指着"赵宗阳"的眼睛继续说："顺便告诉你，赵碧琰的儿子不是因为树枝扎伤才失明的，而且——"他停顿了一下，"他失明的是左眼，你完全搞错了。"

山田忠志推开法官席旁边的门飘然离开，留下不知所措的"赵宗阳"。

他愣了两分钟之久才明白事情的严重性，这笔财产不可能到手，他白白搭上了一只眼睛。"哈哈——哈哈"，"赵宗阳"仰天狂笑，双手把胸前抓出一道道血印。

1980——1981　北京

1980年8月26日，第五届全国人大常委会第十次会议通过了《中华人民共和国律师暂行条例》，这个条例的问世使得上年12月9日司法部公布的《关于律师工作的通知》有了实施细则。退出中国司法舞台20年的中国律师制度正式恢复了，一批最优秀的律师首当其冲要在当年审判"四人帮"的法庭露面。

1980年11月19日，在正式开庭审判林彪、江青反革命集团主犯的前一天，新华社播发了一则重要消息，公布了即将在中国刑事第一大案中出庭辩护的十位律师名单，这其中就有一个名字叫傅志人。这是中断了20年的律师制度恢复后中国律师的首次亮相，他们当时承担的仅仅是刑事案件辩护。然而，很多人不知道，在此之前半年，傅志人已经成为赵碧琰的中国律师，于无声中悄然拉开了中国律师开展海外民事代理的序幕。

如果说，中国的律师海外民事代理业务的真正开展是在1981年，那么傅志人就是第一个吃螃蟹者，实际上，他是新中国恢复律师制度后第一位代理海外民事案件的律师，他代理的是中国第一跨国民事大案。

72

写完给黑田寿男的回信，傅志人点燃一支烟，站在一层办公室临街的窗户前。这么些年，他已经养成习惯，让自己在呛人的烟气刺激下静静思考。清晨的一场暴雨渐渐变小，雨水冲刷着被尘土覆盖的玻璃窗，形成一道道带着杂质的水纹。乍暖还寒，这场春雨使北京温度明显下降，没有暖气的房子阴冷潮湿，傅志人受过伤的膝关节阵阵作痛。

傅志人的办公室位于雅宝路一座普通的居民楼里，这是他为北京市法律顾问处选中的办公地点。房子很旧，周边卫生条件也相当差劲，但是离他原

来上班的市高级法院不太远，而且毗邻地铁交通方便。后两个条件令他满意，所以他很爽快地租下这个三室一厅的单元，几乎没和房东砍价。

继续当律师是傅志人的选择。恢复工作后，他本来可以继续做法官，可是1978年北京市政法工作会议"恢复律师"的决定让他心动。这个国家已经20年没有律师的职业空间了，选择律师意味着选择一个重新开始的艰难事业，但也意味着圆梦——对于年近知天命的傅志人来说，这样的机会弥足珍贵。

北京市法律顾问处是粉碎"四人帮"成立的北京市第一家律师机构，傅志人目前的身份是北京市律师协会副会长兼秘书长和法律顾问处主任。律师协会会长由一位政府官员担任，傅志人实际上是协会的"大总管"。

赵碧琰财产案是北京市法律顾问处目前关注的第一大案，几个月来，傅志人花费了不少气力研究这个案件。去年11月，经过时任中共中央副主席、国务院副总理邓小平及中央外事领导小组组长耿飚和外交部部长姬鹏飞的特别批准，中国政府派出第一个法律工作者访问团出访日本，傅志人跻身其中。日本之行，使傅志人成为中国改革开放后以律师身份走出国门的第一人，也促使他初步介入赵碧琰财产案。静下心来回想，派出这个特批的代表团实际上是中国政府对赵碧琰财产案的高度重视，否则，临行前傅志人不会与团长一起被外交部约见。当时，一位司长详细向他们介绍了前次赵碧琰财产案的审理情况，要求他们尽可能利用一切关系对此案的审理进行细致调查，看看有没有反败为胜的机会。

正是利用这次出访日本的机会，傅志人细阅了日本律师复印的全部庭审材料，透过厚厚的卷宗，他看到了这个极其复杂案子中的并不复杂之处——证据，证据！只有强有力的证据才能证明北京赵碧琰的真正身份，而与之相关的所有证人和证据都在中国。深入取证于日本律师是无法做到的事情——因为他们对中国不熟悉，因为他们不懂中文，更为重要的是，他们已经认定住在北京的赵碧琰并非真正的赵碧琰，因此对这个案子已经失去信心。但是于傅志人，在阅卷之后却是踌躇满志——因为他看到了漏洞，因为他不乏自信，更为重要的是，他还有着一股子肯于吃苦下力揭开

谜底的干劲

从日本回来，傅志人成为"赵碧琰财产诉讼专案组"的成员。专案组成员来自多家单位，傅志人是北京市司法局指派的代表，他的律师身份可以不受阻碍地寻觅案件证据，也有利于强化赵碧琰及其家属对专案组的信任度。政策改变了，赵老太太的儿孙们对于财产诉讼的态度日渐强硬，需要一个合适的人对他们的要求进行调解。

最初，傅志人只是按照一般程序对这个案件进行调查，然而几个月下来，他越来越感觉事情复杂得远远超过想象。这是一个跨国民事案件，涉及的财产标的数额巨大，涉案的时间也太长。中国解放30年来从来没有代理涉外民事案件的先例，他几乎没有经验可循，所有的程序都要靠摸索，仅仅为了查寻历史档案搜集证据，他就吃过多次闭门羹。

另一方面，1976年的庭审给原本清晰的案件蒙上了一层迷雾，赵碧琰的身份已经被东京地方裁判所否认。想让一个被否认的当事人重新被法庭认可，尽管傅志人无比相信这个赵碧琰就是真的赵欣伯太太，但实际操作起来依旧是难上加难。

法庭是需要证据的，没有过硬证据，胜诉的希望微乎其微。

"如果接下这个案子，我能扭转败局吗？"这个问题傅志人不止一次地问自己，也反复问过他的搭档马德昌，没有人给出答案。

事实上，这个案子在时间上的紧迫性最让人揪心。赵碧琰79岁了，一旦她出现三长两短，会使财产回归陷入更加复杂的局面。更为令人揪心的是，为了这笔巨额财产，号称自己是赵碧琰或赵欣伯儿子、女婿的冒名骗子屡屡出现，如果中国的赵碧琰身份不能得到确认，一旦骗子取得日本法庭认可，那批巨额财产必然旁落人手。

自从1976年庭审之后，声称自己是赵碧琰或赵欣伯儿子、女婿和养子的申请人接二连三，不断有人以"赵宗阳"、"赵国章"、"赵雪男""赵铁生"的名义提出申请继承遗产——这些人并不是单枪匹马冒名行骗，他们各自都有实力雄厚的财团作后台。《围绕两兆日元跳跃的骗子》，这是日本《新潮周刊》长篇报道的标题；《产经新闻》则以《飘浮在宇宙的二百

四十亿》为切入点，透露了赵碧琰名下土地被陆续卖掉的事实。尤其让人吃惊的是，据传日本法庭指定的财产临时管理人也参与了部分土地买卖。欲望、诱惑、贪婪、谎言屡见不鲜，在一笔偌大数字的财产面前，人与人之间的信任度大打折扣。

傅志人回到办公桌前，打开棕色小笔记本，里面记录着他搜集到的有关冒充赵碧琰家属行骗的所有资料。时间……证据……否定之否定，要打赢这个案子并非轻而易举，里面有着太多的不确定因素。国家利益和组织原则都不容忽视，傅志人不敢擅自做主，他已经向上级递交了份加急报告，可惜至今没有回复。

一点一点向前推进，这是他惟一可以为赵碧琰案件所做的事情。

日本律师无法理解中国人的办事程序，黑田寿男最近一次来信使他感到事态的紧迫。傅志人再次看了一遍给黑田寿男的回函，提起笔改了两个措辞，准备让干事拿出去打印。

电话铃在干事进门的一刻响起，抓起话筒，傅志人听到的是一个让他振奋的好消息：中央领导在他的报告上做了批复，赵碧琰财产案的取证获得一路绿灯。作为新中国第一个涉外民事案件的代理律师，傅志人可以查阅任何时代与赵案相关的档案。

"马德昌，走，去布巷子赵碧琰家。"放下电话，傅志人冲着助手大喊一声，拎起人造革公文包就往外走。外面，雨还在淅淅沥沥地下，充满期待的傅志人毫不理会。

走在湿淋淋的雨地里，他感觉不错。

从雅宝路到前门外大街有两条公交路线，一条是往南走到长安街乘大1路再转20路，另一条是出西口乘106路无轨电车，这样走路时间要长一点，但不用换车。当然还有第三条路线，可以乘出租车去，傅志人舍不得。法律顾问处经费不多，作为当家人他不得不处处精打细算。

傅志人选择了第二条路线。没等他们走到公共车站，雨停了，天边露出漂亮的彩虹。真是一个好兆头，傅志人对即将接手的跨国民事大案充满

信心。

在北京住了30多年，傅志人对平民百姓的大杂院生活并不生疏，但是似赵碧琰这样的家他还是极少见到。旧戏楼改成的住房光线不足，屋子里冷气袭人。一两分钟后他的眼睛才适应了房内的光线，循声找到热情地招呼他进去坐的房主人——靠墙的小床上坐着一个穿着厚厚棉衣的瘦削老太太，她腿上搭了一床小棉被，怀里抱着一个裹着毛巾的紫红色热水袋。

这房子最突出的特点是挤，从进门开始，到处塞得满满当当，傅志人不得不小心翼翼地绕过那些小床、旧纸箱和早已剥落漆面的旧家具，想找一个和赵碧琰离得近些且能容得下自己的地方。

屋子里还算干净，方桌上有两只没洗的饭碗，里面遗着吃了一半的汤面条，看来主人家是刚刚吃完午饭。

一个身材瘦高的50多岁男人从里屋出来，他一把抱起椅子上的东西扔在床上，回手从铁丝上扯下一块干巴巴的旧毛巾掸掸椅子上的灰。"坐，快请坐。"男人的热情一点不亚于坐在床上的老太太。他变戏法似的从满当当的桌子上拎出两个玻璃杯，手脚麻利地涮涮，给傅志人和他的助手各倒了一杯白开水。然后，他把老太太床上的棉被往里推推，在床沿上挤了一个地方坐下。

"这鬼天气，真冷。"他歪着头对傅志人说，眨巴几下眼睛。

"是呀。"傅志人点点头，揣起热乎乎的杯子焐焐冰凉的手。

"我们家地方太小，您别在意。"

"您是……"傅志人问，其实他已经猜出男人的身份。

"赵宗阳，我是赵碧琰的儿子。您是为了我们家东京财产的事来的，我猜得不错吧？"

傅志人笑了。这是个性格不羁的男人，他估计接下来的谈话会很有趣。

"老太太，我们是侨办的法律顾问，也是北京第一法律顾问处的律师，想跟您再了解一下能证明你身份的历史线索。"他没有回答赵宗阳，把头转向赵碧琰，直截了当说明来意。

　　傅志人其实是在暗示赵宗阳，而且明确了两层意思：这场谈话的主角应该是赵碧琰；身份问题解决不了，财产问题根本无从谈起。

　　赵碧琰换了一个抱热水袋的姿势。"东京法庭都不认可。傅同志，您说这个案子还有希望吗？"

　　"争取希望，这正是我来的目的。我希望大家能很好配合。"说到这里，他特意朝赵宗阳点点头，"你们多提供一些过去生活的线索，我们通过线索尽量搜集证据。任何案子，证据都是第一位的。我们要做的，是提供足够的证据，让东京家裁重新认定赵碧琰身份，把'无主'财产变为有主财产。"

　　"你有几成把握？"赵宗阳急忙问。

　　"我必须告诉你们，这案子很难，确实很难。"傅志人温和地说，他的眼睛还是看着赵碧琰，"我现在没法说有几成把握，但是我们肯定要用百分之一百二十的努力来促成更大的把握。怎么样，你觉得呢？"最后一句话，他是朝着赵宗阳说的。

　　听到傅志人的话，赵碧琰若有所思，似乎被他的话所打动。被东京地裁否认身份之后，她对收回巨额财产早已希望渺茫，她甚至不愿意和别人谈起东京出庭的经历。一个顶着丈夫前妻名字生活的女人，一个为了巨额财产不得不延续使用这个名字的中国公民，一个被东京地方裁判所否定身份的赵碧琰，那是她心底的痛。十几年来，同样是为了这笔财产，她见过各式各样的眼神，有傲慢、好奇、疑惑、卑鄙、轻蔑、不解，还有救世主般的平和与水火不容的冷漠……很多时候，他们说话的语气让她感到受到侮辱，但是她却不敢怒形于色。有时候，她自己不断提出疑问，我是谁？为什么要平白遭受这样的歧视？为什么不能拥有一个完整的自己？此时此刻，从这个姓傅律师的眼睛中，她看到真诚，看到执着。他的眼睛流露出自信的目光，这表明他是一个干事儿的人。

　　一见如故，赵碧琰自然而然对傅志人产生出信任。她忽然特别想和他聊聊那些逝去久远的往事，还有一些留在她记忆深处的名字。

　　"好吧，从现在起百分之一百二十地努力。"她轻轻说，嘴角挂着一

抹笑意。

"那，我们从对知情人的回忆开始——"傅志人从包里掏出棕色塑料皮小笔记本，做好记录的准备。那一天，心情愉悦的赵碧琰谈起许多封尘的往事，提出一系列她所熟悉的人名，傅志人的本子上也密密麻麻记了十几页。

经过四个月的磨合，傅志人和马德昌正式成为赵碧琰的代理律师。委托合同签订的当天，傅志人在细雨中走回他在雅宝路的办公室。他心里很兴奋，这不是一桩单纯的民事代理案件，还意味着他们拉开了中国律师开展涉外民事代理的序幕。事实上，他所面对的是一桩前所未有的挑战——必须提供无可挑剔的确凿证据，以扭转日本法庭对一个被他们否认当事人的身份确认。

这任务很难，但傅志人没有退路。

73

傅志人的办公桌上摆满了写着代表事件和人名的白纸条，他把这些纸条移来移去，按照时间线索写上编号。这是他和赵碧琰母子经过4次深谈的所有收获，还有以往搜集到的零星信息。他在研究怎样利用这些信息，以便作为搜集证据的突破口。打官司打的是证据，但是在这个缺乏直接证据的跨国官司中，他必须依靠间接证据串起历史真相。若想用间接证据说服日本同行确认赵碧琰的身份，每一个微小细节都不能忽略。

最好有一个表格，那样容易看出事件与人物之间的潜在关系。

经过3个小时的梳理，傅志人列出一份清单。

一、 耿维馥，嫁给赵欣伯后改用他前妻的名字赵碧琰。可能的证明人：耿家亲属，证婚人。

二、 赵碧琰的儿子赵宗阳3岁时左眼失明，住过北京协和医院。可能的证明：病历。以此印证其后在东京以赵重光之名医治眼疾的病历。

三、 对赵碧琰随夫到东北居住期间外貌的确认。直接证据：最好有

期刊报纸照片。可能的证明人：曾经在伪满立法院做事的工作人员。

四、赵碧琰在日本居住期间朋友的确认。证据：1976年与小川休卫同见板垣喜久子，大谷美代子的信。

五、赵碧琰1943年重返东京藏宝。可能的证明人：随行佣人。

六、赵欣伯任华北政务委员会顾问期间，曾请领枪证并请派警察守卫，对其夫人外形的确认。可能的证明人：守卫警察。

七、赵欣伯居住北京期间对其夫人的确认。可能的证明人：家庭佣人、相关好友、街坊四邻。

八、赵欣伯在押第一监狱期间，对其夫妇，尤其是探视者的确认。可能的证明人：狱警、佣人。

九、赵欣伯死亡后埋在柏彦庄。可能的证明人：帮助下葬的人。

十、赵宗阳在日本登广告寻找同学，证明其在日上学。可能的证明人：给赵宗阳回信的大谷美代子等人。

根据赵碧琰的回忆，按照这个时间脉络，傅志人列出了一个长达七八十人的名单，这些人目前的下落是一个未知数，他不能肯定是否能找到他们。傅志人在办公室踱来踱去，不时把夹在指缝间的香烟送到嘴边。缥缈的烟雾在房间里飞来飞去，他打开窗子，放进4月夜晚带着寒意的空气。

下一步是怎样找到这些可以确认赵碧琰的证人，他需要冷静思考。即使是大海捞针，也要想好用什么器具去捞。

接下来的一个多星期，傅志人不停地打电话。100多封调查函相继发往天南地北，他每天都在期盼，那些可能的证人名字不断萦绕在脑海中，仿佛都是些他认识很久的旧日伙伴。必须寻觅到他们，哪怕只是一部分。即使他们中只有一个尚在人世，他也绝不肯放弃。

直到8月中旬，傅志人才收到第一封让他热血沸腾的回信，赵碧琰多年失去联系的亲弟弟耿维耕找到了，他住在沈阳市沈河区，还是区政协委员。没有一丝迟疑，傅志人带着马德昌直奔北京站，挤上最早一趟开往沈阳的火车。

沈阳是傅志人的家乡，他对这座城市不可谓不熟悉。如果说沈阳是

一个有2000多年历史的古老城市,最早的历史就必须从旧城沈河区算起。四条古老顺城街划成的老城是沈河区的核心地段,这里是清初皇家宫阙所在地,集汉、满、蒙三个民族建筑为一体的奉天行宫散发出历史与建筑的双重魅力,多少年来一直吸引着造访沈阳的中外过客。这里还有位于朝阳街的著名大帅府,无论历史怎样变迁,这座记录着张作霖与张学良父子两代声名的大院子却注定要永久保存。

时值三伏,沈阳的天气并不特别凉爽。傅志人提着帆布手提袋走进小西街派出所,头上渗出一些热汗。一个胖胖的片儿警扇着大蒲扇正坐在12寸黑白电视机前,看到傅志人进来,他站起身迎上去。

"我们现在就走吗?"他粗粗看了一眼傅志人递过来的介绍信,用自来熟的口吻问。

"走吧。"傅志人说。

胖片儿警很爱说话,一路上他告诉傅志人这个耿维耕不是个简单人物。他曾经娶过4个老婆,后娶的3个小老婆在解放后各奔前程,只剩下大老婆忠贞不渝地跟着他。"他的大老婆是日本人,18岁就嫁到中国,可是一直没入中国籍,是个挺讲究礼数的小老太太。"胖片儿警说。他在小西街派出所干了十几年,对这一片的居民家庭情况了如指掌。

他领着傅志人绕过太清宫穿过西顺城街,走进一条宁静的小路。小西路位于旧城的西北角,这一带住的回民比较多,很多院子的房梁上都画着漂亮的敷彩伊斯兰花纹。傅志人一边走一边打量,他猜想耿维耕可能不喜欢吃大肉,否则汉人在这种地方生活会有很多的不便。走到小西路中段,胖片儿警说:"快到了,前面那个院子就是。"他率先拐进另一条细小胡同,在一个黑绿相间的木门前停住脚。

"耿维耕——"胖片儿警推门冲着北屋喊道,"北京来人了。"

耿维耕和他的日本太太早就等着傅志人的到来,听到门外响动,他连忙跑到院子里,手里还抓着一张报纸。

耿家的房子十分宽敞,一水儿的棕红色家具古色古香。落座之后,傅志人聊了几句他对沈阳老城的印象,话头很快转入正题。

"你和你姐姐多少年没见了？"

"应该有30年了。我1950年从北京迁回沈阳，以后我们就没见过面。"

"你们姐弟俩平时关系怎么样？"

"应该说还算不错。"

"那为什么后来失去联系几十年不相见呢？"傅志人刨根问底。

"说来话就长了。"耿维耕叹了一口气，"主要是因为我姐夫。"他告诉傅志人，虽然自己早年在日本留学时一直住在姐姐家，但是他和布川重子谈恋爱遭到了姐夫赵欣伯的强烈反对。1926年，他随着姐姐、姐夫回国，布川重子第二年来到沈阳找他。后来他执意不听劝阻娶了布川重子为妻，和姐姐家的关系随之渐渐疏远。即使是同住在北京那十年，他和妻子偶尔与姐姐见面也都是约在外面，因为赵欣伯不许他的日本妻子登门。没想到，因为赵欣伯的关系，日本投降后，他和布川重子以"汉奸罪"被国民党政府逮捕，经过甄别，4个半月后才被放出来。出狱后他们心灰意冷，遂离开北京回到原籍。

布川重子端着一个托盘走进来，她问傅志人要不要来一杯咖啡，是日本带来的"118"。

"好吧。"傅志人答道。他在东京时喝过这种咖啡，味道很纯正。

布川重子在一个精致的小杯子里倒上咖啡，把糖和牛奶放在一边。"您慢用。"她说话的声音细声细气，带着浓重的辽宁口音。深鞠一躬后布川重子想要退下，傅志人叫住了她。

"耿夫人，请一起坐坐吧。"

"谢谢。"布川重子又一次鞠躬，好像这里不是自己的家。

"您在北京见到我二姐，她身体还好吗？"落座后她问。

"非常好，完全不像80岁的人。对了，你们是什么时候和赵碧琰失去联系的？"傅志人把搅咖啡的小勺放在一边，端起杯子喝了一口。咖啡的醇香沁人肺腑，他感觉舒服极了。

"开始和姐姐还有信件往来，后来听说姐夫死了，姐姐有一阵也被拘

留，我们的关系基本就断了。"耿维耕说。

"还能记得你姐姐的样子吗？"傅志人问。

"那怎么会忘。"耿维耕叫道。

"看看，这里面哪个是你姐姐。"傅志人拿出几张照片，都是相貌清瘦的耄耋老妪，这是他故意做的一个局。法官出身的傅志人引用了刑侦办案的一个手段，为了不使证人被感情所左右，他特意找了几张与赵碧琰相似的老妇人照片。

耿维耕戴上老花镜，布川重子也凑了过来。"这个——"他们俩异口同声指着赵碧琰的照片，傅志人心里一块石头落了地。

耿维耕写下证词，确认住在前门外大街布巷子的赵碧琰就是他的二姐耿维馥，她嫁给赵欣伯，生子赵宗阳，并提出了赵欣伯与耿维馥结婚时的证婚人是某报社总编付立鱼，这和傅志人在20年代报纸上看到的赵欣伯结婚启事一致。布川重子也写出证言确认赵碧琰的身份。

他们又聊了十几分钟，傅志人从耿维耕口里得到一个重要线索：赵欣伯夫妇的照片曾刊登在伪满报纸上，至于时间他早记不得了。傅志人点燃一支香烟，考虑下一步是否转道长春去查伪满的旧档案，这时耿维耕突然拍拍脑袋说："我想起一个人，他对二姐家比我还熟悉。"

"是谁？他是干什么的？住在哪儿？"傅志人迫不及待地提出一连串问题。

"他叫雍洁民，就住在热闹街，前几年我们还遇到过几回。他岁数挺大，最近不太看见了。"耿维耕端起紫砂茶壶抿了一口，慢条斯理接着说："雍洁民在赵欣伯出任奉天市长时就一直跟随他，很得赵欣伯信任。后来赵欣伯把他带到长春，给了一个立法院庶务科长的肥差。1933年他陪同赵欣伯去日本考察宪法制度，在日本住了四五年，同我二姐赵碧琰十分熟悉。"

在胖片儿警的带领下，傅志人顺利找到雍洁民，接下来的谈话令他大喜过望。雍洁民虽然年过八旬，但是耳聪眼明，对往事记忆犹新。他首先提供了随同赵欣伯到日本考察的随员名单——3个日本人，6个中国人，与傅志人了解的情况一点不差。又掰着手指头一个一个数起随同赵碧琰夫

妇前往日本的仆佣：家庭教师牛玉英，司机赵锡九，随从刘文毕、李德明、陈魁，裁缝孙永亭，厨子老郑，女仆春桃、夏荷。提起东京那几年，雍洁民滔滔不绝，他从赵碧琰的脾气禀性讲到小凤的自杀，还特别提到离开东京之前，他曾通过日本不动产公司经纪人的介绍，在东京四谷区为赵家购买了一块几千平方米的桑园，产权人写的是赵碧琰。

"1939年，我去了一趟北平，曾经到过什刹海西岸的赵宅去看望赵欣伯夫妇，当时他们还提起过我经手买的那块桑园，说是升值了不少。"雍洁民看着傅志人得意地说，仿佛升值的是自己的财产。

"在东京还有让你记忆深刻的事情吗？"

"老多了。"雍洁民说，"那时候太太去逛街访友大都是我跟着，我陪着她见过三格格，还去过好多次板垣征四郎家。"

"三格格。是溥仪皇帝的妹妹吗？"

"那可不，除了她还能是谁？"雍洁民的语气透着一种骄傲，毕竟在他生活的圈子里，能见到皇亲国戚是一件了不起的事情。

这是一个很重要的线索，傅志人在沉思。溥仪的妹妹颇有知名度，尤其这几年在倡导中日友好的氛围中，她是日本上流社会非常看重的一个皇族人物。利用三格格的社会名声，为公开赵碧琰的身份做个铺垫，几乎在一瞬间，傅志人拿定主意。

"不过太太和三格格的见面似乎不是很愉快，后来她们再也没见过面。"雍洁民喝了几口水补充说，他真是个思维敏捷的老人，仿佛猜透了傅志人的想法。

傅志人回过神笑笑，他看看自己的记录本，抬起头问："你和过去在赵家干事的那些人还有联系吗？"其实他对答案并不抱有太大希望，这只不过是一个例行问题。

雍洁民咧开缺失门牙的嘴，"嗨，这么多年，早就没啥联系了。"他想了一下又说："我女儿住在哈尔滨，她知道老孙家裁缝铺。"

"你是说那个裁缝？"

"对呀，他当时专门给赵碧琰做衣服。回国后开了个铺子，干得挺不

错，解放后被公私合营了。这两年听说他带着儿子又开了一个店，在哈尔滨老有名了。哎，有手艺就是好哇，不比我们这些人，只能死啃几十块钱的退休金。"

眼见着雍洁民的抱怨快要刹不住车，傅志人赶快把话题拉回来。他问清楚雍洁民女儿的住址，把小本子放进包里，站起身告辞。

这个上午收获不小，傅志人难以掩藏内心的喜悦。出师告捷，晚饭时他破例喝了一扎凉啤酒。

缺口正在悄悄打开，此后傅志人得到的有效线索越来越多，很多意想不到的证人相继出现。

<h1 style="text-align:center">74</h1>

就在傅志人乘车北上寻找证据的同一天，李越千里迢迢从香港来到河南省许昌地区。他从市里包了一辆出租车，直奔鲁山县。费了好大劲儿，李越才找到目的地赵村公社，在一个破旧的农家院里，他见到了老搭档张柄三。20年前，张柄三在县商业局当采购员，他们之间有过利益上的合作。

"怎么样，都联系上了？"一见面，他就迫不及待地问。

祖胸露怀的张柄三嘿嘿一笑："放心吧哥儿们，只要你这个够，"他伸出右手和食指做出点票子的架势，"我这一切顺风顺水。"

"那好，咱们什么时候去办？"

"不急吧，哥儿们。总得先歇歇脚打个尖吧。"

李越听出张柄三的话外之音，他从旅行包里掏出几样小东西，录音机、电子手表、电子计算器，统统推在张柄三面前。这些原本在日本不值多少钱的东西，放到刚刚打开国际交往大门的中国，却是最为人们喜欢的糖衣炮弹。

张柄三把电子手表套在脏乎乎的手腕上，摸着小录机音爱不释手。一会儿，他又伸出手指在电子计算器上一阵猛按。日本的小物件做工精细，

李越不怕诱惑不了这个贪财的老采购。

"这些都是小意思，事成之后还有一台14寸黑白电视和100块现金。"说这些话时他不动声色，相信这个价码一定会让张柄三高兴得三天三夜睡不着。

在临时拼凑的利益集团中，没有谁比他更了解中国的情况。1980年12寸黑白电视在城里还没有普及，农村里有电视的家庭更是凤毛麟角。100块现金在当时也不可以等闲视之，对于许昌地区的农民来说意味着全年的结余。李越觉得自己很聪明，不管他们商议的项目最后能否成功，仅凭打点这一项，他就可以从同伴手中狠捞一笔。

50岁的李越原本是浙江人，他生性敏感、处事圆滑、胆子也够大，具有做商人的天赋。他29岁的时候，因为把杭州茶叶带到河南倒卖，被冠以投机倒把的罪名获刑两年。李越出狱那年，赶上中国三年自然灾害，他宁肯死也不想再过缺吃少穿的穷日子，几经周折后成功偷渡到香港。苦苦煎熬8年，李越终于有了香港居民身份。物欲横流的香港，锤炼了他的投机商人本性，他对钱财的欲望不断膨胀，为满足欲望所采用的非正常手段也一路飙升。他需要饱腹暖身，他需要养儿育女，他需要有一幢可以避雨遮寒的舒适住房，他还需要西服革履被人奉承被报社记者追逐的社会地位。但是他没有背景没有资金没有专业技能，同时也不想受苦，只能凭借自己对财富的嗅觉敏感和善于投机的大脑伺机运作，这种获得财富的方式带有强烈的刺激性，他为此屡试不疲。

十几年来，一次次缜密的策划使李越的财富不断增长，那些乘私家飞机坐豪华邮轮的财富大亨成为他现阶段追逐的人生楷模。想要过人上人的日子就不能怕冒险，这是李越总结的经营之道。

今天，李越来到河南是为了打通一条更宽的通往财运之路，他希望此行能给自己带来运气。

吃过午饭，李越跟着张柄三赶往鲁山的另一公社，那地方在许昌地区十分出名，有一个带有浓郁传统色彩的名字二郎庙。

中国是一个盛产神话的东方古国，关于二郎神杨戬的传说早已流传了几千年，由此还衍生出"劈山救母"和"宝莲灯"两个美丽故事。所以在中国农村，叫二郎庙的地方并不少。但是鲁山县的二郎庙之所以出名似乎与二郎神杨戬毫无关系，它得益于中国战国时代的思想家墨子。墨子是鲁国人，这于学术史上早已无可争议。但按河南人的说法，墨子却是生在楚国，而且鲁山县的二郎庙村就是他的出生故里。李越对张柄三一路上讲的墨子轶事毫无兴趣，他的思绪都集中在费尽心机策划的这个大型致富项目上。

做这类大"项目"要想成功，首先要掌握一定信息，然后要尽可能地按照自己的设计思路打通关系，获得必要的真实手续。真真假假混在一起，成功的几率要比单纯假冒高上一千倍，这是李越的经验。

他是4年前从报纸上得知赵碧琰在东京留有巨额不动产一事的，从那时起他就绞尽脑汁琢磨着怎么才能掺和掺和把这笔财产搞到手。

幸运的是，李越前往东京土地登记所探寻赵氏不动产的底细时，认识了一个叫冈崎升山的日本人，他们两个一拍即合，决定不惜代价将这笔财产收入囊中。冈崎升山答应为李越提供东京赵氏不动产的详细清单，由李越负责出面向法庭提出申请。

为了搞清赵家的来龙去脉，李越投入了相当一笔费用。几次往返北京、长春、东京之后，他了解到赵欣伯明婚暗娶一共有三房太太，只有二太太赵碧琰生了一个儿子。虽然赵家独生儿子的年龄和李越差不多，但是这次他认定自己不适宜扮演"儿子"的角色。赵碧琰儿子独眼的事实众所周知，他不想傻傻地先赌上自己一只眼睛。不过李越根本没把赵碧琰那个一只盲眼的儿子放在眼里，他为他设计出一个姐姐，自己充当起赵碧琰"女婿"的近亲角色。按照李越的构思，李、赵两家为世交，赵碧琰老太太一向很喜欢他，所以在1944年把女儿嫁给他。法律上的第一顺序继承人里没有女婿这一说，因此，光当女婿还不够继承遗产的资格。李越必须让赵家人全部死亡，只留下他和"赵丽华"夫妻，而且"赵丽华"要出具一份全权委托书，这样他才能顺理成章向日本法庭提出继承赵氏遗产的申请。作为女婿的"确凿"证据，李越搞了一张他和妻子"赵丽华"与"赵

碧琰"的合影，

李越设计的历史是：赵碧琰的儿子死了，死于1948年的战乱之中，那时候死的人真是太多了，他只要找到一两个目击证人即可，无需死亡证明。赵欣伯死了，1951年死于共产党的监狱，这一点日本法庭早已查实，因此他也无需提供死亡证明。最后只剩下策划赵碧琰的死亡了，李越决定让她死在1965年农历九月九日重阳节，死亡地点是河南省鲁山县的二郎庙村。说起来，这个死亡地点确实有点牵强，但是李越没有办法，他只能在河南找到能签发出真文件的目标人选。

目前，李越需要一份赵欣伯死后赵碧琰全家从北京被轰到河南乡下的家庭成员户籍证明、一份赵碧琰死亡证明书和一份赵丽华签署的全权委托书。此举成败与否，全在那两个掌控着"二郎庙革命委员会"大红印章的公社干部身上。

李越无需担心，张炳三已经做好了前期工作。几个月前，他给张炳三写信说明事情原委，要他想办法开出可以公证的真证明，顺便寄去一笔打通关卡所需费用。经过一段时间寻访，张炳三分别找到二郎庙公社两个干部，一个姓裴，一个姓徐，后者在公社里是说一不二的一把手。他们的应允让李越确认自己的策划天衣无缝，他眼下所要做的，是等价交换的最后一个步骤。

二郎庙公社革委会的办公室又脏又破，李越推开带着黑手印的粗瓷茶碗，等着姓裴的干部在专用介绍信上填写死亡证明。户籍证明和委托书摆在桌子上，只等姓徐的最后盖章。

"李先生，您再看看，有没有要改动的？"姓裴的写完最后一个字，把介绍信推到李越面前。

李越逐字逐句默念了一遍。"可以了，就这样吧。"他言简意赅地说，等着那枚最后盖上的印章。

姓徐的干部好像没听见，自顾自在用右手小指抠着黢黑的鼻孔。李越心里一阵恶心，这种不见兔子不撒鹰的农村老痞子，真恨不得一把掐死他。可是他不能。

"噢，对了。看我这记性。"他拍着脑袋抱歉说，"这个，兄弟你收好。"他从手提包里拿出一个厚厚的信封，隔着桌子推到姓徐的面前。

姓徐的抓起信封，脸上露出满意的神色。"成，大兄弟，一看你就是个痛快人。"说着话，他从裤子口袋掏出印章，放在嘴边重重地哈了一口，然后一鼓作气把所有证明盖上章。"大兄弟，收好，咱这是板板的真东西，你放心吧。"

李越小心地把证明收到塑料夹里放进提包，恨不得马上离开这间破屋子。第一步棋稳稳当当，争分夺秒，他准备尽早赶到省城去办理公证。

75

1980年11月5日，傅志人一大早就赶到前门外布巷子。今天他特意从司法局申请了一辆公车，准备接上赵碧琰母子去见溥仪的妹妹金蕊秀，即当年的爱新觉罗·韫颖。

这是傅志人的精心安排，是他导演让赵碧琰公开亮相的第一个步骤。他要通过会面，给日本方面传达一个明显的信号：北京赵碧琰才是真正的赵碧琰。三格格金蕊秀是社会名流，而且是北京市政协委员，近年来和日本友人来往颇深，她的信息经常见诸报端。让傅志人特别不可忽视的是，三格格早年在日本教过裕仁天皇的弟媳妇学中文，与裕仁天皇的弟弟三笠宫一家关系甚密，去年三笠宫的女儿来华访问，还特意看望过她和溥杰，这在中日报刊上都曾经有过报道。如果由三格格金蕊秀出面确认了赵碧琰的身份，日本法庭将不会再提出疑议。因为赵碧琰当年帮助婉容出走以及与三格格相见之事在历史资料中有案可查，这是一个谁都无法否认的事实。这许多年，从来没有人质疑过三格格的身份，那么依此推理，由三格格认定的赵欣伯夫人就必然是真正的赵碧琰。

案件推理的形成必须符合逻辑，傅志人丝丝相扣，正在打造一条坚实的证据链。

两个多月的东北之行，傅志人的收获超出预想。他找到了七八个能

够通过照片认出赵碧琰旧貌的证人，他们之中有两个是伪满立法院的职员，还有在赵家干过多年的差人、男仆和裁缝。最让傅志人大喜过望的是，在落满尘灰的30年代旧报刊中，他发现了两张刊有赵欣伯合家照的老报纸，还有一份以"立法院长夫人"作为文字说明的赵碧琰封面照。整整一个星期的劳苦没有白费，这几张照片弥足珍贵。

带着厚厚一摞证词和赵碧琰的老照片回到北京，随即傅志人获悉围绕这宗海外财产的各类诈骗一直没有停息，那些强占赵碧琰地产建厦造屋的利益集团也在蠢蠢欲动。他必须迅速行动，在没有搜集到更多令日本法庭信服的证据之前，他需要采取其他"赵碧琰"不可复制的特殊策略。

舆论是克敌制胜不可或缺的重要攻势，现代社会最普遍最直接的舆论方式是制造新闻。"新闻是新近发生的事实报道"，这类教科书上的传统说法随着社会发展与被报道者的实际需要正在不断遭受到颠覆性的威胁，人为制造的事件新闻比突发性事件新闻具有更强烈的目的性。

为了实现最终目的，傅志人策划了一场"新闻事件"。按照新闻五要素的要求，他首先布置好了"When"和"Where"。秋季的最后一天，请来的各路记者早已聚集在事件发生地，他们在等着最重要的"W"——新闻事件中"Who"的出场。至于能够这么做的目的"Why"，只有傅志人心里有数。

9点12分，车子开到三格格家门口，傅志人引着赵碧琰和她的儿孙三人走进院子。洒满深秋阳光的院子静悄悄，只有他们走在古朴青砖地面的脚步发出嚓嚓的响声。

穿过月洞门走到北屋门口，赵碧琰看到一个满头华发佩戴助听器的老妇人朝门口迎来，正是40多年没见过面的三格格韫颖，哦，现在她叫金蕊秀。三格格的穿着十分得体，淡灰色高领毛衣外面套着一件蓝色的卡西装外衣，同样布料的西裤中线笔直，脚上穿一双黑色牛皮棉靴，在20世纪80年代初绝对属于高档商品。

两个人相距不足三米的距离，赵碧琰停住脚步。

金蕊秀也停住脚步。她们互相打量，足足有两三分钟，两个人都没有开口。随后，她们不约而同各自上前几步，四只手紧紧拉在一起。照相机的咔咔声随之响起，记者们没有放过这个可以印证新闻的好机会。

"我早就惦着您呢，可是不知道您的住址，没法早些来看您。"赵碧琰抱歉地说。坐在铺着厚厚海绵垫的硬木大靠背椅里，她身体挺得笔直，左胳膊搭在扶手上，眼睛一会儿看看三格格，一会儿又将目光落在雕工精细的花梨木圆桌上。这是一件上好明式老家具，与三格格的皇家身份极为相配。桌子上摆放着两盒中华过滤嘴香烟。

"别看隔了几十年，您的模样变了一些，但旧日的风度神采还在，一见面我就认出您来了。"金蕊秀说。

"好几十年过去，一点不变不成妖怪了。"赵碧琰笑道，"您也见老了，好像比过去矮了一些，不过眼睛还像过去那样明亮好看。"

金蕊秀笑了："我过去显得高，是因为老穿高跟鞋。现在穿平底鞋了，再加上这几年腰有病，直不起来，背也驼了。"

几句话过后，拘束感渐渐消除。她们谁都不提40多年前最后一次见面的尴尬往事。

"我那时候去你家，你还没有这张桌子高呢。大概也就七八岁吧，整天守着话匣子听京戏。"金蕊秀看看赵碧琰的儿子赵宗阳说，"你现在一定唱得很好了吧？"

"我那时候小……"赵宗阳急忙说。陪着母亲进屋老半天，除了打招呼他第一次捞到说话的机会。说着话，他有意识地站到三格格身边，同时瞥了一眼高个子男记者手里那台带着长镜头的莱卡R3单反相机。

保姆端着一个黄橙橙的哈密瓜进来，木托盘里放着一柄细长的不锈钢水果刀，这把刀的形态十分奇特，在国内鲜见。她拿起水果刀把瓜切成整齐的月牙形，甜甜的哈密瓜香气在房间里溢散。

"咦，我们家也有一把这样的刀。"赵碧琰的孙子颇感惊讶，他走上前看看那把刀补充说："就是刀柄不太一样。"

"这是在日本时买的，用了几十年。原来的刀柄坏掉了，这个是后配的。"金蕊秀指着磨得光亮的木制刀柄解释说。

"我们家那把也是在日本时买的，那把刀比你的年龄都大。"后边的话赵碧琰是对她孙子说的。

提起日本，金蕊秀和赵碧琰的共同话题多起来，她们慢慢拉起家常，话语间还夹杂着几句日文。

"我前几年去了一趟东京，变化太大了。"赵碧琰从东京之行谈起，话题很自然地转到那场失败的官司上，"您根本无法想像，为了那些地产冒出多少骗子。他们最统一的说法就是我死了，而且居然还搞到死亡证明书。真是太滑稽了。其实您也知道，我和赵欣伯就只有一个孩子，这么些年他也没离开过我身边。按理说，我就是真死了，那些地产也轮不到外人继承，可是东京地裁所连我的真实身份也否掉了，这事儿让我挺揪心的。"

赵碧琰的眼神黯淡下来，她端起圆桌上的蓝花细瓷茶杯，用左手揭开杯盖，轻轻抿了一口。茶汤金黄，入口醇香，她已经许多年没喝到这么好的龙井绿茶了。"好茶。"她情不自禁地赞道。

"朋友给我从杭州带来的，我准备了一包给你。"金蕊秀也喝了一口茶，放下茶杯。除了茶叶，她还要给赵碧琰一个定心丸，这是今天的新闻主题。

"放心吧，您是千真万确的赵碧琰，赵欣伯的妻子，这是谁也改变不了的事实。如果需要，我愿意为您作证，我相信其他了解事实真相的人也一定能给您作证。"

"我们已经找到了十几个了解往事的证人，但是您的证言十分重要。所以还得麻烦您把认识赵碧琰的经过写下来。"傅志人恰到好处地插了一句。他似乎一直都在欣赏墙上两幅溥杰的墨宝，其实耳朵里一句也没落下她们的谈话。

"那没问题。"金蕊秀答复得十分爽快。

"谢谢您，我真得好好谢谢您。"赵碧琰高兴地说。她把头转向傅志人："傅律师，我也要特别谢谢您，让我们老姐儿俩在几十年后重新相见。"

这次见面的意义不言而喻,赵碧琰对傅志人的信任感进一步加强。这是一个有计谋办实事的律师,她对收回流失在国外的巨额财产重新燃起信心。

第二天,北京、上海、香港三地报纸同时刊登了阔别40多年之后《溥仪三妹喜会赵碧琰》的消息,中国新闻社更是以特稿形式详细报道了两个耄耋老妇见面时的对话。一张皇家三格格与赵欣伯妻子会面的大幅照片随着特稿传往世界各地驻京通讯社,无论那些外国媒体是否选登这条新闻,他们都不能不注意到,中国清宫的最后直系皇戚与伪满高官赵欣伯未亡人的这次特别会面。

大造声势,高调亮相,傅志人的这一着棋走得极为漂亮。一桩因缺失证据而扑朔迷离的身份确认案,由此一点点拨开迷雾。

76

没有电脑,没有网络,没有手机,甚至在很多并不偏僻的大城市电话都没有得到普及。1980年冬天,中国重大信息的最主要传播渠道是中央人民广播电台的《新闻和报纸摘要》节目。但溥仪三妹与赵碧琰相见的新闻显然还不够那么高档次,所以虽然外国通讯社早已收到特稿,中国境内对此信息反而相对闭塞——毕竟不是哪个城市都可以看到《北京日报》、上海《文汇报》和香港《大公报》。

李越吃了没有及时获悉信息的大亏,他在1980年11月7日来到河南省城的一家公证处,没想到自投罗网。李越不知道,中国大陆所有公证处已经接到通知,凡是有就"赵碧琰死亡"之事办理公证的事宜首先要通知地区公安机关。李越的诈骗就这样露馅了。被公安机关拘留那一刻,李越感到很沮丧,他一直认为自己的计划可以奏效,可是机关算尽太聪明,偷鸡不着反蚀一把米。这把"米"不是可有可无,李越赔上的是7年自由时光。

乘胜追击,傅志人打出了把赵碧琰推到前台的第二张牌。

一切布置好,他坐在办公室门口绿地的长椅子上,点燃一支烟,让松

弛传遍全身。助手走过来，她告诉傅志人，司法局长打来电话，请他马上去接。傅志人跳起来跑回办公室，他万万没想到这个电话是一个特别集结令，他被选调到另一桩令世界瞩目的特大刑事案件中。

1980年岁末，傅志人、马德昌两位律师向赵碧琰、赵宗阳母子调查事实的大幅照片出现在报刊上。傅志人没有注意到自己的曝光，此时，他正在以陈伯达辩护律师的身份，准备出席中华人民共和国特别检察厅和特别法庭对林彪、江青反革命集团案主犯的庭审。

作为国家从全国范围甄选的十名优秀律师，那两个月里他时刻严阵以待。

1981年 许昌——北京

位于河南省境内的许昌地方不大，但她有记录的历史却从中国传说中的五代开始。据说，早在尧执政时代，许姓始祖许由就因为善于治理而德高望重，以致尧都欲让位给他。但许由坚辞不受，为躲避尧的恳请率部落迁徙于颍河东南，从此华夏大地就有了一片被称之为"许"的地方。在原始社会，许地一直是夏王朝的活动中心，商周时期，许亦是一个较大的受封国。作为春秋战国时期的中心地带，许曾分别为许、郑、楚和韩、魏、楚几大势力所管辖，历来被视为群雄逐鹿之地。许昌之地名自三国时代即已形成并流传至今，从此之后这片中原粮仓一直为历代统治者所关注。正是在这片历史悠久的文化古城，考古学家继北京猿人之后发现了"许昌人"，从而使科学界对人类的"非洲起源说"产生质疑。从许昌到北京，记录着中国20个封建王朝的历史风云，也揭示了中国现代人类起源的重要篇章。

1981年的许昌，在中国的行政机构中还被称之为"地区"。年初，一宗公开审理的巨额财产诈骗案轰动了整个东南亚。这宗案件的冲击波从许昌直射香港、北京乃至日本，北京老妪赵碧琰的名字也给许昌人留下深刻印象。

77

"哐啷"一声，傅志人被火车停靠站台的巨大动响震醒。所谓"醒"，实际上是与他在这辆绿皮火车的卧铺上闭着眼睛躺了几个小时相对而言。像他这样觉轻的人，根本不可能在火车上好好休息。每一回停站的震动，每一次从车厢里走过的细碎脚步，还有火车拐弯时的鸣笛，同车人的呼噜，都会把他从浅睡眠的梦境中拉回到现实世界。在中国乘火车，硬卧的

最大好处就是能伸直腿躺下，至于私密性和好好休息则完全谈不上。

傅志人抬起手腕看看表，4点35分，离天亮还有好几个小时。他试图让自己再睡一会儿，可是大脑神经偏偏不服从意念的指挥。他撑起身子，掀开不太干净的绿色窗帘，外面小站上几盏昏暗的灯在破旧的站台上留下长长的影子，随着一面绿色小旗的上下挥动，火车再一次启动。

实在睡不着，他索性从中铺下来。坐在卧铺对面小凳子上穿鞋的时候，他看到下铺的赵碧琰睡得正香。老太太用毛毯严严实实裹住身子，均匀的呼吸中带着间歇性香甜酣声。傅志人满意地露出一丝微笑，悄悄走到两节火车连接处。他平衡一下身子，借助车厢睡灯的光亮，点燃了1981年1月10日的第一支香烟。最近他抽烟比过去更凶了，每天一包是基本标准，如果像这样早起或是看文件熬夜，他对香烟的依赖会让人惊讶。傅志人的妻子总是唠叨让他少抽点烟，可那绝不是他的主观意志所能控制的，烟是他思考时的最佳伴侣，尤其是在接手一个重大案件的时候。

把赵碧琰带到许昌，是傅志人策划她公开亮相的第三步。让她以证人身份参与李越案件的庭审，通过媒体大造赵欣伯合法妻子依然健在的舆论，对于制止国际诈骗将起到一定威慑作用。三格格与赵碧琰的会面，在国内外已经造成影响，傅志人必须抓住机会，把北京赵碧琰推向更高一层台阶——他要通过此举告诉世人，这一位，才是真正的赵碧琰。与此同时，他需要借助此案大举宣传中国法庭对赵碧琰身份的肯定，不动声色地对日本法庭1976年的判决予以否认。

一石三鸟，这是一个高明的策划。

是否要带赵碧琰到许昌来，傅志人考虑了好久。80高龄的老太太，身体状况是他最担忧的。毫不夸张地说，赵碧琰的生命意味着一笔巨大的财富，一旦她出现闪失，即使这个案子最终获胜，数以亿计的资产也会因遗产税的存在而从指尖溜走。想到国家这几年为老太太付出的大笔大笔医药支出，傅志人不敢冒险。

最终帮傅志人下定决心的还是赵碧琰本人，自从与三格格面之后，她的心情特别好，对于回收东京财产的态度也变得格外积极。看到傅志人犹

豫不决，她主动提出可以走一趟。她相信，自己的生命时限取决于上天的恩赐，在公正的判决到来之前，上帝不会唤回他的忠实仆人。

赵碧琰的深明道理令傅志人感动，为保险起见，他请中日友好医院的专家给她做了一个全面检查。"80岁的年龄，50岁的心脏"，检查结果出来，傅志人和赵碧琰的家人彻底放心。接下来他通过司法局搞到几张硬卧车票，一行人护着久未出远门的老太太开始了充满期望的许昌之行。

深深地吸了一口烟，吐出几个烟圈，傅志人回溯起他正在经手的另一个重大案件。还好，对陈伯达的3次庭审在去年12月18日全部结束，他可以把精力重新转移到赵碧琰的案子上来。10天之前，傅志人和甘雨沛律师在复兴医院第八次会见了陈伯达，这次会见名义是征求陈伯达对辩护的意见，实际上是配合中央新闻纪录电影制片厂专门补拍律师与"四人帮"主犯见面的镜头。虽然陈伯达本人并不乐意这样出镜，连连喊着"别照，别照，照来照去还是个罪犯"。但那些执行政治任务的摄影师显然不能以他的意志为转移，他们从各个角度不停地拍照摄像，很快积累了一长串资料。

有些事情就是这样奇怪，在事件发生的时候没人理睬，事后才想到那是历史珍贵资料，于是不惜成本重现旧场景摆拍。傅志人不希望重蹈覆辙，这次通过有关方面协调安排的新闻媒体不少，他脸上的神情说明了他对宣传效果有充分的信心。

此刻，他相当地放松，相当地充满自信。

过去一年，对于年方不惑的傅志人十分重要。他实在没想到自己律师复出之后连接两个具有历史性影响的大案——赵碧琰身份确认案因其财产数额之巨备受国际舆论关注，而特别法庭对林彪、江青反革命集团案主犯的审理判决更是举世瞩目。身为一个律师，还有什么比能够亲自参与中国民事第一案和中国刑事第一案更为荣耀的事情呢？傅志人不仅为自己这一年的经历感到骄傲。

天边出现朦胧的曙光，黑夜渐渐退去。一个知识分子气质的老年男人走到车厢尽头的盥洗室，对着镜子细心梳理头上不多的白发。这便是饱

经沧桑的中国人对待生活的态度，纵然稀缺，但依然一丝不苟。

两个多小时以后，傅志人一行在许昌下车。他们在一个卫生条件很差的小馆子里吃了一顿热乎乎的早餐，顺便向店老板问清楚许昌地区中级法院的方向。

许昌真是一个荒凉的小城市，只有一条布满尘土的主干道，根本没有出租车。傅志人陪着赵碧琰沿着马路慢慢走，一路上尽情呼吸着冬日清晨的新鲜空气。

78

公审现场设在能够容纳100多人的小礼堂，赵碧琰安静地坐在法庭外面，等待出庭作证。她是这个案件的7个证人之一，排在最后一个。

听到传唤的声音，赵碧琰从容起身，她习惯地拍打两下衣襟，不慌不忙走进法庭。在她面前，照相机聚成一堆，快门咔嚓咔嚓响个不停。

"请报上你的名字。"法官说。

"我原名耿维馥，1900年出生，1921年嫁给赵欣伯以后改名赵碧琰，住在北京布巷子胡同10号。"

"你在河南省鲁山县住过吗？"

"没有，我这一辈子今天是头一回来河南。"

"你认识被告吗？"

赵碧琰扭头朝被告席看去，一个50多岁的男人耷拉着头站在木栅栏里面。他肥头大耳，戴着一副黑色宽框眼镜。听到法官问询，他急忙把头扭向另一边，极力避开赵碧琰的视线。

"不认识。"

"可是这个人自称是赵碧琰的女婿。"

"我不知道他说的是哪个赵碧琰，也许有重名重姓的。但如果是伪满立法院长赵欣伯的妻子赵碧琰，那他肯定是在胡说。"

"你为什么这样肯定？"

"我就是赵欣伯的妻子。我和我丈夫一辈子只有一个儿子叫赵宗阳。我连女儿都没有，哪会来的女婿？"赵碧琰清晰地大声说，所有媒体记者都记录下这句话。

法庭当庭宣判，李越因诈骗罪被判处有期徒刑7年。当天，新华社和中国新闻社的图文稿件通过电波发往国内外。

几天以后，回到北京的傅志人收到一份香港《明报》，这是一周之内他收到关于李越诈骗赵碧琰财产案报道的第18份报纸。他迅速翻了一下，找到自己要看的那篇文章。黑体的大字标题极为醒目：《勾结日本人冒领巨额财产，香港诈骗犯河南落网》——2000多字的文章，配有一幅赵碧琰出庭作证的大幅照片。

他没有细读那篇文章，心里却早已十分满意。杀鸡给猴看，此后那些号称赵碧琰儿子、养子或者其他直系亲属的各路骗子将不敢再到中国大陆办理公证——未经公证的文件，在日本家庭裁判所不可能得到认可，这是杜绝骗子申请继承赵氏财产的一个重要策略。

"现居北京的伪满高官未亡人赵碧琰"，这样的字眼儿不断出现在香港、澳门和日本的报纸上。通过舆论给日本法庭强化印象，傅志人又稳稳走赢一着棋。

79

收集证据的工作一如既往进行，正月初六，傅志人踏着厚厚的积雪来到菊儿胡同。他要找一个叫冯清盛的男人，此人是在报纸上看到赵碧琰的照片后主动打来电话，自称是赵欣伯的亲戚，傅志人觉得自己运气不错。

紧靠皇城的南锣鼓巷在北京十分著名，这条巷子东西两边各有四条基本对称的胡同。如果以螃蟹形比喻这条巷子，菊儿胡同就是这只螃蟹的一条后腿——它坐落在南锣鼓巷路东的最北边，紧邻鼓楼北大街。

从西口进入胡同，傅志人第一眼见到的是路北边的荣禄旧居。三座

相连的单号院落，祠堂、住宅、花园，形成了一幢让人羡慕的硕大家园。如果傅志人猜得不错，菊儿胡同之所以在北京赫赫有名，当与这位直隶总督大学士的府邸不无关系。走过四五个院子，傅志人在要找的乙19号门前停下。这是一个位于公共厕所斜对面的不起眼小门，夹在东院凸出的倒座房山墙和一棵高大的老槐树之间，从外面望不见院里的房子，只能见到细细通道尽头一堵破旧的灰墙。

"您找谁？"一个从厕所出来的中年妇女问傅志人。

"请问，这院里有一个叫冯清盛的吗？"

"有呀。您找的是我爸。"中年妇女更加热情，领着他小心穿过堆满蜂窝煤和乱七八糟杂物的通道，拐了一个弯进到院里。傅志人这才发现，乙19号原来藏在另一个院落后面，估计原来是前面院子的后罩房，后来单开门形成一个独立小院。院子很小，老房子门矮窗歪破烂不堪，女人走到把西头的房门口，揭开油腻腻的棉门帘，冲着屋里大喊一声："爸，有人找您。"

一个谢顶的矮矮胖胖老年男子循声出现在门口，他看着傅志人，有点疑惑地问："您是……"

"我叫傅志人，是北京市法律顾问处的律师，我们通过电话。"

"快请进，快请进。"男人忙不迭地把客人往里招呼。走进屋子，暖乎乎的热气迎面扑来，地中央的蜂窝煤炉子烧得正旺，吱吱作响的铝水壶底下窜出一缕缕橘红色的火苗。傅志人脱下大衣坐在扶手、靠背都铺着毛巾的自制沙发上，打量着这间到处擦拭得一尘不染的小小房间。

"没想到您这么快就来了，我寻思着怎么也得过完正月十五您才有工夫。"冯清盛从盖着蓝色线钩织物的茶盘里拿出一只玻璃杯，拎起炉子上的水壶往里倒进一些开水。他熟练地转动着杯子，把冒着热气的水倒进窗台下的搪瓷脸盆。看他沏水的样子，是平时做惯了这一类事情的顾家型男人。从他怡然自得的神情可以看出，这是一个生活在城市底层却不失满足感的老北京平民。

"事情比较急，能早一天是一天。打扰您过年了。"傅志人客气地说。

"瞧您说的，哪儿的话。您是稀客，平时请都请不来。再说您也是为国家的事儿忙活，我们积极支持，实话实说，应该，应该。"说着话儿，冯清盛把瓜子、花生、糖果和一盒天坛牌香烟摆到茶几上，他的热情让傅志人接应不暇。

傅志人凑到冯清盛递过来的打火机边点燃香烟，吸了一口问他和赵碧琰家里是什么亲戚关系。

"是远亲。"冯清盛坐在傅志人对面，捋着手指头细细掰扯，"这么说吧，我嫂子的爷爷是赵欣伯的舅舅，所以我嫂子管他叫表叔，我跟着嫂子叫，也管他们两口子叫表叔表婶。"

"你和赵碧琰熟吗？"傅志人问。

"熟，怎么能不熟。所以那天一看报纸就认出她了。"冯清盛颇感骄傲地说，"我嫂子是他儿子的家庭教师，我哥也一直在他们家做事。我的亲叔伯弟弟冯天伦是赵家的司机，我到北平闯荡学了大厨后偶尔也去他们家看看哥嫂。那时候他们家住在小石桥一号，挺老大的一个院子。大概是抗战胜利后有一次我去他们家玩，正好赶上他们家厨子回老家，我就下厨掂了几个菜。谁想到，我表叔，噢，就是赵欣伯，一吃哇就对了口儿，他就让我留下。我那时刚二十挂零，不懂啥政治党派的，更不知道赵欣伯是汉奸，只觉得能和弟兄们在一起挺不错。再说人家给的薪水不少，活儿还比饭馆轻生，我当然乐意了。"

"你在他们家干了多长时间？"

"三四年吧。"冯清盛回答，"我去了估摸也就一年的时间，赵欣伯被抓起来了，家里的佣人大部分都走了，就剩下我、梁福和一个叫高妈的。高妈后来跟了赵宗阳，生下孩子被赵碧琰臭骂一顿。"

"你那时候为什么没走？"

"因为赵欣伯喜欢吃我做的饭呀。我表婶赵碧琰后来给我加了薪水，让我每天做了饭送到第一监狱给赵欣伯。我就这么跑跑颠颠干了两年。"

"什么时候不干的？"

"北平解放前一两个月，那时候赵欣伯还没被放回来。"

"你为什么不干了？"傅志人问。他喝了一口茶，觉得有点怪怪的味道，但是不难喝。

"还不是因为赵欣伯。我们家成分低，政府干部动员说不能给汉奸当差，我就辞工走了。我走了没多久，赵欣伯就放出来了。后来听说梁福也不干了。"冯清盛给傅志人的茶杯添满水，重新坐下，用手指捏碎一个花生扔进嘴里。

梁福的情况已经清楚，傅志人通过北京市公安局的协调3周前找到了他。梁福离开赵家时不满20岁，他后来住的西绦胡同离小石桥胡同并不远，但却几十年没再登过赵家门。傅志人到梁福家里取证时第一次听到冯清盛的名字，从许昌回来之后他忙于林彪、江青反革命集团主犯一案的最后庭审，还没来得及查找冯清盛，他自己就把电话打到了法律顾问处。这是傅志人策划赵碧琰在许昌公开亮相获得的意想不到成果，他轻而易举找到一个证人，而且是一个十分重要的证人。冯清盛往狱中送饭这一段恰好说明他对赵欣伯及其老婆孩子的熟悉程度，他和梁福的相互佐证，为证明赵碧琰身份增加了有分量的证据。

"你后来再没有见过赵欣伯？"傅志人按着自己的设想往下问。

"见过。"冯清盛笑了，"是死的。"他为自己的幽默感到得意。傅志人有一种感觉，他马上可能拼合出证据链的最后一部分。

"说说，是怎么回事？"他又抽出一支香烟叼在嘴里。狭小的房间里烟雾弥漫，他欠身把房门打开一道缝。

"我从赵家走了以后遇见过两次赵宗阳，还带他到家里认过门。1951年夏天，有一天吃中午饭的时候，赵宗阳骑着自行车急里忙火跑到我家，说是他爸爸死了，请我去帮忙。我借了一辆平板车和他一起到炮局领回赵欣伯的尸体，拉到他们家后又给他换了衣服，然后装进棺材。天气热，尸体也不敢放，当天我们就租了一辆马车把棺材拉到北郊柏彦庄他们家的坟地里下葬了。那棺材可沉了，出大门时候不好抬，还把我的手挤出一个泡。"冯清盛说着，伸出右手指指小拇指下边，仿佛那个泡还未愈合。

"下葬赵碧琰也去了？"

"她没去，一直坐在院子里看我们给赵欣伯换衣服，既不说话也没哭。后来她把换下来那件带血的白布小褂叠好放在棺材里，我们还都挺奇怪的。"

"你能写一份证言吗？"傅志人问。

冯清盛为难地笑笑："我没上过几年学，写字儿慢。要不，让我闺女写了，我盖手印成不？"

"可以。"

冯清盛叫来隔壁房间的女儿，在傅志人带来的双线格信纸上写了两页。他认真地读了两遍，最后，用歪歪扭扭的字体写下"以上是我口说，冯清盛"9个大字。

傅志人把写满钢笔字的信纸装进文件夹，在标签上写下一行字：第19份证人证言，1981年2月10日，北京。

80

从鼓楼东大街乘公交车回到雅宝路的办公室不到10公里，如果开车是很短一段距离。可是傅志人只能乘公共汽车，而且需要转一趟车，两边还要各走一公里路，所以他花了一个多小时才回到办公室。没有人上班的办公室冷冷清清，傅志人先在温度不高的暖气上捂捂快冻僵的手，随后打开厨房的煤气灶烧了一壶开水。他涮涮代替茶杯的大口四旋罐头瓶，沏了一瓶浓浓的茶。几口热茶下肚，被寒风吹透的身体渐渐缓了过来，他重新进入工作状态。

打开灰色铁皮文件柜，傅志人取出两个档案袋，里面是他为赵碧琰一案收集的所有证据。他把这些证据在桌上码放成阶梯形，根据案件所要求证实的各个要点进行逐份核查。他看的证据越多，对这个案件的胜诉前景越有信心。不管多么困难，他总算是一点一点抠出了30多份证据，而且这些证据都支持同一结论。他相信，任何一个法官，不管是中国的还是外国的，看了这些证据都会对事实有一个正确判断：住在北京的赵碧琰正是伪满前立法院长赵欣伯的妻子赵碧琰。

　　把最后一份证据按类分好，傅志人直起身靠在椅背上。他习惯地点燃一支烟，在烟雾相伴的陶醉中陷入遐思。一年来寻找证据的艰辛像过电影一样出现在脑子里，思绪将他带回夏日喧嚣的哈尔滨。

　　天空中下着小雨，他在道里区花园街一个挂着"孙记裁缝"的临街院子里找到孙永亭。年近70岁的老裁缝是个爽快的山东人，提起赵碧琰，他的话那叫一个多。老孙裁缝是山东掖县人，十二三岁跟父母闯关东后在哈尔滨落下脚。他16岁到裁缝铺学徒，因为眼勤手快深得师傅喜爱，到20岁出师时针线活儿已经做得相当不错。孙永亭的特长是做女装，除了旗袍，他以做西洋裙装而出名，在哈尔滨深得有钱人家太太小姐的宠幸。虽然掌握了一手裁缝的好手艺，但是孙永亭一直没有机会独挑门户，25岁那年他去沈阳采购布料，一个偶然的机会改变了他的命运。

　　孙永亭是在一个小酒馆里听说耿维耕的二姐回来探亲想招个裁缝带到东京去的消息。他灵机一动，跑到小西街耿家去考工。考工的人有四五个，他们分别给人称"耿二小姐"的那个妇人量体裁衣做出几套样装。因为是春天，孙永亭做的是一件带衬的改良夹旗袍和一套无领西洋套裙加一件直领系蝴蝶结的泡泡纱衬衣，那位耿二小姐穿上后十分满意，当下即决定带上孙永亭去东京。

　　到东京之后，孙永亭才知道耿二小姐在这里并不姓耿，她沿用了丈夫前妻名字赵碧琰，所以赵欣伯总是叫她老二。初时，孙永亭感到奇怪，以耿二小姐这样一个心高气傲的女人，怎么会心甘情愿顶着一个死人的名字过日子？待到进入赵欣伯夫妇居住的洋馆，他好像找到了答案。孙永亭平时在洋馆二楼的一个过道做衣服，他亲眼目睹了赵家客居海外的奢侈生活。

　　"在耿家考工，随主人前往东京，洞悉赵欣伯的妻子赵碧琰实为耿二小姐"，孙永亭的证言不但证实现居北京的赵碧琰正是当年生活在东京的赵碧琰，而且串起了住在东京高轮南町七番地的赵碧琰与耿家的血亲关系。作为私人裁缝，孙永亭对真正赵碧琰的身高、臂长等身体尺寸了如指掌，他的叙述在19份证言中格外重要。

　　让傅志人记忆深刻的还有另一份证言。去年秋天，当他在自行车管

理处破旧的大院里见到王惠时，根本没料到她的证言在这串证据链中的所处的重要地位。王惠是一个50岁的女人——按她的说法，准确地说，再过2个月零10天才到50岁，那时她可以拿到退休金。50岁的女人开始明显发胖，身材高大的王惠粗壮结实，给人留下深刻印象的是她那双眼睛黑亮的大眼睛。

"认识这两个人吗？"傅志人取出随身携带的小塑料夹，里面有一张赵碧琰和儿子赵宗阳的最近合影。

他把夹子递给王惠，她脱口而出："这是铜铁厂赵欣伯家的老婆和儿子，人显得老了，可是大模样没变。"

"你是怎么认识他们的？"傅志人有点疑惑地问。

"我1939年就到他们家当使女，那时还不满10岁，他们给我取名叫春兰。"王惠第一句话就让傅志人吃了一惊，好几个在赵家干过事的老仆佣提起过赵碧琰的贴身使女春兰，他印象里一直以为那是个大姑娘，没想到却是个孩子。一个不到10岁的孩子有多能干，因而深得赵碧琰的喜爱，他实在想不出。

喝了一口水，王惠讲述起她被带到铜铁厂六号赵欣伯家的一些往事，自小寄人篱下的她在这里第一次吃到饱饭。为了争取留下来，她使出浑身解数去讨太太赵碧琰的欢心，以致后来太太居然离不开她了。1943年，不到14岁的王惠随着赵欣伯夫妇和日本管家赛勒桑坐船到了东京，她眼界大开，见到一个比铜铁厂六号院更加阔绰的豪宅。她参与了赵欣伯夫妇藏宝的过程，知道豪宅中有一座隐蔽的地下室。

王惠的回忆把傅志人带到一个暴风雨的夜晚，电闪雷鸣，他仿佛看到一个幽灵般的身影飘然一闪，随即消失在迷雾之中。

"你是什么时候离开赵家的？"傅志人问。

王惠想了一下："抗战胜利后。赵欣伯被抓起来，家里好多下人都走了，我也离开了。"

王惠的讲述令傅志人极为欣喜，她见证赵家荣衰那几年很关键。从另一个角度说，她证实了今天住在前门外布巷子的赵老太太就是当年与赵

欣伯一起赴日藏宝的赵碧琰。

苦苦寻觅的证据渐渐连成一串，那一天，傅志人从表相混乱的案情中看到一缕曙光。

扔掉快要烧到手指的烟蒂，傅志人仔细清点起桌上的文件。19份证人证言和18份书证，每一份都来之不易。他从右手边的铁丝文件筐里拿出一叠信纸，拔下棕红色的钢笔帽，开始制作文件综述，不到一个小时，一份清晰的书证目录赫然呈现：

一、满洲国名士簿（日文）。此件有关于赵欣伯的介绍；

二、满洲国建国周年纪念照片（17帧）。此件可以证明赵欣伯当时身份及家属相貌；

三、日本关东军新京宪法兵队制作的《人事名簿》。此件有关于赵欣伯人身特征的详细记载；

四、北平特别市公署警察局档案：华北政务委员会顾问赵欣伯请领手枪证的卷宗。此件有赵欣伯的身份，家庭住址；

五、华北政务委员会顾问名单。此件可以证明赵欣伯居京时期的身份；

六、河北北平第一监狱人犯名册（部分）。此件可以证明未决犯、汉奸赵欣伯在日本投降后曾被关押于第一监狱；

七、民国时期河北高等法院检察处传票回证。此件可以证明在赵欣伯关押期间，河北高等法院检察处以"赵欣伯汉奸财产案"对其妻赵碧琰、其子赵宗阳予以追究；

八、赵碧琰声请状。此件由赵碧琰亲笔所写呈交河北高等法院检察处并由其存档，证明了赵碧琰与赵欣伯、赵宗阳的关系；

九、河北北平第一监狱保释人犯名单。此件证明赵欣伯保释日期为民国三十七年12月6日。

十、民国三十五年北平市警察局内五区户口调查表。此件证明赵碧琰与赵欣伯、赵宗阳的关系，同时证人梁福、王惠以佣人身份在户口上有名，足以证明他们证言的可信性。

十一、迁葬领穴证。此件由赵碧琰之子赵宗阳收存，证明其与赵欣伯

的父子关系。

十二、北京市人民法院952年刑字第1811号案卷（部分），包括案件卷皮、公文、耿碧琰的呈状、法院判决书。此件证明被告耿碧琰系"著名大汉奸"赵欣伯之妻，赵宗阳系赵欣伯之子；而在耿碧琰的呈状上，耿碧琰、赵碧琰两个名字同时使用，说明耿与赵（碧琰）在现实中为同一人；

十三、1949年12月的户口卡片。此件可以证明原户主赵欣伯的户口在1951年7月21日死亡注销，赵欣伯之妻当时用名为王碧琰，住处均为小石桥胡同一号；

十四、1953年3月的户口卡片。可以证明户口中人与上述地址户口之人基本一致，只是赵欣伯死亡，户主改为其妻，当时用名为耿碧琰。

十五、1960年8月的户口卡片。证明户主耿碧琰丧偶，1944年由铜铁厂六号迁入，而该居所正是原伪满立法院长、华北政务委员会顾问赵欣伯的住宅。

十六、户口存档底卡。此件证明原名耿碧琰的赵碧琰一家于1968年9月9日由小石桥一号后门迁至大石桥32号，1973年11月3日迁往布巷子10号，前一居所为赵欣伯一家的住宅，后一居所正是北京赵碧琰向日本地方裁判所申请身份确认的居住地。

十七、北京市户口簿。此件证明原名耿碧琰的赵碧琰一家住在北京市前门地区布巷子10号，此地正是赵碧琰向日本地方裁判所申请身份确认的居住地。

十八、河南省许昌地区中级法院对李越的刑事判决书，此件确认赵碧琰为赵欣伯之遗孀，赵宗阳为赵欣伯之独生子。

傅志人对自己半年多来的战果基本满意。他仔细研究过日本法律，依照日本民诉法第三百二十三条规定："文书，依据其程式及内容可以认为系官吏或其他公务员职务上所做时，推定为真实的公文书。"第三百二十四条则规定："前条规定对于认为系外国官厅或公文署所制定的文书也适用。"

正是看准了"外国官厅或公文署所制定的文书"也可以"推定为真实的公文书"这一点，他收集的18份书证有16份来自伪满洲国、日伪时期、

国民政府时期和新中国成立后的国家机关,不在此列的前两份证据也与日本人密切相关。以子之矛攻子之盾,这些证据一定不会被日本法庭等闲视之。对此,傅志人有相当大的把握。

按照日本法律的规定,傅志人又草拟了一份给法庭的请求证人不必全部出庭的申请。他特别强调,在赵碧琰的19位证人中,大多已是古稀老人,有些健康情况不佳,实际上不是每个证人都能去日本出庭,甚至可能发生在未取得出庭通知前即已逝世的情况。如此,采取书面证言的方式是可以理解的,也是完全必要的。因此,根据日本民诉法第二百二十九条规定,正式提出请东京家庭裁判所准许证人出具公证后的文字陈述。

把证人证言全部加以公证,傅志人采取的措施有备而无患。即使日本法庭没有批准证人不出庭的申请,他同样能以"外国官厅或公文署所制定的文书"为理由,以书证形式提交这些证人证言。

一切都在情理之中,似乎可以写最后的陈述书了。傅志人喝了几口热茶,把双手举到脑后伸展一下腰肢,他打算一鼓作气。突然,他想到一件事情,两只环扣托着后脑的手迟迟没有再放下来。事情很重要,如果不能顺利解决,以往所有的辛苦都将失去意义,他的努力会付之东流。

傅志人坐不住了,他匆匆忙忙把文件锁回保险柜。几分钟后他离开办公室,略带驼背的颀长身影消失在北京冬季傍晚寒冷的空气里。

81

"纯粹是欺负人嘛!本来都是赵家的财产,现在我们倒成喝汤的了?说到哪儿也没这个理呀!"赵宗阳气愤地说。他的大儿子赵昭明坐在旁边,父子两个手指缝里都夹着呛人的香烟。赵昭明三十五六岁,身材高瘦,和他父亲长得十分相像。

果然不出所料,一谈到赵氏财产的分配问题,赵家人的态度变得暧昧起来。连续3天,傅志人不断向他们做工作,希望尽快签订一份与赵碧琰的公证协议,这样他作为赵碧琰的中国律师才能进一步与日本律师接

洽，由此才能推进案情顺利发展。

傅志人的劝说收效甚微。

赵宗阳不停地大声抱怨，说他们一家几十年受了多少多少的苦，如今好不容易可以合理收回父辈留下的财产过几天好日子，没想到却要被割去一大块肉。他比划着双手情绪激动，顺手抓起桌上的茶杯送到嘴边。说到底，他无论如何也不想接受国务院侨办提出的分配方案，他认为既然赵碧琰是这笔财产的主人，赵家理所当然应该拿大头，甚至百分之百全部接收也不为过。说话的时候，赵宗阳不断瞄一眼身边的大儿子，他是他的军师，在如何争取家庭利益最大化方面出了不少主意。

傅志人看看赵碧琰，老太太坐在床上一言不发。她翻过来掉过去摆弄着手中的暖水袋，时而把目光盯在包着热水袋的旧毛巾上，好像他们讨论的是一件与她毫不相干的事情。然而傅志人知道，他们之间的对话她一句也没落下。这老太太耳聪眼明，而且绝不糊涂，最后的解决方案还需要她一锤定音。

傅志人对赵碧琰一直颇有好感。和他们谈话之前他曾经想过，如果顺利签下协议书，他会尽最大努力为赵家申请一套房子。80多岁的老太太，为了上个厕所还得一天几趟爬上爬下又窄又旧的木楼梯，傅志人有点不忍心。

"凭什么只给我们这么一点儿，你以为这是打发要饭的哪？"赵宗阳还在喋喋不休。

时间很紧，傅志人不想留在阴冷的房间里听赵宗阳的强词夺理。他是个善于掩饰自己情绪的人，即使对这场无休止的谈话感到厌烦，也不会在语调中有所表现。把手中的烟蒂扔进烟灰缸，傅志人不慌不忙地问："那你们打算怎么样？"

"按照国家政策办，前头有车，后头有辙。"赵宗阳说。

"哦？"傅志人抬高音调，表示他的惊诧。至今为止，他还没听过有类似的海外遗产案件。

赵宗阳冲着儿子努努嘴。赵昭明吸了一口烟，把剩下的大半截香烟扔

在地下。他转过身拿出一个纸夹子，抽出里面一张报纸。

傅志人接过来一看，这是一张1979年1月12日的《人民日报》，其中一篇被红圆珠笔圈了起来，《鼓励找回私人在国外的资产》是这篇文章的标题。文章介绍了天津一位居民在40年代买过国外一批股票，后来股票失落他本人也不敢提及此事。粉碎"四人帮"以后，中国银行天津分行从旧档案中发现这一情况，主动联系他们并帮助办理了股票挂失手续，最后从国外取回了29万美金的股票本息。傅志人知道赵宗阳父子保留这张旧报纸的用意，文章中有三段文字被画上红线，其中第三段代表了他们想要表达的意愿。

"那又怎么样？"他把报纸扔在一边问。

"党的政策规定，解放前不管在什么情况下，用什么手段把资产转移到国外，概不追究……根据国务院规定，'个人调回的资金，不论金额大小，都应该贯彻谁的款归谁所有。'"赵昭明捡起报纸，一字一顿地念完画着红线的两段话。

看来这父子俩早有准备。傅志人微微一笑，现在他反而不急于结束这场谈话了。

"你们的意思是这些财产都归个人？"

"按理说应该是。但我们不是特别矫情的人，本着自愿原则可以给国家捐一些。"赵昭明说。他语调沉稳，不显山不露水地把自己推到谈判的前台。

"赵碧琰财产案不能同天津的情况比，性质不一样。"傅志人指着报纸说，"你不是画出线了？国务院的规定是'国外资产的持有者，包括敌我矛盾按人民内部矛盾处理的'，才能享受'谁的款归谁所有'这一条。"

"你的意思是对我们家的财产要按'敌我矛盾'处理？"赵昭明腾地一下站起来，说话语气变得很冲。

"赵欣伯的历史你们比我清楚，这笔财产的来源和他的经历有关，所以当然不能算人民内部矛盾。"傅志人含蓄地说，为了不刺激赵碧琰，他

在谈话中尽量不提及"汉奸"两个字。

"那好，我爷爷的历史，我还正想说道说道呢。"赵昭明更加激动起来，"如果从历史角度客观去看，他在满洲国担任的职务是出于历史局限。按照政府对待李宗仁的态度，对他的结论也应该有所改变。"

"真是有点得寸进尺"，傅志人想。愤怒在心里慢慢积存，他打定主意要好好敲打一下这个狂妄的年轻人。

"看来你是要好好学学历史了，年轻人。"傅志人拖着长声说。他用手中的烟蒂点燃另一支香烟——每当情绪极度不佳时他会连续抽上两三支烟，现在也不例外。

"赵欣伯能和李宗仁比吗？李宗仁再怎么和共产党打，那也是内战。在民族危难时刻，他把枪口对准的是日本人。他指挥的台儿庄战役是中国抗战史上辉煌的一页，即使在失守徐州之后，他也率领部队在山区坚持抗战。共产党为什么善待李宗仁？因为他能在'九一八'之后发动反蒋事变出兵抗日，因为他是个敢打敢拼的汉子，因为他年逾古稀冒着危险毅然回国。"傅志人以往平静的语调变得急促而激烈，他使劲吸了一口烟继续说："可是赵欣伯呢，他在日本人入侵中国领土之后干的是为虎作伥、分裂国家、大发国难财这样的事情，你说他那顶汉奸的帽子能摘得掉吗？"

沉寂，没有人回答。

赵碧琰还是没有说话。她不再关注手中的暖水袋，默默地盯着傅志人，他的话触动了她内心的隐痛。

赵宗阳与他儿子四目相对，目光中有一种不甘心的意味。父子俩心有灵犀，几乎同时张口说出："可是……"

"这笔财产是以赵碧琰的名义购置的，她可是没触犯过半点刑法的中国公民。"赵宗阳用手止住儿子，抢先接着说。

"说的很对，这些财产只是用赵碧琰的名义购置的，而且是赵欣伯用赵碧琰的名义购置的。赵碧琰一辈子都没工作过，能说这些财产都是她的合理收入吗？"傅志人特别强调"用赵碧琰的名义购置的"，这几个字他说得很慢。"至于她是否触犯过刑法，不是光靠嘴说了算的。说实话，你

们1952年的判决书还是这个案子的一份重要证据呢。再说，国务院的规定是'个人调回的资金，不论金额大小，都应该贯彻谁的款归谁所有。'那么，赵碧琰的财产是由个人调回的吗？你们想想，这几年国家为了收回这笔财产付出多少代价？光是请日本律师就花了多少资金？而且这几年为赵碧琰看病垫付的钱也不是个小数目吧？至于这些钱是不是都花在老太太身上，大家心里有数。"傅志人咬文嚼字和赵宗阳掰扯起来，身为律师，这场小小的辩论难不倒他。

"这……"赵宗阳一时无言以对，傅志人最后两句话击中他的要害。他用一只眼睛偷偷看看坐在床上的老母亲，希望她没听清楚傅志人的话。

"做人要知恩图报，凡事要看长远些，对吧老太太？"傅志人冲着赵碧琰大声说，该是老太太表明态度的时候了。

"那好，"突然，赵昭明把椅子一推站起来，"既然赵欣伯是汉奸，是死了喂狗狗都不吃的血债累累的刽子手，那他的财产同样沾满鲜血，我们坚决不要。我奶奶、我父亲和我们孙辈都决定和他划清界线。从今天起，我们不知道赵欣伯是谁，他的一切都和我们无关，在日本财产的事儿也不要再找我们了。"他搓搓被烟熏得发黄的手指尖，做出送客的姿势。

是威胁吗？傅志人冷冷一笑，类似这样的话他是第二次从赵昭明嘴里听到了。去年夏天，他在市委大楼的小会议室第一次见到赵昭明，已经感觉到小伙子说话咄咄逼人。当时他陪着赵宗阳列席"赵碧琰财产专案小组"协调会，上来也讲了这样一番话。赵昭明情绪化的表白在当时起到一定作用，他终于获得代表他父亲发言的机会，让大家注意到赵家第三代的不可漠视。傅志人还记得，在那次协调会上，一向吊儿郎当的赵宗阳居然痛哭流涕提出入党的要求，让一干出席会议的政府官员哭笑不得。

此一时彼一时，再用这一招施以要挟可吓不着谁。

"我是因为赵碧琰在日财产的事宜来的，但找的不是你所谓的'我们'。我真正找的是赵碧琰女士，我是她的律师。"傅志人不软不硬地说。

他的话言语不多但意味深长，而且里面包含不少于三层意思：第一，

赵碧琰女士，表个态吧；第二，刚才赵宗阳的要求不作数；第三，年轻人，这里轮不到你说话，少插嘴。

"当然，"他把头转向赵昭明，"你是一个很有志气的年轻人，即使这份财产收回来也完全可以不要。想坚决和汉奸祖父划清界限是好事。"

"你……"赵昭明鼓起眼睛，双腮涨得绯红。

"我可没说不要……"赵宗阳急不可待地喊。

"啪"，赵碧琰重重地拍了一下床沿子，"都给我住嘴！"

她站起来跺跺脚，走到傅志人面前，深吸一口气清晰地说："傅律师，听你的，我同意。"赵碧琰非常清楚，自家留在东京的这笔财产含着中国人民的血泪膏脂，本来就不应该由赵家子孙享受。如今政府能把收回财产的20%留给赵家已经相当不错了，她没有理由不知足，也断不容许自己的儿孙为此斤斤计较。

傅志人点点头。近在咫尺，他看到她的眼睛闪着一缕明亮的光，柔和却不失真诚。

停了一会儿，他告诉她，明天早上派车来接她，他们需要签订一份处置财产的文书。

"傅律师，咱再商量商量，哪怕再多给我们5%也行。"赵宗阳抓住傅志人的胳膊央求说。对于一笔数以亿计的财产，即使1%也不是个小数目，他有必要斤斤计较。

"绝对不可能，"傅志人肯定地说。他很清楚20%已经是同类财产分配的最高限，况且赵氏财产的分配比率出自一位国家高层领导人的批示，没有任何回旋的余地。

82

回到办公室，傅志人脱下大衣挂在脱落一只挂钩的木制衣架上，他顾不得坐下，一把抓起电话拨了一个十分熟悉的号码——对方是国务院侨务办公室彭副主任，他同时也是这次处理赵碧琰在日财产案的政府代表。

"彭主任，赵碧琰已经同意财产分配方案了，我准备一下材料，明天上午去做公证。"靠在办公桌上，傅志人尽量平静地说。

"真的吗？"电话那头彭副主任的声音很兴奋，"赵宗阳的态度呢？"他关心地问。

"他也同意了。当然，不那么痛快。"

"老傅，不容易哪。"彭副主任慨叹着，迟疑了一下，他接着说："对了，还得告诉你个消息，根据外交部领导的意见，赵碧琰财产专案小组从明天起正式解散，以后的担子都压在你身上了。"

"可是，协议公证的事还没搞好呀……"傅志人着急地说。

"不是已经有眉目了吗？你放心，有需要侨办协调的地方就给我打电话，我会全力做好你的后盾。"彭副主任笑着说，口吻不容质疑。

"那……好吧。"

"好，明天早上8点半我们公证处见。"

挂上电话，傅志人取出一摞印着暗线的白信纸，开始起草明天的公证文书。1981年的他，还不知道电脑为何物，在这间小小的办公室里，所有的法律文件都需要手写后誊清。办公室温度不高，傅志人倒了一杯热水用以暖和冰凉的手指，捧着热乎乎的玻璃瓶子，他的脑子急速地活动起来。

他考虑了大约15分钟的时间，然后根据打好的腹稿一蹴而就。没多大功夫，3张白纸上布满了密密麻麻的清秀小字，7项言简意赅的条款确定了数以亿计巨额财产的最后归属人。写完最后一个字，傅志人把笔一扔靠在椅背上，他习惯地喊了一声干事小王，想让她把文书拿去复印，但是半天没听到回音。这时候，傅志人才想到今天是休息的日子，办公室只有他一个人。他抬起手腕看看表，差两分钟10点。真的，时候不早了，他突然感到肚子饥肠辘辘，现在满脑子惦记的都是老伴煮的热腾腾的饺子。

归心似箭，傅志人把桌上的文件塞进公文包里。他披上大衣，随即，办公室的灯光都熄灭了。

83

公证处小会议室的陈设十分简陋，两张乒乓球台拼成的长桌子，上面铺着一块紫红色绒布，周边围着一圈罩着绿棕色布套的软椅子。赵宗阳陪着他母亲进去的时候，椅子上已经坐着几个男人，他们一边喝茶一边交谈。除了傅志人和马德昌，赵宗阳对另外3个干部模样的中年男子并不陌生——坐在中间位子上的是国务院侨办的彭副主任，据说是个正局级的官员；他边上穿藏蓝色中山装的男人姓王，是侨办的一个副处长；另一个是北京市政府外事办的张同志。另外还有几个穿着统一制服的男女干部赵宗阳不认识，估计应该是公证处的人。

看到赵碧琰母子进来，屋子里的人停止了谈话。

"来了？"傅志人代表大家和他们打招呼。

赵碧琰没说话，她彬彬礼地朝着大家欠身笑笑，坐在傅志人旁边的椅子上，她注意到他面前有一个纸制文件夹，那里面应该是今天要签署的公证文件。

果然，等他们落座之后，傅志人从文件夹中拿出3张纸递给她。"请您看一下，这是我按照昨天的意见草拟的一份处置财产文书，如果没有什么不同意见，我们就可以签字后公证了。"

"我眼睛花，让宗阳看吧。"赵碧琰顺手把这几张纸递给坐在旁边的儿子。赵宗阳接过那摞极不规范的待公证文件，手稍微有些发抖。

他换了一副带散光的眼镜，用手指画线仔细读着上面的每一个字。《关于处置财产的文书》，顺着这个标题他继续一字一句地往下看。第一段是立文书人，他和他母亲赵碧琰为一方，另一方是以彭副主任为代表的国务院侨办。对于把自己添加成"立文书人"这一点，赵宗阳颇为满意，这是他昨天在没有争取到更多百分比时强调的一个条件。至少，因为这个条件他没有丢太大的面子。

赵宗阳接着往下看，傅志人的文笔确实不错，提纲挈领把关键问题

讲得十分清楚。正文中,他首先指出赵欣伯的身份、死亡时间以及其与赵碧琰、赵宗阳的关系,然后明确了后两者是赵欣伯在日本购置的动产及不动产的权利所有人和继承人。赵宗阳对这段文字十分满意,他是一笔巨额财产的法定继承人,这将是任何人无法抗争的事实。

接着看下去,赵宗阳微微皱起眉头,这意味着他对下一段表述稍有不满:"赵碧琰、赵宗阳鉴于上述财产的来源与中国50多年来的历史有密切关联,现在维护自己的合法权利,也出于对祖国的忠诚,要求国务院侨务办公室协助将上述财产及应享有的财产权益收回。"他伸手揉揉鼻子,总觉得第一句话里潜藏的意义太多,但又无法明确提出反驳。

"好啦,这不是原则问题。"他宽慰自己,把捻起的一页抛在桌子上。实质性的文字都在第二页,他不由得把阅读速度放慢,细细品味着条款中每一个词。第一条没有问题,国务院侨办同意就收回赵碧琰在日财产提供必需的财务开支及各项实际帮助。关键在于第二条的表述:"赵碧琰和赵宗阳同意将他们在国外,主要是日本自己名下享有的财产及他们应享有的法定财产的总合,刨出国务院侨务办公室垫付的开支及税收外,作为100,将其中80%作为献赠,交由国务院侨务办公室处理,20%归己。"

两个明晃晃的百分比让赵宗阳感到身上寒冷。他觉得不公平,真的很不公平,仅仅因为父亲赵欣伯的身份,那些本来属于自己的财产就变成了不得不为之的"献赠",这让他心理上无法平衡。他心里当然不承认那些财产是与父亲从政历史相关的不义之财,因为在情感上他从来就不把赵欣伯归于汉奸的范畴。在赵家人的心目里,中国第一个留日法学博士的光环远远超过了满洲国立法院长的头衔,和丈夫、父亲、爷爷相比,"汉奸"这个词显然要生疏得多。此刻,赵宗阳恨不得拿起一支笔,在"二"字上面再划出一条细道,那样属于他的财产就可以扩大几百万甚至上千万人民币,可是他没有胆量。

数字在赵宗阳眼前越来越大,他转而怨起自己的父亲——如果当年不是他坚持回国,他们一家完全可以在日本生活得优哉游哉,他不会成为右派,老母亲不会去扫大街,儿子也不会进监狱,更不会在若干年

后产生这笔因财产引发的马拉松官司。从这一点讲，他觉得父亲并不聪明。

"有什么疑议吗？"傅志人轻声问，他指指腕上的手表，给赵宗阳一个明显的暗示。

收回思绪，赵宗阳接着看条款。第三条很长，说的是献赠财产由国务院侨办择定给中国一个社会福利事业团体的内容，和他没有实质性关系。但第四条就不一样了，区区24个字，限定了这份文书具有书面遗嘱的法律效力。赵宗阳怔了一下，把这条内容读给他母亲赵碧琰听："赵碧琰、赵宗阳同意，本文书同时具有书面遗嘱的法律效力。"

读完这句话，赵宗阳托着腮帮子抬起头，他期待着母亲发表反对意见。然而让他失望的是，老太太没说一个字，只是平静地点点头。

接下来三条全是公式化条款，赵宗阳一目五行草草看完。他幽幽地叹了一口气，最后看了一眼扎心窝子的第二条，把文书推到傅志人面前。"如果百分比不能动，就没什么可改的了。"

"那好，可以签字了。"傅志人站起来，把这份自己亲手写就的文件归理齐整。他把最后一页放在最上面，将文书和一支从日本带回来的签字笔放在赵碧琰面前。

屋子里顿时变得格外寂静，所有人的目光都集中在身着深蓝色大襟小棉袄的赵碧琰身上。他们注视着老太太从一个样子不俗的旧手包里掏出眼镜盒和一枚方形印章，看到她气定神闲地戴上老花镜，然后拿起签字笔，工工整整地签下"赵碧琰"3个字。接着，老太太拿起印章在嘴边呵一下，小心翼翼按在自己的签名旁边。

不太热烈的掌声响起。至此，这张空白文书有了实质性的转变，那颗小小的红色印章在清一色的黑字中格外耀眼，它孤零零地悬在白纸中央，静静地等待下一个，下下一个具有法律效力的立文书人签字。

轮到赵宗阳了，他把他母亲用过的那支签字笔攥得紧紧的，手有些颤抖。虽然他知道自己此刻没得选择，但还是迟迟不愿落笔。

"签名吧。"赵碧琰扭过脸说。她特别能理解儿子在这时的复杂心情，

给了他一个足以定心的微笑。

"您都没有仔细读一遍就签字？"赵宗阳有点委屈地嘟囔着。

"你读了，这就够了。再说傅律师不会给我们设文字陷阱。"

赵宗阳把他的名字写在他母亲的名字下面。和赵碧琰一样，他写的也是繁体字，并在"阳"字的最后一笔使劲划出一道弯钩。他在名字后面草草盖上印章，把文件推给傅志人，快快地说："这下你放心了。"

"你也可以放心，这笔财产一定能收回来。"傅志人说。他的声音依然不大，但语调坚决，仿佛向所有在场的人表示自己的决心。

文件一个接一个地传下去，那张白纸上的名字和印章越来越多——除了立文书人赵碧琰母子和彭副主任3位，傅志人、马德昌、张昌和王楚惠四人作为证明人相继在上面签字，一份具有历史意义的特殊规格公证书在一小时内得以完成。

1981年2月14日，农历辛酉年正月初十。那时候人们还没有过情人节的意识，因此在绝大多数中国人眼里，这是一个再普通不过的日子。这一天，赵碧琰财产专案组正式撤销，傅志人从财产分配文书签署的这一刻起肩上担子更重了。

外面，飘飘扬扬下起小雪。

瑞雪兆丰年，傅志人对案件的最终结果充满信心，虽然他知道面前还有一条很艰难的路要走。

1984年　北京—东京

12，无论对于中国人还是日本人都是吉祥数字，天干地支的轮回从12起步，历经悠悠岁月后变得成熟而厚重。1984年，是中国和日本建交的第12个年头。

中国和日本的关系自1972年建交以来得到很大改善，尤其在1980年至1984年——自从1980年5月时任国务院总理的华国锋首开中国总理访日之先河后，两国领导人的互访达到高潮。当年年底，首届中日政府成员会议在北京举行，随之，1982年的赵紫阳总理访日和大吉善幸首相访华意味着多年处于不温不火的中日关系进入成熟期。1983年11月23日，中共中央总书记胡耀邦访问日本，同日本首相中曾根康弘确认"和平友好、平等互利、长期稳定、相互信赖"的中日关系四项原则，中日关系进入新的发展时期。可以毫不夸张地说，正是这样的历史背景，才促进了日本司法机构对赵碧琰跨国财产案的尽快审理。

1984年4月，在日本首相中曾根访华回国之后不到3个星期，东京家庭裁判所向身在北京的申诉人赵碧琰发出开庭通知。这似乎是一个备感鼓舞的信号，让人体味到一个拖了20年的涉外民事案件有望画出圆满句号。

1984年9月4日，时值中日邦交正常化12年，纪念活动在北京与东京同时拉开帷幕，赵碧琰跨国财产案得到日本东京家庭裁判所的最后判决，这，不能仅仅看成是一个巧合。

就在赵碧琰接到判决书数日之后，3000名应胡耀邦总书记邀请的日本青年分四路来到中国，欢声笑语感染了两个一衣带水的友好邻邦。

84

星期二上午，在北京首都机场的出港大厅，傅志人一眼就看到要找

的那个男人.为了解解烟瘾,他手里拿着一支没有点燃的烟不住地在鼻子前面晃来晃去。赵宗阳穿着一身挺括的藏青色毛华达呢西装,白色的衬衣露出西服袖口,脖子上系着一条色彩鲜艳的海蓝色领带,脚上是一双擦得锃亮的黑色三接头皮鞋,这身行头与他平日的不修边幅形成鲜明对照。

赵宗阳显然比约定时间来得早许多,看到傅志人,他匆忙把手中的香烟塞进裤子口袋,冲过来大声打着招呼,还热情地伸手接过行李车。他们一行4人通过第一道检查走进候机厅,随着一个排着十几米长队的人流往前走,换完登机牌后走向安检门。几十年没出过远门的赵宗阳对这一切十分陌生,他跟在傅志人后面,极力掩饰住自己平生第一次乘坐飞机的懵懂,四下探寻的目光中时不时流露出自傲的神情。整整3年,终于等到了日本东京家庭裁判所的开庭通知,作为唯一的出庭证人,他的心情可想而知。

他们坐的是经济舱,走过长长一节通道才找到自己的座位。傅志人把挨着窗户的位子让给赵宗阳,自己坐在靠着通道的B座上。一个笑容可掬的漂亮空姐送来当天报纸,他们每人要了一份,扫了一眼大标题又塞进前面座椅的背囊里。脑子里不断涌现的思绪很多,这不是一个能专心看得进去报纸的时刻。

飞机起飞之后,赵宗阳一直趴在舷窗上欣赏外面的景色,傅志人扫视了一下四周的乘客,抱着永不离手的公文包,慢慢合上眼睛。他确实想利用旅途的时间睡一会儿,但是大脑并没有如愿以偿随眼睛一起休息。

3年了,这是他为了赵碧琰的案子第三次前往日本,东京的时尚繁华对他早已失去了吸引力,他现在唯一要考虑的,是这个案子。日本法庭将如何对待他提交的证据?赵宗阳的证人身份会不会得到认可?更重要的是,坐在他身边的赵宗阳在法庭上如何应对可能出现的讯问?这是他必须考虑周全的问题。

能够获得这次开庭的机会实属不易,傅志人知道,这其中外交部与侨办在幕后做了很大努力,而且与上个月的中曾根访华不无关系。作为一个被推到前台的项目执行者,他的最重要责任就是不能让这次好不容易争

取到的开庭机会出现纰漏，他必须牢牢抓住。

傅志人要牢牢抓住的还有一个人，就是赵宗阳。他是一个特别不容易被管理的人，带着这样的角色出国参加庭审，身为组长的傅志人背负的责任重大。

让赵宗阳出庭，是傅志人反复思量后做出的重大决定。两个星期前，傅志人接到日本家庭裁判所的开庭通知书，那个星期六下午，他难以抑制自己的兴奋。这是一桩拖了20年的陈年旧案，而且在8年前的庭审上已经出现了对他的当事人记录在案的不利证词，若想绝处逢生，他只有依靠那些经过千辛万苦所获取的证据和证言。现在可以展现这些证据的机会来了，这个机会不仅可以令法庭正视这些证据，还使傅志人有机会在必要的情况下通过媒体把这些证据向世人公布。幸运的是，日本法庭批准了他早些时候提交的申请，许可居住在中国境内的证人不必出庭，但是他们要求赵碧琰届时出庭接受法庭调查。傅志人去找过赵碧琰，84岁的她当时很惬意地坐在团结湖新居的阳台上晒太阳，桌子上摆放着一堆降压和扩张心血管的常用药。

在见到赵碧琰的一瞬间，傅志人打消了让她出庭的念头。带着一个年逾80的老妇人跨国出庭是件令人提心吊胆的事情，他不想冒险，也不想打乱赵碧琰刚刚获得的安定晚年生活。又一次仔细分析了案件所有证据，傅志人想到一个人，一个的确可以证实赵碧琰身份而没有出现在他证人名单上的人。

但是，这个人要想成为赵碧琰的证人并不容易，因为在赵碧琰财产案中，他自己的身份也被日本法庭视为一个谜。

傅志人冥思苦想，在烟灰缸里堆满厚厚的烟蒂之后，终于想出一个办法。这个办法在司法实践中从未有人用过，但也没有为法律所制止。赵碧琰因高龄无法出庭既成事实，那么，他不妨用这个方法再赌一把。

迂回是一种策略，有时候它甚至能够获得比直截了当更有效的证明结果。

"归纳+逆证",这是傅志人为他的办法取的名字,虽然不是太贴切,可也不太离谱。按照分析,在这个案子中,最需要证明的是赵碧琰的真实身份,而法庭已经掌握的资料表明,赵碧琰曾经在日本住过相当长的时间,她的儿子在日本出生并上过几年小学。依傅志人的想法,是由赵宗阳充当赵碧琰的身份证人,但是在赵碧琰未被确认的情况下,作为她儿子赵宗阳的身份亦肯定不会被日本法庭认可。那好,根据"凡走过必留下痕迹"这一著名定律,当年为人们所认可的赵欣伯与赵碧琰的儿子赵宗阳在日本上学时一定会在他同学的脑海里留下印象,他一定会有玩伴,他的玩伴中一定会有人记住这个一只眼睛失明的中国男孩。还有,傅志人在和赵宗阳的交谈中,发现他对40多年前东京街貌的记忆依然非常清晰,这些记忆正是他所带走的东西,也是一份最不可忽视的个性化身份认可证据。

用归纳加逆证的方式,先让赵碧琰儿子赵宗阳的身份得到确认,然后由赵宗阳证实自己的母亲即为居住在北京的赵碧琰,加上已经向日本法庭提交的30多份证据,那么这个案子一定有希望尘埃落定,傅志人对自己的想法充满自信。

正是在这样的思维模式指导下,傅志人向日本法庭提交了唯一可以出庭的证人名单。随即,他带着赵宗阳同赴东京。

3个小时的航程即将结束,东京的景物轮廓渐渐清晰可见。赵宗阳惊愕地望着机腹下这座充满活力的现代化城市,他陡然发现,这已经不是自己熟悉的那个东京。

85

东京家庭裁判所位于千代田区霞关区一丁目,周边有很多中央机关省厅——法务省、警察厅、警视厅和国家安全委员会,印着大字的警车和司法车辆在那条车水马龙的宽阔道路上随处可见。与大多数中央政务机关相比,家庭裁判所处于更为人羡慕的地理位置,它的对面是市区最大的日比谷公园,朝北步行几分钟即是日本皇宫,出正门穿过两个街区便进入著

名的银座商业区。

从某种意义来说，霞关区一丁目是东京乃至日本的司法权力中心，全日本每一个法律专业毕业生无不渴望能在这条街比肩接踵的高楼大厦中找到一个职位，哪怕是书记员或者是资料员之类的工作。确切地说，刚刚走出校门的年轻人其实也只能寻求这类工作，因为在日本当一名法官、检察官或者律师都是一件极为不容易的事，只有那些经过层层筛选的佼佼者才可能坐上法官的交椅。说白了，想在日本当法官光有法律系的文凭仅仅是具备了基础入门条件，之后还必须经过3次严格的司法考试。事实是，经过毫不留情的前两关淘汰，能够通过第3次面试的仅仅是参考人员的2%。然而，通过司法考试并不意味着司法生涯的开始，之后合格者还要进入司法研修所学习一段时间，然后分别在3个不同类型的司法机关进修，进修后还要通过一次全面考试，才可能有机会进入法院、检察院或者律师事务所。严格的考核与毫不留情的筛选，带来的是足以与之相匹配的报酬和权力——在日本，法官的薪水要比一般公务员高出一大截；而相应的司法独立也给了法官至高无上的裁判权力。令许多外国参观者感到惊讶的是，日本的司法独立可以把"独立"的概念赋予每个有司法行使权的法官，这便意味着当一个法官独立审理案件时有权依据法律条文的规定独立对案情作出判断，而无需向行政领导或者上一级裁判所请示。

司法独立给予了日本法官极大的自豪感，特别是那些可以自由出入于霞关区裁判所厅舍的法官们，无论是脸上笑容或者举手投足都带着一股难以掩饰的高傲神情。每天早上，从7点钟开始，这里就陆陆续续出现颜色各异的高级轿车，不同部门的头头和政要利用在会所早餐的机会碰面交流一些信息——那时候，集中在一张餐桌上的人物权力往往令人难以想象，没有人怀疑，很多决策的雏形就是在一顿早餐的时间里产生的。

1984年5月4日早上7点20分，一辆银灰色蓝鸟轿车驶进裁判所厅舍建筑群的地下车库，山田忠志法官锁上车子匆匆走向电梯。今天，他取消了每周五固定与几个老同学的早餐碰面，为的是在开庭前有更多时间考虑赵碧琰身份确认的几个关键问题。当了20多年法官，山田忠志裁判的

离婚案、析产案和遗产继承案无法细数，但是像赵碧琰案件这样通过身份确定追索一大笔无主财产的情况还是第一次遇到。这个案子在日本和中国的影响力都非同寻常，对于山田忠志来说是一场没有对手的挑战，他必须在有限的时间里依据证据做出最精确的判断。有时候，司法独立就是一把双刃剑，既意味着权力，也意味着责任，山田忠志不敢有丝毫掉以轻心。为此，他打算批准中国律师傅志人的申请，允许作为证人的赵宗阳在法庭上证实自己的身份。

让赵宗阳作为案件的核心证人，以证实他的身份为前提最后证明北京赵碧琰的真实性，山田忠志内心对傅志人的出庭策略赞叹不已，不觉中，他对这个中国同行另眼相看。

出租车停在霞关区二丁目的西幸门，再往前就是社会车辆禁行区。傅志人从车里出来，扣上藏青色长风衣的3颗扣子。他侧身向右看了一眼，东京家庭裁判所门前的太阳旗在春日一片嫩绿中格外显眼，旗杆下站着两个男人，他们的西服一深一浅，打着一模一样的条纹领带。虽然看不清面部表情，傅志人从轮廓认出，这两个人正是小川休卫和黑田寿男。

看到傅志人，小川和黑田远远地举起手臂朝他摇动。不一会儿，他们会合在一起，踏上高台阶，穿过旋转门进入家庭裁判所一楼大厅。因为都有律师身份，他们免去了安检程序，通过金属链路引入专用电梯，两分钟之后到达指定法庭所在的楼层。

"非常对不起，您不能同我们一起据理力争，这使我们失去了欣赏您辩论才华的机会。"走到大厅一侧浮雕壁挂下面的坐椅时小川休卫停住脚步，他把公文包搭在椅子边上客气地说，随之双手交叉放在小腹前深深鞠了一躬。

"呵，没有关系，在贵国的法庭上我必须遵守贵国的法律。"傅志人带着笑容说，彬彬有礼地欠了一下身子。

不管多么重大的案件，日本法庭都禁止非日本籍律师进入法庭，这是一条严格的规定，战后几十年在所有的日本庭审现场从没有过破例。

家庭裁判所是一座新落成不久的时尚建筑，内里的现代化程度更是在全日本法庭中首屈一指。在只有两扇紧闭大门的法庭对面，还有一间宽敞的隔音大房间，里面的窗户上挂着厚厚的丝绒窗帘，房间的一侧摆着可以观看庭审的闭路电视。小川和黑田把傅志人送到观察室门口，紧紧地握了一下手。

"相信我们。"小川郑重地说。

"相信我们。"傅志人回答，坚定地点点头。他的话一语双关。

他推开门走进观察室，找了一个正对着电视的舒适位子坐下。一个工作人员走过来，调整好闭路电视的频率，须臾，傅志人便看到了与他所熟悉的法庭环境截然不同的日本法庭，看到了仅仅有过一面之交的山田忠志法官。没有申诉人、没有被告也没有任何旁听人员的法庭空空荡荡，除了坐在裁判席上的法官，只有小川休卫、黑田寿男和另外两位傅志人没有见过的日本律师。这两位律师是由东京华侨总会出面聘请的，因为本案的出庭他们会得到一笔数目不菲的报酬。

"忠志"，这个名字有点意思。傅志人期望，这个年逾知天命的谢顶法官能够通过精辟判断实施法官的独立裁判权，让拖延了20年的赵碧琰财产案就此画上圆满的句号。

不出傅志人所料，第一次开庭时间并不长。在小川休卫律师提交了傅志人亲笔撰写的《关于赵碧琰身份的陈述书》之后，山田法官问了与证人相关的几个问题。"你们还有能够出庭的证人吗？"他最后问。

"是的，法官先生。我们请求传唤来自北京的赵宗阳出庭。"小川休卫代表律师们回答。

山田忠志没有立即回答。此刻，等候在观察室的傅志人捏着一把汗。赵宗阳出庭是以不可模拟方式证实赵碧琰身份的重要一环，能与否，关系到他的整个出庭策略能否顺利实施。

许可还是拒绝，权力都在于山田忠志法官。

傅志人死死地盯着电视屏幕，渴望通过最细微的表情变化洞悉山田法官的内心世界，可惜他未能如愿。山田忠志的脸像一汪静静的潭水，既

没有波动，也没有半点漪纹，他只是正襟危坐看着下面的4位律师，眼眸清澈而不失威严。

"好吧。"山国忠志终于简短说出两个字。

傅志人高兴得击了一下大腿，直起身子冲电视里的小川休卫律师做出一个V的手势。获准赵宗阳出庭是一个成功的信号，他针对证人出庭所做的一切准备工作总算没有白费。

"下次开庭定于15日上午10点，届时将传唤证人赵宗阳出庭。"山田法官宣布。没等律师们再说什么，他已经举起了法锤。

"闭庭！"随着一声圆润的男高音，法锤重重地落下。

当天晚上，东京华侨总会召开了一个小型招待会，一方面是给傅志人律师接风，另一方面也是向新闻界散播开庭的相关信息。一时间，有关赵氏财产案的话题被东京主流媒体重新拾起，赵欣伯与赵碧琰的旧日照片也频频出现在一些报刊上。

86

"记住，不要慌，如实回答法官的提问。要言简意赅，不要扯上不相干的话题。"傅志人最后嘱咐一遍赵宗阳，把他留在在法庭旁边的证人等候室里，自己轻车熟路走向庭审观察室。

工作人员打开闭路电视的一刹那，傅志人发现旁听席上坐满了媒体记者，一架带着东京地方电视台标记的摄像机也出现在法庭上，两个戴着眼镜的年轻人正在做着最后调试。今天的开庭显然不能与上一次同日而语，傅志人坐下来，等待着山田法官的出现。

"传唤证人赵宗阳。"山田法官提高音调发出指令，与之在高高法官席上的坐姿相配合，他的声音带有一股不可抗拒的威严。傅志人屏住气息，聚精会神地盯着不大的彩色电视，用了许多年的钢笔在他手里变得生涩而沉重。

厚重的橡木软包门开启的时候,傅志人从缝隙里便看到赵宗阳的身影,他躬着身子走进法庭,小心翼翼地站在指定的证人位置。傅志人把笔记本和钢笔摆在桌子上,扭了一下身子让自己坐得更舒服些,随后把精力都集中在法官与赵宗阳的对话上。

"肃静。"山田法官重重敲击一下法锤,旁听席上立时鸦雀无声。

"证人,请报上你的名字、籍贯、年龄。"山田法官说。

"我叫赵宗阳,1925年6月26日出生,今年59岁。我出生在日本,但我是中国籍公民。"赵宗阳眨眨眼睛用日语回答。今天他没有戴墨镜,在绚丽的的灯光下有点不适应。

"你什么时候回的中国?在中国住在什么地方?和谁生活在一起?"

"我是1938年和父母一起回国的,那时我13岁。回国后我和父亲赵欣伯、母亲赵碧琰住在北平市铜铁厂胡同六号,那是我父亲早年给张作霖当法律顾问时租下的房子。1943年,我父母重返东京处理私人财产,回国后买下相隔不远的小石桥一号院,我们就搬到那里居住,直到1966年才迁到北京市大石桥胡同32号。1973年,我们又搬到北京市崇文区布巷子10号,1981年搬到现在居住的朝阳区团结湖北里2号楼101号。我父亲1951年去世,以后我一直和母亲赵碧琰及妻子和4个孩子住在一起。"赵宗阳缓慢地回答。许多年不说日语,有些词汇他一时想不起来,需要有一个敢于张口和逐步适应的过程。

"证人赵宗阳,你说自己是赵欣伯和赵碧琰的儿子,有什么证据吗?"

"法官大人,我是在日本出生的。这是给我接生医院的病历证明复印件,法官大人可以派人核实。"赵宗阳拿出一份盖着红章的病历文书,法庭书记员把它呈给山田法官。

看到山田法官颇感意外的表情,坐在闭路电视前的傅志人微微一笑。这份证据是他前次到东京时费尽周折才找到的,对于证实赵宗阳与赵碧琰的母子关系至关重要。关于赵宗阳身份的关键证据还不止这一件,因为此次申诉的是赵碧琰的身份,因此这些证据并没有向法院提交。但是,在关

键时刻抛出一些证据会取得意想不到的效果,这是傅志人和小川休卫与黑田寿男律师经过仔细研讨后得出的一致意见。开庭前,傅志人已经就这些证据的使用向赵宗阳提出具体部署,让他欣慰的是,赵宗阳拿出证据的时机恰到好处。

"证人赵宗阳,你的眼睛是从小失明的吗?"山田法官话题一转,迅速提出另一个问题。"从小"两个字是一个文字陷阱,如果没有防备很容易掉进去。

"法官大人,从我记事时起我的一只眼睛就失明了。听我母亲说,在3岁那年我得了一场脑膜炎,发烧引起了左眼失明。"

"你母亲会不会记错了?"

"我想不会,法官大人。当时她把我抱到美国人开的协和医院去治病,后来为了我的眼睛还回到东京求医。孩子的失明对于一个母亲是刻骨铭心的伤痛,我母亲对这些细节永远不会忘记。换个角度说,即使我母亲记忆有误,这些病历也不会错的。"赵宗阳说罢从他的文件夹里又拿出两份病历,"这是我在协和医院的病历和在东京明治医学院附属医院的病历,请法官大人审核。"

翻开递到手中的两份病历,山田忠志法官努力克制住自己的惊愕。在他面前的是56年前中国和日本两个最著名医院的病历,两份病历从对病人状况的描述上有相当高的一致性和延续性。抛开傅志人为取得这两份病历所付出的艰辛,单就从他独辟蹊径的涉案证据思路上就值得令人钦佩。山田忠志法官把脸转向暗藏在天花板里的摄像头,不动声色地点点头。他相信,坐在闭路电视前的傅志人一定会读懂自己的敬意。

"证人,你既然在东京出生又生活过一段时间,应该对东京留下印象才对,能说说你所熟悉的一些地方吗?"没等赵宗阳回答,山田忠志又疾速地提问:"赤羽小学在什么地方?"

"都港区三田一丁目,在赤羽桥附近。"

"你是什么时候在那里读书的?"

"昭和10年秋季到昭和11年4月,我在那里读书时间不长,后来因

为搬家转学了。"

"赤羽小学附近有什么特征？"

"这谁知道，都几十年了。我只记得学校是在一个三岔路口附近。"

山田忠志不再问赤羽小学的情况，他的女儿曾经在那所小学上学，赵宗阳说的地理位置不错。

"和立大和学院在哪里？"

"在神奈川县。"

"附属小学和高等女子学院离得远不远？"

"不远，都在一条街上。"他歪着头想了一下补充说："如果从小田急浅的终点站往学校走，路左边是女子学院的校舍和宿舍楼，右边就是附属小学。"看着山田忠志法官，赵宗阳突然带着笑意说："法官大人，可以给我笔和纸吗？"

"为什么？"山田忠志不解地问。

"您是不是想去附小看看？我给你画一张图得了。"赵宗阳干脆地说。

坐在电视机前的傅志人哈哈一笑，老赵脑子就是快，这一着棋发挥得好。

在山田忠志的允许下，赵宗阳很快画出他曾经就读的大和学校女子高等学院附属小学的图形，学校大门与女子学院校舍隔街相望，两层楼的教学楼后面是一片参差不齐的小树林，树林里有一片小土丘，上面还有一个窝窝头式的小包包。

"这是什么？"山田忠志奇怪地问。

"猫冢呀。"赵宗阳回答。

"猫冢？"

"对呀。我的小猫彩豆豆死了，我们把它埋在那里。"赵宗阳一本正经地说，旁听席上传出一阵阵笑声。

"附属小学是三层楼，为什么你画成两层？"

"三层？绝对不可能，我们教室在二楼，旁边就是通往楼顶平台的小门，我们还偷偷从那儿上过楼顶呢。"

"你说的我们是谁？"

"汤川正三、迁内富十雄，还有大谷美代子呀。"赵宗阳十分自然地说出几个名字，口吻中带着幼童般的天真。

沉吟了一下，山田法官对赵宗阳说："证人，你可以下去了。"

把赵宗阳画的地图放进文件夹，山田忠志举起法锤。现在，他迫切需要去一趟神奈川县的大和学校，如果赵宗阳画的地图与实际不符，他将毫不留情地否认他的证词。

山田忠志抬起腕子看了一眼手表，11点46分，吃完饭跑一趟还来得及赶上下午的例会。

80

把车子停在小田急浅地铁站附近的停车位上，山田忠志沿着狭窄的街口往里走，并没有看到赵宗阳描述的女子高等学校的外墙。与闹市区日新月异的变化相比，远离千代田区的川崎更多地保留着战前的痕迹，街道依然狭窄而零乱，路边的公示牌上贴满广告，停在道边的微型汽车与挂在房檐下的自行车（注）随处可见。正午的阳光洒在地下，在山田背后留下一条不断变幻形态的影子。他迈着稳重的步子不慌不忙观察着路边的老式建筑，在高楼林立的市中心生活久了，走在这样朴实无华的小街里反而能获得一种心态的放松。

大概因为是吃午饭时间，山田忠志在街上竟找不到一个可以询问的人。他继续往里走，终于在右手边一幢凹进去的建筑前看到挂着小学校的牌子。山田敲敲传达室的门，一个60多岁的老伯把头探了出来。

听说山田要找女子高等学院附小，老伯咧开缺少两颗磨牙的嘴笑了。"你一定不是川崎人，女子高等学院早就迁走了。小学校还在，但是也改了名字。"

【注】由于居住地方拥挤，许多住平房的日本人家把自行车挂在墙上。

"这里就是原来的附小旧址了？"山田猜测。

"对呀。"

"可是这座楼好像还很新嘛。"山田法官四下打量着校门的金属围栏说。

传达室老伯看到山田这么关注学校，把他请进屋里。老人家本来就是个极爱说话的人，如果有了可以宣泄的对象，他的话匣子更是合不拢。

"你说对了，这楼盖了也就四五年。现在的孩子可是享福呀，楼里的条件比以前不知好好了多少倍。"

"你也了解这所学校的以前？"山田忠志敏锐地抓住他所渴望知道的话头。

"那是当然了。我就是这所小学毕业的。后来又在这里当了几十年体育教师，退休了回家实在难受，才又回到学校守大门。我一辈子都离不开这所学校呀。"

"那，昭和12年您在这所学校吗？"山田忠志急切地问。

"昭和12年？我那时候都读初中二年级了，不在这里。怎么，你想找人？"

"不，不，只是随便问问。"山田忠志淡淡一笑，"对了，您还记得那时候这所学校的校舍是什么样子吗？"

"那怎么会不记得，我在这里读了6年书嘛。那时候，学校里只有一座很破旧的二层小楼——不是前几年拆的那座。最早的教学楼在战后就拆掉了，后来才盖成3层的，我当教师的时候就已经有新楼了。"

"那，请你看看这个。"山田忠志拿出赵宗阳在庭上画的小学校舍草图，递到老人手里。

"这是什么？等等，我看看。"老人从抽屉中拿出眼镜，戴上后把草图送到眼前，他刚看了几秒钟就惊讶地叫道："哎哟，这不是早年的附属小学模样么，您是怎么搞到的？"没等山田忠志回答，他又滔滔不绝地说起来："我敢说，画这幅图的人怎么也得有个小六十了，他准是早年在这儿上过学，否则呀，不会把学校画得那么清楚。"

"你是从哪里知道他年龄不小的？"山田奇怪地问。

"噢，你看小树林前这两排房子，那是我们上学时的体育器材室。可是昭和14年时下暴雨把房子冲垮了。后来新盖的体育器材室在教学楼旁边，小树林被拓展成了篮球场。我们那时候常常跑回来打球。"

"这么说，昭和14年以后再入学的孩子都没见过这两排平房？"

"当然喽。那时候房子已经没有了嘛。"

明白了，难怪在查阅资料时见到的校舍图和这张不大一样。山田忠志收起草图，客气地向看门老人告别。离小学校不远有一个卖食品的小店，他走到店门口时停下来。仰起头看着小店的牌匾，山田忠志相信这就是赵宗阳两个小时之前描述过的元海食屋。他推开门走进去，要了一个樱桃口味的大份软包装饮料，并且大方地给食屋老板留下不菲的小费。

从食屋出来那一刻，山田忠志法官脑子里对这个案件如何继续下去有了新想法，他需要更多的时间仔细研读那个叫傅志人的中国律师提交的一系列证据。

他清楚，在这个世界上，不知道有多少双眼睛盯着这个案件的发展，作为享有司法独立权的资深法官，他不能让自己裁判的案件留下任何遭人质疑的漏洞。

88

暴雨哗哗下了一夜，天蒙蒙亮，傅志人再也睡不着了。他轻轻披上衣服拉开阳台门，一股带着绿叶芳香的清新空气立时扑面而来。倚在阳台围栏上，傅志人点燃一支烟，俯身下望，四车道的双向马路上一辆清扫车由西向东缓缓驶来，车子走过的路面上留下两道湿淋淋的水痕。24小时不间断的信号灯变成红色，清扫车停下来，傅志人能清晰地看到一个坐在驾驶席上的中年男子。

这幅异乡城市的清晨街景他已经司空见惯，一个多月来，傅志人每天都在企盼着开庭通知，但是下一次开庭的时间似乎总是遥遥无期。这正是最让傅志人焦虑的地方，虽然赵宗阳作为证人出了一次庭，但是如果法

官不想认可他的证词，首先就不理会他的身份确认。他在北京的法院当过多年法官，对这些足以牵制法官自由裁量权发挥的庭审策略心知肚明。

在确认赵碧琰身份的案子上，确认赵宗阳身份是一个关键，这关系到他的证词能否得到司法意义上的最终认可。换一个角度说，这个案子实际上已经扭转方向，成为从对赵碧琰身份证据的确认转向对赵宗阳身份证据的审核，如果庭审确信赵宗阳的真实身份，那么赵碧琰的身份疑问也随之迎刃而解——由赵欣伯儿子认可的母亲必然是真正的赵碧琰，这一点中国律师与日本法官不会产生分歧。一个月前，傅志人与小川休卫和黑田寿男两位律师即向法庭提交了可以证实赵宗阳身份的证人，这种由二层证人证明一层证人身份并间接证实其证言属实的情况在司法实践中极为罕见，傅志人对山田忠志法官能否批准申请心里没底。

时间、精力和经济付出都给傅志人带来压力，东京物价很贵，他们一天的住宿花费就超过他在国内一个月的工资，除此之外，还有吃喝交通和每天都要支付的各种小费。一旦这个案子没有结局，将会给国家带来多大的政治影响和经济损失，傅志人不敢想象。

眼看赵宗阳睡得死死的，傅志人打消了把他叫起来一起吃早餐的念头。他换上一件细格子棉布短袖衬衫，从楼梯走到二楼餐厅。在酒店住了一个多月，侍者早就熟悉了他的习惯。他被引到一张靠窗的桌子前面，从这里能望见酒店后花园，还可以通过后花园看到安着摄像头的十字路口。

酒店的早餐自助样式十分丰富，仅不同口味的寿司就有七八样，还有欧式糕点和各种凉菜、熟肉，对于尚处于粮票、购货本时代的中国人可谓琳琅满目。傅志人没有胃口，只端了几块苏打饼和一杯现磨热咖啡。他没加奶和糖，一小口一小口地品味着苦涩的黑咖啡，脑子里想的都是未知结果的案子。

他不知自己在餐厅坐了多长时间，只是感觉到原本寂静的街道渐渐变得熙熙攘攘，十字路口信号灯下等候的小车排成一串，马路两旁的人行道上也出现了背着书包提着便当盒的小学生。傅志人添了一杯咖啡回到座位上，刚坐下，就看到一个年轻男侍者拿着手提电话朝他走来。

"先生，您的电话。"

"谢谢！"傅志人说了一句这些日子最常用的日语。他接过电话放在耳边，马上听到黑田寿男兴奋的声音："傅律师，我们接到法庭的开庭通知，要求能够证明赵宗阳身份的证人出庭。"

"真的？什么时候？"傅志人大声问道，他噌地一下站起来，把桌子上的咖啡带得摇摇晃晃，丝毫没注意到旁边桌子就餐人受到惊吓的表情。

1984年6月1日，国际儿童节，间隔了16天的赵碧琬身份确认案再次开庭。这一次，与其说是辩明申诉人赵碧琬的真伪，不如说是对赵碧琬的出庭证人赵宗阳的身份的确认。

法庭上出现了戏剧性的出庭布局，离证人席不远的地方放置了一把孤零零的椅子，开庭后赵宗阳被引到那个座位上。

第一个被山田法官传唤的是迁内富士雄，他是赵宗阳在高等女子学院附小读书时的同桌。走进法庭的时候，迁内富士雄没有正视赵宗阳，他站在证人席上一板一眼地回答完山田法官的例行询问。

"证人，你认识坐在左前方位子上的那个人吗？"山田忠志法官的询问切入正题。

"认识，他是我的小学同学赵宗阳。"迁内富士雄的回答引起旁听席上一阵哄笑，赵宗阳有些尴尬，但是也咧咧嘴做出笑的样子。

"证人，你和赵宗阳多少年没见面了？"

"那可很多年了。法官，请允许我算算。"迁内富士雄一本正径地掰起手指头，窃笑声再次在法庭回荡。

"肃静！"山田忠志喝道，他把头转向证人席："证人，能回答吗？"

"能，能，可是我小学就数学不太好，因此只能经常抄赵宗阳的作业。"迁内富士雄滑稽地说。他举起双手做出不同的"4"和"6"手势，"法官先生，我们从昭和13年毕业以后就没见过，到现在快46年了。"

"那么些年没见过面，你居然说他就是赵宗阳，这可信吗？"山田忠志提出疑问。他的口吻让坐在闭路电视机前的傅志人感觉到，这个问题似

乎是要解答媒体的疑问。

"虽然是46年没见，可是法官先生，他的大模样没变呀。啊，对不起，是赵宗阳，他的大模样没变。"

"可是46年人的变化还是很大的，尤其是从一个小孩子到一个年近花甲的老人。"山田忠志提出不同意见。

"不错，法官先生，可是赵宗阳的整体变化不大。他虽然个子长高了，但脸型、身材都没有特别的变化，这也是我刚才见到他就认出的原因。"他停顿一下等着法官的反应，见山田忠志没有问话又补充一句："而且人身上有些特征是一辈子也无法改变的。"

"你是说赵宗阳的特征？"山田忠志颇有兴趣地问。

"是呀，他的左眼看不见就是一个特征。"

"这个特征谁都知道。"山田忠志温和而强硬地说。

"那你是想让我告诉你一个赵宗阳身上大家不知道的特征？"迁内富士雄嘻嘻一笑，"你考不住我，我还真的就知道。"

此言一出，旁听席上又是一阵躁动，山田忠志法官却没有制止。傅志人从电视里看得很清楚，山田忠志法官脸上露出疑惑，虽然他自己也对迁内富士雄的话摸不着头脑。

"赵宗阳后脑勺有一个疤，比指甲盖大一点，不长头发。"迁内富士雄郑重地抛出答案，"赵宗阳，是不是？"

"确实是。"赵宗阳用手掀起后脑的头发，他把头转向山田忠志，法官清楚地看到一个不规则的圆疤，亮晶晶，上面没有一根头发。

"迁内那时老欺负我，这是被他推倒磕在大石头上的后果。"赵宗阳喃喃地说，语调中透着诉不尽的委屈。

"谁让你不好好帮我写作业？为什么你的数学得甲，我一题不差照抄却不及格？"迁内富士雄为自己幼年的行为狡辩。

"你连抄都不会，小数点放错了能及格吗？"赵宗阳也不示弱。

"那你为什么不提醒我？这还不该打。"迁内富士雄理直气壮。

他们像两个小孩子一样地法庭上吵吵起来，电视机前的傅志人看到

两个老小孩的神态差点笑出声来。

"都闭上嘴。别忘了,这里是法庭。"山田法官一脸严肃地呵斥道,其实心里很放松。"证人迁内富士雄,你可以下去了。"他平静地宣布。

"哼,赵宗阳你小子得请客,要不是我当年打了你还落不下这个特征呢。"迁内富士雄冲着赵宗阳甩了一句。听到这句话,法庭里笑声四起,这一次连山田法官也忍不住露出了笑意。

接下出庭的分别是渡边昭和汤川正三,他们不约而同地拿出一张小学毕业照,指出站在第二排中间的赵宗阳。渡边昭证实了迁内富士雄与赵宗阳打架的事,汤川正三则在证言中提到赵宗阳曾经画过的猫冢,他还记得大家在猫冢前立了个小木牌子……

"上面写着'猫咪彩豆豆千古',对吧?"赵宗阳打断他的话抢着说出来。

"对,上面字是赵宗阳写的,可是写字的彩笔是我的。"汤川正三笑道。

"那我明天还你一盒彩笔,行了吧?"赵宗阳说。

"我不要你还彩笔,要你请我们大家去吃关东煮。"汤川正三做了一个举杯的姿势。

"一言为定。但是得等我拿到钱。"赵宗阳急忙表态,他对钱的反应之快让傅志人感到无可奈何。

出庭的第四个证人让人意想不到,是由山田忠志法官传唤的马场初子,她的养母就是当年曾经出庭与赵碧琰见过面的马场美代子。山田忠志换了一种询问形式,当马场初子站在证人席上时,他首先问赵宗阳认不认识这个两鬓斑白的老妇人。

赵宗阳眨着眼睛仔细审视了五六分钟,一拍大腿惊呼说:"马场初子是你呀!怎么老成这样了,闹得我差点认不出你。"

听了他的话,另一间房子里的傅志人律师摇摇头。第一次进法庭时畏手畏脚的神态在赵宗阳脸上早已荡然无存,他又恢复了平日说话随随便便不讲究细节的率真本性。

还好,马场初子没有理会赵宗阳的口无遮拦,她咧开嘴笑着说:"不

老才怪，我都当奶奶了。"

"咳呀，你才比我大两岁，怎么牙也掉了？"赵宗阳依然在"揭短"，话语中带有说不尽的感慨。

"赵宗阳，"山田忠志法官适时打断了他，"请你回答本法官的问话，你是怎样认识证人马场初子的？"

"法官先生，马场初子的妈妈是我们家的女佣，她有时去找她妈妈，经常陪我一起玩。"

"你可以举出一件印象深刻的往事吗？"

赵宗阳昂起头略微想了一下。"我从赤羽小学转走的那个暑假去她家打过工，在她家住了一个多星期。"

"赵宗阳，你是一个富家少爷，暑假还需要去打工吗？"山田忠志带着明显质疑的口吻问。

"是这样，法官先生。我想买一套田河水泡的《黑流浪汉》漫画集(注)，可是我父亲不同意，我母亲也不敢买给我，后来我就想到让马场初子给介绍一个打工的地方，挣点钱去买那套漫画书。马场初子就说让我到她们家的茶场去。我对母亲说去乡下她家玩几天，我母亲同意了。后来我和马场初子一起回到她家，在茶场帮助她们摘叶子，干了好几天，她妈妈给了我一些钱。多少钱记不清了，反正买了漫画书以后我们还去吃冰激凌。可惜那套书拿回家我还没看就被父亲发现，后来被他扔到火里烧掉了。"

"证人马场初子，赵宗阳说的对吗？"山田忠志用沉稳的声音问道。

一直站在证人席的马场初子微微点点头又使劲摇摇头，她的表现把所有人都闹糊涂了。

"你这是什么意思？他说的不对？"听到山田忠志法官这句话，赵宗阳脸都白了。他张开嘴想辩解，但被山田忠志法官有力的手势制止了。

法庭内所有的目光都集中在马场初子身上，守在电视机前的傅志人也屏住呼吸静静地等待。

【注】《黑流浪汉》是20世纪30年代日本著名的漫画书，因其内中宣扬军国主义思想，很多华侨不让孩子看。

"也对也不对，"马场初子小心翼翼地开口说，"他说的事情是有的，但是对打工细节的描述不对。我们家是养蚕的，不开茶场。"

"怎么不是茶场？"赵宗阳大声申辩，"我每天都帮助你爸爸摘叶子，还看到他们把叶子都铺在小黑屋的大圆簸箩里呢。"

"那是喂蚕，不是造茶。"马场初子纠正他。

"我觉得就是造茶。"赵宗阳不服气，还在低声嘟囔着。

"当然是养蚕，我们家的事我还不清楚？"马场初子也不示弱。

"安静！"山田做了一个足球裁判用的停止手势。"你们不要就造茶还是养蚕争执了。证人马场初子，你确认赵宗阳说的到你家打工这件事情是有，对吗？"

"对。"马场初子痛快地回答。

"那你确认法庭上的赵宗阳就是曾经到你家打过工的赵宗阳吗？"

马场初子望着赵宗阳，过了一会儿才犹犹豫豫地说"比较像，法官先生，但是我不敢肯定。"她抬起干枯的右手揉揉眼睛接着说："时间太久了，我真的不敢肯定。"

"休庭。"山田忠志法官起法锤敲击一下。他站起来提高调门宣布："22日下午两点继续开庭。"

90

6月22日，出庭的证人之证人只有一个。原本计划出庭的市川一郎患了重感冒，黑田寿男律师在开庭前向法官提交了一份医院开具的住院证明。

山田忠志法官爽快地同意了延期传唤市川一郎的申请，他同样需要更多的时间。

当衣着入时的大谷美代子出现在法庭上时，赵宗阳得意地朝她挤挤眼睛算打了个招呼。他们此前见过几次面，是大谷美代子找到汤川正三、渡边昭和迁内富士雄几个老同学出庭作证。

大谷美代子彬彬有礼地向法官鞠躬致意，然后以优雅的步姿走向证

人席。她用悦耳的女中音不慌不忙回答完法官例行提问，继而开始陈述自己的证词：

"……我和赵宗阳君是在昭和12年认识的，那时我们都在大和学校女子高等学院附小读六年级。记得开学第一天，老师把一个瘦瘦高高的男同学介绍给我们，说他叫赵宗阳，是转来的新同学。老师还特意说明赵宗阳因为小时候生病左眼失明，让大家不要因此取笑他。后来我们才知道赵宗阳是中国人，他爸爸好像是一个派到日本的大官儿，家里特别有钱。"大谷美代子娓娓叙述着童年往事，脸上流露出恬淡的神情。

高雅的气质令大谷美代子给法官留下深刻印象，在印象分上她比另外几个证人都胜出一筹。

"你在上学的时候和赵宗阳很熟吗？"山田忠志法官问。

"开始时不熟，因为他刚转来嘛。可是后来有一次，放学回家路过小松林时，我看到几个同学欺负赵宗阳，他们逼他拿出零用钱买冷饮请客，还动手打他……"

"是迁内富士雄带的头，后来他也老欺负我。"赵宗阳插话说。

"是呀，当时我看不下去了，就跑过去帮助赵宗阳，把迁内臭骂了一顿。我和迁内从幼儿园就在一个班，他比较怕我。"说到这里，大谷美代子嫣然一笑，神色中渗透出对童年时代征服班里最顽劣男生的骄傲。

她的情绪感染了赵宗阳。

他兴奋起来，控制不住地接口说："就是，后来放学我和美代子一起走，迁内就不敢欺负我了，但是他老抄我的作业。"

"赵宗阳，请你不要打断大谷美代子的陈述。"山田忠志法官声音威严地制止，但他的含蓄神情却分明表示，如果不是在法庭上，他并不在乎赵宗阳的多嘴。

"是的，他说的不错。后来我们经常放学一起走，有时候上学也约好在小田浅急的车站等着。宗阳家里有车可以送他，可是他为了能和我一起走，经常自己坐公交车。"美代子笑着说完，朝赵宗阳点点头。

"你们后来一直有联系吗？"

"宗阳上完六年级回国了,我后来也上了中学。战前我们还有过信件往来,新年时候大家都互相寄贺年卡。不过也就一两年时间,大家就失了联系。我们后来联系上是七八年前的事。有一次我在《读卖新闻》上看到一则寻人启事,说是北京的赵宗阳先生寻找在赤羽小学和大和学校女高附小的同学,我想那肯定是我认识的赵宗阳,就按照留下的地址写了一封信,结果我们就联系上了。对了,我想起来,赵宗阳的妈妈还给我写过信,托我去看望板垣征四郎夫人。我买了一些礼物去看看她,一起照了相给赵宗阳妈妈寄去过。"大谷美代子说的这张照片山田忠志法官在案件卷宗里见过,那是中国律师1981年作为赵碧琰身份证据的附件提交的。

"申诉人律师,你们有什么要问证人之证人的吗?"山田忠志转向申诉人席位的律师问,这是庭审即将结束一个信号。

"法官先生,我有问题想问大谷美代子女士。"小川休卫律师举起手。

"请问。"山田忠志点头示意。

"请问大谷美代子女士,你还记得上学时候的附小校舍什么样吗?"小川休卫律师问。

"记得,教学楼是两层的,后来拆掉了。"

"你能画一下当时的校舍图吗?"

征得法官同意之后,大谷美代子拿起笔和纸。她落笔毫不犹豫,很快画出一幅以方块替代建筑物的平面图,并且在每一个方块上标明名称。最后,她在纸的右上方写下"昭和13年大和学校女子高等学院附属小学校舍"一行清秀的小字,其中附属小学用的是片假名。

平面图送到山田法官手上,他不无惊诧地发现这张图和赵宗阳画的图高度相似。其实那张图的准确性他从附小传达室老大爷那里已经得到证实,只是申诉人的律师不知道而已。

91

7月3日，星期三。

中午 12 点 45 分，傅志人和赵宗阳出现在日比谷公园的婆娑绿色之中。离开庭还有一个多小时，他们有足够的时间在这里呼吸新鲜空气，欣赏园内雅致清幽的景色。

这是来到东京后傅志人面对开庭心态最为放松的一次，从前几次的庭审中，他预测到这个案子会有一个明朗的结局。虽然各国法规不同，但只要是一个法制的国家，就一定会把证据作为裁判案件的第一要素。傅志人有足够的自信，他费尽辛苦搜集到的那些证据会引起山田法官的高度重视，20 多年来关于真假赵碧琰产生的一系列争论将要揭开最后的谜底。

他的放松，还在于他对赵宗阳的放手。根据这几次观摩庭审现场，他无需再就赵宗阳庭上的言论进行细致规划。赵宗阳的口无遮拦带来了意想不到的效果，也许，让他顺其自然把记忆中的往事全都倒出来是一个更现实的出庭策略。

"傅律师，您看我今天出庭还要注意点什么问题？"在大树下做了几个太极拳的招数，收式后赵宗阳谦恭地问。运动使他的脸涨得绯红，额头上渗出肉眼看不到的细汗。

"知之为知之，不知为不知，尽管多讲一些你记忆中在东京时的往事，这样对法官确认你的身份有好处。但是要注意说话的礼貌和法庭纪律。"傅志人带着规劝的口吻诚挚地说。

他们踏着布满青苔的石径走向公园出口，过了十来分钟在家庭裁判所大楼里分手。傅志人照例走向庭审观察室，赵宗阳则进了洗手间，在开庭前他要仔细整理一遍仪容。

听到传唤，赵宗阳矜持地走进法庭。他马上感觉到今天的气氛与往日不同，旁听席上密密麻麻坐满记者，两架摄像机不停地调整角度，毫不

留情地扫视着法庭的每一个角落。看到赵宗阳推门进来，摄像机、照相机全都聚焦在他身上，白晃晃的闪光灯连成一片。

"别紧张。"赵宗阳悄声对自己说。他举起右手朝旁听席挥了两下，向那里的记者们打个招呼。

山田忠志法官有意识地给媒体留下充裕的拍摄时间，等闪光灯停息之后他再一次发出传唤指令。一个漂亮的年轻女人搀扶着一个矮小清瘦的老人出现在法庭门口。看到老人面颊，赵宗阳立即站起来，他认出，这是他的小学老师市川一郎。"市川老师！"他激动地喊道，随后深深鞠了一躬。

市川一郎74岁，看起来容貌要比他的实际年龄苍老一些。他头顶上的毛发全部谢掉，只有后脑勺剩下一圈稀疏的白发。听到赵宗阳喊的一声"老师"，市川一郎眼眶里涌上泪水，他颤巍巍地坐到证人席前特别安置的椅子，指着赵宗阳说："没想到呀，快40年了我们还能再见面。"

山田忠志法官向市川一郎询问与赵宗阳相识的经过，他凝神看了法官几分钟，慢慢叙述起来："我在大和学校女子高等学院附小工作的时候教过赵宗阳，那时候他就是高高瘦瘦的，左眼看不到东西，所以上课时总是爱侧身盯着黑板。开始时我不知道他一只眼睛看不见，以为他在偷看同桌作业，还严厉批评过他，后来才知道是误会他了。赵宗阳上学时功课不错，可是胆子小，体育不怎么样，经常不及格，有时候我们在教员预备室也会聊聊这个中国孩子的情况。"

市川一郎干咳一声，趁此，山田忠志不失时机把话题转到他最希望了解的事情上来。"你是什么时候最后见到赵宗阳的？"他轻柔地问。

"1945年9月，我从中国回国前最后一次和赵宗阳见面，他请我在东来顺吃涮羊肉，那味道真的很不错。可惜呀，后来再也没吃到那么好的涮羊肉了。"市川一郎咂了一下嘴，似乎在回味北京涮羊肉的清香。

"你去过中国？怎么和赵宗阳联系上的？"

"说起来真是巧，赵宗阳上完六年级就离开附小，据说他和父母一起返回中国了。我那时学了一些中文，昭和19年北平辅仁大学要招聘日语教师，经过我驻中国军界的叔叔介绍，我就去北平了。先是在日文部当讲师，一年后升为副教授职位。我是在辅仁大学遇到赵宗阳的，一个特别偶然的机会。那天我从日文部出来，想去护国寺，刚出校门口就下雨了，好多人都在门口避雨。我想返回宿舍取雨伞，随口就用日语说了一句'请让一下'，没想到突然听到有人喊我市川老师，就像刚才你们看到的一样。我仔细一看，这不是曾经教过的赵宗阳吗？真没想到。原来他在辅仁读书，家也住在附近。那天我就没去护国寺啦，聊了好一会儿，赵宗阳请我到什刹海边上一个小楼里吃烤肉。"

"是烤肉季。"赵宗阳插嘴说。

"对，烤肉季。烤肉很好吃，涮肉也很好吃。"市川一郎笑着说。

"证人，你能确定现在这个中国男人赵宗阳和请你吃烤肉的学生赵宗阳是同一个人吗？"山田忠志法官半含微笑不失幽默地问。

"确信无疑，法官先生。不信你问他我吃烤羊肉有什么特殊要求。"

"不放大葱，市川老师不吃大葱。"没等法官提问，赵宗阳迫不及待地回答。"不过，"他对着市川一郎大声说："烤羊肉放大葱味道才正宗，你老外。"后一句话他是用中文说的，只有闭路电视前的傅志人清楚这句北京俚语的含义。

市川一郎疑惑地问："赵宗阳，'你老外'是什么意思？你是说我岁数太大吗？可是我还能嚼得动涮羊肉。"他用手指指自己张开的嘴，露出整齐的两排牙。

"那我明天请您吃中国菜，吃涮羊肉。"赵宗阳信誓旦旦地说。

山田法官宣布证人之证人可以退下去了。市川一郎站起来，他发软的膝盖打了几下晃，差点重新跌坐到椅子里。相隔不远的赵宗阳急忙上前两步扶住他，"老师，您慢点。"

市川一郎抓住赵宗阳的胳膊站稳，轻轻地说："谢谢，别忘了你的承诺——涮羊肉。"他得意地笑着，迈着颤巍巍的步子离开法庭。

"安静！"山田忠志法官正色说，"还有问题吗？"他抬起头朝着下面的律师问。

　　"法官先生，我有问题。"赵宗阳站起来大声说。他用的是30年代日本人的敬语，在法庭里引起窃窃笑声。

　　得到允许之后，赵宗阳指着门口说："市川老师刚才说吃饭，我想起一件事。离开东京的时候我和我母亲去银座吃饭，看到过一张报纸，上面写的是一个剽悍的女人发现丈夫有外遇，她一气之下剪掉了那男的命根子。"

　　笑声在法庭上再次响起，观察室里的傅志人用手指着电视自言自语："这个老赵呀，嘴上就是没有把门的。"

　　"法官，法官，这是真的，你可以去查报纸。就是我们离开东京那个月的，社会版，我记的没错。"他马上又用右手挠挠头不好意思地说："可是我忘了是什么报纸。"

　　傅志人手扶着椅背哈哈大笑，"老赵呵，真有你的！"

　　法庭里，山田忠志法官俯身记下赵宗阳说的几个要点：花边新闻、1938年11月、剽悍女人、男人与命根……

　　他真的打算抽空去一趟市立图书馆，查查1938年的报纸。虽然这件事对于证人的最后确认已经不重要。

　　闭庭的锤声敲响了，山田忠志法官没有像往常一样疾速离开法庭。他站起来，伸出两手喊了一声"肃静"，脸上却带着令人难以琢磨的笑容。

　　偌大的法庭安静下来，已经起身准备离开的记者们又坐回椅子上。大家都等着山田忠志的下文，不知他有什么重要的事要在闭庭后宣布。

　　"诸位，"山田忠志法官朝着旁听席说，"大家已经看到，本案申诉人的4位日本律师都在法庭上。但是还有一位为了证实申诉人赵碧琰身份而付出巨大艰辛劳动的律师没有出现在大家面前。我有一个建议，看能不能请申诉人赵碧琰的中国律师傅志人先生和大家见一下面……"

　　他把目光转向首席律师小川休卫，似乎想要请求小川的帮助。

　　此言一出，法庭里无人一般寂静。所有的记者都用难以置信的眼光看着山田忠志，他们每一个都是在司法领域采访了多年的老记者，无不清楚日本法庭不允许外国律师到场的规定。

　　须臾，小川休卫律师一跃而起，他像年轻人一样冲出法庭，亲自去恭

请他的中国同行傅志人。没有人不懂得山田忠志法官建议后面的隐语,他是在用一种特殊方式表示日本法庭对一个中国律师的敬意。而傅志人,无愧于这种敬意。

傅志人在小川休卫陪伴下离开观察室,他的步履轻松而坚实有力。终于,终于他从山田法官的举止中看到了这个案子的最后结果,虽然帷幕还没有最后落下,但是他已经听到了掌声。

"诸位,请允许我向你们介绍本案的中国律师,我的同行傅志人。"小川休卫挽着傅志人的臂膀推开法庭大门,掌声从他们走进那一刻足足响了三四分钟,然后才是一阵咔咔作响的快门声。傅志人和走下裁判席的山田忠志法官紧紧握手,所有的人都清楚这一举动的含义:延续了20年之久的赵碧琰财产案即将画上句号,而且是一个圆满的句号。

"真的不好意思,傅律师,鉴于国家法律的规定,我无缘与您在庭审现场谋面,请您理解。"山田法官极为真诚地说。做了20多年法官,他接手裁判的案子无数,在跨国案件上遇到的外国律师也不在少数。因为资深,他当然也颇为自负,很少有律师能得到他的夸奖,在接手的案子中能被他毫不掩饰从心底敬佩的律师更是凤毛麟角。傅志人,是第一位被山田忠志请到法庭上的外国律师,其实确切地说也是第一位走进日本法庭的外国律师——如果不是对他的敬佩到了极点,像山田忠志这样见多识广且心高气傲的老法官决不会在庭审之后把他请进法庭。

山田忠志知道自己的举止会被某些人认为很唐突,也许还会引来反对派的非议,但是他确信法律所没有禁止的就是可以施行的。准确地说,日本法律虽然规定了不准外国律师参加庭审,但是却没有禁止法官在闭庭后请参与案件的外国律师在法庭见面,山田忠志正是清楚这一点,所以才建议把傅志人律师请到法庭上。

这是一种无言的荣誉,只有那些最睿智最诚信最不怕艰辛并且在最后关头能取得决定性胜利的外国律师才有资格享有这份荣誉。现在,这份荣誉落在了傅志人身上,他向日本司法展现的是一位中国律师为还原事实真相不屈不挠的斗志和过人的智慧与才识。

"任何人来到别的国家，其行动必须以遵守所在国的法律为前提。在这件事上您没有做错，不需要说对不起。"傅志人微笑着答复山田。停顿了一下，他彬彬有礼地接着说："我恳请山田法官在尊重事实和尊重证据的基础上尽快对赵碧琰申诉身份案予以终结，我相信，日本的司法独立精神会使山田法官摒弃一切人为制造的干扰。"

"谢谢您，我会忠实于法官的职责。"山田忠志坚定地说。当黑田寿男律师给傅志人译出这句话时，他淡淡的笑容中多了几分欣慰。

当天晚上，傅志人给国务院侨办的领导写了一封信。"出庭情况较为顺利，我方代理律师黑田寿男、小川休卫等先生表示满意，他们对赵碧琰财产案的解决抱乐观态度。如无其他干扰，年内可望解决。"

这是傅志人第一次毫不掩饰地表明他对案件即将胜诉的预测，虽然他明里说的是日本律师抱乐观态度，但他自己未必不乐观。

午夜，一股来自西南的夏日劲风吹散了连续环绕在东京上空几天的阴霾，夜空中布满银光闪烁的星星。

接下来两三天，赵宗阳每次上街都忘不了到报刊亭去转转。他买下所有关于刊登庭审信息的报纸，回到酒店结结巴巴地翻译给傅志人听。到东京这一个多月，他的日语恢复很快，除了能流利对话，还能基本看懂日文报纸。"那笔留在东京半个世纪的巨额财产，将有望回归它的主人——真正的赵碧琰女士手中。"在一则占据了半个版面的消息后面，赵宗阳读到这样两句话，他抓着报纸兴奋地在房间里打转转，差一点把侍者手里的暖瓶撞翻。

1984年7月8日，傅志人和赵宗阳离开东京。回来的飞机上，傅志人不但没有阻止赵宗阳的开怀痛饮，他自己也情不自禁要了一听啤酒。这是中国航空公司的班机，他们有理由提前喝上一杯庆贺的酒。

"蓝蓝天空白云飘，白云里面'飞的'跑……"三听啤酒下肚，赵宗阳摇头晃脑唱起了小曲。听到他即兴篡改的歌词，傅志人绽开笑脸，他现在真的感到很轻松。

92

9月，北京秋高气爽。下午，84岁的赵碧琰早早就坐在阳台上，透过沾有雨痕的玻璃窗，她不时朝街上张望。今天是中秋节，大孙子一家都要回来，赵碧琰在期待着。她盼望见到可爱的重孙子，期待这个家多增添一些无忧无虑的笑声。四世同堂，对于一个耄耋老人是件最值得骄傲的事情，她晚年的幸福与家庭人口的日益增多紧紧融合在一起。

自从傅志人律师和赵宗阳从东京回来之后，赵碧琰对那笔巨额财产的归属已经不再担心，确切地说，虽然财产至今还没收回来，但是她早就提前享用到了这笔财富——包括傅志人律师打报告通过有关部门帮助她争取来的这套住房，都和那些价格不菲的日本地产不无关系。

客厅里响起电话铃声，赵碧琰两手抓着座椅扶手，挺直身子支棱起耳朵想从对话中分辨是谁打来的。

从儿媳妇对着电话的客气语气中，赵碧琰听出打电话的不是自家儿孙，她失望地扭过身子，目光继续朝着街面上寻觅。

"妈，有客人来看你。"儿媳妇打开房门后冲着她大声说。赵碧琰理理衣服回到客厅，一眼就看到站在儿媳妇旁边的傅志人律师，他提着一盒精致的月饼，脸上挂着极为灿烂的笑容。

"赵老太太，中秋节快乐！"傅志人对着赵碧琰右耳朗声说，他知道老太太的左耳听力不太好。

"快乐，快乐，大家都快乐。"赵碧琰高兴地把傅志人往里面让，又带着嗔怪的语气说："瞧您，来就来了，还买礼物。"

"老太太，我今天就是给您送礼来的。"傅志人笑着说，他把月饼递给赵碧琰的儿媳妇，坐在沙发上。

"哎哟，那可不成，那可不成。您来坐坐吃顿饭我高兴，就是别送礼，无端的多花钱不是？"赵碧琰挨着傅志人坐下，亲自给他倒了一杯茶。

"今天这个礼是非送不可的，而且还是份大礼。"傅志人认真地说。

赵碧琰望着摆在餐桌上的精致月饼盒，充满感激地说："谢谢您，傅律师。又让您破费了。"

"老太太，该破费的是您啦。看看，我给你带什么来了！"他把人造革公文包放在膝盖上，从里面拿出一个牛皮纸公文袋。他小心地解开绕在袋子卡扣上的线绳，从里面拿出一份文件，郑重地用双手递给赵碧琰："这是今天收到的判决书，您胜诉了。"

"真的？"赵碧琰一把抓过判决书。她的嘴唇微张，似乎要说什么却说不出来，大滴大滴的眼泪从眼睑中慢慢流出来。

"不要太激动，老太太。"傅志人说。他很能理解赵碧琰此刻的心情，一个84岁的老人，在经过漫长的20年官司之后，终于把一笔遗在他乡的财产收为己有，这种因胜诉带来的激动是难以用语言表达的。

他翻开判决书，给赵碧琰指出那些最关键性的胜诉语言："这里，写着申诉人是你，赵碧琰，住在中华人民共和国北京市朝阳区团结湖北里2楼1门101室。"他翻过去几页，指着第5页中间一行字说："看这行，申请人与已故（注）赵碧琰的同一性。这里写得清清楚楚：'本裁判所综合以下的证据之后，判定申诉人和已故赵碧琰为同一人。'这就是说他们认可你是财产的所有者赵碧琰了。"傅志人喝了一口水，翻到判决书的最后一页，他用手指划着最后一段文字，大声念道："结论：根据以上内容，可以说赵碧琰是有能力亲自管理财产的，因此该法庭曾经做出的关于由山本忠义律师作为其财产管理人来管理其财产的判决应予以撤销。因此，根据民事诉讼法第37条规定做出如上判决。"

他读完后，把判决书放到赵碧琰面前，欣慰地说："好了，这件事总算有了一个完美结局。祝贺你，赵碧琰女士，你现在十分富有了。"

赵碧琰抹了一把眼泪，抓住傅志人的手哽咽地说："傅律师，我得好好谢谢您哪！要不是您费尽艰辛找到那些证据，这个案子打不赢的，我明白。"

_____

【注】此处"已故"者即为失踪者。

"我是你的律师，为当事人找证据是应该的。"说到这里，傅志人笑笑："你要谢，就谢国家吧。忠实履行公证协议就能体现出你最好的谢意。"

"会的，会的，国家帮助我找回这么一大笔财产，我决不会背信弃义，子子孙孙也不许他们违背协议。"赵碧琰的声音不大，但语气很坚决。继而她热情地说："别走，傅律师，今天您就在这儿吃点便饭。"

"不了，老伴还在等着。"

傅志人走了，留下赵碧琰一个人在客厅里。她把判决书紧紧抱在胸前，脑海中浮现的都是几十年前的往事。

这份判决书不仅让她拥有重新管理留在日本巨额财产的权力，而且是对她个人身份的重新认证，她几度变幻的姓名，她的经历，还有她60多年的婚后生活……

她的脑子里映现出在大连第一次和赵欣伯约会时的情景，那时候她叫耿维馥，还是一个情窦初开的大女孩儿。后来她哭着答应了赵欣伯最最刻薄的结婚条件，用他前妻名字和他成家生子。婚后的日子衣食无忧，但她总觉得自己生活在一个人的影子里，这种令人尴尬的日子过了30年，直到赵欣伯去世她才又有了恢复娘家姓氏的机会。可是经历弄人，和赵欣伯一起在日本留下的那笔财产却坚决不允许她改名换姓，她重新捡起赵碧琰的名字，为的是让这笔巨额财产不能无端在他国流失。

多少年的风风雨雨，耿维馥、赵王碧琰、赵碧琰、耿碧琰、赵碧琰，这5个曾经代表一个中国女人在不同时代不同生命阶段不同经历的名字终于重合在一起，而且从法律上得到了确认。

现在，赵碧琰这个名字只属于她自己，除了赵欣伯未亡人的身份，她是一个在人格上和现实生活中都具有真正意义的赵碧琰———一个不用再生活在别人影子里的赵碧琰，一个享受着巨额财产管理权的赵碧琰，一个中华人民共和国的公民赵碧琰。

没有人能确切描述赵碧琰此时此刻的心情。她的感受，她的心态，她对这件案子的理解以及她为这些财产所做的最后安排，远不是后来报刊上

所披露的那些零零碎碎内容。

"砰……砰……"几声重重的敲门声让赵碧琰的思绪迅速返回到现实中来，她抬眼看看日历，这一天是 1984 年 9 月 10 日——中秋节。更为让她意外的是，这一年按农历算正是甲子年，一个传说中最幸运的年份。

厨房里，传出叮叮当当的切菜声，那是儿媳妇在忙于晚上的家宴。

苦辣酸甜一起涌上赵碧琰心头。一瞬间，她做出一个无需和任何人商议的新决定，这个决定无疑会在她的家庭引起惊涛骇浪，但她绝不会后悔。

尾声

一份来自东瀛的判决书揭晓了中国第一民事大案暨中国第一跨国大案的结局，但是许多看过书稿的朋友意犹未尽，总会提出一个又一个频为实际的问题：

——这笔巨额财产是否在结案之后马上收回管理权？

——赵碧琰生前是否确实领到了20%的奖励？

——赵欣伯当年遗留在东京的财产到底有多少？

——那些以赵碧琰名义购置的土地经过40年的沧桑后价值几何？

——以赵碧琰名义购置的土地后来是否全部变现？

——赵碧琰在判决之后究竟做了一个怎样的惊人决定？

——属于国家所有的80%赵氏财产最后是否回归祖国？

还有，傅志人律师是否因为这个案件获得一笔丰厚的代理费？25年后他对这个案子又有怎样的感慨？

好了，让我言简意赅直截了当地解答读者朋友的疑问，告诉你们属于这个案子的最后尾声。

首先，赵氏财产的管理权在结案后没能及时交付，原因之一在于：东京案件胜诉后，一个自称是赵欣伯妻子赵碧琰的台湾女人起诉真正的赵碧琰，号称自己1930年成为赵欣伯的专属护士，并于1931年7月与赵欣伯结婚成为他的第三任妻子。1935年7月，她获得赵欣伯允许后回到上海，以后因为中日关系无法与赵欣伯通信。据她讲，自己因为赵欣伯妻子的身份坐过牢，后来出于害怕再次受到迫害于1965年移居香港，1969年移居澳门，3年后又移居台湾……

按照日本法律，一份不在者（无主）财产判决的最后生效要取决于在公示的年份内没有人提出申诉，因此台湾赵碧琰对北京赵碧琰的起诉阻碍了这笔财产在判决后及时获得管理权。这个案件一直拖到1990年才最后

裁判，结果理所当然是台湾赵碧琰败诉。

其次，赵碧琰于1989年6月去世，直到闭眼，她没有看到这笔财产在真正意义上的收回，也没有领到一分钱奖励。但是赵碧琰又确确实实享用到了自己这笔财产，多年来，政府有关部门先期提供了大量资金用于她的生活与医疗。赵碧琰人生的最后几年是在中日友好医院的加护病房度过的，她享受到高干级别的护理照顾，较之于很多看不起病的中国普通老百姓，她非常知足。

第三，至于当年赵欣伯在东京留下多少财产，实在无人确切知晓。根据现有资料所能知道的是，除了本书中提及的珠宝金条之外，赵欣伯当年在东京还购有一两处房产，同时以赵碧琰名义购置了多块土地。这些土地在大部分报刊中都以"相当数量"概括，在中国的《参考消息》（1984年9月21日）和《报刊文摘》（1985年12月3日）中则分别记载为1600平方米和27500平方米，出入之大令人瞠目。实际上，由于赵氏地契早年失毁和东京大轰炸，赵欣伯当年留在东京的财产究竟有多少，已经成了一笔理不清的乱账。

第四，从赵欣伯购置土地到赵碧琰身份确认官司胜诉，其间经历了整整41年。随着现代化城市的飞速发展，这些土地的升值速度呈几何倍数增长。按日本《新潮周刊》1979年披露，这些地产当时相当于两兆日元；而澳门某报刊在1981年刊发中国新闻社通稿时配发标题中披露的确数为30亿人民币。这两个数目当然也相距甚远，究竟这些地产N多年后升值多少，似乎也是一个搞不清的疑团。

第五，赵氏巨额财产的管理权收回后这些土地是否变现，变现后又获得多少财富，则更加扑朔迷离。事实上，胜诉之后赵碧琰曾签署过一份《不动产管理信托处置合同书》，将东京土地的出售、出租、收取资金、保存、利用等一切管理托付给日本律师小川休卫。至于中国有关部门为何同意以赵碧琰的名义把如此一笔巨额财产的管理权无条件托付给日本律师而不是中国驻日相关机构，这也不是一般百姓所能搞清楚的。

第六，赵碧琰在1985年5月16日重新公证了一份只有她个人签名的财产赠予书，将她名下的80%财产无条件赠给一个当时在日本尚未成立注册的"中华文化教育财团"，并且特别立下遗嘱说："我在1985年5月16日的赠予书中所写的赠予财产之意，今后子子孙孙都永不改变。因此，我明确表示，万一上述赠予书中所记载财团法人在我在世时尚未成立，我便去世了，此时仍有赠予之意。在此种情况下，我指定东京华侨总会陈琨旺先生为遗嘱执行人，按照此遗嘱及上述赠予书进行处理。"

尽管我无比相信赵碧琰献赠的本意是把这笔财产交给祖国，但从字面上看，这份"财产赠予书"显然与1981年公证书上所写明的"由……转赠给中国的一个社会福利事业团体"之内容相悖。至于为何如此，这对于作者是一个谜。

第七，事实上，这笔在上个世纪末价值就高达数十亿人民币的土地出售出租所得是百分之百没有回归国内。虽然，按照国发（1978）29号文件的要求，似赵碧琰这类巨额财产的80%部分"属于国家所有"，且必须"上交国库"。但这笔巨额财产为什么能另辟蹊径，这依然是一个谜。

迷雾腾腾，疑团重重。因为不能解答先睹书稿朋友的诸多疑问，也不能向读者交代清楚有关赵碧琰财产的最后结局，所以我把本书定名为《东京疑案》，仅希望大家能够理解。

最后，还想说说傅志人律师。

很多人都认为他打了这样一个出色的案子应该获利不少，因为司法部与财政部早在1981年联合制定的文件中曾明确规定"律师费按第一笔收回财产的2%收取"。但事实是，傅志人领导的北京市律师协会和北京市公证处后来分别获得国务院侨办颁发的10万元"奖金"。这笔钱对于刚刚恢复且资金匮乏的北京市律师协会实在难以拒绝，作为协会秘书长的傅志人把这10万钱交了新办公室的租金，北京市律师协会从此搬出了拥挤的民房。傅志人本人后来获得律师协会给予的800元奖励，他用这钱购置了一台冰箱。

一场历时21年的财产大案拉下帷幕，巨额财产的最终流向令傅志人

扼腕。

百味杂陈，傅志人律师百思不得其解。自己辛苦奔波5年，为赵碧琰财产案搜集到最无懈可击的证据，才使这个陈年遗案有了胜诉的结果。本想着自己能为国家调回外汇做出一点贡献，但没想到这笔巨款竟然全部留在日本。这究竟是为什么？

按傅志人的理解，把这笔巨额财产调回国内纵然要交纳遗产税，但即便如此，回归的财产数目也不可小视，总比像现在这样全部留在日本好。为此，傅志人律师曾多次写报告对这笔巨额财产继续留在日本表示反对，但最后都有如石沉大海。年复一年，傅志人律师大为失落，他掩上有关赵碧琰财产案的所有卷宗，把那些标记着自己睿智与艰辛的变色纸张统统尘封。

确实，在赵碧琰东京财产这个案子中，傅志人律师还有着很多不想说的幕后故事，但那，已属于案外事实。

在我为撰写本书采访傅志人的时候，当年用800元奖金购置的冰箱仍在他家的门厅里忠实履行着职责。可以说，虽然傅志人不愿往事重提，但赵碧琰财产案却又时时如影相随渗透进他的生活。

送完判决书，傅志人再没有和赵碧琰及其后人见过面，即使是在赵氏财产案被媒体炒得沸沸扬的阶段，他也默默无闻在隐身幕后。傅志人后来调任北京市高级法院副院长，1992年他在这个岗位上离休。晚年的傅志人住在一座破旧的老式楼房里，二室无厅，面积不大。他的街坊们很少有人知道这位步履蹒跚的老人对中国司法事业做出的杰出贡献。

80岁高龄的傅志人没有专著，也没有教授、导师一类的头衔，但历史记述得很清楚，他是的惟一代理过中国最大的刑事案——审判四人帮案件和中国第一民事大案——赵碧琰跨国财产案的出色律师，由他组织发起的北京市律师资格考试吹响了中国司法考试制度的前奏，使之形成中国司法领域的一道风景。

2009年春节过后，由于本书撰写的需要，傅志人相隔25年后第一次见到赵碧琰的后人——她的大孙子。谈起当年的赵碧琰财产案，傅志人老

人感慨颇深："我当时认为没有什么事是办不成的，就看你下不下功夫。反正那些证据要不是一点点抠线索、一点点跑办不来。"

无论怎么说，迄今为止，赵碧琰跨国财产案从涉案时间、诉讼时间、涉案标的、取证难度和国际社会影响来说，依然是中国民事第一大案。它开拓了新中国律师涉外民事代理的先河，将被永久载入中国律师民事代理的辉煌史册！

【附件一】

关于赵碧琰身份的陈述书

赵碧琰，女，1900年10月生于辽宁省沈阳市，现住中华人民共和国北京市崇文区布巷子10号。

赵碧琰因其在日本国的财产诉讼，于1980年8月要求我们从法律上给予辅佐和帮助。

一、历史事实

赵碧琰，本姓耿，婚前名耿维馥。早年曾就学于沈阳、大连。1921年在大连与赵欣伯结婚，后随夫旅居日本。1925年在日本生子赵宗阳，这是赵氏夫妇的独生子。

1925年赵欣伯在日本获法学博士学位，1926年回国任奉军张作霖的法律顾问，1927年任当时的北京政府外交部条约改订委员会委员，1928年任东北法学研究会会长，1931年"九一八事变"，同年10月20日任奉天（沈阳）市长，兼高等法院院长，1932年3月任伪满洲国立法院院长。后以满洲国特命宪法调查使衔，又去日本，侨居数年。1938年回国，在北京（北平）任华北政务委员会顾问。

赵欣伯夫妇在日本居住期间，及其担任华北政务委员会顾问期间，曾在日本购置大量财产。1945年，第二次世界大战结束后，赵欣伯在北京曾被国民党政府的司法部门，以汉奸罪逮捕关押，1948年12月因病保外就医。1949年2月北京解放。1951年7月20日赵欣伯被人民公安机关传讯时，因病当日死亡。此后，赵碧琰孀居北京至今。

1964年赵碧琰得悉其在日财产中的部分地产被盗卖，而原委托的在日财产管理人铃木弥之助毫无根据地对赵碧琰的身份表示怀疑，为此，赵碧琰决定改任财产管理人，并委托日本律师进行诉讼。1976年赵碧琰曾亲去日本东京家庭裁判所出庭。东京家庭裁判所迄今未下决断。

十几年来，出现了一些企图冒领、骗取赵氏在日财产的犯罪分子。这些人捏造事实，伪造证件，有的冒充赵碧琰母、子，有的谎称赵碧琰母子"死亡"，冒充赵氏的"养子"、"女婿"，等等；有的在幕后策划，有的竟敢于向日本东京家庭裁判所"登记"。赵碧琰母子认为，这是对他们的人身权利和财产权益的严重侵犯，是法律所绝对不能容许的。她是一个八十多岁的孀居老

妇，要求法律上、道义上的帮助，也希望日本法律显示它的公正性，相信中、日两国法界人士和其他主持正义的各界人士定会给予支持和同情。我们认为赵碧琰的要求是完全可以理解的。基于法律的尊严，基于维护赵碧琰的合法权益，基于同情和善意，我们应当尽职尽力满足赵碧琰的要求。我们希望我们的工作，将有助于她委托的日本律师顺利地进行诉讼。不仅如此，如果还能有助于东京家庭裁判所作出公正的决断，我们将感到不胜荣幸。

日本民法典第二条规定："除法令和条约禁止的场合以外，外国人享有私权。"这一规定当然是日本法院应当遵循的法条，我们也以尊重这一规定为前提。我们深信，一位公民的真假，在当今世界文明和法律的规范下，是不难确认的。中、日虽为两国，但系友好邻邦，于情于理于法，互有通闻。我们的工作以中日友好为本，同时也顺于情理，合之于法。那些捏造事实、藐视法律的诈骗犯罪分子，必将在公正的裁判面前失败，正义必定得到伸张。

日本民事诉讼法第一百八十五条规定："法院在作判决时，应当研究言辞辩论的全部含义及调查证据的结果，依自由心证判断事实上的主张是否应认定为事实。"这就是说，调查证据对于作出正确的符合事实的判断是十分必要的。我们本着重调查重证据的原则，采取客观的态度，进行了调查工作。这些工作都是在中华人民共和国的领域内进行的，调查的过程和方式都是完全符合中华人民共和国的法律规定的。

我们调查了十九位公民，取得了他们的证言，搜集了十八件证书，征得有权收存这些文书的机关单位的同意，复制成影印件。

现将证人的证言和书证的内容，在本文件第二部分、第三部分做具体的陈述和说明。

二、证人的证言

兹将证人名单和各位证人证言的原文影印件列下，并在每一证言影印件的前面对证人身份及其所能证明的事实扼要加以说明。

证人名单:

贾少麟,男,74岁,现住北京市和平门××街×号。

李正伦,男,71岁,退休职员,现住沈阳市沈河区××路×段×号。

贾兰茵,女,60岁,退休演员,沈阳市××街×段×号。

雍善洁,男,75岁,无业,现住沈阳市沈河区××街××里×号。

孙永亭,男,70岁,现住哈尔滨市道里区××街×号。

刘文笙,男,80岁,现住辽宁省法库县×××公社×××大队。

陈玉山,男,60岁,现住北京市朝阳门外××口×号。

王钟惠,女,50岁,现住北京市崇文区南岗子×号。

高宝鑫,男,68岁,现住北京市西城区××胡同×号。

牛宗凯,男,54岁,现住天津市河西区××路×号。

罗良玉,女,57岁,现住北京市×××××公社××村×号。

冯清盛,男,60岁,现住北京市×城区汽车厂。

关立云,女,68岁,现住北京市××口×××宿舍。

张志祥,男,76岁,现住北京市海淀××寺×号。

梁福,男,50岁,现住北京市×城区××管理处。

耿维耕,男,78岁,现住沈阳市沈河区××路×段×号。

布川重子,女,73岁,现住沈阳市沈河区××路×段×号。

金蕊秀,女,67岁,现住北京市东城区×××条×号。

傅文郁,女,83岁,现住北京市东城区××寺×号。

以上证人共十九名。(上述证人的年龄,都按1980年计算.)

以下分别将每个证人证言予以说明并将原件的影印件附后。

三、书证的内容

兹将书证目录列下并逐一说明主要内容。

书证目录:

《满洲国名士录》关于"赵欣伯"的介绍(1页)

满洲国建国周年纪念照（2页）

新京宪兵队制作的人事名簿报告及"赵欣伯填表"（5页）

北京特别市公署警察局关于"华北政务委员会顾问赵欣伯请领枪证的案卷"（5页）

华北政务委员会顾问名单（3页）

河北北平第一监狱人犯姓名清册（第三册部分，3页）

河北高等法院检察处传票回证及赵碧琰要求缓传赵宗阳的呈状（4页）

河北北平第一监狱保释人犯（汉奸）名册（2页）

北京市警察局内五分局户口调查表（1页）

赵宗阳"领穴证"（1页）

北京市人民法院关于被告人赵重光、耿碧琰隐匿逆产案卷（部分）

1．卷皮

2．北京市人民政府房地产管理局致北京市人民法院函

3．耿碧琰要求释放赵重光的呈状

4．北京市中级人民法院刑事判决（共7页）

赵宗阳具结书（1页）

北京市公安局内五分局第七派出所户口登记表（1页）

北京市公安局西城分局新街口派出所户口登记表（1页）

北京市公安局西城分局新街口派出所常住人口登记卡片（1页）

北京市公安局西城分局新街口派出所户口登记簿（1页）

北京市公安局崇文分局前门派出所常住人口登记簿（2页）

河南省许昌地区中级法院刑事判决书

以上书证共十八件

以下分别将书证来源及所证明问题加以说明，并将原件影印件附后。

四、结论

对本文件第二部分所列十九位证人出具的证言及第三部分所列十八件书证，应当给予恰当的评价。

1．证言和书证符合法律要求。

全体证人出具证言的时候，都本着善意和良心，如实陈述。有的证人，对

个别小情节由于时间久远记忆不准，但是，既没有隐瞒任何事情，也没有添加任何事情。全体证人充分了解作为证人应承担的法律责任。他们证明的内容，都是他们亲身经历或亲自耳闻目睹的事实。

关于声请讯问证人和证人言词陈述的原则，日本民事诉讼法这样规定：第二百七十五条"声请讯问证人应当将证人指明"。第二百九十九条"证人不得用文书进行陈述，但经裁判官准许的不在此限。"对照这些规定，本文件第二部分首先将证人名单列出，一一说明他们具有证人身份的事实及他们所证明的事实，从声请讯问人来说，完全符合"将证人指明"的要求。但是这些证人中，有的已是古稀老人，又身居中国，还有的健康情况不佳，实际上不可能每个证人都去日本出庭，甚至可能发生在未得出庭通知时即已逝世的事情。在这种情况下，采取书面证言的方式是可以理解的，是也完全必要的。既然第二百九十九条有"经裁判官准许的不在此限"的特殊规定，特正式提出请东京家庭裁判所予以准许。但是，如果东京家庭裁判所认为必要时，可在不致危及证人安全情况下，可以通知上述证人中任何人出庭作证。在接到正式通知之后，我们将尽可能为他们去日本出庭作证提供方便。

关于书证，日本民事诉讼法第三百二十三条规定："文书，依据其程式及内容可以认为系官吏或其他公务员职务上所作时，推定为真实的公文书"。第三百二十四条还规定："前条规定对于认为系外国官厅或公署制作的文书也适用。"本文件第三部分所列十八件书证中，除第1号、第2号、第12号外，都是不同时期的官方官职人员制作的行政、法律文书，它们在法律上的作用是无可置疑的。

书证提出的方法，日本民事诉讼法第三百二十二条规定："文书的提出或寄送应当以原本正本或有证明的副本进行。"本文件第三部分所提出的书证，大多取自公安部门、人民法院的案卷，是不可能以"原本正本"提出的。但我们在取得这些书证的时候，征得收存机关、单位的同意，将"原本正本"影印，并加盖证明印章，以符合"有证明的副本"的要求。

2. 赵碧琰是绝对真实的。

1976年东京家庭裁判所开庭时，赵碧琰曾亲自出庭，陈述说她一九二一年在大连同赵欣伯结婚，她是赵欣伯的夫人，其独生子是赵宗阳。在此之前，赵碧琰还写了"我的经历"，经过北京市公证处公正和领事认证程序提交给日本方面。现经证言及书证证明，赵碧琰的陈述和她写的"我的经历"都是真实的。

本文件第二部分证言及第三部分书证，明确地证明了下列各点：

A　赵欣伯的简历

赵欣伯早年留学日本，1925年获法学博士学位，1926年任张作霖的法律顾问，1927年任北京政府外交部条约改订委员会委员，1928年任东北法学研究会会长，1931年"九一八"事变后，任奉天市长兼高等法院院长，1932任满洲国立法院院长，后作为满洲国特命宪法制度调查使去日本，1938年回北京任华北政务委员会顾问。1945年"八一五"日本帝国主义投降后，被北平高等法院检察处逮捕，关押在第一监狱。1948年12月因病保外就医。1949年2月北京解放，1951年7月20日被人民公安机关传讯，因病当日死亡。埋葬在北京市海淀区柏彦庄，1953年迁葬于北京市北郊公墓。

B　赵欣伯的夫人和儿子。

赵欣伯原配夫人叫王碧琰，1921年以前病死于日本东京，无生养。

赵欣伯1921年"续弦"，在大连和耿氏结婚，介绍人是赵欣伯的妹妹赵惠敏。耿氏，名耿维馥，沈阳市人。其父耿西园，其母耿祝氏，其兄耿维业，其姐耿维馨，其弟耿维耕。其兄耿维业曾任立法院警卫处长，其弟耿维耕曾留学日本学兽医。

耿维馥与赵欣伯结婚后改名赵碧琰，是处于妻随夫姓的习惯及赵欣伯纪念其先妻之意。

赵碧琰1925年生子赵宗阳。赵宗阳幼年因病致一目失明，有人称他为"瞎小少爷"。赵宗阳为独生子。

赵欣伯任满洲国立法院院长期间，同其妻赵碧琰和子赵宗阳住立法院后院，在日本调查宪法制度期间，先住高轮南町渡边伯爵宅邸，后住四（世）田谷区成城町，在任华北政务委员会顾问期间，住北京市（北平）铜铁厂×号，后迁小石桥×号，1945年"八一五"后，赵欣伯赋闲，后被关押在第一监狱，其家住小石桥×号，及大石桥×号，1973年迁崇文区布巷子×号。至今。

关于赵碧琰的名字，1948年3月10日，她向伪河北高等法院检察处呈交《声请状》，要求延期传讯其子赵宗阳，在这呈状上使用名赵碧琰。1952年北京市房地产管理局向北京市人民法院控告"著名大汉奸"赵欣伯之妻耿碧琰，及子赵宗阳盗卖逆产，在这一公文上使用耿碧琰。北京市中级人民法院在处理此案过程中，曾将赵宗阳扣押，其母具呈状要求释放赵宗阳，这一呈状上署名耿碧琰，而加盖

的图章是赵碧琰。北京市中级人民法院在判处此案的判决书上，清楚地注明赵重光系赵欣伯之子，耿碧琰系赵欣伯之妻。

伪北平市警察局内五区分局户口调查表（1946年8月22日）赵欣伯妻赵王碧琰。北京解放后，北京市公安局内五分局第七派出所户口登记表（1949年12月）赵欣伯妻用名王碧琰，但这是户口登记时将户口姓氏省略的结果，实际上仍应读为赵王碧琰。赵欣伯死后的历次户口登记时，或登为耿碧琰，或在耿碧琰名下注明别名赵碧琰。由此可见，耿维馥、赵碧琰、耿碧琰，赵王碧琰是赵欣伯夫人一人的名字。赵重光、赵宗阳是赵欣伯夫妇的独生子的名字。

证人中的许多证人，如雍洁民、孙永亭、陈玉山、王钟惠、罗良玉、冯清盛、关立云、耿维耕、布川重子、金蕊秀、傅文郁等，对现住北京市崇文区布巷子×号的赵碧琰都可以当面指认；河南省许昌地区中级人民法院的判决书上，也有明确认定。

C 赵小凤和赵铁生

赵小凤是赵欣伯约于1928年从妓院领出的妓女，此人在赵家称"大小姐"，从这个称谓看，属于赵欣伯的晚辈，但又与赵欣伯有同居关系，"既非妾又非女"，地位不明确。其约于1935年在日本东京自杀，无生养，无亲属。

赵铁生是赵欣伯与先妻王碧琰抱养的孤儿。后因王碧琰死去，赵欣伯与赵碧琰结婚后，1925年生子赵宗阳，不久将时约10岁的赵铁生过继给赵碧琰之兄耿维业为子，改名耿继先，1949年逝世。

如上所述，赵碧琰确系赵欣伯的未亡人，赵宗阳确系赵欣伯与赵碧琰的独生子。此外赵欣伯再无妻妾子女、养子、女婿之类。那些以这些称谓和面目出现的人，企图以假乱真，诈骗赵氏财产，纯系犯罪行为，将为法律和正义所不容。以上，敬希明鉴。

　　　北京市第一法律顾问处

　　　　　　　　　　律师：傅志仁

　　　　　　　　　　　　　马德昌

　　　　　　　　　　一九八一年三月一日

【附件二】

判决书（正文）

关于上述申诉人对已故者财产管理的暂行决定的取消申诉案件，该裁判所作出了如下的宣判。

正文

关于该起（1973年第6668号、第7616号）遗产管理人确定案件，本裁判所取消了关于山本忠义律师为遗产管理人的决定。

原因理由

第一、申诉的主旨

申诉人为曾担任过伪满立法院长、宪法起草委员长等职务的赵欣伯的妻子，她已经和丈夫一起回到中国了，但她们于昭和18年（公元1943年）在日本期间取得的土地、建筑、黄金等却被留在了日本。之后，丈夫赵欣伯于1951年死之后，申诉人便和儿子赵宗阳一起住在北京市西城区小石桥×号后门。又于1973年搬家到崇文区布巷子×号，最后从1981年8月之后就一直住在上述住处直至现在。本裁判所曾于1973年将山本忠义律师判为已逝者赵碧琰的财产管理人，现在申诉人请求撤销上述判决。

第二、该裁判所的判决

（一）已故者赵碧琰与家庭的经历

甲第3号至第12号证据，第14号、17号的第2部分（死亡证明书），第20号证据的1、2，第23、24号证，第33号证的1、3、6，第34号证的3，第36号证，第38号至第48号证，第64号证，66、67号证，第69至第73号证，79号证，第80、81号证，证人迁内富士雄，及渡边昭、汤川正三、大谷美代子及市川一郎的各证词，昭和48年（1973年）（家）第6668号、第7616号故者遗产管理人选任时间记录及昭和48年（家庭裁判所）第11129号遗产管理人选任时间的记录都证明了以下事实。故，以下事实被予以承认：

1、赵欣伯是中国人，出生于1890年，在日本明治大学学习法律，并于1925年通过题为《刑法过失论》的论文获得了日本的法学博士。此间，赵欣伯的第一任妻子在东京去世后，又迎娶了他后来的妻子耿氏，并使其沿袭前

妻名号，更名为赵碧琰。

2、后大正14年（1925年）6月，赵欣伯和后妻赵碧琰生下了独生子赵宗阳。

3、1931年，赵欣伯成为满洲事变后的第二代奉天（沈阳）市长，次年又担任了满洲国立法院长，并于同年（1932年）著书《新国家大满洲》，又于次年（即1933年）7月29日以满洲国特命宪法制度调查大使的身份为了宪法研究协同人员及妻子一起来东京访问过。

4、昭和9年（1934年），赵欣伯从渡边昭伯爵那里借了位于高轮南町7号地的豪宅的一部分，并住在那里。

5、昭和9、10两年间（1934、1935年），以已故碧琰的名义买下了世田谷区成城町的土地家屋、国领、飞田给及箱根仙石原的各部分土地。

6、昭和10年，赵欣伯被免官。但正是这年开始，欣伯夫妇和陆军大将板垣四郎夫妇开始了社交性交往。

7、赵宗阳1935年11月到1937年4月就学于住所附近的东京市赤羽寻常小学，之后由于全家于1937年搬家到了世田谷区成城町168号地，宗阳也便转学到了神奈川县和立大和学院高等女子学校附属小学，并与第二年毕业于该校。

8、1938年，欣伯和妻子一起回到了北京市，住在了铜铁厂×号。并且欣伯给住所起名号为怀恩庐。

9、1943年9月，欣伯和碧琰夫妇为整理财产再度来日，以欣伯（怀恩庐）名义买下了国立的土地之后，将成城町168号地的空宅和土地、国领、飞田给及箱根仙石原的所有土地托管于铃木弥之助，并挖掘地下室贮藏贵重物品后，于同年11月回国。

10、1944年9月，欣伯一家从北京铜铁厂搬家到小石桥×号后门居住，但直到1945年4月之前，欣伯都就土地房产的管理问题与铃木弥之助保持着书信联系。1944年左右，宗阳就学于北京辅仁大学。

11、1946年4月，欣伯因"汉奸"罪被国民党官员逮捕，被关押在河北北平第一监狱候审。但由于血管硬化的病情恶化，于1948年12月得到河北高等法院许可被保释出狱。

12、1948年3月，宗阳因欣伯汉奸财产案件被河北高等法院检查处传讯，但他提出了关于推迟传讯碧琰的申请。

13、1951年7月20日，欣伯被中华人民共和国官员传讯，并于7月21日逝世，被埋葬于北京市北郊柏彦庄的赵家墓地里。

14、1952年（昭和27年），北京市中级人民法院就已故赵欣伯、宗阳及碧琰的所谓"逆财产事件"开始进行审理。

15、1953年5月，宗阳将之父欣伯改葬在了北京市北郊人民公墓。

16、1956年4月27日，北京中级人民法院就欣伯、赵重光（宗阳）、赵碧琰的逆财产案件做了如下刑事判决，将欣伯的逆财产予以没收，对重光和碧琰进行教育警告后释放。而后同年（日月不详），同法院又做出这样的暂行刑事判决：先没收此前免于没收的土地建筑。

17、1973年5月25日，已故赵碧琰的财产管理人铃木弥之助去世，利害关系人本藤吉等3人及赵诚一人都各自向本所提出了申请作为已故者遗产管理人的申诉。裁判所将两事合并，于同年7月19日判定山本忠义律师为碧琰的遗产管理人。

（二）申请人与已故赵碧琰的同一性。

本裁判所综合以下的证据之后，判定申诉人和已故赵碧琰为同一人。

1、申请人与碧琰为同一人的供述

根据甲14号证据（1），坂垣喜久子是原陆军大将板垣征四郎的妻子，从昭和10年（1935年）左右开始了与赵欣伯、赵碧琰夫妇的社交性交往。那时的赵氏夫妇住在高轮，虽然后来又搬家又归国，但在次之间两家一直在交往。那时的赵碧琰大约35、36岁，板垣证明她知道碧琰是个左撇子。根据甲第22号证及对申请人的审问得知，申请人碧琰曾于1976年6月12日拜访过板垣喜久子并交谈过。

另外，根据该庭裁判所书记的另附调查报告书（1977年4月14日）的内容，本庭于同天对板垣喜久子进行了电话问询，她承认了以下事实。1976年确有一自称赵碧琰的女士来过自己家并一起交谈过，从那女士的脸庞及说话的内容可以判定，这位来访女士就是昭和10年左右交往过的赵欣伯的妻子赵碧琰。

以上的供词，可以证明上述的事实。

另外，证人福岛初子曾与1976年6月24日审判厅上说出庭的申请人并非昭和11、12年时一同交谈过的欣伯夫人赵碧琰。但是根据家庭裁判所调查

官于1984年7月16日另附的调查报告书记录，福岛本人当时也承认申请人与赵碧琰长得很相似。另外根据1973年（家）第6668号、第7616号遗产管理人选任案件的记录，1976年赵碧琰财产管理人山本忠义对福岛的哥哥提起了关于赵碧琰所有财产飞田给的土地的转让的诉讼，而且福岛初子本人也牵扯其中。所以考虑到该证人与赵碧琰有对立的利害关系，因此认为其证词不可信。

2、（一）推定申请人就是赵碧琰本人的事实情况。

（1）左撇子

根据甲第14号证据（1）的内容，坂垣喜久子承认，昭和10年左右与赵氏夫妇来往的数年间，一起吃饭时赵碧琰用左手进餐。同时，通过对证人赵宗阳及申请人本人的审问得到，虽然申请人写字用右手，但在吃饭或拿剪刀时均用左手。这一点上，申请人与赵碧琰是统一的。

（2）年龄

如上所述，赵碧琰是1900年左右生人，根据甲第30号证、第61号证、第78号证、证人赵宗阳的证词及对申请人本人的审问结果得知，申请人出生于1900年10月26日，这一点上也与赵碧琰大致符合。

（3）容貌体型

根据甲第14号证（1）、证人迁内富士雄、市川一郎的各证词知道，昭和10年到12、13年，即赵碧琰35岁至37、8岁时面庞清瘦，是一个清瘦的个子不高的人。又根据福岛初子、市川一郎的证词加上本案的一切证据来看，证明甲13号证据（1）是昭和8、9年间赵碧琰（右侧的女性）和赵欣伯、宗阳一起照的照片。

另外，根据对申请人本人的审问结果，证明甲13号证据（2）为1973年左右拍摄的自己的照片，甲第21号证据（1）、（2）及第22号证据都是自己为被审讯来日本时（1976年6月）拍摄的。根据证人赵宗阳的证词，甲30号证就是1979年7月27日申请人与赵宗阳一起拍的照片。根据上述照片证明近几年的申请人是个清瘦身材人。再根据甲13号证据（2）、第21号证据（1）、第22号及30号证据中申请人的照片与甲13号证据（1）的赵碧琰的照片的对比，证明赵碧琰与申请人很相似。

根据以上事实，不能判定赵碧琰与申请人为完全不相干的两个人，相反

地，如上所述，一切证明不能排除两人为同一人的可能性。

（二）过去的记忆

申请人在对自己的审问中承认以下事实，昭和18年为了整理在日财产来到日本，在成城的家中挖掘了钢筋混凝土的地下室，并于其中收藏了珍奇财宝。其中有：金条（长短两种）、指环（钻石和翡翠）、项链（金和珍珠）、手镯（翡翠和金制）、四方的手表等。长金条长约17.6厘米，宽为1.6厘米，高为1厘米左右。较短的那类金条长为10.5厘米，宽为2.2厘米，高比长金条厚。（这些数据是测量申请人剪成的模型得到的）

另外，根据裁判所书记官制作的1976年8月9日另附调查报告书中叙述，通过调查保存于造币局东京分局的金银财宝，发现：其中有长金条8支，短金条19支，"金画框"10个，金纽扣、翡翠指环、金手镯2个，镶钻石的翡翠指环、翡翠盾、银质化妆盒。其中金条中，较长金条长18.3厘米、宽1.4厘米、厚约0.7厘米；短金条长6.8厘米、宽2.1厘米、厚为1.1厘米。根据以上的事实得知，申请人所供述的其中财宝的种类等都与实情基本吻合，并且金条的大小也与模型基本相符。

（三）关于作为长子与申请人同住的证人赵宗阳为赵碧琰的孩子赵宗阳一事的确认。

根据甲第61号证、第78号证、证人赵宗阳的证词及申请人本人供词得知，申请人二战后的住所，先位于北京市小石桥×号后门，后于1972年左右搬到同市大石桥×号，1973年到崇文区布巷子×号，1981年8月到朝阳区×××北里×号的这样几次搬家。在此之间赵宗阳一直作为申请人的孩子与赵碧琰住在一起。而证人赵宗阳，也可通过以下的证据被证明与赵碧琰的孩子赵宗阳为同一个人。

（1）主旨，在证明证人赵宗阳与赵碧琰的孩子赵宗阳为同一人的证词。

（A）根据甲第81号证据及证人市川一郎的证词，得知市川于昭和12、3年教过当时就学于大和学院高等女校附属小学的赵碧琰之子赵宗阳。之后，在昭和19年（1944年）一次偶然的机会见到了当时就学于北京辅仁大学的赵宗阳，而当时的市川一郎在同所大学里担任文学部日本文学系的副教授。并与二战结束不久又再次与赵宗阳在北京会面。该证人证明，1984年7月3日在审判庭上见到的证人赵宗阳，无论从左眼不便、身材修长方面，还是从

其他容貌体型来看，都无疑正是自己曾教过的赵碧琰之子赵宗阳。上述证言是有效的。

（B）根据大谷美代子的证言，得知以下情况。大谷美代子也于昭和12、3年就学与大和学院高等女校，并经常和赵碧琰之子赵宗阳一起去上学。曾经有一次，赵宗阳在放学途中的松林里被一群日本小学生欺负时，美代子出手相救。1976、1977年左右从《读卖新闻》上看到寻找赵宗阳在大和学院的熟人的消息后，与赵宗阳信件来往并确认了上述事情。于是她证明，无论从左眼不便、身体修长，还是从其他方面看，1984年6月22日在审判庭上见到的证人赵宗阳，的确是曾经就学于大和学院高等女校附小的赵碧琰之子赵宗阳，并且上述证词有效。

（2）关于推定证人赵宗阳和赵碧琰之子赵宗阳为同一人的情况事实。

（A）身体特征

（a）左眼失明

根据甲第14号证据（1）证人大谷美代子及市川一郎的所有证词证明，昭和10年居住于高轮并于昭和12、3年就学于大和学院高等女校的赵碧琰之子赵宗阳当时确实左眼失明。

并且，根据甲第30号证据及证人赵宗阳的证词，证人赵宗阳2、3岁时因病导致左眼失明，因此这一点上与赵碧琰之子赵宗阳左眼失明一点也符合。

（b）年龄

如上述已确定的事实，赵碧琰之子出生于1925年6月份，而根据甲61号证据，即证人赵宗阳的证词，证人赵宗阳的生日为1925年6月26日。所以在年龄这一方面，两个人大致吻合。

（c）容貌体型

根据证人汤川正三、大谷美代子和市川一郎的证词，赵碧琰之子赵宗阳昭和10—13年间大约10—13岁，当时的样貌特征为：个高，身体及面颊清瘦。这些特征在昭和19、20年也没有改变。根据上述证词，各证人都指证甲13号（物证1号）相片上的人为赵碧琰的儿子赵宗阳及赵欣伯和赵碧琰。而证人大谷美代子和市川一郎也指证甲81号物证相片上的，为昭和13年3月赵碧琰的儿子赵宗阳（第二列右侧男子）和其他毕业生。证人赵宗阳也指证甲13号物证的3号照片是1964年拍摄的自己的相片，甲30号物证相片为1979年7月27日证人赵宗阳（右侧男子）与申诉人的相片。

另外，根据甲30号证据证人赵宗阳的照片可知证人赵宗阳一直到现在都属于身材修长的类型，而证人市川一郎也证实甲13号证据中证人赵宗阳的照片和昭和19年时赵碧琰之子的赵宗阳长相大致一样。再有，根据甲13号证据中证人赵宗阳的照片（3）与甲第13号证据中赵碧琰之子赵宗阳的照片（1）对比来看，可确定两人眼鼻等都很相似。

根据以上事实，不能从身材容貌上判定赵碧琰之子赵宗阳与证人赵宗阳绝非同一人，而且恰恰相反，如上述可以说，由于存在诸多类似点，故不能否认两者可能为同一人。

（d）过去的记忆

（1）陈述小学校舍构造

证人赵宗阳于昭和12、13年时在大和学院高等女校附属小学6年级就读，在指证小学校舍是2层建筑同时，还画图指证出了校园的方位结构：从小田急浅的终点站到学校的路段左侧是女校校舍，右侧是小学校舍。而这些证词与证人大谷美代子就当时这所小学的校舍位置及构造所作证词完全吻合。

（2）马场初子的饲养场的情况

证人赵宗阳承认，他于12岁（昭和12年）搬到世田谷区成城町168号居住，那年夏天比他大2岁的马场初子曾给他安排工作。昭和12年左右，他在多磨村的初子的养父母家养蚕，但否认曾从事过造茶的工作。

根据这些证词，可得出：虽然赵宗阳所做的"看到小屋中正在造茶"的证词与养蚕的证词有些矛盾，但总体看来证词的主要内容还是符合事实的。

第三、结论

根据以上内容，可以说已故的赵碧琰是有能力亲自管理财产的，因此该法庭曾经作出的关于山本忠义律师作为其财产管理人来管理其财产的判决应予以撤销。

因此，根据民事诉讼法第37条规定做出如上判决。

昭和59年09月
东京家庭裁判所
家事审判官　山田忠治

【后　记】

本来是不打算写后记的,因为自以为所要说的故事都已经在小说中讲述清楚了。但书稿杀青之后遇到一连串的问询,于是觉得有些题外之话的事情还得唠叨几句,不写个后记还真有点说不清道不明,故而只得再牺牲一个星期天下午喝咖啡的时间,把写作这本书的前前后后做个概述。

首先是为什么要写这本书?确切地说,写这本书不是我的个人选题,而是源于在一个很忙碌的日子接到一个很意外的电话。对方是李春平先生的好朋友,说有位赵老师想约《真情李春平》的作者谈一个新题材。他三拐两拐找到我的电话表述了赵老师的意思。不过那时他只是笼统地介绍说赵的爷爷曾经和一个比他大8岁的妓女爱得死去活来,传奇经历完全不比李春平差。因为话说得比较含糊,以至我完全不知道谁想找我写书和到底要写什么。

说实话,三伏时节天热人燥,我被那场拖了很长时间且法官明显打偏手的官司闹得实在不爽,何况我对写一个旧时代男人的艳史丝毫提不起兴趣,所以三言两语婉拒了对方。其后两天,电话接二连三打来,冲着人家百分之百相信我给李春平先生写的第一部作品被剽窃这个因由,实在没理由驳回那位比我大十来岁的仁兄面子,故而我答应可以见见赵姓老师,但并没有应下介入写作。

直到约定见面的日子,方才知道想与我见面的赵老师原来是伪满时期有名汉奸赵欣伯的长孙。

因为祖籍东北又酷爱读史,对于赵欣伯其人我并不陌生。记得刚参加工作时在旧鼓楼大街的双寺胡同上班,那里离赵欣伯曾住过的小石桥胡同仅仅咫尺之隔,为此我还抽空专门逛过一头一尾(1号和24号)住过两个大汉奸的这条盛名胡同,尤其对先住过前清大臣盛宣怀后住过共和国元老董必武的汉奸王荫泰宅园更是印象深刻(其时已改做竹园宾馆)。但我对赵欣伯历史的了解远比对王荫泰为多,其一自是因为那段令国人蒙耻的伪满州国历史,其二就是因为曾经轰动一时的赵碧琰财产案件。1984年,当媒体铺天盖地刊发"赵碧琰财产回归"的消息时，我才是一个初出茅庐的小记者，对那些可以获准采访这类题材的有经验同行前辈曾经有过说不出的羡慕。我认真读过叶永烈写的《轰动日本的"赵氏财产案"》，为此还和女伴特意跑到文中提及的铜铁厂胡同转了一圈，努力想透过高台阶上广亮大门的缝隙见识一下那座"宽敞的6号院"。

光阴荏苒，弹指间20多年过去，当小石桥1号院早已淡出我的关注之时，没想到却在2008年一个炎热的下午与赵欣伯和赵碧琰的嫡亲孙子赵昭明面对面。人的经历有时就是这样难以预测。更没有想到的是，聊起来才顿悟赵先生的得力助手原来和我是半熟脸——七八年前我供职于一家杂志社时曾经与之有过联络，我还为老赵开在新东安五层的昭明射击场写过商业性介绍文章。但至此为止，我还丝毫未有应下这个题材的念头，因为面对的是一个历史并不光彩的亲日大汉奸，还有一段来龙去脉并不清晰的尘封案件。

因为曾经的相识，后来和赵昭明及其助手小孙又喝过一两次茶。品茗之间听老赵侃着祖上的往事，信马由缰地谈起个人看法：其实，汉奸是特定历史条件下的产物，从人性化的角度看，一个臭名昭著的汉奸未必不能是一个将初恋爱情刻在心底的痴情丈夫；也未必不能是一个从不淡漠骨肉亲情的负责任父亲；甚至，他还可以是一个恪守叶落归根文化理念的传统男人。一个男人走上汉奸之路是他政治人格的最彻底堕落，从哪里说也没有原谅的理由。但是不可否认，人本身就是一个既渴望抱负期待成功又不无自私和个人欲念的有思想动物，无论多伟大多卑劣的政治人物，都会在内心矛盾的交锋中产生这样或那样的思想变化，做出一些让人理解或不理解的行为举止。因着赵碧琰生活环境的大起大落，我还给赵昭明支招告其选择作者的几个必需条件。零零碎碎，不知那句话让他听后特别对了心思，故而一味认准写作这个题材非我莫属。

而我呢，经过一段时间对赵碧琰一生的粗略审视，也重新燃起写作赵氏财产案的兴趣。我发现，这个一辈子没有工作过的妇人生活经历对一个传记作家的诱人之处在于：这是一个可以串起清代、军阀混战、民国、伪满和新中国五个时代的知识女子，而且她的生活视角上触末代皇室的娘娘格格，下融北京胡同的底层百姓，其间还穿插着过海留洋、居京赋闲、与妾争宠、恨儿私情等等各式各样多彩画面，而她含屈忍辱顶着丈夫死去前妻名字维系婚

姻的经历更是罕有耳闻。试想，有如此丰富之经历又是一场跨国大案头号主角的鲜活人物在现实社会中还能找出第二个吗？由此，让我不由得不浮想连绵，从而引得手指发痒，打开电脑敲出一个章节后欲罢而不能。

写纪实作品本来就是一件艰苦的事情，特别是写赵碧琰这样一个可以串起五代历史和一些大事件的人物更非沾手可成，为此，从北京到长春再到沈阳、大连，我跑了不少地方，一头扎在那些散发着霉变气味的扑朔迷离老卷宗之中，然而看的东西越多我心里的问号也越多。虽然手头的资料不少，赵昭明作为主人公直系亲属讲述的事件脉络也貌似逼真，但是时间、地点、原由、结果总会出现偏差——赵碧琰财产案如同一幅被打散的拼图，虽苦苦收集我却寻觅不到那些色彩浓重的最关键部分。

我特别渴望能找到直接参与本案的律师或者现场知情人，然而从赵昭明那里得来的消息令人失望——他告诉我傅律师早就死了，另外几个知情者也全都无踪，这让我的写作一度曾进行不下去。陷于烦恼和郁闷的缠绕之中，我不甘于就此失败，决定不惜全力寻找参与赵碧琰财产案的最重要知情人。

感谢老天眷顾，2009年春节之后我终于搜寻到傅志人律师的踪影，老人家不仅活得硬硬朗朗，而且记忆清晰思维敏捷。当我和赵昭明一行三人第一次迈进他狭促的小屋时，并没想到老律师会存留着一整套老卷宗。从傅志人律师那里，我陆续接过更多经过岁月风霜的变色尘封文件，一行行一页页一份份读下去，心中的问号一个个消减。那幅被打散多年的拼图终于一块块契合，这使我清楚地总结出赵碧琰财产案非但轰动一时，而且是中国第一民事大案，更是中国恢复律师制度之后代理的第一宗跨国案件……作为亲历了中国第一刑事大案与第一民事大案的代理律师，傅志人的办案经历也堪属惟一。

然而，喜欢思索之人似乎天生就无法获得最后的圆满，在完整拼合出赵碧琰东京财产案之后，我惊诧地看到隐匿在老卷宗后面的一个更大问号——这个问号至今令人无法释怀，因此才有了《东京疑案》留下的谜一般尾声……

特别要说明的两点是：第一，虽然当初是接受赵昭明的诚邀方才开始一个新选题的创作，但我与赵昭明并非委托与被委托的关系，更没收受他一分钱。我在小说中所描写的人物和表述都是在遵循历史事实脉络上所发挥的个人感悟与

创作——尤其是某些人性化的描写，与其他人的主观意念并无关系。

第二，虽然遵循以史为纲的写法，而且本书中的所有重要事件都与历史相符，但是我更愿意读者把《东京疑案》当成一本小说来读，因为那里面大量的细节描写属于个人创作，因此千万不要把其当成真实历史。如果可能，我给自己这种写作风格命名为"纪实小说。"

最后，感谢傅志人大律师为本书创作所提供的大量资料，特别还要感谢80高龄的李滨声老师因本书创作特为作者绘制的画像。在赵碧琰遗留日本财产案获胜25周年之际，仅以此书作为对中国恢复律师制度30周年的一份薄礼。

冷风

2009 年 11 月 15 日

《东京疑案》之历史事实参阅书目及文件

《秋瑾史迹》	上海古籍出版社
《北洋画报》1932年2月2日总第736期（二版）	
《美丽与哀愁———一个真实的宋美龄》作者：王丰（台湾）	团结出版社
《北京历史纲要》主编：曹子西	北京燕山出版社
《张作霖传》作者：徐彻／徐帆	百花文艺出版社
《中国北洋军阀大结局》作者：刘革学	湖北人民出版社
《我所知道的伪满政权》编者：文斐	中国文史出版社
《大汉奸传奇》编者：于文	团结出版社
《我的前半生》作者：爱新觉罗 溥仪	群众出版社
《溥仪私藏伪满秘档》编辑：辽宁省档案馆	档案出版社
《淡泊从容莅海牙》作者：倪征燠	法律出版社
《中国近代对外关系史资料选辑》	上海人民出版社
《小石桥两大汉奸》作者：满恒先	刊于《北京晚报》
赵碧琰财产案中涉及的一些人物情况（1980年）	傅志人提供
为赵碧琰遗日财产案作证的19份证人证言	傅志人提供
《满洲国名士簿》（日文）（辽宁省档案馆）	傅志人提供
满洲国时期与赵欣伯相关的照片及述文（长春伪满皇宫博物馆）	
日本关东军新京宪法兵队制作的《人事名簿》（辽宁省档案馆）	傅志人提供
伪华北政务委员会顾问赵欣伯请领手枪证的卷宗（北京市档案馆）	傅志人提供
伪华北政务委员会顾问名单（北京市档案馆）	傅志人提供
民国河北北平第一监狱人犯名册（民国河北高等法院检察处存档）	傅志人提供
民国时期河北高等法院检察处传票回证	
（民国河北高等法院检察处存档）	傅志人提供
民国时期河北北平第一监狱保释人犯名单	
（民国河北高等法院检察处存档）	傅志人提供

《东京疑案》之历史事实参阅书目及文件

民国三十五年北京市警察局内五区户口调查表（新街口派出所存档）　　傅志人提供

耿碧琰要求释放因藏匿逆产被关押的赵宗阳的声请状

（北京市人民法院存档）　　傅志人提供

北京市人民法院 1952 年刑字第 1811 号判决书

《关于耿碧琰与赵宗阳藏匿赵欣伯逆产事由》（北京市人民法院存档）　　傅志人提供

1949 年 12 月的户口存底卡片、1953 年及 1960 年的户口卡片

（新街口派出所存档）　　傅志人提供

河南省许昌地区中级法院（81）法刑判字第 1 号判决书

《关于李岳企图诈骗赵氏遗日财产事由》　　傅志人提供

傅志人给有关领导的信件底稿　　傅志人提供

日本律师呈文"申请调查赵家的原因和经过"（中译本）　　傅志人提供

傅志人律师涉及赵碧琰财产案的办案笔记（两本）　　傅志人提供

1984 年东京庭审中方律师傅志人关于赵碧琰身份的陈述书　　傅志人提供

1984 年东京庭审部分记录（日文）　　傅志人提供

公证书（81）京证字第 44 号　　赵昭明提供

东京家庭裁判所判决书（昭和 50 年（家）第 85 号）　　赵昭明提供

与赵碧琰遗日财产案相关的报摘文章　　赵昭明提供

赵氏后人对赵碧琰财产案看法的文字汇集　　赵昭明提供

《北京司法行政志》（征求意见稿）　　傅志人提供

《若干重大事回顾》作者：李源　　傅志人提供

赴日出庭工作情况汇报（1984 年 8 月）　　傅志人提供

赵案胜诉后傅志人律师给北京市司法局的信函（1985 年 10 月）　　傅志人提供

北京司法局领导对按规定收取赵碧琰案件律师费的批文（1985 年 10 月）　　傅志人提供

赵案胜诉后傅志人因对巨额财产留在日本持

反对意见写给侨办领导的信函底稿（1987 年 4 月）　　傅志人提供

图书在版编目(CIP)数据

东京疑案 / 泠风著. —北京：现代出版社，2010.1

ISBN 978-7-80244-644-1

Ⅰ. ①东…　Ⅱ. ①泠…　Ⅲ. ①纪实文学—中国—当代　Ⅳ. ①I25

中国版本图书馆CIP数据核字(2009)第235282号

著　　者	泠　风
责任编辑	刘宝明
出版发行	现代出版社
通讯地址	北京市安定门外安华里504号
邮政编码	100011
电　　话	010-64267325　64245264（传真）
电子邮箱	xiandai@cnpitc.com.cn
印　　刷	北京牛山世兴印刷厂
开　　本	710mm × 1000mm　1/16
印　　张	22.75
版　　次	2010年1月第1版　2010年1月第1次印刷
书　　号	ISBN 978-7-80244-644-1
定　　价	32.00元